1975년쯤에 찍은 이 사진은 엄마가 돌아가실 때까지 엄마 집 복도에 걸려 있었던 사진이다. 샘의 생기가 엿보인다. 샘은 빨간색이 잘 어울렸다.

네 살 때의 롭, 내가 깎아준 머리를 자랑스럽게 선보이며.

직접 생일 케이크를 만드는 것이 내 장기 중 하나였다. 이 사진 속의 케이크는 너무 오랫동안 굽는 바람에 촉촉함이 덜했지만 초콜릿 아이싱을 해서 아이들이 좋아했다.

샘과 라타는 특별한 유대감을 갖고 있었다.

메리 언니가 1981년 웰링턴에 살던
우리 집을 찾아왔을 때 앞마당에서
찍은 아이들 사진

스티브, 샘, 롭. 1982년 여름 내피어 근처에서 우리 식구가 마지막 여름휴가를 함께 보낼 때 찍은 사진

1982년 말 무렵, 샘이 죽기 몇 주 전 웨즈타운에 있는 집의 덱에서 찍은 사진. 라타는 과자가 아래로 떨어지기를 기다리고 있고 샘의 친구가 샘을 따라 덱 테이블 위에 앉아 있다. 결국 무게를 견디지 못해 테이블이 주저앉고 말았다.

샘의 마지막 생일. 1982년 12월 16일. 샘의 주변을 감싼 아우라를 보면 아직도 기분이 묘하다.

오클랜드 뒷마당에서 리디아가 트램펄린을 뛰기 직전 클레오는 동참하지 않으려는 심산이다 (1987).

1988년 필립이 아이들과 나를 처음으로 타우포 호수에 데리고 갔을 때 마법 같은 일이 벌어졌다. 우리 가족은 이곳과 깊이 연결되어 있다고 느낀다. 몇 년 후 캐서린이 태어났을 때 그 지역 마오리족 족장은 하테페에 있는 강의 이름을 따서 아이 이름을 지어도 된다고 허락해주었다. 캐서린은 히네마이마이아라는 미들 네임을 좋아하긴 하지만 덕분에 서류를 작성할 때는 공간이 부족해지기도 한다.

싱글맘이자 칼럼니스트인 내가 오클랜드 집 베란다에서 원더우먼이 되려고 노력 중이다. 하지만 딸 리디아에게 옷을 입히는 것은 잊어버렸다. 1989년에 샐리 태그가 찍어준 사진

약혼으로 기쁘고 설레어 수줍어하는 내 모습. 우리는 오클랜드 근처의 포도밭에서 멋진 파티를 열었다. 80년대풍이라서 보기 좋다 (1990).

이 사진을 찍겠다고 리디아는 목욕을 하고 머리를 빗었다. 클레오는 그럴 필요가 없었다. 언제나 완벽하게 몸단장이 되어 있으니까 (1994).

캐서린은 (7살 무렵) 클레오에게 생일 파티를 열어주는 것을 좋아했다. 정확히 언제가 클레오의 생일인지는 아무도 몰랐지만 아이들은 생일 파티 게임을 한답시고 같이 놀다가 닭다 몇 조각 생일 선물로 주고는 했다.

나이가 들어서도 여전히 우아한 클레오는 호주의 생활에 재빨리 적응했다(1999). 그러나 새들을 위협하려는 클레오의 노력은 오히려 역효과가 났다. 뒤따라 날아오는 까치로부터 도망치기 위해 클레오가 집 안으로 뛰어든 적이 한두 번이 아니었다.

소울 메이트의 결혼. 롭과 샨텔의 결혼식은 지금까지 본 중에 가장 멋진 결혼식이었다고 장담하는 하객들도 있었다. 2009년 1월 24일 빅토리아 주 데일스포드의 수녀원에서 진행된 동화같이 멋진 결혼식. (왼쪽부터) 리디아, 필립, 캐서린, 롭, 샨텔 그리고 헬렌.

클레오

한 가족을 치유한 검은 고양이 이야기

Cleo

Korean Translation Copyright © 2013 by Jakeun Chaekbang
Korean edition is published by arrangement with Allen & Unwin Book Publishers
through BC Agency, Seoul.

한 가족을 치유한 검은 고양이 이야기

클레오

헬렌 브라운© , 2013

초판 1쇄 인쇄일 2013년 2월 20일
초판 1쇄 발행일 2013년 3월 5일

지은이 헬렌 브라운   **옮긴이** 이아린
펴낸이 김지영   **펴낸곳** 해든아침
편집 김현주
디자인 김경일
마케팅 김동준 · 조명구   **제작 · 관리** 김동영

출판등록 2001년 7월 3일 제2005-000022호
주소 121-895 서울시 마포구 서교동 400-16 3층
전화 (02)2648-7224   **팩스** (02)2654-7696

ISBN 978-89-5979-290-0 (13840)

• 책값은 뒤표지에 있습니다.
• 잘못된 책은 교환해 드립니다.
• 해든아침은 작은책방의 교양 전문 브랜드입니다.

HELEN BROWN

한 가족을 치유한
검은 고양이 이야기

Cleo
클레오

❝ 자신은 애묘인이 아니라고 생각하지만
사실은 고양이를 사랑하는 사람들에게 바칩니다. ❞

목차

1. 선택

사랑이 고양이를 선택하는 것이 아니라
고양이가 사랑을 선택하는 것이다.

'우리 고양이 얻으러 가는 거 아냐.' 굽이굽이 굽은 8자 형의 길로 지프차를 운전하며 내가 말했다. '그냥 보러만 가는 거야.'

레나의 집으로 가는 길은 이리저리 굽어 있고 게다가 가파르기까지 했다. 다른 나라라면 산이라고 불렀을 만한 곳에 뱀처럼 길이 나 있었다. 집 뒤편으로는 양떼 목장 몇 개와 자갈 해변 하나만 있을 정도로 레나의 집은 외진 곳에 있었다.

'고양이 길러도 된다고 했잖아.' 뒷자리에 앉아 있던 샘이 투덜거리면서 동생을 쳐다보며 도와달라는 듯 부추겼다. '엄마가 분명 그랬지?'

평소 같으면 뒷자리는 두 녀석들의 전쟁터가 되었을 터였다. 9살, 6살 두 남자아이들 사이에 어떤 일이 벌어지는지는 불을 보듯 뻔했다. 샘이 몰래 롭을 찌르면 롭은 그에 맞서 발길질을 한다. 그러면 샘은 다시 롭을 때리고 결국 서로 치고 받다가 급기야 울음을 터뜨리게 되는 식이었다. '형이 나 때렸어!' '네가 먼저 꼬집었잖아.'

하지만 오늘은 두 녀석이 한 편이었고 평소 심판 및 상담사 역할을 맡았던 나에게는 그보다 훨씬 단순한 역할이 주어져 있었다. 적군!

'맞아, 불공평해.' 롭이 맞장구를 쳤다. '엄마가 된다고 했잖아.'

'엄마 말은, 나중에 고양이를 키울 수도 있을 거라는 얘기지. 우리 집에 커다란 개 한 마리면 충분해. 고양이를 데리고 오면 라타는 어떻게 하니? 라타는 고양이를 싫어할 걸.'

'아니, 안 싫어할 거야. 골든 레트리버는 고양이를 좋아한단 말이야. 애완동물 책에서 읽었어.' 샘이 대답했다.

라타가 자신의 눈에 띈 운 나쁜 고양이를 좇아 덤불 속으로 사라졌던 일이 얼마나 많은지 다시 말해봤자 소용없는 일이었다. 슈퍼히어로가 되겠다는 생각을 포기하고 배트맨 마스크를 옷장 구석에 처박아 놓은 이후로 샘은 독서광이 되어 내가 하는 말이면 말마다 오목조목 사실을 들먹이며 반박했다.

사실 나는 고양이를 기르기가 싫었다. 나는 고양이를 좋아하는 사람이 아닐지도 모르며 남편인 스티브는 확실히 고양이를 좋아하지 않았다. 그날 이웃들과 함께 아이들을 데리고 놀던 우리들을 향해 레나가 환한 미소를 지으며 '고양이 한 마리 키우지 않으실래요?'라고 말하지만 않았더라면. 애들 앞에서 그렇게 큰 소리로 묻지만 않았더라면.

'와! 우리 고양이 키울 거래!' 내가 미처 대답도 하기 전에 샘이 소리쳤다. '와! 와!' 롭도 펄쩍펄쩍 뛰며 따라했다. 그러는 롭의 운동화에는 전부터 보고도 못 본 척 하고 있는 구멍이 나 있었다.

레나를 만나기 전부터 나는 그녀에게 반해 있었다. 이국적인 패션 스타일을 연출하는 호리호리하고 아름다운 그녀는 십대 후반에 네덜란드에서 뉴질랜드로 이민 와 지금은 상당히 주목받는 화가가 되었다. 그녀가 그린 초상화에는 늘 인종이나 성, 종교에 관한 정치적 코멘트가 담겨 있었다. 뼈 속까지 예술가였던 그녀는 또한 남자에 연연하지 않고 사는 사람이기도 했다. 이웃 사람들은 그녀의 세 아이들이 모두 아빠가 다르다고 수군대기도 했다. 개인적으로 나는, 그녀가 그녀 자신과 파블로 피카소만 속하는 또 다른 세계에서 아이들을 데리고 왔다는 소리를 들었어도 놀라지 않았을 것이다. 그런 그녀 앞에서 고양이를 키울 수 없다고 수선을 피울 수는 없는 노릇이었다.

❧

남자아이 둘을 키우는 것은 어렸을 때 그림 같던 베이비 샴푸 광고를 보면서 상상하던 모습보다 훨씬 어려운 일이었다. 십대 부모의 순진함을 겨루는 올림픽 종목이 있다면 금메달은 내 차지였을 것이다. 19살에 결혼과 임신을 했던 나는 그 전까지만 해도 아기 울음소리에 밤잠을 설쳤다는 소리를 들으면 웃어넘기곤 했었다. 그건 다른 아기들 얘기였다. 그러나 샘이 태어나자 비로소 현실을 알고 내 자신부터 얼른 철이 들어야겠다고 생각했다. 300킬로미터나 떨어져 사는 엄마에게 한밤중에 거는 전화는 그다지 도움이 되지 못했다. ('이가 나는 모양이다, 애야'). 다행히도 나보다 나이도 많고 경험도 많은 다른 엄마들이 측은하게 여겨주었다. 굉장한 인내심과 친절로 그들은 내가 초보 엄마 딱지를 뗄 수 있게 도와주었다. 결국 나는 잠이 사치에 불과하다는 사실과 엄마는 사랑만이 아니라 인내도 아주 많이 필요하다는 사실을 받아들이게 되었다. 그렇게 1982년 말을 그럭저럭 견뎌냈다.

그래도 아이들은 정말 사랑스러웠다. 게다가 코트 속에 잠옷을 입고 슈퍼마켓에 가지 않은 게 몇 달이나 되었다는 사실만 해도 이 얼마나 다행스러운 일인가.

우리는 뉴질랜드 웰링턴에 살고 있었는데 이 도시는 나쁜 날씨와 지진으로 유명했다. 그 당시 우리는 웨데스타운이라는 교외에 겨우겨우 집 한 채를 장만했는데 그로 인해 두 위험에 노출되었다. 주요 단층선 위에 놓인 절벽 꼭대기 지그재그로 난 길의 중간쯤에 위치한 단층 자리 주택을 샀으니 말이다.

약한 지진은 너무나 자주 발생해서 벽이 흔들리고 접시가 달가닥거려도 거의 알아차리지 못할 정도였다. 사람들은 웰링턴에 대지진이 날 시기가 이미 지났다고들 했다. 거대한 땅 덩어리가 바다로 사라지고 다른 장소로 내동댕이쳐졌던 1855년과 같은 대지진이 일어날 시기가 말이다.

우리 집은 끔찍한 일이 벌어질 것에 대비라도 하는 듯한 모습으로 언덕 위에 지어져 있었다. 경사진 지붕, 어두운 빛깔의 도금과 덧문은 기억에도 가물가물한 동화에나 나올 듯한 모습이었다. 튜더 양식의 주택에 예술을 더하니 바라던 대로 허름한 듯 세련된 느낌이 나는 것이 아니라 그저 허름하기만 할 따름이었다. 시골풍의 정원을 만들고자 했던 나의 노력도 앞마당 길을 따라 물망초를 심어놓는 초라한 결실로 끝나버렸다.

우리 집을 지은 사람은 외관만 독특하게 만들려고 했던 것이 아니라 알프스 염소도 염두에 두었던 것이 분명했다. 차고도 없을뿐더러 집 앞에 차를 댈 수조차 없었다. 우리 집에 들어올 수 있는 유일한 방법은 지붕 높이만큼 높은 길가에 차를 주차하고 장바구니며 아이들 물건을 주렁주렁 안고 걸어오는 것뿐이었다. 이때는 중력의 힘을 빌어 몇 번 이리 꺾고 저리 꺾다 보면 문 앞에까지 다다르게 된다.

그때는 젊었기 때문에 항구가 파랗고 바다가 접시처럼 고요한 맑은 날은 전혀 문제가 되지 않았다. 그렇지만 남극에서 불어오는 남풍이 불어 닥쳐 우리의 코트 단추를 풀어 헤치고 얼굴에 비를 마구 쏟아 부을 때면 좀 더 나은 집을 살 걸 하는 후회가 밀려왔다.

그래도 시내에서 도보로 20분 만에 도착할 수 있는 곳에 산다는 것은 좋았다. 로프와 암벽 등반 신발을 갖춘다면 5분 만에 도착할 수도 있었을 것이다. 시내로 나갈 때면 보이지 않는 힘이 지그재그로 난 길의 아래쪽으로 우리를 밀어주었다. 작은 나무와 아마들이 가득한 숲을 향해 돌진할 때면 우리는 잠시 멈춰 서 힐끗 뒤를 바라보곤 했다. 가파른 자줏빛 언덕이 환상적인 자태로 놓여 있었다. 그렇게 아름다운 곳에 우리가 살고 있다는 사실에 감탄하지 않을 수 없었다.

거기서부터 나무로 만들어진 오래된 육교를 건너면 큰 도로로 이어진다. 그러면 우리는 계단을 내려와 버스 정류장으로 가거나 90도를 틀어 국회의사당과 기차역으로 향했다. 시내에서 집으로 돌아갈 때의 힘겨움은 또 다른 문제였다. 돌아갈 때는 올 때보다 시간이 두 배나 더 걸렸고 산을 오르는 것처럼 숨이 찼다.

이곳은 지그재그를 중심으로 사회 계층이 확연하게 나뉘어 있었다. 부유한 쪽에는 토스카나 지방풍의 정원이 있는 튼튼한 이층집들이 지어져 있었다. 가난한 쪽에는 절벽 끝을 따라 뒤늦게 지어진 듯한 단층집들이 간간이 놓여 있었다. 가난한 쪽 사람들은 정원을 가꾸기보다는 잡초를 수집하는 경향이 있었다.

지그재그의 높은 곳에 사는 사람일수록 직업이 좋았다. 그리고 그중에서도 가장 높은 곳에는 버틀러 씨 집이 성처럼 지어져 있었다. 회색빛 이층집인 그 집은 그 부근에서만 우월한 것이 아니라 도시 전체를 통틀어도 빠지지 않을 만큼 우월했다.

버틀러 씨 집 바로 아래에는 또 다른 이층집이 항구를 내려다보고 있었다. 갈매기 날개처럼 우아한 처마를 가진 그 집은 제대로 강풍이 불면 훨씬 더 화려한 세상으로 비상할 준비를 하고 있는 것처럼 보였다. 그 집 주인인 릭 데실바는 음반 회사를 경영했다. 사람들 말에 의하면 그 부부가 결혼하기 전에 아내인 지니는 뉴질랜드의 진 슈림튼^{Jean Shrimpton}(최초의 슈퍼모델로 간주되는 60년대 영국 모델 - 옮긴이)이라 불릴 만큼 유명한 패션모델이었다고 한다. 드라이플라워로 만들어도 좋을 것 같은 화초 덤불로 둘러싸인 집안에서 그들은 자주 파티를 여는 것으로 유명했다.

그 집에서 엘튼 존이 고주망태가 되어 나왔다는 말도 안 되는 소문이 있었으나 실제로는 그를 닮은 사람이었던 것으로 밝혀졌다. 그 집 아들인 제이슨도 우리 아이들과 마찬가지로 1킬로미터 정도 더 언덕을 올라가 도랑이 시작되는 곳에 위치한 학교에 다녔지만 우리 아이들과 함께 어울리지는 않았다. 데실바 가족은 스포츠카를 가지고 있었다. 스티브는 우스갯 소리로 스포츠카를 타기에는 그들의 체격이 너무 크다고 했다.

우리 집이 있는 쪽은 은둔자와, 집 안이 훤히 들여다보이지 않고 접근하기 쉬우며 단층선에 가깝지 않은 곳으로 이사를 가기 전에 임시로 세를 사는 사람들이 주로 거처하는 곳이었다. 가난한 쪽에 오랫동안 거주하는 몇 안 되는 주민 중 퇴직 교사인 소머빌 할머니가 우리 집 바로 아래, 비막이 판자를 댄 깔끔한 주택에 살고 있었다. 청소년들과 함께 지낸 오랜 세월이 할머니의 얼굴에는 오히려 악영향을 주었던 듯 할머니는 항상 누군가로부터 막 모욕을 받고 난 표정을 했다.

소머빌 할머니는 우리 개가 자기 집 고양이인 톰킨을 위협했다며 몇 번이나 찾아와 항의를 했다. 톰킨은 할머니와 똑같이 표정이 뚱한, 큰 얼룩무늬 고양이었다. 내가 아무리 할머니를 피하려고 해도 거의 날마다 마주쳤는데 그럴 때마다 할머니는 우리 아이들이 스케이트보드를 타고 지그재그 길을 빠르게 내려가는 바람에 스키드 마크가 생겼다거나 할머니 집 우편함에 낙서를 했다는 등 불평을 늘어놓았다. 남자아이들을 병적으로 싫어하는 소머빌 할머니에게 우리 아이들도 예외일 리

없었고 나쁜 짓이란 나쁜 짓은 모두 우리 아이들이 한 것처럼 의심을 받곤 했다. 스티브는 나더러 상상이 지나치다고 말했다.

❖

나는 집에서 웰링턴 조간신문인 〈더 도미니온^{The Dominion}〉에 매주 칼럼을 기재하고 있었다. 스티브는 북섬과 남섬 사이를 오가는 페리의 통신사가 그렇듯 한 주는 집에서 일했고 한 주는 출장을 갔다.

나는 15살에 한 선상파티에서 스티브를 처음 만났다. 당시 그는 뉴질랜드의 버터와 양고기를 영국으로 수송하는 뉴질랜드 쉬핑 컴퍼니^{New Zealand Shipping Company}에서 일하고 있었다. 20살의 전문 기술자인 그는 그때까지 내가 만났던 사람들 가운데 가장 이국적인 사람이었다. 내가 자랐던 뉴플리머스 인근의 시골 댄스홀에서 우리와 춤을 췄던 농부들과는 달리 다른 세상 사람 같았다. 그는 하얀 복숭아빛 얼굴에, 아기처럼 보드라운 손을 가졌었다. 긴 속눈썹 아래로 밝게 빛나는 그의 파란 눈을 볼 때면 나는 완전히 넋을 잃었다. 농부들과는 달리 그의 이야기에는 자신감이 넘쳤다. 나는 영국인인 그가 롤링스톤즈 아니면 비틀즈 멤버 중 하나의 친척이 분명하다고 생각했었다.

폴 매카트니^{Paul McCartney}처럼 어깨까지 늘어진 그의 황갈색 머리가 나는 무척이나 좋았다. 그에게는 디젤 기름과 소금 냄새가 났는데 그건 내가 가보고 싶어 안달이 났던 더 넓은 세상의 향이었다.

그 후 3년 동안 우리는 서로 편지를 주고받았다. 나는 단기간에 학교와 저널리즘 과정을 끝내고(모두 C만 받았다) 영국으로 건너갔다. 3년 동안 편지를 주고받으면서도 우리가 직접 만난 것은 2주에 불과했지만 스티브는 문자 그대로 내가 꿈꾸던 남자였다. 그러나 현실적으로 우리가 맺어질 가능성은 희박했다. 그의 부모님이 식민지 태생의 우람한 여자를 며느릿감으로 탐탁지 않게 생각하셨기 때문이다.

그럼에도 내 18번째 생일이 지난 지 한 달 만에 우리는 길드포드 혼인 등기소에서 결혼식을 올렸다. 결혼식에 참석할 배짱을 가지고 있었던 사람은 5명밖에 없었다. 몹시 따분해하던 주례는 반지를 끼워주라는 말도 빼먹었다. 신랑은 결혼식이 끝난 후 등기소 현관에서 반지를 끼워주었다. 그날은 종일 비가 주룩주룩 내렸다. 화가 난 우리 부모님은 혼인무효 소송을 할 방법이 있는지 알아보았지만 부모님에게는 그럴만한 힘이 없었다.

결혼식을 치루고 난 뒤 2주 정도 지나 세 든 아파트 화장실 변기에 앉아 있던 나는 갑자기 변기를 닦아야겠다는 생각이 들었다. 그때야 비로소 결혼한 것이 실수였다는 사실을 깨달았다. 그러나 주변의 반대를 무릅쓰고 올린 결혼식이었기 때문에 되돌릴 수는 없는 노릇이었다. 남편을 버리고 도망쳐서 서로에게 더 큰 상처를 안겨주는 방법 말고 내가 생각할 수 있는 유일한 해결책은 가족을 만드는 것뿐이었다. 스티브는 마지못해 내 생각에 따르겠다고 했다. 솔직히 스티브는 애초에 아이를 별로 원하지 않는다는 생각을 분명하게 밝혔었다.

우리는 뉴질랜드로 돌아갔고 그곳에서 남편은 페리 관련 일자리를 얻었다. 19번째 생일이 지난 지 얼마 되지 않은 12월의 어느 날, 혹시

병원 규칙에 위반될까 봐 간호사에게 불을 켜달라는 부탁도 하지 못한 채 나는 분만실에서 진통을 했다. 약 기운으로 몽롱한 상태에서 의사가 '아침이 밝았네Morning Has Broken'라는 찬송가를 부르는 소리가 들렸다. 그리고 몇 분 후 샘이 태어났다.

아기는 첫 숨을 내쉬기도 전에 크고 파란 눈으로 나를 쳐다보았다. 나는 북받치는 사랑에 가슴이 터질 것만 같았다. 분만실 불빛 아래 반짝이는 보송보송한 머리털을 가진, 이제 막 태어난 아기를 안으려니 온 몸이 쑤셔왔다. 아들인지 딸인지 잊어버렸을 경우에 대비해 병원에서 파란색 담요로 싸준 샘의 이마에 키스를 하면서 이제부터는 나 혼자만 생각해서는 안 된다는 생각이 들었다. 나는 아기의 작은 주먹을 폈다. 생명선이 또렷하고 길게 나 있었다.

처음 만난 것임에도 샘과 나는 첫눈에 서로를 알아보았다. 그건 한 번도 멀리 떨어져본 적이 없는 오랜 친구가 다시 만난 것 같은 느낌이었다.

부모가 되었다고 해서 스티브와 나의 사이가 가까워진 것은 아니었다. 오히려 역효과가 났다. 그리고 샘이 태어난 지 2년 반 만에 롭이 세상에 태어났다. 그러자 스티브는 나와 상의도 없이 정관수술 예약을 잡아버렸다. 더 이상 아이를 갖지 않겠다고 결심한 남편 때문에 나는 상처를 받았다.

수면 부족과 날카로워진 신경 덕분에 우리의 성격 차이는 한층 더 두드러졌다. 스티브는 그 당시 유행하기 시작하던 턱수염을 기르고 그 안에 숨어버렸다. 바다에서 일주일을 보내고 집으로 돌아올 때마다 그는 금이 간 접시를 보고 짜증을 내곤 했다. 또한 내가 아이들의 옷과 양육비로 돈을 펑펑 쓴다는 생각이 들 때마다 짜증을 냈다. 그래서 나는 이발하는 법을 배우고 중고 재봉틀을 샀다. 내 목소리는 점점 커졌고 몸은 불었으며 집은 점점 더 지저분해졌다.

우리가 이런 결혼생활을 얼마나 더 유지할 수 있을까 하는 생각이 들다가도 이러다 나아지겠지, 아이들 덕분에 좋아질지 몰라, 하며 스스로를 다잡았다. 밀물과 썰물만큼 우리 사이가 멀어지긴 했지만 우리 두 사람 모두 아이들을 사랑하는 것만은 분명했다.

🐾

'얘들아, 고양이를 키울 수 있을 거라고 생각하지는 마. 그냥 보러만 가는 거야.' 레나의 집 앞에 주차를 하며 말했다.

내가 운전석 차문을 채 닫기도 전에 앞 다퉈 차에서 내린 아이들이 이미 레나의 집 쪽으로 저만큼 가고 있었다. 햇볕에 반짝이는 아이들의 금발 머리를 보면서 아이들을 따라 잡으려고 고생하지 않아도 되는 날이 오긴 할까 하는 생각에 한숨이 절로 나왔다.

레나의 집에 도착하자 아이들은 이미 집 안에 들어가 있었다. 버릇없는 아이들을 대신해 사과를 하자 레나는 미소를 지으며 부러울 정도로 고요한 집안으로 들어오라고 했다. 아이들의 넘쳐나는 에너지를 발산시키기 위해 종종 데리고 나가는 놀이터가 창문 너머로 멀리 보였다.

나는 거실로 안내하는 그녀에게, '우리는 그저 보러 온 거에요⋯.'라며 운을 뗐다. '아, 새끼 고양이들! 너무 귀엽다!'

한쪽 구석에 놓인 책장 아래로 윤기 나는 구릿빛 털을 가진 고양이가 비스듬히 누워 있었다. 고양이는 귀족처럼 우아한 호박색 눈빛으로 나를 뚫어져라 쳐다보았다. 어미 고양이의 배에는 네 마리의 새끼 고양이들이 웅크리고 있었다. 두 마리는 구릿빛 털이 옅게 덮여 있었고 나머지 두 마리는 털 색깔이 그보다 더 짙었다. 자라면 검은 색으로 변할지도 모른다. 전에도 갓 태어난 새끼 고양이를 본 적이 있었지만 이 고양이들만큼 작은 것은 처음이었다. 털 색깔이 짙은 고양이 가운데 하나는 놀라울 정도로 작았다.

아이들은 무릎을 꿇고 앉아 생명의 신비에 감탄하고 있었다. 아이들은 새끼 고양이들에게 너무 가까이 다가가면 안 된다는 사실을 알고 있는 것 같았다.

'새끼 고양이들이 이제 막 눈을 떴어요.' 구릿빛 새끼 고양이 중 하나를 들어 올리며 레나가 말했다. 고양이는 겨우 한 뼘이 될까 말까 할 정도로 크기가 작았다. '몇 달 있으면 새로운 가족에게 갈 수 있어요.'

새끼 고양이가 꼼틀거리더니 야옹이라기보다는 낑낑에 가까운 소리를 냈다. 어미 고양이는 걱정스러운 듯 우리를 쳐다보았다. 레나가 새끼 고양이를 털북숭이들이 줄지어 있는 가족의 품으로 돌려보내자 어미가 열심히 핥기 시작했다.

'한 마리 키우면 안 돼요, 네? 네?' 부모가 보면 거절하기 힘든 표정으로 샘이 나를 올려다보며 애원했다.

'네?' 동생도 따라했다. '이제는 소머빌 할머니 지붕에 진흙 안 던질게.'

'소머빌 할머니 지붕에 진흙을 던졌어?'

'이 바보!' 샘이 롭의 팔뚝을 잡고 눈을 부라렸다.

새끼 고양이들과… 어미 고양이에게는 뭔가 특별한 점이 있었다. 어미 고양이는 자신감이 넘치고 우아했다. 그런 고양이는 처음이었다. 보통 고양이보다 몸집은 작았지만 눈은 이상하리만치 커다랬다. 세모난 얼굴에 마찬가지로 세모난 눈이 피라미드처럼 도드라져 있었다. 이마에 난 어두운 빛의 줄무늬는 살쾡이와도 흡사했다. 짧은 털도 마찬가지였다. 엄마는 항상 털이 짧은 고양이가 깨끗하다고 말씀하셨다.

'정말 훌륭한 어미 고양이에요. 아비시니안 순종이지요.' 레나가 설명했다. '못 나가게 하려고 했는데 언젠가 대나무 숲으로 도망치더니 며칠 밤만에 돌아온 거 있죠. 그래서 아빠 고양이는 누군지 몰라요. 야생 고양이겠죠, 아마.'

아비시니안종이라. 그런 종은 들어본 적이 없었다. 나는 그저 랩 차우라고 불리는, 어릴 적 맥도널드 피아노 선생님이 애지중지 키우던 샴 고양이가 아는 전부였다.

우리 셋의 관계는 처음부터 좋지 못했다. 내가 피아노를 잘 못 칠 때마다 내 손가락을 세게 내리치던 맥도널드 선생님의 자보다 더 아팠던 것은 내 발목 속을 파고들던 랩 차우의 발톱이었다. 선생님과 고양이는 음악 레슨과 순종 고양이에 대해 절대 잊지 못할 선입견을 남겨 주었다.

'아비시니안 종이 고대 이집트인들이 숭배했던 고양이의 후손이라고 말하는 사람들도 있어요.' 계속해서 레나가 설명했다.

이 고양이 여사제가 사원 위에 살고 있는 모습을 쉽게 상상할 수 있었다. 야생고양이와 귀족 고양이의 조합이라… 매력적이네. 새끼 고양이들이 두 부모의 특성 가운데 가장 좋은 것만 물려받아 세련되면서도 튼튼하다면 아주 특별한 고양이들이 될지도 몰라. 하지만 반대로 귀족과 야생고양이의 단점인 까다롭고 거친 습성만 물려받는다면 우리 삶은 엉망진창이 될 텐데.

'이제 고양이 한 마리만 남았어요. 좀 작은 검은고양이요.' 레나가 덧붙였다.

사람들이 더 크고 건강해 보이는 새끼 고양이들을 먼저 골라간 건 당연했다. 구릿빛 고양이들이 어미 고양이처럼 순종으로 보일 가능성이 큰 만큼 더 인기가 있었을 것이다. 나는 애초부터 검은고양이가 마음에 들긴 했지만 그렇다고 눈이 툭 튀어나온 데다 군데군데 털이 뭉쳐져 있는 가장 약해 보이는 고양이를 원했던 것은 아니었다.

'그런데 이 작은 녀석의 정신력이 정말 대단한 것 같아요.' 레나가 말했다. '그런 정신력 덕분에 여태까지 살 수 있었을 거예요. 태어난 지 며칠 후에는 죽을지도 모른다고 생각했는데 이렇게 잘 버틴 거 있죠.'

'이게 여자예요?' 이미 넋을 잃어 고양이에게 쓰는 적절한 용어를 잊은 채 내가 물었다.

'네, 안아보실래요?'

연약한 새끼 고양이를 다치게 할까 봐 두려웠던 나는 싫다고 했다. 그러자 레나는 샘의 손에 그 조그만 생명체를 내려놓았다. 샘은 고양이를 안아 올리더니 뺨으로 고양이털을 쓰다듬었다. 언제나 털을 좋아하던 샘이었지만 그렇게 조심스럽고 부드럽게 다루는 모습은 본 적이 없었다.

'얼마 안 있으면 내 생일이잖아….' 샘이 말했다. 그 다음에 무슨 말이 나올지 짐작이 갔다. '파티 안 해도 되고 큰 선물도 필요 없어. 생일 때 받고 싶은 건 단 하나, 이 고양이뿐이야!'

'네 생일이 언젠데?' 레나가 물었다.

'12월 16일이요. 하지만 언제든 바꿀 수 있어요.' 샘이 말했다.

'새끼 고양이들이 엄마 젖을 충분히 먹을 때까지는 어미랑 떼어 놓지 않는 것이 좋을 것 같아. 안 됐지만 이 고양이는 2월 중순이나 돼야 보낼 수 있을 것 같은데.' 레나가 말했다.

'괜찮아요.' 가느다란 고양이의 실눈을 바라보며 샘이 말했다. '기다릴 수 있어요.'

이제부터는 가만히 입을 다물고 천사처럼 행동하는 것이 최선이라는 것을 아이들은 알고 있었다. 고양이를 키우기 시작하면 아이들이 전쟁 놀이를 그만두고 여성적인 감수성을 가질지도 몰라. 라타로부터, 이 새끼 고양이를 보호하기 위해 최선을 다해야겠지만.

더 이상 이러쿵저러쿵 왈가왈부하는 것은 아무 소용이 없었다. 이렇게 살려고 애쓰는 동물을 어떻게 거절할 수 있겠어? 게다가 샘이 생일 선물로 달라는데.

'우리가 키울게요.' 어찌된 일인지 내 얼굴에서는 미소가 끊이지 않았다.

2. 이름

고양이에게 어울리는 이름은 오직 한 가지뿐이다

– 여왕폐하

'불공평해!' 롭이 소리쳤다. '형은 생일 선물로 고양이에다가 슈퍼맨 전자시계까지 받았잖아!'

오븐에서 바나나 케이크를 꺼내다가 손을 데는 바람에 입에서 욕이 튀어나오려는 것을 간신히 참았다. 몹시 아팠지만 소리 질러봐야 아무 소용이 없었다. 전기 사포 소리가 고막을 찢을 듯이 울리는데다 아이들은 제3차 세계대전에 돌입하려고 하고 있었기 때문이다. 나는 케이크를 식힘망 위에 내려놓고 항구를 바라보았다.

단층선에 살아서 위험하다고는 해도 하늘을 찌를 듯이 높이 솟은 언덕 덕분에 이렇게 바다 경치를 바라볼 수 있는 것이 어디냐. 20년 전 어느 미친 사람이 판지보다 조금 나은 나무로 이 단층집을 '보수'한 것이 뭐 그리 대수일까. 요란한 벽지를 애써 외면하고 상아빛 카펫을 깐 이유가 뭘까 의아해하면서도 우리는 부동산 업자가 주문처럼 반복했던 말을 떠올렸다. '특징 있고… 가능성이 있어요.' 내 미들 네임이 낙관주의자라 할 정도로 나는 낙관적이었다. 이 마을에 대지진이 발생한다면 우리 집은 절벽 밑 바다 속으로 가라앉을 것이 거의 확실했다. 하지만 그날 마침 다른 곳에 있을 거야. 그래. 그런 일이 벌어져도 우리는 대지의 신음 소리를 견뎌낼 수 있게 특별히 설계된, 기초가 탄탄한 시내 고층 빌딩 안에 있을 거야.

스티브와 나는 이렇게 황홀한 전망을 가진 이 단층집에서 우리의 성격차가 해소되기를 바라고 있었다. 지구 반대편에서 온 두 사람, 물과 기름처럼 섞이지 않는 성격을 가진 우리 두 사람이 여기에서 살아남으려면 공을 들이지 않고는 안 될 것이기 때문이었다. 게다가 스티브는 저렴한 비용으로 1960년대 보수됐던 이 집을 다시 보수할 생각을 가지고 있었다. 그래서 남편이 최근 하고 있는 일은 모든 문과 문틀의 페인트를 벗겨 목재 그대로의 상태로 남기는 것이었는데 너무 시끄러워 고막이 터질 지경이었다.

'소리 좀 낮출 수 없어요?' 내가 복도를 향해 소리쳤다.

'소리를 낮출 수가 없어!' 스티브도 소리를 쳤다. '볼륨이 하나밖에 없단 말이야. 이건 전기 사포라고.'

'샘이 고양이를 받으려면 8주나 더 기다려야 해.' 흐르는 찬물에 손을 갖다 대고 있는데도 왜 전혀 나아지지 않을까 생각하면서 나는 롭에

게 설명했다. '그리고 너도 얌전히 사달라고 하면 네 생일에 슈퍼맨 전자시계를 받을 수 있을 거야.'

'형은 이제 슈퍼맨 갖고 놀지도 않는단 말이야. 역사책이나 그런 것만 읽지.'

롭의 말이 옳았다. 새로운 단계에 접어들어 이제 만화책 따위는 읽지 않는 샘에게 슈퍼맨 시계는 더 이상 어울리지 않았다. 하지만 그럼에도 불구하고 오늘 아침 선물포장을 뜯은 샘은 미소를 지으며 고마워했다.

'난 내 시계 싫어.' 롭이 말했다. '이런 시계는 박물관에나 가야 해. 요즘엔 아무도 째깍째깍 돌아가는 시계 따윈 안 해.'

'그렇지 않아. 네 시계는 아직도 멀쩡한데 뭐.'

다행히 날카로운 사포 소리가 멈췄다. 마스크와 샤워 캡을 쓴 스티브가 페인트 먼지에 뒤범벅이 되어 나타났다.

'웃겨, 아빠. 꼭 커다란 흰색 스머프 같아.' 롭이 말했다.

'아무래도 안 되겠어.' 스티브가 한숨을 내쉬었다. '페인트가 나무에 꼭 붙어서 떨어지질 않아. 아무래도 문을 떼야겠어. 시내에 가면 산성 물에 담가서 페인트를 빼 주는 데가 있어. 페인트를 없애는 방법은 그것뿐이야.'

'문을 다 뗀다고요? 화장실 문도?' 내가 물었다.

'1, 2주면 돼.'

샘이 바나나 케이크 냄새를 맡고 부엌으로 들어왔다. 비닐 장판 위에 발톱 소리를 내며 라타가 뒤따랐다. 남자아이와 개의 영혼이 쌍둥이일 수 있다면 이 둘이 그럴 것이다.

샘이 2살일 때 우리 집에 우윳빛 강아지 한 마리가 생겼다. 둘은 힘을 합쳐 냉장고를 습격하거나 크리스마스 2주 전에 우리 침대에서 선물을 찾아내면서 함께 커왔다.

라타가 언제부터 아이의 보호자를 자청하기 시작했는지 정확하게 기억나지 않는다. 아마도 샘이 태어난 지 2년 반 후, 롭이 태어났을 때부터가 아닐까 싶다. 롭이 태어나면서 라타는 보모 역할을 했다. 이 골든 레트리버는 혀를 카펫 위에 축 늘어뜨리고 벽난로 앞에 길게 누워 있곤 했다. 그럴 때면 롭은 라타를 베게 삼아 누운 채로 우윳병을 빨았다. 이런 동물과 함께 살기 때문에 겪을 수밖에 없는 단점, 즉 카펫과 가구가 개털로 뒤덮인다거나 손님에게는 역겨울 수도 있는 개 냄새가 난다는 것은 하찮은 문제에 불과했다. 태평양보다도 넓은 마음을 가지고 있는 라타가 털이 난 조그만 낯선 이도 받아주길 나는 바랐다.

'고양이 이름은 뭘로 할지 생각해봤니, 샘?' 내가 물었다.

'수티나 블래키가 어때?' 롭이 대신 대답했다.

샘은 마치 닭을 향해 돌진하려는 호랑이와 같은 눈빛으로 동생을 바라보았다.

'내 생각에는 이티^ET가 좋을 거 같아.' 샘이 말했다.

'싫어어어어!' 롭이 소리쳤다. '끔찍해!'

롭은 아직도 영화 이티^E.T를 보면서 느꼈던 무서움을 떨쳐버리지 못했다. 롭이 스티븐 스필버그의 에일리언을 무서워한다는 사실을 알게 된 샘은 롭을 놀래킬 만한 풍부한 새 소재를 확보했다. 샘으로부터 지그 재그 길에 있는 가스계량기가 이티의 사촌이라는 소리를 들은 다음부터 롭은 내 손을 꼭 잡지 않고는 그곳을 지나치려 들지 않았다.

'왜 싫어? 그 고양이는 털도 별로 없고 눈도 툭 튀어나온 게 좀 이티를 닮았던데. 그래도 어젯밤 욕실에서 본 이티만큼 무섭진 않지만 말야. 아직도 거기 이티가 있는데 절대 보면 안 돼, 롭. 네가 자기를 쳐다보는 걸 알면 널 먹어버릴 거야. 그건 악어한테 잡아먹히는 것보다 더 끔찍해. 이티는 이가 없거든….'

'그만해, 샘.' 내가 경고를 했지만 이미 늦었다. 롭이 손으로 귀를 막고 부엌을 뛰쳐나가고 있었다.

'이티가 코에서 나오는 찐득찐득한 초록색 액체로 네 뼈를 녹여서 마셔버릴 거야!' 샘이 롭을 향해 소리쳤다.

'하나도 안 웃겨!' 내가 화를 내며 소리쳤다.

샘이 의자 위로 올라와 케이크를 살펴보았다. 동생을 놀릴 때가 아니면 샘은 내성적인 사람으로 변했다. 방금 전 보였던 험악한 전사의 모습은 온데간데없었다. 가끔 이 아이의 머릿속에 도대체 무엇이 있을지 걱정이 됐다. 냄비에 아이싱을 섞으면서 케이크 장식을 도와주겠냐고 묻자 아이는 젤리빈 몇 개만 있으면 된다면서 그러겠다고 대답했다.

파티를 크게 할 필요가 없다고 말했던 샘은 자신이 한 약속을 지켜 모퉁이 집에 사는 대니엘만 초대했다. 대니엘은 모든 아이들이 미친 듯이 놀아대는 큰 파티를 지겨워하는 아이라고 했다. 나 역시도 그 말에 동의한다. 집을 엉망으로 만들고 침대 시트를 여러 개 묶어 창문 밖으로 뛰어내리는 남자아이들은 분명 명상을 하거나 그 이상의 치료가 필요한 아이들이라고 생각했다.

하지만 막상 생일이 닥치자 미안한 마음이 들어 아이에게 친구들을 더 초대하라고 말했다. 하지만 샘은 가장 친한 친구 한 명과 롭과 라타만 있으면 충분하다고 했다. 샘이 고집을 부린 한 가지는 생일 케이크의 불을 자기가 직접 붙이겠다는 것뿐이었다. 그건 작은 고집에 불과했다.

나는 식탁 위에 신문지를 깔고 숟가락으로 아이싱을 퍼서 케이크 위에 엷게 발랐다. 어느 정도 창의성을 가진 엄마라는 것을 증명하기 위해 냄비에 남아 있는 아이싱 찌꺼기에 코코아 파우더를 섞고 끓는 물을 조금 부어 저은 다음 케이크 위에 큰 '9'자 모양으로 삐뚤삐뚤하게 부었다. 샘이 끈적끈적한 표면에 젤리 빈을 올렸다.

나를 올려다보는 샘의 사파이어 눈빛이 어두워졌다. 갑자기 아이가 성숙하고 현명해 보였다. 요즘 들어 그런 눈빛을 본 적이 몇 번 있었다. 그럴 때마다 나는 기운이 빠졌다. 세상의 모든 것을 이해하고 있는 현자처럼 이야기 할 때면 더욱 그랬다.

'살아 있기에 좋은 시기네.' 식탁 밑으로 라타에게 몰래 젤리 빈을 던져주며 샘이 말했다.

'살아 있기에 아주 좋은 시기지.' 내가 말했다.

'나는 할아버지가 부러워. 할아버지는 최초로 차가 발명되고 비행기가 생겼을 때 살아계셨잖아. 도시에 전기가 들어오고 영화관이 생기는

것도 보시고. 정말 흥미진진했을 텐데.'

'그럼. 하지만 너는 그보다 훨씬 더 큰 변화를 보면서 늙게 될걸. 지금
은 상상도 할 수 없는 것들을 말이야. 네 손자들에게, "할아버지가 최초
의 슈퍼맨 전자시계를 가졌었단다."라고 말해줄 수 있을 거야.'

아이는 손목에 차고 있는 시계를 바라보더니 애교 있는 웃음을 지어
보였다. 나는 아이의 어깨를 꼭 껴안고 아이의 체취를 음미하고 싶었다.

'고양이를 이타라고 부르겠다는 건 농담이야.' 냄비에 남은 초콜릿
아이싱을 티스푼으로 긁어모아 입으로 가져가면서 아이가 진심을 털어
놓았다. '엄마 고양이가 이집트 여왕 같이 생겼으니까 새끼 고양이는 클
레오파트라라고 부를 거야. 줄여서 클레오라고 말이야.'

'클레오라. 정말 멋진 이름이네.' 아이의 머리를 손으로 빗어 넘기면
서 나는 아이들이 깊고 깊은 부모의 사랑을 과연 알 수 있을까 생각했다.

'라타가 고양이를 질투하지 않게 내가 더 잘 돌볼 거야. 어제 라타 털
을 두 번이나 빗겨주면서 많은 이야기를 나누었어. 라타도 클레오를 좋
아할 거야.'

라타가 샘의 허벅지에 머리를 올려놓고 맑은 눈동자로 샘을 바라보았다.

'네가 하는 말을 라타가 다 알아듣는 것 같아.'

'동물들은 사람들보다 훨씬 더 많은 것을 알아. 지진이 날 때면 개들
은 짖잖아. 새들은 지구 반 바퀴를 날아 둥지를 찾아가고. 동물이 하는 말
을 사람들이 좀 더 자주 들으면 실수를 많이 저지르지 않을 텐데.'

샘이 동물과 교감을 나눈다는 사실은 아기였을 때부터 분명하게 알

수 있었다. 우리가 외출을 하면 샘은 다른 일보다 동물들과 인사를 나누기에 바빴다. 샘은 유모차에 위엄 있게 앉아 가는 곳마다 보이는 개와 고양이들을 향해 통통한 손을 흔들어댔다. 그리고는 어느 날 머리 위에서 날고 있는 갈매기를 가리키며 처음으로 말을 했다. '대!'

동물들은 또한 샘에게 촉각적인 경험을 할 수 있는 기회를 제공했다. 샘은 털과 깃털의 촉감을 사랑했다. 엄마가 오래 돼서 번지르르한 흑백의 염소 가죽 카펫을 주신 적이 있었다. 샘은 그걸 자기 침대로 끌고 가더니 매일 밤 부드러운 카펫 위에 누워 편안하게 잠들었다.

또한 엉뚱한 유머감각을 가지고 태어난 샘은 사람들과의 경계를 테스트하는 도구로 그걸 이용하기도 했다. 아이가 어렸을 때 버릇없는 말을 하면 나는 놀란 척을 했다. 그러면 아이는 나를 졸졸 따라다니며 '엉덩이, 엉덩이, 호박벌'이라고 놀렸다. 남달랐던 아이는 옷을 입은 채 물에 뛰어들거나 8번째 생일날에 원숭이 마스크와 원숭이 신발을 신겠다고 고집을 부리기도 했다. 인생은 장난을 치기에 안성맞춤이었다. 나는 샘이 어떤 아이인지 이해했다. 선생님들은 그런 아이를 보고 즐거워하거나 놀랐지만 8살이었던 샘에게 13살 정도의 읽기 능력이 있는 것을 보고는 아무도 불평하지 않았다.

나는 아이의 몸을 구석구석 잘 알고 있었고 아이의 모든 점을 사랑했다. 특히 어린 시절 커피 테이블 모서리에 부딪히면서 눈썹 위에 생긴 흉터나 입으로 물어뜯은 손톱과 네모난 손, 오른 손바닥 한 가운데에 있는 무사마귀 등 부족한 점을 사랑했다. 나는 샘의 부러진 앞니(세발자전거 사고로)와 때때로 아이의 눈을 현명해 보이게 하는 반점, 대체적으로 지저분한 아이의 발, 햇볕에 그을린 땅딸막한 다리를 사랑했다. 이런 '결점'이 없다면 아이는 너무나도 완벽한 소년이었을 것이다. 이 지구에 살기엔 지나치게 완벽한 천사 말이다. 아이의 몸에 난 긁힌 자국, 멍, 흉터는 우리 두 사람만이 그 원인과 내력을 알고 있는 우리만의 암호였다. 샘이 동물을 사랑하고 특별하다는 것을 아는 나는 9번째 생일을 맞이하는 아이가 그 어느 때보다도 건강하기를 바랐다. 그리고 샘은 자기가 얼마나 자랐는지 보여주고 싶어 했다.

누군가 현관문을 두드렸다. 문을 열기 위해 샘과 라타가 복도를 달려 나갔다.

대니엘은 우리가 큰 생일파티를 열지 않는다는 사실을 이미 알고 있는 듯했다. 세 아이들은 식탁에 앉았고 라타는 떨어지는 음식을 주워 먹기 위해 식탁 밑에 자리를 잡았다. 생일을 맞은 샘이 9개의 촛불에 불을 밝히는 동안 나는 몇 장의 사진을 찍었다. 화기애애하면서도 왠지 모르게 침울한 분위기가 흘렀다. 몇 주 후 사진을 인화해 보니 너무 어두워서 무엇을 찍었는지도 모를 정도였다.

그날 오후 주방은 햇볕으로 가득했는데도 불구하고 샘의 모습은 그림자에 가렸고 그림자 가장자리로 금빛으로 된 후광이 비추고 있었다. 어쩌면 내가 사진을 잘 찍지 못했기 때문인지도 모른다. 아니면 카메라가 미래를 알려준다고 믿는 사람들의 말대로 초자연적인 예지를 보여준 것인지도 모른다.

3. 죽음

사람과 달리
고양이들은 죽음에 익숙하다.

대부분의 날들은 대개 비슷비슷해서 해가 지기 전에 잊혀지기 일쑤다. 고만고만한 수천 일이 모여 몇 달이 되고 몇 해가 된다. 우리는 오늘이 어제와 비슷할 것이라고 예측하며 하루하루를 보낸다. 똑같은 아침 식사를 하고 학교에 가서 늘 보던 얼굴들을 보는 일상에 빠진 채 우리는 삶이 영원히 변하지 않을 것이라는 믿음에 도취되어 있다.

1983년 1월 21일도 그런 식으로 시작되었다. 그날 충격으로 우리의 삶이 영원히 둘로 나뉘게 될 것이라는 힌트는 조금도 찾아볼 수 없었다.

아침 식사를 한 아이들은 여느 때와 마찬가지로 라타를 심판으로 세운 채 잠옷 바람에 거실 바닥에서 레슬링을 하고 있었고 스티브는 욕실 문을 떼어내던 중이었다. 산성 처리가 될 문 중 욕실 문을 가장 늦게 떼어낸 이유에는 전략도 숨어 있었다. 사람들이 보는 데서 일을 보고 싶은 사람은 아무도 없었기 때문이다.

보기보다 문은 무거웠다. 지그재그 위에 주차해 놓은 지프차에 문을 싣기까지 우리 네 식구는 힘을 합쳐야 했고 그 옆에서 라타는 힘찬 목소리로 우리의 힘을 북돋아주었다. 여름 방학이었던 터라 아이들은 검게 그을려 있었고 머리는 햇살에 비춰 거의 하얗게 보였다. 나와 달리 아이들은 신비한 산성물을 보고 싶어 안달이었다. 스티브가 차에 실린 욕실 문을 움직이지 않게 고정시키고 난 후 아이들은 뒷자리 남은 공간에 올라탔다.

시내로 가는 도중에 스티브가 친구 제시의 집에 내려줬다. 차에서 내리면서 나는 샘에게 내가 앉았던 앞자리로 옮겨 타지 않겠냐고 물었다. 그리고는 미소를 지으면서 오후에 보자고 했다. 앞자리로 옮겨 타는 샘의 파란 눈이 반짝반짝 빛나고 있었다. 그날 '오후'가 절대 오지 않을 것이라고 생각할 만한 이유가 없었다.

일주일 동안 독감으로 몸져 누웠던 제시는 이제 겨우 회복 중이었다. 빅토리아 시대 여신처럼 흰 나이트가운을 입고 있던 그녀는 침대 위에서 기지개를 펴더니 반쯤 나은 상태인 몸을 일으켜 세웠다.

우리는 스프를 마셨고 아이들 이야기를 하면서 웃음꽃을 피웠다. 그집 아이들은 고등학교에 다니고 있었는데 점점 반항이 심해지고 있다고 제시가 푸념했다. 샘과 롭도 머지않아 괴팍스러워질 것이라는 생각이 들었다.

어느 순간 전화벨이 울렸고 제시의 남편인 피터가 전화를 받았다. 들릴락 말락한 그의 목소리가 커졌다 작아졌다 했다. 무언가 안 좋은 소식을 듣는 것 같았다. 친척 중 누군가 돌아가셨나 생각하면서 그가 침실에 들어오면 안타까워하는 표정을 지어야겠다고 생각했다.

방으로 들어서는 그의 얼굴은 마치 원치 않던 일을 한꺼번에 당한 사람처럼 창백했고 어쩔 줄 몰라 하는 표정이었다. 그는 먼저 제시를 쳐다보더니 이윽고 나를 바라보았다. 그 전화는 나를 찾고 있었다. 하지만 나는 그가 잘못 안 것이라고 생각했다. 누가 제시의 집에 전화를 걸어 나를 찾는단 말이야? 내가 그곳에 있다는 것을 아는 사람은 거의 없었다. 영문을 모른 채 복도로 나가서 수화기를 집어 들었다.

'큰일 났어.' 수화기 너머로 스티브의 음성이 들렸다. '샘이 죽었어.'

내 몸 속 세포 하나하나에 남편의 목소리가 울려 퍼졌다. 그의 목소리는 평소처럼 차분했다. 샘과 죽음이라는 단어는 어울리지 않았다. 나는 남편이 미처 알려주지 않은 나이 든 먼 친척 중 샘이라는 사람을 이야기하는 것이라고 생각했다.

수화기 속으로 나의 비명 소리가 울려 퍼졌다. 스티브가 자초지종을 이야기하는 소리가 포격처럼 내 고막을 때렸다.

'샘하고 롭이 빨래줄 아래에 다쳐 누워 있는 비둘기를 발견했어. 샘이 그것을 동물병원에 데리고 가겠다고 우기는 거야.' 전날 〈마우스 킹 The Secret of NIMH〉이라는 만화 영화를 보고 난 후 샘은 평소보다 더 동물의 고통에 공감하고 있었다.

스티브는 점심으로 레몬 메링게 파이를 굽는 중이었다. 그는 아이들에게 새를 동물병원에 데리고 가고 싶으면 너희들끼리 가야 한다고 일렀다. 아이들은 신발상자에 새를 넣어 지그재그를 걸어 내려갔다. 레넬 로드는 외곽에서 시내로 들어가는 대로였다. 차에 별로 관심이 없던 도시 기획자는 시내에서 언덕 위로 올라가려는 사람들을 위해 버스 정류장을 모퉁이에 설치했다. 길이 육교 부근에서 아주 좁아지기 때문에 도보가 한쪽에만 나 있었다. 따라서 시내 쪽으로 가고 싶은 보행자는 버스 정류장에서 길을 건널 수밖에 없었다. 그런데 주행 속도를 낮추라는 표지판이 없는 그곳에서 길을 건너는 것은 매우 위험한 일이었다.

아이들이 육교 끝에 있는 버스 정류장에 도착했을 때 언덕 위쪽으로 향하는 버스 한 대가 서 있었다고 했다. 롭은 샘에게 버스가 지나가고 나서 길을 건너자고 했다. 그러나 샘은 새를 구하는 게 더 급했다. 최대한 빨리 언덕 아래 동물병원에 새를 데리고 가고 싶었던 샘은 롭에게 '조용히 해,' 라고 말하고 멈춰서 있던 버스 뒤로 뛰기 시작했다. 그 순간, 언덕을 내려오는 차가 아이를 치었다.

남편의 이야기는 서로 맞지 않는 퍼즐 조각들 같았다. 롭은 괜찮은지 묻는, 어떤 낯설고 끔찍한 목소리가 수화기를 타고 흘렀다. 롭은 괜찮지만 사고 장면을 목격해서 충격이 크다고 했다. 커다란 안도감이 밀려왔다.

그리고 다음 순간 이 믿을 수 없는 사고 소식이 온 몸에 박혔다. 단순하고 무정한 말투 때문인지 스티브가 하는 말 한 마디 한 마디가 그대로 나를 강타했다. 나의 마음은 갈래갈래 찢어졌다. 제시의 집 천장에

33

붕 떠 있는 내 영혼이 저 아래에서 울부짖고 소리 지르는 내 자신을 바라보았다. 머리가 터질 것만 같았다. 제시의 집 현관문 유리에 머리를 찧어댔다. 그러면 이 고통이 사라질까.

문병을 받던 제시가 이젠 반대로 흰 나이트가운을 입고 선 채 나를 진정시키려고 노력했다. 간호사였던 제시는 병원의 응급실로 전화를 걸었다. 그녀가 샘이 디.오.에이^{D.O.A}였느냐고 물었을 때 내 뇌 가운데 논리를 담당하는 부분이 약어를 해석했다. 수습 리포터 시절 한밤중에 경찰서에서 들은 적이 있었다. 데드 온 어라이벌^{Dead On Arrival}, 도착 시 사망. 그녀가 맥없이 수화기를 내려놓았다.

울부짖고 화를 내도 슬픔을 떨쳐버릴 수가 없었다. 나의 삶은 끝났다. 마치 아코디언처럼 시간이 순식간에 줄어들었다. 우리는 스티브와 롭이 오길 기다렸다. 마시라고 가져다주는 차와 술을 거절한 채 창문을 통해 들어오는 불빛을 바라보며 목구멍 뒤에서 들리는 여러 소리에 귀를 기울였다. 망령이 된 내 마음 한 구석에서는 내 몸 속에서 어떻게 저렇게 끊임없이 소리가 날 수 있을까 궁금한 생각이 들기도 했다.

나는 롭을 만나기 전에 내 모습을 좀 추스르고 싶었다. 가여운 롭은 보지 말아야 할 것을 이미 너무 많이 보았다. 그러나 내 마음과 몸은 머리가 내리는 지시를 거부했다. 나는 울부짖는 동물이 되었다. 스티브와 롭이 제시의 집에 도착하기까지 걸린 20분 정도의 시간이 나에게는 마치 20년이 흐르는 것 같았다.

남편과 아이는 유령 같은 모습으로 나타났다. 복부에 총을 맞은 것처럼 구부정한 모습으로 충격 받은 아이의 손을 잡고 있는 슬픈 유령. 난민과 전쟁 희생자들의 모습을 담은 사진 속에서 그런 모습을 본 적이 있었다. 스티브의 얼굴은 바위처럼 무표정했고 그의 눈은 공허했다. 롭은 마음을 닫아버린 것처럼 보였다. 나는 무릎을 꿇고 풀 죽고 겁먹은 아이의 얼굴을 들여다보았다. 그리고는 살아남은 아들을 껴안았다. 그의 머릿속에 어떤 끔찍한 광경이 펼쳐지고 있을지 궁금해졌다. 아이는 방금 전 형이 차에 치여 죽는 광경을 목격했다. 이 아이가 그걸 어떻게 극복할 수 있을까?

아이를 꼭 안은 채 나는 목 놓아 울었다. 온 몸이 덜덜 떨렸다. 내가 너무 꼭 안는 바람에 아이가 놀랐는지 몸을 비틀더니 내 품에서 빠져나갔다. 나는 다시 한 번 스스로를 추스르려고 애쓰면서 롭에게 어떻게 된 일인지 물었다. 아이는 버스가 갈 때까지 기다리자고 하면서 샘이 길을 건너는 것을 막으려고 했지만 샘이 말을 듣지 않았다고 설명했다. 샘이 롭에게 한 마지막 말은 '조용히 해'였다.

샘의 모습이 길 위에 누운 채 입에서 빨간 줄이 나오는 카우보이 같았다고 롭이 말했다. 한참이 지나서야 아이가 말한 빨간 줄이 무슨 뜻인지 이해할 수 있었다. 아이의 마음은 그 광경을 서부 영화로 해석했던 것이었다. 샘은 총격전 끝에 턱 밑으로 뚝뚝 떨어지는 분장을 한 존 웨인이었던 것이다. 아이가 죽음을 인지하는 모습이 얼마나 다른지 그때 처음으로 깨달았다.

비틀거리며 차를 향해 걸어가는데 롭이 샘의 슈퍼맨 시계를 가져도 되느냐고 물었다. 그걸 묻는 아이의 말이 놀랍게 느껴졌지만 아이는 고작 여섯 살짜리 어린 소년일 뿐이었다.

우리 차 밑에서 감초처럼 길이 펼쳐졌다. 집들이 하나 둘 어지러이 나타났다. 나는 높은 언덕에 길까지 배배꼬인 이 동네가 싫었다. 이 동네의 모든 것이 곧 무너져버릴 것처럼 황량하고 흉측해 보였다. 집으로 돌아가고 싶지 않았다. 다시 지그재그로 난 길과 샘의 물건들을 바라볼 용기가 나지 않았다. 그렇지만 달리 갈 곳이 없었다.

스티브가 육교를 보고 싶으냐고 물었을 때 나는 자동차 유리창에 머리를 찧어대며 비명을 질렀다. 그 근처는 다시 가고 싶지 않았다. 그는 그 아래를 지나지 않게 먼 길로 돌아갔다. 사람들이 아직도 그곳에서 고개를 절레절레 저으며 도로 위에 난 핏자국을 보고 있을지도 모른다.

내 입에서 비난의 말이 거침없이 쏟아져 나왔다. 왜 아이들을 동물병원에 데리고 가지 않았느냐고 스티브에게 소리쳤다. 그는 레몬 메링게 파이를 굽느라 바빴다고 대답했다. 가시가 된 나는 아들보다 레몬 메링게 파이가 더 중요하냐고 비난을 퍼부었다. 이성은 내 행동이 잔인하고 비이성적이라는 사실을 알고 있었다. 말도 안 되는 내 비난을 듣고도 스티브는 언덕만 조금 내려가면 동물병원이 있다는 점을 차분하게 지적했다. 길을 건널 때마다 어떻게 해야 하는지 아이들은 잘 알고 있었어. 게다가 샘은 한 번 어떤 생각이 꽂히면 아무도 말릴 수 없는 아이였다. '우리 둘 다 샘이 어떤 아이인지, 어떤 아이였는지 잘 알잖아.' 스티브가 그렇게 문장의 시제를 바꾸자 나는 더 분노했다.

내 마음은 문어발처럼 가능성을 찾아 이리저리 움직였다. 어쩌면 샘이 죽지 않았는데 실수로 잘못 전해진 것인지도 몰라. 그러나 스티브는 내 상상에 동참하길 거절했다. '내가 직접 앰뷸런스 운전사와 통화를 했는데 운전사가 유감이지만 우리 아들이 숨을 거두었다고 했어.'

숨을 거두었다고? 그 말을 듣자 다시금 분노가 치밀어 올랐다. '저널리즘을 배울 때 선생님들은 죽은 건 죽은 것이지 숨을 거두거나 하느님의 품 안에 잠든 것이 아니라고 귀에 못이 박힐 정도로 말씀하셨어. 매일같이 죽음을 목격하는 앰뷸런스 운전사가 어떻게 그런 표현을 쓸 수 있어?'

정신 나간 듯한 나의 말을 무시한 채 스티브는 앰뷸런스 운전사로부터 들은 말을 계속했다. 샘이 기적적으로 살았다고 해도 뇌상이 그렇게 심한 이상 평생 식물인간으로밖에 살 수 없었을 것이라고 운전자가 그랬어. 그 말을 내 무의식이 귀담아 들었다.

죽었다는 것, 생명이 없다는 것, 이제 갔다는 것. 그건 마지막을 뜻하는 것이다. 우리 아들이 정말 죽었다면 그건 누군가 우리 아들을 죽였기 때문이다. 내 마음은 탓할 사람을 찾아 부글부글 끓어올랐다. 그런 살인자는 처벌을 받아야 한다. 머릿속에 전과가 여러 개 있는, 세상에 대한 혐오감으로 가득 찬 할리우드 악당이 그려졌다.

'여자야. 파란색 포드 에스코트를 몰던 여자. 점심 먹고 다시 회사로 돌아가는 중이었대. 차는 헤드라이트만 조금 깨지고 멀쩡했대.'

우리 아이는 죽었는데 헤드라이트만 조금 깨졌다고? 그 여잘 죽여버릴 거야.

지그재그 길을 비틀비틀 걸어 집으로 가는 도중에도 다시는 샘을 내 무릎 위에 앉힐 수 없고 다시는 샘이 나를 껴안아줄 수 없다는 사실이 도무지 믿기지가 않았다. 다시는, 이라는 단어는 가능성을 저버리는 단어다.

문을 열자 라타가 우리를 반겼다. 한쪽으로 머리를 갸우뚱한 채 무슨 일이냐는 식으로 우리를 올려다보면서. 나는 라타의 목을 안고 흐느껴 울었다. 라타는 고개를 축 늘어뜨리고 꼬리를 뒷다리 밑으로 말더니 바닥에 푹 쓰러졌다. 샘이 하던 말이 떠올랐다. 동물들은 알아….

덜덜 떨리는 손으로 내 생에 최악의 소식을 전하는 전화를 걸었다. 전화를 받은 엄마의 목소리는 차분했다. 이 소식을 좋게 전할 수 있는 방법은 없었다.

엄마가 가장 좋아하시던 손자가 하늘나라로 갔어요. 나는 결국 좋은 엄마가 되지 못했어요. 엄마가 헉, 숨을 들이마시는 소리가 들렸다. 엄마의 목소리가 가라앉았다. 아직도 관찰자로 남아 있는 아주 조그만 내 안의 일부가 엄마의 차분한 반응에 놀라워했다. 엄마는 제2차 세계대전의 공포 속에서 충격적인 죽음을 대하는 방법을 터득한, 경험 많고 강인한 세대에 속하는 분이었다. 소리치고 울부짖는 나를 진정시킨 뒤 엄마는 금방 가마, 라고 말씀하셨다.

나는 슈퍼맨 시계를 롭의 손목에 차 주었고 샘의 모습 그대로 둘둘 말려 있는 침대 시트와 담요 속에 몸을 던졌다. 그리고 아이의 옷 냄새를 맡으며 아이의 목소리를 떠올렸다. 스티브가 나를 부축해 거실로 데리고 가 브랜디를 먹여주었다. 뜨거운 알코올이 혈관을 타고 내려갔다.

한 시간 정도 지나자 젊은 경찰관 두 명이 어색한 모습으로 우리 집에 들어왔다. 그들은 비둘기가 아직 살아 있는데 어떻게 했으면 좋겠냐고 물었다. 모든 생명은 같은 가치를 지닌다는 말은 잘못됐어! 어떻게 우리 아들보다 새에게 살 권리가 더 있단 말이야? 스티브는 샘이 원했던 대로 비둘기를 동물병원에 데려다 달라고 말했다. 경찰관들은 영안실에 가서 시체를 확인해줄 사람이 필요하다고도 했다. 스티브가 직접 차를 몰고 갔다.

얼굴이 잿빛이 된 남편이 집으로 돌아왔다. 샘의 모습이 살아 있을 때와 똑같았다고 했다. 여전히 예뻐. 이마 한쪽에 난 상처만 아니면 무슨 일이 일어났는지 아무도 모를 거야. 작은 상처만 아니면.

원래 남편은 샘의 머리카락을 조금 자를 생각이었지만 가위를 가져가는 것을 잊어버렸다. 나 역시도 머리카락이든 뭐든 아이의 일부분이라면 무엇이든 갖고 싶은 마음이 간절했지만 스티브는 끊어지기 일보 직전까지 늘어난 고무줄 같은 모습을 하고 있었다. 그런 그에게 다시 영안실로 가라고 할 수가 없었다.

✿

엄마가 도착했다. 슬픔에 빠진 우리 세 식구를 보니 엄마는 한층 더 마음이 무거워지신 것 같았다. 엄마는 슬픔 이외에도 남은 우리 식구에 대한 걱정으로 가득했다. 다섯 시간이나 차를 몰고 오셨으니 엄마도 지치셨을 것이다. 나는 엄마가 눈물을 터뜨릴 것이라고 예상했지만 엄마는 어깨를 펴고 고개를 드셨다. 배우들이 무대에 오르기 전에 하는 것처럼.

'방금 전에 본 석양이 여태까지 본 것 중에 가장 아름다웠어. 빨간 빛과 금빛 선이 눈부실 정도로 아름다웠지. 그 가운데 샘이 있을 거야.'

피폐한 내 마음에는 엄마의 말이 냉담하게 들렸다. 어떻게 손자가 석양이 되었다고 생각하실 수 있단 말이야?

엄마가 짐을 푸는 동안 장의사가 도착했다. 거실 한 구석에 앉아 샘의 키와 가슴 치수 등 신체 치수를 묻는 그의 등 뒤로 항구 불빛이 불길하게 반짝였다. 저 사람한테는 그런 걸 알 수 있는 9살짜리 아들이 없단 말이야? '아이들 장례에는 주로 하얀 관이 쓰이죠.' 라고 그가 말했다. 죽음에도 패션 트렌드가 있어? 나는 교회에서 하는 그런 장례식은 하고 싶지 않았다. 아이의 죽음에 대해 하느님과 의논할 게 그렇게 많은 것이 싫었다. 누군가 대학교 교목이 어떻겠느냐고 조언했다. 묘지에서 간단히 장례식을 하면 돼요. 장의사는 노골적으로 마음에 들지 않는다는 표정을 지었다. 그 당시에는 어쩌면 저렇게 냉정할 수 있을까 싶었지만 지금 생각해보니 아마 뭐라 딱히 할 말이 없어 원래 하던 방식을 고수하려고 들었던 것일지도 모르겠다는 생각이 들었다.

장의사가 어둠 속으로 성큼성큼 걸어나간 지 얼마 지나지 않아 대학교 교목이 털이 긴 양탄자 위를 조심스럽게 딛고 들어왔다. 학교를 갓 졸업한 젊은 교목은 잔뜩 긴장해 있었다. 그는 아이의 장례식을 거행해본 적이 한 번도 없다고 털어놓았다. 우리도 마찬가지라고 대답했다. 우리가 원하는 것이 무엇인지 그가 물었을 때 나는 이렇게 소리치고 싶었다. '뻔하지 않아요? 우리 아들을 되돌려 놓는 것이요!' 하지만 한 번도 해보지 않은 일을 해야 하는 상황에 놓여 있는 사람은 그였다. 그가 안 됐다는 생각이 들 정도의 정신이 아직 내게 남아 있었던 모양이다. 묘지에서 그가 읽을 수 있도록 시를 한 편 써 주겠다고 했다.

가정의가 집에 와서 수면제 처방전을 적어줬다. 커피를 마시면서 그녀는 어른들의 세상이 이렇게 살아가기 힘든 걸 보면 샘의 입장에서는 잘 된 일인지도 모른다고 혼잣말처럼 중얼거렸다.

스티브는 롭에게 주었던 슈퍼맨 시계를 다시 받았다고 했다. 샘의 물건을 그렇게 빨리 롭에게 준다는 게 편치 않다면서. 나는 반대했지만 남편은 롭도 이해했다고 나를 안심시켰다. 스티브는 서랍 속 상자 안에 시계를 넣어두었다.

라타는 아이들 방문 앞에 엎드려 있었다. 우리는 원래 롭이 자던 침대에 애를 재우려고 했지만 롭은 샘과 함께 쓰던 방에서 자길 거부했다. 아이는 잔뜩 겁먹은 눈을 하고 거기에 용이 살고 있다고 말했다. 결국 스티브는 롭의 매트리스를 우리 방으로 들고 와 창문 아래 놓았다. 난파선 선원들처럼 우리는 샘이 없는 첫날밤을 그렇게 보냈다. 도저히 잠이 오지 않을 것 같았지만 어느 새 무의식이 단두대 날처럼 나를 덮쳐 자비로운 무감각 속으로 데리고 갔다.

변해버린 세상을 떠나는 것은 쉬운 일이었다. 그러나 변한 세상 속으로 다시 돌아올 때는 참을 수 없는 고통이 따랐다. 다음날 아침 눈을 뜨자 언덕에 울려 퍼지는 개똥지빠귀의 '툭툭' 하는 울음소리가 들렸다.

일순간, 나는 삶이 평소와 다름없다고 생각했다. 말도 안 되는 끔찍한 악몽을 꾼 것이라고 말이다. 이윽고 엄청난 공포가 몰려오면서 전날 벌어졌던 일들이 다시 떠올랐고 다시 절망의 늪에 빠졌다.

스티브도 힘겨워하긴 마찬가지였다. 사고가 발생한 지 며칠 후 잠든 내 얼굴 위로 무언가 축축한 물이 하염없이 떨어졌다. 한 번도 내 앞에서 눈물을 보인 적 없던 남편이 울고 있었다. 그때 내가 손을 뻗어 그를 안아주었어야 했다. 그러나 잠이 덜 깬 나는 아무 생각도 나지 않았다. 오히려 괴로움에 휩싸인 채 잠시 혼란스러워 하다가 그저 남편에게 울음을 그치라고만 말했다. 내 말을 남편이 문자 그대로 받아들일 줄은 몰랐지만 그 이후로 남편은 내 앞에서 단 한 번도 슬픈 모습을 보인 적이 없었다.

우리 집은 꽃으로 가득 찼다. 시간이 지나면서 나는 역겨울 정도로 연약한 꽃들에 질려버렸다. 한 여름의 열기로 화병의 물이 썩으면서 고인 물의 악취가 진동했다. 방마다 꽃이 축 처져 있었고 바닥에는 꽃잎이 눈물처럼 여기저기 떨어져 있었다.

스티브는 꽃 때문에 내 기분이 더 상한다고 생각했다. 어쩌면 남편의 말이 옳았는지도 모른다. 그는 새로 배달된 국화꽃, 백합, 카네이션 다발을 비롯해 활짝 피고 난 후 곧바로 져버릴 꽃들을 눈에 띄지 않도록 정원 나무 밑에 가져다 놓았다. 누구의 행동이 더 이상했을까. 배달되는 꽃을 볼 때마다 히스테리를 부리는 슬픔에 빠진 아내였을까, 아니면 그것들을 나무 밑에 숨기는 남편이었을까.

현관문은 많은 사람들이 복도를 지나 한 번도 내 마음에 들지 않았던 카펫 위로 걸어왔기 때문에 아예 열어두었다. 그중에는 처음 보는 사람들도 많았다. 내가 제발 갔으면 하고 바랄 때까지 진부한 이야기나 성경 구절을 주절대는 사람도 있었다. 내가 공감할 수 있었던 단 한 마디는 '세월이 엉망진창이다'라는 셰익스피어의 말뿐이었다.

손님들 중에는 분노한 사람들도 있었다. 내가 느끼는 괴로움을 자신들도 느낀다고 주장하는 여성들도 몇 명 있었다. 그런 사람들은 눈물을 자극하고 편안함을 요구하면서 흐느끼는 얼굴을 나에게 들이밀었다. 그리고는 철없는 소리들을 해댔다. '나한테 이런 일이 생겼으면 나는 살지 못했을 거예요.' '적어도 롭은 잘 자랄 수 있는 기회를 얻었잖아요. 여태까지는 항상 형의 그늘에 가려 있었으니까요.' 나는 그들이 제멋대로거나 혹은 미친 건지도 모른다고 생각했다. 이제는 더 이상 정상인 사람과 미친 사람을 구분할 수도 없었다.

내 마음에 남아 있는 히스테리와 익살꾼처럼 배배꼬인 부분이 창백한 그들의 얼굴과 떨리는 입술에다 대고 귀에 거슬릴 정도로 크게 웃어주고 싶어 했다. 사람들이 자신의 아버지/강아지/할머니가 돌아가셨을 때 '나와 같은' 슬픔을 느꼈다고 말하는 그 얼굴을 있는 힘껏 갈겨주고 싶었다. 어떻게 나이 든 노인네들의 예측 가능한 죽음이나 한갓 동물의 죽음을 우리 아들의 죽음에 견준단 말인가?

다른 사람들은 창밖으로 항구를 바라보며 우리에게 벌어진 일을 조용히 곱씹었다. 인간의 고통을 알지 못하는 항구는 이상할 정도로 청록색으로 빛났다. 그렇게 아름다운 광경이 위안이 되기는커녕 무심하게 아른거리는 그 모습이 오히려 혐오스럽게 느껴졌다.

저널리즘 학교에 같이 다녔던 마오리족 친구인 필 와앙가가 갑작스럽게 찾아와 말없이 나를 가만히 안아주었다. 학교 다닐 때 각별히 친했던 사이는 아니었지만 그동안 들을 수밖에 없었던 수만 마디 말보다 그의 포옹이 훨씬 더 위안이 되었다. 우리보다 죽음을 덜 두려워하는 문화에서 자란 필은 우리에게 벌어진 일이 얼마나 말도 안 되는 것인지 큰 소리로 검토할 필요성을 못 느꼈던 것이었다. 그가 고마웠다.

나는 거의 하루 종일 소파에 앉아 샘의 생일 케이크를 만들다 데었던 손의 상처를 만지작거렸다. 아들은 더 이상 이 세상 사람이 아닌데 상처는 아직도 이 세상에 남아 있다는 사실을 받아들일 수가 없었다.

우리가 처한 상황을 한층 더 엉망진창으로 만든 것은 욕실 문이 없다는 사실이었다. 욕실은 우리의 가슴처럼 공개적으로 찢겨 속을 드러내보이고 있었다. 우리 집을 찾아온 손님들이 혼자만의 공간에서 볼일을 보는 것은 불가능했다. 우리도 마찬가지였다. 스티브는 창틀에다 샤워 커튼을 달았지만 얇은 꽃무늬 커튼이 바닥보다 훨씬 높은 곳에서 나풀거렸기 때문에 손님들의 무릎 위까지 훤히 볼 수가 있었다. 그때까지 나는 문이 그렇게 실질적이고 고상한 가구인지 깨닫지 못했다. 그때까지 내가 미처 깨닫지 못했던 것은 그것 말고도 많았다.

❧

장례식이 끝나고 며칠이 지난 후 나는 걱정 말라며 엄마를 안심시켰다. 엄마는 불안한 듯 고개를 끄덕이신 뒤 차에 오르셨다. 시어머니가 영국에서 전화를 걸어오셨다. 도리스 스톡스라는 유명한 영매를 보러 극장에 다녀오셨다는 어머니 말씀에 한숨을 내쉬었다. 또 무슨 이야기가 필요한 걸까. 도리스가 시어머니를 무대로 불러내어 샘으로부터 전할 말이 있다고 했단다. 샘이 우리에게 자신이 잘 있다는 것을 알리고 싶어 한다고 했단다. 모든 영매들이 하는 말은 다 똑같다. 그리고는 도리스가 샘이 머무는 기이하고 새로운 곳을 설명하기 시작했단다. 기숙학교 같은 모습인데 그보다 더 재미있다고도 했단다.

영국 영매들이 기본적으로 영국식 술집과 찻집, 장면들이 담긴 이미지를 만들어내는 경향이 있는 것이 이상하지 않느냐고 비꼬려는 순간, 시어머니는 한 가지가 더 있다고 하셨다. 시어머니는 도리스가 대체 무슨 말을 하는 것인지 도무지 모르겠지만 아마 우리들은 알지도 모른다고 말씀하셨다.

롭이 자기 시계를 가져도 괜찮다고 샘이 말했다는 것이다.

4. 침입자

고양이는 초대받은 곳에 나타나는 것이 아니라

필요한 곳에 나타난다.

영원히. 샘은 그렇게 영원히 우리 곁을 떠났다. 그게 얼마나 오랜 세월일까? 무한한 시간을 말하는 것일까? 무한대를 나타내는 부호는 8자처럼 생겼다. 내가 만일 우주 버스 대합실에 앉아 기다리면 어느 순간 샘이 다시 내게 돌아올까?

그럴 리 없다. 절대로. 절대 샘을 다시 볼 수는 없을 것이다. 천국이나 환생이나 도리스 스톡스가 말한 기숙학교를 믿지 않는 한은 말이다. 아무리 천사가 운영한다 해도 샘이 기숙학교에서 지내는 모습은 상상할수가 없었다. 샘이라면 그곳 규칙이 무엇인지 파악한 다음 규칙이란 규칙은 모조리 깨서 퇴학을 당해 집으로 보내지길 기다리고 있을 것이다.

현재든 미래든 아무리 다른 현실 세계가 존재한다 해도 내가 그곳에 갈 방법은 없었다. 그럼에도 불구하고 나는 초자연적인 세상과 연결되어 있던 아버지의 모습을 물려받았다고 생각하고 싶었다. 아버지가 가장 좋아하던 셰익스피어 문장은 '자네의 철학이 꿈꾸는 것보다 하늘과 땅에 더 많은 것들이 있다네, 호레이쇼.'였다.

아버지는 젊은 시절 수술대 위에서 경험했던 근사 체험에 대해 자주 말씀하시곤 했다. 아버지는 빛이 번쩍이는 터널로 이끌려 올라가 저 위에 있는 멋진 사람들을 만났다고 하셨다. 그곳에 가신 아버지는 매우 기뻐하셨지만 어느 목소리가 조용히, '미안하지만 다시 돌아가야 합니다.'라고 말했다고 한다.

그 터널을 다시 휙 내려와 평범한 세상으로 돌아온 것이 가장 실망스런 경험이었다고 말씀하셨던 아버지는 유령과 자연, 영혼, 분신사바 등 아버지가 '교회적인 것'이라고 부르지 않으셨던 모든 형태의 영혼이 있을지도 모른다고 생각하시게 되었다. 스스로를 기독교인이라고 하면서도 존경할 만한 예수님의 모습은 하나도 보이지 않는 사람들을 너무나 많이 봤기 때문이었다.

아버지는 분명 범상치 않은 분이셨다. 보랏빛 파란 눈을 가진 아버지에게는 주변 사람들을 잘 쳐다보지 않는 습관이 있었다. 아니 그보다는 아버지는 상대방과 그 주변에 보이지 않는 다른 사람들과 다 같이 대화를 하는 듯한 인상을 주곤 하셨다.

골프 코스에서 죽는 것을 행복으로 여기는 사람도 있다. 그와 마찬가지로 아버지도 우리 아이들과 엄마, 그리고 나와 가졌던 콘서트 중간 휴식 시간에 행복한 죽음을 맞이하셨다. 아버지가 가장 좋아하시던 브루흐Bruch 바이올린 콘체르토가 끝난 직후 아버지는 나를 바라보고 이렇게 말씀하셨다. '우와, 여기 음향이 정말 훌륭하구나.' 그러더니 갑자기 고개를 푹 숙이면서 고통스런 신음을 내뱉으셨다. 나는 아버지의 어깨를 감싸고 괜찮으신지 물었다. 그러자 고개를 드시더니 무대 위 한 곳을 향해 황홀한 미소를 지으셨다. 터널 저 위에 있는 사람이 이번에는 '올라오세요!'라고 말했던 것이 분명했다. 아버지는 서둘러 그곳으로 떠나셨다.

우리에게는 충격이었지만 아버지에게는 완벽한 죽음이었다. 아버지는 죽을 준비를 하고 계셨고 죽어도 여한이 없으셨다. 그런 아버지가 돌아오길 기다리는 것은 이기적인 바람에 불과했다. 그러나 샘은 다르다. 나는 샘이 아직도 우리 곁에 있다는 표시를 찾고자 했다. 하지만 커튼이 움직여도 그 원인이 되는 바람이 항상 있었다. 벽에 샘의 머리를 닮은 그림자가 생긴 것을 보았지만 그것은 밖에서 흔들리는 나뭇가지에 불과했다.

우리가 찾을 수 있는 유일한 메시지는 스티브가 처음 벽지를 붙였던 침실 천장 높은 곳에 샘이 초록색 펠트펜으로 흘겨 쓴 '멍청이'라는 말뿐이었다. 아마 사다리를 타고 올라가 쓴 모양이었다. 틈만 나면 장난을 치는 일은 샘다운 짓이었다. 그러니 샘이 우리에게 무언가를 전하고 있다면 그건 슬픔에 빠져 있는 우리를 멍청하다고 비웃는 것일 것이다.

그럼에도 절대. 샘은 절대 자라서 사랑에 빠지는 황홀한 기분을 음미하거나 아이들이 자라는 것을 보는 기쁨을 누리지 못할 것이다. 영원히.

세상을 떠난 아이는 특별한 남자아이로만 기억될 뿐 절대 남자가 될 수 있는 기회를 갖지 못할 것이다. 머릿속에 맴도는 생각을 멈출 수 있는 유일한 방법은 작은 진홍색 페인트 긁개로 창문에 그려진 그림을 긁어내는 것뿐이었다. 떼어낼 수 없는 고정 창이라 페인트를 제거해주는 곳으로 가지고 갈 수 없었던 창문 말이다.

손목이 아파오고 손가락에 피가 나고 물집이 잡히려 할 때까지 나는 긁고 또 긁었다. 그림 창을 통해 보이는 도시와 언덕, 항구가 흉측스러워 보였지만 어쨌든 이 페인트는 제거해야 하는 것이었다. 긁개로 한 번 긁을 때마다 나는 고통의 층을 하나씩 벗겨냈다. 페인트가 완전히 벗겨지고 나무가 반들반들해지면 어쩌면 내 마음도 치유될지 몰랐다. 낮이었는지 밤이었는지 모르겠지만 한 번은 스티브가 해결책이 없는 창문에 매달려 있는 나를 조심스럽게 다른 곳으로 데려간 적이 있었다. 무의미하고 집착적인 나의 행동이 거슬렸던 것이다.

몇 번에 불과하긴 했지만 어쩔 수 없이 가게와 상점을 들러야 해서 바깥으로 나갈 때마다 나는 얼마 전 겪은 비극을 들먹이며 전혀 모르는 사람을 아무 거리낌 없이 괴롭혔다. '우리 아들이 죽었어요.' 우체국 창구 여직원에게 그렇게 말했다. '그래요. 3주 전에 차에 치었죠. 이제 겨우 9살밖에 안 됐는데요.' 그 말을 듣고 창백해진 여직원은 갑자기 더 홀쭉하고 키도 더 커 보였다. 그녀는 새로운 그림 우표 시리즈 광고 포스터 속으로 사라져버리길 원하는 것 같았다. 우표 수집가를 위한 새로운 시리즈, 해외 친구들을 위한 좋은 선물, 편리한 우편 발송. 그녀는 긴장한 듯 문을 바라보더니 유감이네요, 라고 말했다. 그녀의 목소리는 차분하고 조용했다. 뭐가 유감이라는 걸까? 내가 그녀에게 충격적인 사실을 알려준 것? 아니면 애초에 내가 이 우체국에 들어온 것이?

일순간 부끄러움으로 온 몸이 빨개졌다. 그저 돈을 벌려고 하는 평범한 사람의 일상을 망쳐놓다니 내가 무슨 짓을 한 걸까? 그녀가 나를 미친 사람이거나 거짓말쟁이거나 아니면 둘 다로 생각한다 해도 할 말이 없었다.

나는 은행원에게도 똑같은 말을 했다. 그 역시 비슷한 반응을 보였다. 아직 아물지 않은 내 상처를 나는 무엇 때문에 낯선 사람들에게 보였던 것일까? 그렇다고 내 말을 들은 사람들이 충격을 받고 불편해하는 모습을 보면서 만족감을 느꼈던 것도 아니다. 나는 세상 속에서 나의 위치를 재정의하고, 낯선 사람이 알아볼 수 있는 꼬리표를 달고, 결국에는 받아들일 수 없는 사실을 스스로 받아들이게 만들 필요성을 느꼈던 것이다. 어쩌면 그 옛날 상주들이 일 년 동안 검은 옷을 입고 지낸 것이 나름 타당한 행동이었는지도 모른다. 그 옷을 입고 있는 사람은 아무리 상태가 좋아도 불안정하다는 것을 보여줄 수 있었을 테니까.

나는 집 안에 가만히 앉아 동정어린 손님들의 표적이 되는 것에 분개하면서도 그렇다고 밖으로 나가고 싶어 하지도 않았다. 어느 날인가 큰 길을 따라 걸으면서 살아남은 아들을 영원히 보호해줄 아동복을 찾다가 갑자기 길을 잃고 방향을 몰라 헤매었던 적이 있었다. 그때 낯설고 한가한 사람들 틈에서 울부짖고 싶은 생각을 간신히 참았다. 반짝이는 상점 유리창이 내 쪽으로 기울면서 나를 보도 위로 눌러버리겠다고 위협했다. 다리에 힘이 풀렸다.

마침 아는 사람이 나를 발견해 차로 데리고 갔다. 부축을 받았다는 사실에 수치심을 느낀 나는 고맙다고 인사를 한 후 그녀를 보냈다.

운전대 앞에서 숨을 헐떡일 때 비로소 내 모습이 어떤지 깨달았다. 머리카락이 길게 자란 해골의 모습. 룸미러를 바라보자 젊은 28살의 여성이 눈이 시뻘건 채 앉아 있었다.

평소와 다름없는 생활이 어떤 것인지 모르지만 어쨌든 우리는 평소와 다름없는 생활을 하려고 노력했다. 장례식을 치르고 난 후 1, 2주 정도 지나자 스스로 느끼는 슬픔도 감당하기 힘든 스티브가 흐느끼고 소리치는 내 모습에 지친 나머지 일주일 동안 바다에서 일하기 위해 가방을 싸서 몽유병 환자처럼 집을 나섰다. 나는 남편이 일상과 바다 생활 속에서 평정을 찾길 바랐다.

며칠 후 누군가 현관문을 두드리는 소리가 들렸다. 복도 끝 어두운 곳에 몸을 숨긴 채 반투명 유리 뒤에 서 있는 사람이 누구일까 생각했다. 실루엣이 우아해 여자처럼 보이긴 했지만 아는 사람 같아 보이지는 않았다. 여자라기엔 너무 키가 큰 것 같았고 머리도 짧은데다 덥수룩해 보였다.

식탁에서 새로 얻은 레고 세트로 우주 정거장을 만들고 있던 롭이 고개를 들고 밖을 쳐다보았다. 지난 몇 주 동안 눈이 부실 정도 반짝이는 포장지에 싸인 채 롭에게 보내진 장난감과 옷가지들이 한가득이었다. 한때 믿을 만한 경비견이었던 라타는 아이들이 쓰던 침실 앞에 엎드린 채 귀만 쫑긋 세웠다. 사고가 난 이후로 라타는 움직이지도, 슬픔을 가

누지도 못했고, 머리조차 들지 않았다. 누군가 라타를 위로하려 들면 개는 슬픔이 가득 찬 눈을 굴리기만 할 뿐이었다.

'대답하지 말고 가만히 있자. 좀 있으면 갈 거야.' 내가 말했다.

더 이상 손님은 필요 없었다. 지칠 대로 지치고 멍해진 나는 더 이상 대화를 나눌 힘조차 없었다. 똑같은 이야기의 반복. 사랑하는 우리 두 아들이 길을 걸어 내려갔는데 어떻게 한 아이만 돌아오게 되었는지 설명하는 동안 손님은 눈물이 그렁그렁한 눈으로 나를 바라볼 것이다. 빈 성당 안에서 반주 없이 반복해서 불러대는 성가처럼 똑같은 이야기를 반복하는 것에 이제 지칠대로 지쳤다. 손님들이 우는 것도 지겨웠고 암환자 같은 그들의 목소리를 듣는 것도 지겨웠다.

아니 어쩌면 지금 이 손님은 우리에게 음식을 가져다주려고 온 것인지도 모른다. 지난 3주 동안 샌드위치며 머핀, 구운 닭고기, 알 수 없는 음식들로 가득 채워진 접시들이 집안으로 끊임없이 들어왔다. 그런 현실성과 자제력을 지닌, 음식을 만든 사람들이 고마웠다. 누가 주는 것인지도 모르는 그런 선물들은 고맙게도 감정적인 대립을 누그러뜨렸다. 나는 먹고 싶은 생각이 전혀 없었지만 어쨌든 음식은 누군가의 배속으로 들어가는 것 같았다.

미안한 마음이 들게 만드는 빈 접시들이 부엌 의자 위에 점점 더 높이 쌓여갔다. 누가 무엇을 가지고 왔는지 전혀 알 수가 없었다. 어쩌면 밖에 있는 저 방문객은 이미 음식을 가져다준 사람인지도 모른다. 슬픔으로 가득 찬 집을 다시 찾아와 용감하게 접시를 달라고 하는 그런 사람일 수도 있다.

아니, 저 반투명 유리 뒤에서 서성이는 사람이 누구이건 나는 문을 열지 않을 거야. 저 사람은 음식이든, 꽃이든, 달콤한 시가 담긴 동정 카드든 현관 매트 위에 올려놓고 고통 없는 일상으로 돌아가면 그만일 테니까.

안전한 부엌으로 되돌아가려는 순간, 그 사람이 유리를 두들겼다. 라타가 몸을 일으켜 세우면서 동시에 짖기 시작했다. 샘이 죽은 후로 라타가 우는 소리 외에 다른 소리를 내는 건 처음이었다.

'잘했어!' 꼬리를 흔들며 현관문을 향하는 라타의 등에 난 사랑스런 털을 쓰다듬으면서 내가 말했다.

반투명 유리 너머로 사람의 머리가 움직였다. 그게 누구이든 개 짖는 소리와 내 목소리를 들은 게 분명했다. 이제는 선택의 여지가 없었다. 문을 열지 않는다는 것은 그저 무례한 행동에 불과했다.

라타의 목줄을 손가락에 감아쥐며 문을 열었다. 햇빛이 눈을 찔렀다. 그 우아한 몸매는 레나의 것이었다. 그녀의 길고 우아한 팔을 롭과 동갑내기인 그녀의 아들 제이크가 잡고 있었다.

다른 사람들은 대부분 아이들을 데리고 오지 않았다. 롭의 가장 친한 친구 한두 명만 빼고는 모두 우리를 멀리 했다. 이해할 수 있었다. 할머니나 할아버지의 죽음도 아이들이 감당하기에 버거운데 하물며 같은 또래 아이의 죽음을 어떻게 감당하겠는가. 또래 아이의 갑작스런 죽음이 아직 형성되지 않은 신경계에 어떤 영향을 미칠지 누가 알겠는가? 게다가 비극이 전염되지 않는다는 근거도 없었다.

나는 아직 다른 사람들의 아이들을 대할 자신이 없었다. 아이들의 이름을 들을 때면, 특히 샘과 동갑인 아이들의 이름을 들을 때면 내 안에서 복수심에 불타는 분노가 부글부글 끓어올랐다. 우리 애는 죽었는데 당신 아들은 무슨 권리로 여태까지 살아 있는 거예요?

레나의 아들은 눈도 깜빡이지 않고 나를 빤히 쳐다보더니 신이 난 듯 목줄을 잡고 있는 내 손에서 벗어나려고 애쓰는 라타를 바라보았다. 그리고는 복도 안쪽을 들여다보았다. 어쩌면 이번에는 어느 정도 일상적인 방문일지도 모른다. '정말 마음이 아파요. 필요한 게 있으면 언제든 말씀하세요,' 같은 소리를 안 들어도 되는.

'롭하고 놀래? 지금 달에 도시를 짓고 있는데.' 레나의 입에서 혹시나 그런 진부한 표현이 나올까 봐 얼른 내가 아이에게 물었다.

얼굴에 미소를 머금은 채 제이크는 가만히 서 있었다.

'필요하면 화장실을 써도 돼. 아직은 문을 닫을 수 없긴 하지만 말이야. 두 주면 문의 페인트를 벗길 수 있다고 했는데 언제 될지 모르겠구나. 우리 집이 지금 좀 엉망이라서….' 제이크를 마구 핥아대는 라타를 못하게 막으려고 애쓰면서 횡설수설거렸다.

레나는 버드나무처럼 긴 팔을 구부려 커다란 누비 가방을 내렸다. 이색적이고 화려한 걸 보니 그녀가 직접 만든 가방인 것 같았다.

가방 안으로 손을 집어넣은 그녀는 세모난 큰 귀를 가진 조그만 생명체를 끄집어냈다. 검은색에 털이 드문드문 나 있었다. 아마 형을 잃고 슬픔에 잠긴 아이를 위로하기 위해 레나가 장난감을 만들어왔나 봐.

그 조그만 것의 머리가 움직이자 나는 깜짝 놀라지 않을 수 없었다. 눈은 유리구슬처럼 튀어나와 있었다. 아주 앙증맞은 조그만 발이 레나의 손가락 사이로 걸쳐져 있었다. 미숙아의 작은 크기를 표현하기 위해 어른 손 옆에 아기를 놓고 찍은 사진들이 떠올랐다. 이렇게 작은 생명체라면 혼자 힘으로 살아가기 힘들 것이다.

'새끼 고양이를 데리고 왔어요.' 미소를 지으면서 레나가 말했다.

새끼 고양이라니? 무슨 새끼 고양이?

'샘의 새끼 고양이다!' 순식간에 복도를 달려 내 옆으로 파고들면서 롭이 소리쳤다.

라타가 큰 소리로 짖으면서 내 손아귀에서 벗어났다. 그리고는 두 발로 뛰어오르는 바람에 하마터면 레나를 넘어뜨릴 뻔했다. 새끼 고양이는 레나의 품안으로 몸을 움츠렸다. 이 작은 것에게 우리 개는 괴물처럼 보일 것이다. 둘은 서로 싫어하는 것이 분명했다.

'앉아, 라타!' 내가 소리쳤다. '애한텐 고양이가 낯설어서요.' 나는 다시 목줄을 꽉 쥐고 라타를 집 안에 들여놓았다.

'걱정 마. 잘 해결할 테니까.' 라타의 털을 쓰다듬으며 속삭였다.

라타는 잠시 동안만 부엌에 불편하게 갇혀 있어야 한다는 사실을 이해하는 듯했다. 그 새끼 고양이, 샘의 새끼 고양이는 우리 집과 어울리지 않았다. 그건 마치 이티처럼 레나의 누비 가방으로 둔갑한 우주선을 타고 우리 집에 왔다. 새끼 고양이는 다른 시대에서 온 것이었다. 샘이 살아 있었고 우리 삶이 만족스러웠던 그 시대에서. 이제는 갈가리 찢어지고 닳아빠진 마음만 남아 새끼 고양이를 키울 여유가 없었다. 우리와는 함께할 수 없었다.

내가 새끼 고양이를 기르고 필요한 것을 마련해준다는 것은 불가능해. 이미 9살 아이의 부모 노릇도 제대로 못한 엄마로 판명되었잖아. 그런 내가 이렇게 작고 약한 생물을 어떻게 보살필 수 있겠어. 게다가 라타 또한 이미 고통을 받을 만큼 받았어. 이미 엉망진창이 되어버린 라타의 삶에 천적이라니.

침입자는 레나가 다시 데려가야만 해. 레나도 이해해줄 거야. 우리보다 새끼 고양이를 더 잘 보살펴줄 수 있는 좋은 가정을 찾아주는 것쯤 레나에겐 식은 죽 먹기일 것이다. 귀여운 고양이인데다 레나는 영업에 뛰어난 사람이니까. 다시 현관으로 나가면서 나는 레나에게 할 말을 생각했다. 레나가 실망하긴 하겠지만 우리가 겪은 것에 비하면 그까짓 실망쯤은 아무것도 아닐 것이다.

현관으로 나가자 햇살을 등지고 선 레나가 새끼 고양이를 롭의 손에 내려놓는 것이 보였다.

'이제 네 거야.' 레나가 부드럽게 말했다.

'미안하지만, 레나 씨…' 내가 준비한 말을 꺼내려는 순간, 롭의 얼굴이 보였다. 롭은 새끼 고양이를 다정하게 내려다보면서 통통한 손으로 새끼 고양이의 등을 쓰다듬고 있었다. 그때 이 지구상에서 영원히 사라졌다고 생각한 것이 다시 보였다. 롭의 미소. 롭이 미소를 짓고 있었던 것이다.

그리고는 롭이 말했다. '어서 와, 클레오.'

5. 믿음

고양이는 항상
적시적지에 나타난다.

롭이 방금 받은 새끼 고양이를 데리고 안으로 사라지자 레나가 뒤돌아 돌아가려 했다. 급한 마음에 나는 그녀의 팔꿈치를 잡았다.

'말씀드릴 게 있어요.' 나는 사실대로 털어놓기 시작했다. '나는 사실 고양이를 키울 만한 사람이 아니에요. 어렸을 때 우리 집에 고양이가 있긴 했지만 그건 사실 길고양이에 가까웠어요. 그냥 잠만 우리 집에 들어와서 자고 우리가 가끔 먹이만 주는 식이었죠. 엄마가 농장에서 자라셨는데도 실제로 고양이를 키우신 적은 없어요. 고양이 한두 마리를 집안으로 들어오게 하셔서 조금 길들이긴 했지만 별로 고양이랑 친해지진 못했어요….'

레나의 표정이 어두워졌다. 그래도 이 말만큼은 해야 했다. 그녀에게 말하지 않는다는 것은 2주 동안 사촌동생인 제프를 도와 젖소들 젖을 짜주고 돌아오는 비행기 안에서 세관심사서류에 지난 30일 동안 농장을 방문한 적이 없다고 체크하는 것보다 더 나빴다.

'그중 실버스타라고 불리는 한 마리는 엄마 신발에 똥을 싸곤 했어요. 엄마가 신발 신기 전에 신발을 확인하지 않을 때도 있는데 그럴 때마다 아주 끔찍했죠. 집이 날아갈 정도로 비명을 지르셨으니까요. 엄마 말씀으로는 실버스타가 페르시아 고양이 잡종이기 때문에 신경질적이라고 하셨어요. 왜 털이 긴 고양이 있잖아요. 희고 검었죠. 아니 중요한 건 레나 씨, 우리는 개를 더 좋아하는 사람들이라는 거예요.'

레나는 이국적인 백합처럼 고개를 돌리더니 뜰에 심은 작은 나무들을 바라보다 라타가 앞뜰에 싸 놓은 똥더미를 본 뒤 한숨을 내쉬었다.

'이건 정말 특별한 고양이에요.' 레나가 말했다. '그런데 고양이를 좋아하지 않으신다면….'

'고양이를 좋아하지 않는 건 아니에요. 그냥 고양이를 어떻게 기르는지 모르는 것뿐이에요. 고양이 기르는 법이나 그런 것에 관한 책을 읽어본 적이 없거든요.'

'고양이들은 기르기 쉬워요.' 유치원 선생님 같은 말투로 그녀가 말했다. '개보다 훨씬 쉽죠. 저 새끼 고양이도 아무 문제 없을 거예요. 그저 하루 이틀 정도 집 안에 두세요. 문제가 생기면 전화 주시고요. 그리고도 마음이 바뀌시면 저에게 다시 돌려주셔도 돼요.'

'그렇지만….' 내가 이미 마음의 결정을 했다는 것을 레나는 모르는 것 같았다. 나는 저 새끼 고양이를 키우고 싶지 않았다.

'그 고양이는 사랑만 조금 받으면 돼요.'

사랑. 말로 하기는 너무나 쉬운 단어. '라자냐'나 '평상복', '제발 나를 내버려 두세요, 영원히.' 같은 말보다 훨씬 더 발음하기 쉬운 말. 내 마음은 이미 뜯겨져 가루가 되어버렸다. 그런데 이런 마음으로, 내가 기르기로 약속했던 것도 잊었던데다 저렇게 손이 많이 가게 생긴 생물에게 사랑이 아니라 사랑 비스므리한 것이라도 쥐어짜낼 수 있을까?

또 새끼 고양이가 우리 집에서 기적적으로 살아남는다고 해도 고양이를 기르는 것은 현실적으로 고되고 무한한 책임이 뒤따르는 일이었다.

나는 이런 종류의 고양이가 얼마나 오래 사는지 물어보지도 않은 채 레나의 말에 기가 죽어버렸다. 내가 기억하는 한, 반만 길들인 고양이들도 그랬고 어릴 적 길렀던 고양이들도 6년 이상 살면 오래 사는 것이었다. 대부분의 고양이들은 부모님이 진지하게 말씀하셨던 것처럼 '독을 먹고 죽거나', '차에 치이거나', '도망치는' 등 대개 갑작스럽게 운명을 맞았다. 더 이상 물을 필요도 없었다. '누가 그랬어?'나 '어디에서?'와 같은 질문을 던지면 언제나 '누가 알겠니?'라는 대답만 돌아올 뿐이었다.

이 새끼 고양이가 기적적으로 9살까지 산다면 롭이 15살이 될 텐데, 그건 아주 먼 훗날의 얘기다. 우리 내면에서 벌어지는 난타전을 고려하면 우리 가운데 현실적으로 그렇게 오래 살 수 있는 사람은 없을 것 같았다.

레나는 희미한 미소를 지으면서 제이크와 함께 길을 내려갔다. 불쌍한 레나. 내가 좀 더 조리 있게 말했어야 했다. 개를 키우는 걸 더 좋아한다고 고백한 사람에게 자기네 고양이를 맡긴 그녀의 마음이 얼마나 아팠을까. 어쨌든 그녀는 다시 데려갈 수도 있다고 했다. 하루 이틀 롭이 새끼 고양이와 놀게 내버려 둔 후 고양이를 사랑하는 사람들의 품에 되돌려줄 수도 있을 것이다.

라타가 부엌 문 뒤에서 큰 소리로 낑낑거렸다.

'걱정 마!' 나이 든 개를 향해 내가 소리쳤다. '잘 해결될 거야.'

롭이 거실 한 구석에 웅크리고 앉아 그 조그만 생물을 안은 채 어루만지고 있었다. 그걸 보고 아름답다거나 빈말로라도 예쁘다고 말하는 것도 과분했다. 그건 행주에 싸인 한 조각의 생명에 불과했다. 백화점에 가서 더 큰 인형으로 바꿔달라고 할 만한 그런 장난감이었다. 나는 그 새끼 고양이에게 이름을 붙이기 싫었지만 이름을 붙인다 해도 '클레오파트라'는 너무 길고 과분한 것 같았다. 이 조그만 생물이 버거워하지 않을 만한 이름은 한 음절이면 충분할 듯했다. 우리 집에 오래 머물 것도 아니니 '그것'이라고 부르면 충분했다.

샘의 관찰력이 정확했다. 진공청소기 호스보다 가는 목과 그에 비해 큰 머리는 새끼 고양이보다는 이티에 가까웠다. 고양이를 좋아하지 않는 사람의 눈에는 내장이 보일 정도로 드문드문 난 털이 징그럽게 느껴졌다. 흉곽 위로 걸친 반투명 피부의 접힌 부분을 나는 보지 않으려고 애썼다. 그나마 피부는 진한 암회색이어서 다행히 피부 아래에서 움직이는 근육의 잔물결이 드러나지는 않았다. 좀 더 자세히 들여다본다면 조그만 심장이 뛰는 모습까지 볼 수 있을지도 모른다. 차라리 눈길을 주지 않는 편이 나았다.

한편으로는 그렇게 많은 피부를 가지고 태어났다는 것이 신기했다. 앞다리 쪽 겨드랑이 부분은 날개가 되어도 충분할 정도로 살이 많이 남아 있었다. 복부에는 축 늘어진 주머니가 있어 같은 크기의 동물을 두 마리는 더 만들 수 있을 정도의 피부였다. 제일 작고 약한 새끼였던 만큼 겨우겨우 살아남았을 것이 분명했다. 한 배에서 난 형제들이 자신들의 배를 채우기 위해 이 조그만 것을 이리저리 밀쳐댔을 테니 말이다.

저렇게 텅 빈 주머니를 채우려면 엄청나게 많이 먹고 자라야 할 것이다. 그렇다고 해도 생김새가 나아질 것이란 보장은 없었다. 이 모습 그대로 더 크고 살만 쩐다면 이상해 보일 가능성도 있었다.

나는 뒤로 한 발 물러섰다. 이 고양이는 멀찌감치 떨어져서 보면 더 예뻐 보이는 그런 종류였다. 그래도 털 색깔만은 단색이었다. 이보다 더 검을 수는 없었을 것이다. 발톱에서부터 발바닥, 수염에 이르기까지 모두 검은 색이었다. 검은 색이 아닌 것은 눈밖에 없었다. 눈은 고양이답지 않게 은은한 초록빛으로 거울처럼 빛나고 있었다. 분명 다른 동물에게서 물려받은 것이 틀림없었다.

롭이 손으로 이마를 쓰다듬어주자 새끼 고양이가 다정하게 롭을 올려다보았다. 그 모습을 보는 순간, 내 가슴이 떨렸다. 그렇게 못나 보이던 새끼 고양이가 더 이상 못나 보이지 않았다. 고양이 털이 햇살에 빛났다. 고양이 눈에서는 사랑의 광선이 뿜어져 나왔다. 고양이는 일종의 은빛을 내뿜고 있었다. 방에는 새로운 존재의 순수한 본질이 아름답게 빛나고 있었다. 롭과 고양이가 함께 있는 모습은 1950년대 광고의 한 장면처럼 완벽했다.

'형의 말이 맞아.' 나에게 가까이 오라고 하더니 내키지 않는 내 품에 고양이를 안겨주며 롭이 말했다. '동물은 말을 할 줄 알아. 들어 봐. 으르렁거리잖아.'

이 조그만 새끼의 따뜻한 몸 때문인지, 연약한 뼈 때문인지, 아니면 부드러운 털 때문인지 모르지만 고양이를 품에 안자 내 가슴이 쿵쾅거렸다. '이건 으르렁거리는 게 아니야.' 연약한 고양이 등뼈를 손가락으로 어루만지며 내가 말했다. '가르랑거린다고 하는 거야.'

커다란 귀 때문에 그림자 진 순진한 그 얼굴을 바라보는 순간 가슴이 북받쳐 올랐다.

샘을 잃고 가끔씩 내 스스로 더 이상 살아야 할 이유가 없어졌다고 느끼는 지경에까지 이르렀는데도 이 한 조각의 고양이 생명체는 미안하다는 말 한마디 없이 불쑥 우리 가족을 찾아왔다. 그뿐만이 아니다. 내 품안에 웅크리고 있는 이 고양이는 모든 것이 완벽하게 이루어질 것이라고 기대하고 있는 것이 분명했다. 고양이는 작고, 무기력했다. 그러니 우리를 믿을 수밖에 없을 것이다.

클레오가 천천히 앞발을 뻗으며 하품을 하자 위험스러워 보이는 치아와 가지런히 난 연분홍색 입이 드러났다. 고양이는 연약하고 조그만 몸과는 전혀 다른 위협적인 눈빛으로 나를 쳐다보았다. 눈도 깜빡이지 않고 빤히 쳐다보는 그 눈이 모든 것을 말하고 있었다. 그녀에게 이 만

남은 대등한 위치에 놓인 생명체와의 만남인 것이었다.

'귀를 만져봐. 부드러워.' 롭이 말했다.

귀를 만져도 클레오는 가만히 있었다. 오히려 더 만져달라는 식으로 머리를 숙여 내 손 안쪽으로 들이밀었다. 오래된 실크처럼 연약한 고양이의 귀가 내 손가락 사이로 들어왔다.

귀를 만지는 대가로 나는 예상 밖의 선물을 받았다. 고양이가 사포처럼 까끌한 혀로 나를 핥았던 것이다. 클레오가 내 손등을 핥자 마치 연인 사이에 나누는 첫키스처럼 짜릿한 기분이 들었다. 마음 한 구석으로는 이 고양이를 안고 절대 놔주고 싶지 않았다. 심한 상처를 받은 다른 마음 한 구석에서는 갑자기 밀려든 사랑의 쓰나미를 경계하고 있었다. 사랑한다는 것은 결국 잃는 것을 뜻한다. 반려동물을 키울 때마다 반려동물이 우리보다 먼저 죽을 가능성이 크다는 보이지 않는 계약이 따랐다. 반려동물에게 사랑을 쏟으면 쏟을수록 반려동물이 죽을 때 느끼는 슬픔은 몇 배로 커진다. 클레오에게 마음을 연다는 것은 이미 멍든 가슴을 공항 활주로에 놓고 다른 비행기들을 그 위에 착륙시키는 것과 같았다.

'고양이가 잘 걷나 보자.' 고양이를 내려놓으며 내가 말했다. 우리는 고양이가 태엽 감긴 장난감처럼 카펫 위를 걷는 것을 지켜보았다. 고양이에게는 카펫의 긴 털이 웃자란 풀과 같이 느껴질 것이다. 꼬리를 조종간처럼 움직이며 고양이는 고무나무를 향해 비틀비틀 걸어갔다.

나는 그 고무나무가 한 번도 마음에 든 적이 없었다. 그건 전에 살던 집의 주인이 두고 간 것이었다. 그들이 왜 고무나무를 두고 갔는지 차츰 이해할 수 있었다. 커다랗고 번들번들한 잎을 가진 고무나무는 영원히 멋없는 모습으로 남을 것이었다. 저녁 식사에 초대받지 않은 불청객처럼 우리가 하는 모든 대화를 다 엿들으면서도 돌려주는 건 내킬 때마다 산소를 조금 공급해주는 것뿐이었다. 그래서 원래는 이 집으로 이사 오면서 두고 오려고 했던 것이었는데 이삿짐센터 아저씨들이 실수로 우리 가구와 함께 트럭에 실어버렸다.

고무나무를 못생긴 오렌지색 플라스틱 화분에 옮겨 심자 나무는 점점 더 크게 자랐다. 원반 크기의 진녹색 가지가 나더니 액자와 커튼레일까지 뻗어 올라갔다. 이제는 커다란 나무가 되어버린 이 망할 것은 우리 집을 통째로 삼킬 생각을 하는 것 같았다. 울타리 자르는 가위로 가지를 자르려고 해보았지만 옆으로 더 뻗어 나가기만 할 뿐이었다.

클레오가 고무나무의 오렌지 화분 근처까지 다가가더니 멈춰 섰다. 귀와 콧수염은 앞으로 향했고 위험한 냄새를 감지하기라도 하는 것처럼 코가 씰룩거렸다. 클레오는 마치 영양을 몰래 지켜보는 사자처럼 몸을 웅크리고는 먹잇감에 시선을 고정했다. 고무나무의 낮은 가지에 매달려 흔들리는 나뭇잎에. 웅크리고 앉아 몸을 떨면서 클레오는 나뭇잎이 가장 경계를 푸는 순간을 기다렸다. 만족한 먹잇감이 어리석게도 나뭇잎스러운 생각에 잠기는 순간, 클레오는 발톱을 세우고 맹렬히 공격하며 깜짝 놀란 먹잇감의 살을 물어뜯기 시작했다.

그러자 이상한 일이 벌어졌다. 처음에는 어딘가 낯선 이상한 소리가 나기 시작하더니 딸꾹질 소리 같은 것으로 변했다. 우리의 입은 크게 벌어다. 그리고 롭과 내가 웃고 있었다. 몇 주 만에 처음으로 우리는 인류에게 알려진 가장 단순하면서도 복잡한 치유법을 만났다. 슬픔이 지옥 속으로 깊이 밀어 넣는 바람에 웃음을 잃어버렸었던 나는 아들과 새끼 고양이, 그리고 고무나무 덕분에 비로소 온전한 정신을 가진 인간에게 절대적으로 필요한 기능을 되찾게 되었던 것이다. 순간적으로나마 지난 몇 주간의 두려움이 사라지고 고통의 족쇄가 풀릴 수 있었다. 그렇게 우리는 실컷 웃었다.

클레오 대 고무 나뭇잎 사이에 벌어진 전쟁은 누가 이길지 뻔했다. 나뭇잎은 클레오보다 두 배나 큰데다 줄기에 단단히 고정되어 있었다. 클레오가 발톱으로 잡으려고 할 때마다 나뭇잎은 잽싸게 빠져나가 거만하게 위로 올라갔다.

'겁이 없는 고양이네.' 내가 말했다.

새끼 고양이가 갑자기 공격을 멈추더니 풀썩 주저앉았다. 그리고는 우리를 올려다보며 무언가를 요구하듯 야옹거렸다. 해석은 필요 없었다. 우리를 즐겁게 하는 데 지친 것이었다. 클레오는 우리에게 안아줄 것을 요구했다. 벽을 뚫고 부엌으로부터 떠나갈 듯 낑낑거리는 소리가 들려왔다. 클레오가 이 집의 안주인을 만날 시간이 되었다.

나는 롭에게 내가 클레오를 안고 있을 테니 라타를 부엌에서 내보내라고 지시했다.

라타가 돌진해서 새끼 고양이를 먹으려고 하면 어떡하지? 어른이나 돼야 라타를 저지할 수가 있었다. 할 수 없이 롭에게 새끼 고양이를 잘 안고 있으라고 하고 내가 라타를 데리고 들어오기로 했다.

부엌에서 해방된 라타는 기쁨에 들떠 침으로 내 얼굴을 씻겨주었다. 라타는 내가 자기 목줄을 꽉 잡고 있다는 사실을 눈치채지 못하는 듯했다.

'자, 네가 만나야 할 친구가 있어. 걱정 마. 대신 조심스럽게 다루어야 한다.' 신참에게 드릴 사용법을 알려주는 치과의사 같은 말투로 내가 말했다.

골든 레트리버는 어디로 가야 할지 정확하게 알고 있었다. 수상 스키 타는 사람을 뒤에 매단 모터보트처럼 라타는 나를 끌고 거실로 달려갔다. 롭은 걱정스러운 듯 클레오를 턱밑에 바짝 끌어안은 채 창가에 서 있었다. 고양이를 발견한 라타의 목줄 아래의 근육이 바짝 긴장했다. 휘둥그레진 클레오의 눈이 반짝이는 보석처럼 빛났다. 새끼 고양이는 커 보이기 위해 드문드문 난 털 뭉치를 곤두세웠지만 여전히 치와와도 위협하지 못할 정도로 작았다. 고양이는 등을 둥글게 구부리고 귀를 납작하게 눕혔다. 이러다 말겠지 생각하던 찰나에 라타의 짖는 소리가 총소리처럼 날카롭게 들렸다. 불쌍한 새끼 고양이는 이제 무서워 죽을 지경일 것이다.

일반적으로 상대에 비해 크기가 압도적으로 작은 동물이라면 롭의 품 안으로 몸을 숨기려 들었겠지만 클레오는 그런 흔한 족속이 아니었다. 롭의 요새에 둘러싸인 채 고양이는 개의 왕국 전체를 뒤흔들어 놓겠다는 식으로 눈동자를 가늘게 뜨고 적대감을 발산하며 노려보았다. 그러더니 입을 벌려 가지런한 두 개의 송곳니를 드러내고는 하악 하는 소리를 냈다.

롭과 라타, 그리고 나는 깜짝 놀랐다. 대단히 원시적인 클레오의 하학 소리는 비단뱀이 토끼를 잡아먹기 전에 내는 그런 소리처럼 들렸다. 그 소리만큼은 클레오파트라다웠다. 그건 절대 반박해서는 안 될 황제의 소리였다.

라타가 몸을 털더니 고개를 숙였다. 새끼 고양이의 흉포함에 놀란 레트리버의 기가 죽은 것이었다. 나이 든 개는 낙심하고 혼란스러워하는 것 같았다.

그제야 모든 것을 제대로 알 수 있었다. 여태까지 라타의 행동을 잘못 해석했던 것이다. 현관에서 레나에게 달려들었던 것은 공격이 아니라 환영의 인사였다. 방금 전 으르렁거렸던 것도 좋아서 그랬던 것이고 같이 놀자고 짖었댔던 것이다. 라타는 내가 자신의 의도를 오해했기 때문에 상처를 받기도 했지만 자기 앞발 만한 까다로운 새끼 고양이가 보이는 적대감 때문에도 상처를 받았다.

'괜찮으니까 클레오를 이리 데리고 와.'

품 안의 클레오를 다독이면서 롭이 조심스럽게 다가왔다. 라타는 마치 테레사 수녀와도 같은 부드럽고 친절한 표정으로 새끼 고양이를 올려다보았다. 그래도 만일의 사태에 대비해서 나는 라타의 목줄을 그대로 꼭 쥐고 있었다.

'봤지? 라타는 새끼 고양이를 싫어하는 게 아냐. 어떻게 해야 친해질 수 있는지 모르는 것뿐이지. 클레오를 바닥에 내려놔 봐. 라타가 어떻게 하는지 보자. 내가 꼭 잡고 있을게.'

롭이 뒤로 몇 발자국 물러서더니 클레오를 바닥에 내려놓았다. 새끼 고양이는 네 발로 서서 거대한 룸메이트를 보고 눈을 깜빡였다. 클레오가 조금씩 다가오자 라타는 고개를 갸우뚱한 채 귀를 쫑긋 세우고 조그만 소리로 낑낑거렸다. 마침내 라타의 앞발까지 다가간 새끼 고양이 클레오는 걸음을 멈추고 자기를 내려다보는 거대한 개의 얼굴을 올려다보았다. 그러더니 두 바퀴를 돌고 나서는 거대한 라타의 발 사이로 파고 들어가 송충이처럼 몸을 둥글게 말았다.

보모 전문가로 인정받은 우리의 레트리버는 기뻐하며 몸을 흔들었다. 아이들이 아기였을 때 이후로 라타가 그렇게 모성 본능을 보인 것은 처음이었다. 라타는 우리 아이들도 그렇게 전적으로 보호해주었었다. 라타가 이 새끼 고양이에게도 똑같이 믿음직한 개가 되리란 것을 나는 알 수 있었다.

우리 가슴만 찢어졌던 것이 아니었다. 라타가 어떤 식의 상황 해석 능력을 가지고 있는지는 모르겠지만 샘에게 무슨 일이 벌어졌는지 알고 있는 것이 분명했다. 어쩌면 라타가 느끼는 슬픔이 우리보다 더 컸는지도 모른다. 말도 못하고 눈물도 흘리지 못한 채 라타는 그저 몇 시간이고 가만히 바닥에 엎드려 있었을 뿐이었다. 쓰다듬어주거나 위로의 말을 해줘도 일시적인 위안만 주는 것 같았다. 그런데 이 새끼 고양이가 라타의 마음에 무언가를 다시 불러일으켰던 것이다. 어쩌면 라타가 마지막으로 마음을 열었던 것인지도 모른다.

목줄을 놓아주자 라타가 기념 깃발처럼 혀를 길게 내밀었다. 어린 침입자는 조금의 두려움도 없이 꼬리에서 코까지 자신을 핥아주는 혀 마사지를 가만히 받고 있었다.

'클레오는 오늘 어디에서 자?' 롭이 물었다.

'세탁실에 잘 곳을 마련해줄게. 춥지 않게 따뜻한 물로 채운 물병
도 갖다주고.'

'안 돼! 고양이는 형제들이 보고 싶을 거야. 밤에 악몽을 꿀지도 몰라.
내가 데리고 잘래.'

1월 21일 이후로 롭이 '보고 싶다'는 말과 '형제'라는 말을 한 문장
에 섞어 말한 것은 이번이 처음이었다. 그래도 슈퍼맨 시계는 벗은 적이
없었다. 낮에는 놀라울 정도로 트라우마를 겪지 않은 아이처럼 잘 놀았
지만 밤이면 얘기가 달라졌다. 우리 방 한 구석에 놓인 매트리스 위에서
자는 롭은 차를 몰고 자신을 쫓아오는 괴물 꿈에 자주 잠에서 깨곤 했다.

'우리 세 명하고 고양이까지 같이 자기엔 방이 너무 좁아. 그리고 이 집에
적응할 때까지 처음 며칠 동안은 클레오가 얌전히 자지 못할지도 몰라.'

'괜찮아. 나랑 내 방에서 자면 돼.' 나의 말에 롭이 대답했다.

롭과 샘이 같이 쓰던 방은 여전히 비어 있었다. 샘의 옷가지며 장난
감은 어느 날 오후 학교 중고 의류 수거함에 넣었다. 그렇게 하면서도
어찌나 꺼림칙하던지 내가 마치 히에로니무스 보스^{Hieronymous Bosch}(네
덜란드 화가 – 옮긴이)의 그림에 나오는 정신병자가 된 것 같았다.

그 후 우리는 방을 다시 꾸몄다. 스티브는 벽을 밝은 노란색 페인트
로 칠했고 나는 스머프 그림이 그려진 감으로 커튼을 만들고 미키 마우
스 포스터를 붙였다. 침대 커버도 밝은 색으로 다시 샀다. 하지만 그렇

게 원색으로 꾸며 놓아도 롭에게 그 방은 조금도 달라 보이지 않았다. 나는 롭이 21살이 될 때까지 우리 방 한 구석에서 잘지도 모른다고 생각했다.

'다시 네 방에서 잘 수 있겠어, 롭?'

'누군가는 밤에 클레오를 돌봐야 하잖아.'

새롭게 꾸민 자기 방으로 다시 돌아간 롭은 새로 우리 집에 온 새끼 고양이만큼이나 낯설어 하는 것 같았다. 새로 칠한 페인트 냄새가 코를 찔렀다. 침대 커버는 야광처럼 빛났고 새 시트는 버석거리고 차가웠다.

새롭게 꾸민 집을 한층 더 낯설게 만든 것은 그날 오후 배달되어 다시 문틀에 끼워진 욕실 문이었다. 집은 하나하나 다시 맞춰져 가고 있었지만 그게 얼마나 버틸 수 있을지 우리는 전혀 확신하지 못했다.

사고 이후로 롭을 재우기 위해 읽어주던 책들 가운데 일부는 더 이상 읽지 않게 되었다. 〈초록 달걀과 햄^{Green Eggs and Ham}〉은 '나는 샘 Sam I Am' 이라는 등장인물 때문에 제외되었다. 〈땅을 잘 파는 강아지^{The igging - est Don}〉은 자신의 개를 헌신적으로 돌보는 샘 브라운이라는 소년이 등장하기 때문에 더 이상 읽을 수가 없었다. 웅크리고 있는 클레오를 사이에 둔 채 우리는 〈물고기 한 마리, 물고기 두 마리^{One Fish, Two Fish}〉로 하기로 결정했다. 그건 너무나 잘 알고 있는데다 운율이 잘 맞아서 거의 외우다시피하는 동화였다.

마지막 페이지가 되자 수평선 위로 넘실되는 파도처럼 롭의 불안감이 고조되는 것을 느낄 수가 있었다. '여기에 괴물이 없는 게 확실해?' 불안한 듯 침대 밑을 곁눈질하며 애가 물었다.

'당연하지.' 가장 무시무시한 괴물이 있는 곳을 알려주기엔 적당한 시기가 아닌 것 같았다. 가장 무시무시한 괴물은 교묘하게 우리 머릿속에 숨어 있으면서 잠들거나 아프거나 불안해하거나 가장 취약한 순간이 될 때를 기다린다.

'확인해봐.'

'아까 침대 밑 확인해봤어.'

'다시 확인해봐.'

'알았어.' 나는 몸을 구부려 진공청소기 눈에 띄지 않으려고 숨어 있는 솜뭉치들을 다시 한 번 확인했다.

'커튼 뒤는?'

왜 항상 클레오를 안고 있으려고 했는지 모르지만 클레오를 안고 일어선 나는 커튼의 한쪽 끝을 젖혀보았다. 처음으로 밝은 도시의 불빛 속에서 희망이 반짝이는 것을 느꼈다. 근데 희망이 맞기는 한 걸까? 아니면 도시의 불빛들이 오늘밤은 좀 나을 것 같으냐는 식으로 우리를 비웃으며 잔인한 놀이를 하고 있는 것일까?

'괴물 없어.' 커튼을 단단히 잡아당겨 닫으면서 말했다. '이제 잘 자, 아들아.' 나는 아이의 머리를 쓰다듬고는 롭 특유의 피부 냄새를 들이마시며 이마에 뽀뽀를 했다. 아이들이 엄마가 즉시 감지할 수 있는 복잡하고 매혹적인 고유의 냄새를 저마다 가지고 태어난다는 것이 신기했다. 그 순간 내 인생이 얼마나 롭에게 달려 있는지 아이가 짐작이나 할까 궁금한 생각이 들었다. 아이가 나를 필요로 하지 않고 아이에게 용기가 없었다면 브랜디와 수면제의 유혹을 이길 방법이 나에게는 없었을 것이다.

'장롱 속도 봤어?'

'거기에는 축구공하고 비옷밖에 없어.'

'이제 클레오 나한테 줘.'

새끼 고양이. 공식적으로는 롭의 새끼 고양이였다. 털 뭉치를 롭의 왼팔과 몸 사이에 내려놓자 롭은 안도의 한숨을 쉬고 엄지를 입술에 갖다 댔다. 롭과 클레오는 공통점이 많았다. 남편을 잃은 아내는 미망인이라고 부른다. 부모가 죽으면 아이들은 고아가 된다. 그러나 형제나 자매를 잃고 슬퍼하는 사람을 가리키는 단어는 없는 것 같다. 그런 단어가 있다면 그건 롭과 새끼 고양이 모두에게 해당될 것이다. 태어난 이후 그들의 삶은 어설픈 포옹과 장난으로 하는 싸움, 형제의 소리와 체온으로 가득 찼었다. 그러나 이제 잔혹하게도 형제를 모두 잃은 그들은 둘 다 상실감에 젖은 채 두려움에 떨고 있었다. 그럼에도 그들은 용감하고 활발했다. 이제 그들은 밤이면 함께 웅크린 채 잠이 들면서 내일은 새로운 일이 일어날 것이라고 믿는 수밖에 없었다.

나는 불을 끄고 그날 하루 동안 있었던 일을 머릿속에 떠올려보았다. 그동안 매 순간, 나는 샘 없이 살아가야 하는 끝없는 고통을 느꼈다. 하지만 지난 24시간 동안은 그렇게 암울하지 않았다는 사실을 깨닫자 거의 죄책감과 같은 심정이 밀려들었다.

물론 스티브를 설득하려면 시간이 걸리긴 하겠지만 새끼 고양이 치고 클레오는 놀라울 정도로 의젓했다.

6. 깨달음

어린 고양이는 자기연민보다는
즐거움이 더 중요하다는 것을 안다.

'아아아아! 도와줘!'

머리카락이 당겨지는 아픔에 잠에서 깨어났다. 어느 짐승 한 마리가 내 머리카락을 가차없이 공격하고 있었다. 분명 동물원에서 탈출한 호랑이나 사자가 틀림없었다. 정체가 무엇이든 나를 영양과 같은 먹잇감으로 오인한 것이 분명했다. 입에서는 고약한 생선 냄새가 났지만 포유류도 좋아하는 것이 분명했다.

'클레오가 그러는 거야.' 롭이 깔깔대고 웃었다.

클레오? 어떻게 몇 시간 만에 새끼 고양이가 여자를 잡아먹는 표범으로 돌변한단 말이지?

'이것 좀 떼어 봐!' 내가 소리쳤다.

'얘는 "이것이" 아니야.' 내 머리카락에 엉켜 있던 새끼 고양이를 떼어내 바닥에 가만히 내려놓으면서 롭이 말했다. 하지만 새끼 고양이는 카펫에 발이 닿기가 무섭게 다시 침대 위로 뛰어올라와 내 머리로 달려들었다. 아픔을 느낀 나는 다시 소리를 질렀다. 만족스러운 고양이의 가르랑 소리가 귓가에 울려 퍼졌다. 고양이에게 잡아먹히는 동물이 죽기 전 마지막으로 듣는 소리가 이런 걸까?

머리에서 이 짐승을 떼어내 바닥에 내려놓는 순간 짐승은 다시 침대 위로 뛰어올랐다. 이렇게 작은 것이 어떻게 자기 키보다 몇 배나 높은 침대로 뛰어오를 수 있을까 하는 건 내 알 바가 아니었다. 장대만 없었다 뿐이지 그건 마치 올림픽 장대높이뛰기 선수 같았다. 어쩌면 뒷다리 속에 스프링이 들어 있는지도 모르겠다.

한숨을 내쉬며 나는 새끼 고양이를 바닥에 툭 내려놓았다. 눈은 네온 사인처럼 빛나고 귀는 나방 날개처럼 커다란 것이 다시 침대 위로 뛰어 올라왔다. 고양이는 우리가 일종의 게임을 한다고 생각하는 것 같았다. 이 동물은 우리가 깊은 슬픔에서 아직 헤어나지 못하고 있다는 사실 따위는 아랑곳하지 않는 것 같았다.

'안 돼에에에에!' 베개로 고양이를 막으면서 내가 흐느껴 울듯 외쳤다. 의기양양한 클레오는 스스로 대단히 만족스러워 하는 것 같았다. 그 모습을 보았다면 누구든 이 고양이가 '침대에 뛰어올라 머리카락 공격하기' 게임을 창시한 존재라고 생각했을 것이다. 생각해보니 그게 사실인 것도 같았다. 베개는 아무런 도움이 되지 못했다. 클레오가 베개 밑을 파고들면 그만이었다. 나는 다시 고양이를 바닥에 내려놓았다. 고양이가 다시 뛰어올랐다. 다시 내려놓고. 뛰어오르고, 내려놓고, 뛰어오르고. 무언가 조치를 취하지 않으면 오전 내내 이 춤만 추고 있을 것 같았다.

스티브가 집에 있었다면 스티브를 인간 방패로 삼았을 것이다. 하지만 남편이 고양이를 키우는데 공식적으로 동의한 것은 아니었다. 더구나 사람을 잡아먹는 고양이를. 남편은 클레오 이야기를 들었을 뿐이었다. 남편과 통화를 하면서 나는 클레오가 어떻게 생겼는지 자세하게 설명했다. '당신도 이 고양이를 좋아하게 될 거예요!'

내가 그렇게 잘 설명했는데도 불구하고 남편은 내키지 않는 모양이었다. 바다에서 돌아오면 남편이 어떤 반응을 보일지 상상이 갔다. 그는 아마도 교황이 스님을 대하듯 클레오를 차갑게 대할 것이다.

일어날 수밖에 없었던 나는 가운을 걸쳤다. 그리고 멍한 상태로 부엌을 향해 걸어가는데 무언가 밑에서 잡아당기는 느낌이 들었다. 아래를 내려다보니 클레오가 마치 덩굴에 매달린 타잔처럼 가운의 허리띠에 매달려 있는 것이었다.

'말썽꾸러기 새끼 고양이 같으니라고!' 나는 허리띠에서 고양이를 떼어 바닥에 내려놓았다. 그리고 다시 허리띠를 매려는 순간 고양이가 내 허벅지로 뛰어올라 발톱으로 내 다리를 움켜쥔 채로 꼬리를 마구 흔들면서 허리띠를 물었다. 그날 아침 나는 다시 한 번 아픔에 소리를 질러야 했다.

다리에서 고양이를 떼어내는 일은 형편 없는 브라질 왁스를 이용해 다리털을 제모하는 것보다 더 고통스러웠다. 이 새끼 고양이를 다루려면 완강하게 나가는 수밖에 없었다. 나는 허리띠를 꽉 잡아맨 다음 최대한 위엄 있게 앞으로 걸어갔다. 클레오가 순식간에 내 발목 사이를 스쳐 지나가더니 앞으로 달리다가 갑자기 끽하고 제자리에 섰다. 동시에 슬로우 모션처럼 나는 고양이 등에 걸려 넘어지면서 팔로 허공을 젓다가 벽에 걸린 무언가를 간신히 붙잡았다. 덕분에 다행히 고양이 위로 넘어지는 것은 피할 수 있었다.

매듭공예 끝에 매달린 술을 잡은 채 나는 요가 지도자와 같은 자세로 동작을 멈추고 고양이에게 사과했다. 새끼 고양이는 벌렁 나자빠진 채로 구부린 앞발을 들고 아픈 표정을 지어보였다. 고양이를 다치게 해서 너무나 미안했다.

고양이를 안아 올리려고 하는 순간, 털 뭉치가 다시 활기를 되찾고 일어서더니 앞으로 달려갔다. 안심이 된 나도 그 뒤를 따라갔다. 그러자 고양이가 다시 멈춰서 나를 넘어뜨리려 하는 것이었다. 그것도 몇 번씩이나!

클레오는 나를 이상한 동물로 여기는 것 같았다. 새 둥지 같은 머리에 계속 두 발로만 걸어가려고 고집하는 이상한 동물로. 클레오의 임무는 내 털을 깎고 네 발로 기게 만들어 고양이라는 존재로 살아가는 기쁨을 만끽하게 만드는 것이었다.

하지만 미친 새끼 고양이 따위는 나에게 필요치 않았다. 저 동물에게는 슬픔에 휩싸인 우리 집에 들어와 인생이 무슨 장난인 양 함부로 날뛸 자격이 없었다. 샘이 있었다면 고양이를 어떻게 진정시킬지 알았을 텐데. 샘의 모습이 보이는 듯했다. 입술은 촉촉하고 부드럽고, 핑크빛 뺨에 미소를 띠며 손을 뻗어 고양이를 안아 올리는 모습이….

나는 혼자서 울 수 있는 유일한 공간인 욕실로 달려가 문을 닫았다. 더 이상 롭 앞에서 어른이 괴로워하는 모습을 보일 수는 없었다. 그날 그런 식으로 흘러가지만 않았더라면. 샘이 비둘기를 발견하지만 않았어도, 스티브가 레몬 메렝게 파이만 만들고 있지 않았어도, 내가 점심 먹으러 나가지만 않았어도, 그 여자가 다시 차를 몰고 회사로 돌아가는 길만 아니었어도… 그 여자. 이건 모두 그 여자 잘못이야. 그 여자는 아이가 없다. 우리가 어떤 고통을 당하는지 짐작이나 할 수 있을까. 내 마음속 그녀는 이미 괴물과 같은 모습이었다.

불규칙적으로 흐느끼는 소리가 새어나왔다. 소리를 내지 않으려고 애쓰면서 차가운 파란 타일에 이마를 대고 배를 움켜쥐었다. 가슴 부위가 아팠다. 사람의 눈물이 그렇게 끊임없이 나올 수 있다는 것이 놀라웠다. 두 개의 눈에서 흘러나오는 눈물로 얼마나 많은 통을 채울 수 있을까? 평생 흘릴 눈물을 다 흘렸다고 생각했는데도 눈물이 다시 뺨을 타고 흘러내렸다.

변기 위에 몸을 굽히자 내 의식의 일부가 떨어져나와 욕실 천장에서 내 모습을 내려다보았다. 상처와 미움으로 가득 찬 채 몸을 구부리고 울부짖는 여인을 그것이 자애롭게 바라보고 있었다. 먼발치에서 사물을 관찰하는 또 다른 나의 일부는 상관할 바가 아니라는 식으로 생각했다. 그건 으스스한 모습을 한 다른 사람 같았다. 어쩌면 내가 태어날 때부터 그것도 함께 태어났는지도 모른다. 그리고 나는 평생 감정과 의무, 기대치에 부응하면서 그걸 몰아내려고 했었는지도 모른다.

동시에 두려움도 느꼈다. 신기한 듯 동물을 바라보는 동물원 관리사처럼 인간사를 바라보고 미소를 지으며 영원히 떠나버리고 싶은 생각이 들면 어쩌지? 일순간, 나를 버리고 고통에서 벗어난다는 생각이 매력적으로 느껴졌다. 나는 욕실 수납장 서랍을 열어 수면제 통을 꺼냈다. 갈색 병 속에 들어 있는 수면제들이 고통에서 벗어나게 해주겠다고 약속이라도 하는 듯 반짝이고 있었다. 남은 약은 많았다. 냄새도 그리 나쁘지 않았다. 브랜디와 함께 먹으면 괜찮을 거야. 나는 약병 뚜껑을 돌렸다.

그때였다. 욕실 문이 끼익하고 열렸다. 젠장. 내가 문을 제대로 닫지 않은 모양이었다. 샤워 커튼이 살짝 움직였다. 롭이 현관문을 여는 바람에 찬바람이 들어오는 모양이라고 생각한 나는 문을 닫기 위해 앞으로 몸을 숙였다. 문이 점점 더 많이 열리더니 열린 문 사이로 조그만 검은 발이 보이는 것이었다. 클레오가 문을 밀고 들어와 타일 위로 타박타박 걸어오더니 안아달라며 야옹거렸다. 한숨을 내쉬면서 나는 수면제를 다시 서랍 속에 넣고 조용히 닫았다. 영원히 벗어나는 것은 결국 이기적인 행동에 불과한 것일 뿐이다. 불쑥 문을 열고 욕실 안으로 들어온 클레오가 내가 할 일이 무엇인지 일깨워주었다. 아이와 새끼 고양이는 계속 살아야 했다. 그들이 다 자랄 때까지 누군가는 돌봐야 하는 상황에서 나 혼자 빠져나간다는 것은 사치에 불과했다.

내 품에 안긴 클레오 등 위로 눈물이 뚝뚝 떨어졌다. 클레오는 손수건이 되는 것을 마다하지 않는 것 같았다. 가르랑거리면서 내 목에 비비는 클레오가 어찌나 사랑스러운 눈빛으로 바라보던지 나는 멈칫하지 않을 수 없었다. 아이들이 어렸을 때 이후로 살아 있는 생물이 그렇게 많이 순수한 사랑을 보여준 적은 없었다. 마음을 가다듬은 후 고양이를 바닥에 내려놓았다. 고양이는 재빨리 달려나갔고 나도 롭을 찾으러 욕실을 나갔다.

하룻밤 사이에 우리 집은 완전히 쑥대밭으로 변했다. 복도는 전쟁이 끝난 직후의 폐허 같았다. 빈 비닐봉지들이 카펫 위에 이리저리 나뒹굴고 있었다. 군데군데 짝이 맞지 않는 양말들도 널브러져 있었다. 롭의 파랗고 흰 스포츠 양말은 스티브의 양말 옆에 뒹굴었고 무지개 색 수면 양말은 바닥에 떨어진 데오도란트 병 옆에 내팽개쳐 있었으며, 나폴레옹 모자 같은 뚜껑이 달린 데오도란트 병은 전쟁에서 패했다는 소식에 총구를 머리에 대고 방아쇠를 당겨 자살한 장군처럼 보였다.

가족실에는 카펫이 헝클어진 채 왠지 모르게 삐뚜름히 놓여 있고, 램프의 갓은 우스꽝스러운 모자처럼 구부러져 있었다. 의자와 테이블은 조금씩 다른 각도로 비스듬히 놓여 있었고 창문 턱에는 액자들이 떨어져 있었다. 휴지통은 누워서 사과 속과 껌 종이들을 토하고 있었다.

절반쯤 내려와 있는 부엌의 블라인드는 올라가지도 내려가지도 않았다. 자세히 살펴보니 블라인드를 올리고 내리는 줄이 잘렸거나 아니면 씹힌 것 같았다.

도둑이 들어왔나 싶어 나는 서둘러 거실로 달려갔다. 예상했던 것과는 달리 스테레오와 스피커가 흉한 베니어 수납장 속에 그대로 들어 있었다. 텔레비전도 그대로 있었다. 사람들이 보내온 위로 카드들은 바닥에 떨어져 나부끼고 있는데 말이다.

고무나무는 한 쪽으로 넘어져 소파와 커피 테이블 위로 나뭇잎들이 축 늘어져 있었다. 화분 속에 있던 흙이 카펫 위로 쏟아져 있었고 그 위로는 조그만 총알 모양의 똥이 세 덩이 놓여 있었다.

내가 원래 집안을 잘 가꾸는 사람은 아니었지만 이건 해도 해도 너무했다. 하룻밤 사이에 우리 새끼 고양이의 성격이 바뀌어 늑대인간으로 변해버린 것 같았다.

버려진 양말과 쓰러진 고무나무, 여기저기 널브러진 슈퍼마켓 비닐 봉지, 침 맞은 발목과 더불어 하루가 시작되고 있었다.

'클레오 어딨어?' 롭에게 만들어주었던 예쁜 담요를 들어 올리며 내가 소리쳤다. 이 담요를 짜느라 몇 개월이 걸렸는데. 내 사랑이 가득 담긴 담요를 털자 반쯤 씹힌 장식술 세 개가 바닥으로 떨어졌다.

여느 때와 같이 문간에서 잠을 자던 라타가 천천히 귀를 움직였다. 롭은 모르겠다는 듯 어깨를 으쓱했다. 창밖 나뭇가지 위에서는 새들이 지저귀고 있었다. 출발을 알리는 뱃고동 소리가 항구에서 들려왔다. 그에 비해 집 안은 이상할 정도로 조용했다. 부엌에서 들려오는 알 수 없는 짤랑거리는 소리만 빼면.

나는 내 몸의 10분의 1 크기도 안 되는 생물에게 전쟁을 선포하기 위해 거실을 가로질러 갔다. 싱크대 위에 걸린 시계에서 따분한 째깍 소리가 들렸다. 수도꼭지에서는 박자 감각이 없는 드러머처럼 불규칙하게 물이 똑똑 떨어졌다. 그 외에는 아무 소리도 들리지 않았다. 털 달린 비행 소녀가 이미 도망친 모양이었다.

왜 그랬는지 모르지만 나는 오븐 문을 향해 손을 뻗었다. 살림의 달인인 마사 스튜어트^{Martha Stewart}가 우리 집을 찾아오지 않는 것이 다행이었다. 유리로 된 오븐 문 위로 얼어붙은 눈물처럼 기름때가 녹아 붙어 있었다. 1, 2년 후 언젠가는 이 기름때를 닦겠지. 아니면 달력에 '세계 오븐 청소의 날'이라고 표시된 날이 있으면 그때 하던가. 구이용 접시 한 쌍이 어둠 속에서 나를 노려보고 있었다.

냄비 수납장을 확인하려고 하는 순간 어디선가 접시 깨지는 소리가 또렷하게 들려왔다. 롭이 식기세척기 문을 열었다. 클레오가 어제 저녁 식사 때 사용한 접시들을 부수는데 정신이 팔려 있었다. 클레오는 우리에게까지 그 소리가 들릴 줄 몰랐던 모양이었다.

나오라고 외치는 내 말을 고양이는 간단히 무시해버렸다. 롭이 손을 뻗어 클레오를 끄집어내려고 하자 고양이가 롭의 다리 사이를 통과해 우리가 미끌미끌한 털에 손을 댈 틈도 없이 잽싸게 도망쳐버렸다.

새끼 고양이는 장난기가 심해서 갓난아기처럼 손이 많이 간다는 말을 어디선가 들은 적이 있었다. 갓난아기 같다고? 갓난아기는 아기 침대에 가만히 있기나 하지. 머리카락을 쥐어뜯거나 발을 걸어 넘어지게 해서 평생 휠체어 신세를 지게 만들려고 들지는 않잖아? 사람이든, 동물이든, 식물이든 저 새끼 고양이의 행동은 정상이 아니야. 저건 통제도 안 되고 파괴적인데다 양말에 집착하는 정신 나간 고양이인지도 몰라.

24시간도 채 지나기 전에 클레오는 무력하고 매력적인 귀족에서 정신 나간 도둑고양이로 전락했다.

우리는 고양이를 잡기 위해 양말과 비닐봉지들을 뛰어 넘으면서 복도를 달려갔지만 클레오는 어디에도 없었다. 우리는 멈춰 선 채 무슨 소리가 들리지 않는지 귀를 기울여보았다. 헉헉대는 우리 숨소리 외에는 아무 소리도 들리지 않았다.

나는 살짝 열려 있는 롭의 방문 틈으로 안을 들여다보았다. 롭의 베개 위에 몸을 웅크리고 있는 모습은 영락없이 귀여운 새끼 고양이였다. 고양이는 사랑스럽게 야옹거리더니 기지개를 펴고 세상에서 가장 예쁜 모습으로 하품을 했다. 클레오는 다시 우리가 사랑에 빠졌던 원래 모습으로 돌아가 있었다.

롭이 클레오를 향해 걸어갔다. 순간 클레오의 눈이 휘둥그레졌다. 그리고는 우리를 노려보며 귀를 뒤로 젖히더니 베갯잇을 꼬리로 탁 내리쳤다. 우리 두 사람이 더 가까이 다가가기도 전에 자리에서 일어선 고양이는 냉큼 방을 가로질러 내달렸다. 롭이 럭비 태클을 하듯 고양이를 잡기 위해 순간 몸을 웅크렸다. 하지만 고양이는 롭의 품을 뚫고 나와 책장 위로 뛰어오르더니 손톱을 이용해 스머프 커튼을 잽싸게 타고 올랐다.

커튼이 찢어질까 봐 걱정하는 나의 우려를 아는지 모르는지, 새끼 고양이는 스머프랜드에 대롱대롱 매달려 있었다. 하지만 천장을 힐끗 바라보는 걸로 봐서 더 이상 올라갈 데가 없다는 것쯤은 아는 것 같았다. 그렇다고 순순히 우리 품으로 내려올 생각은 아니었다. 내 어깨 위로 뛰어내린 고양이는 내 어깨를 도약대로 삼아 바닥으로 뛰어내렸다.

다시 카펫에 내려선 고양이는 창문 턱, 침대, 책장 사이를 큰 원을 그리며 정신없이 뛰어다녔다. 그건 새끼 고양이가 아니었다. 그건 나이트클럽에 전기를 공급할 수 있을 정도로 많은 에너지를 가진 발전기였다. 가만히 고양이를 바라보고 있기에도 힘이 들었다.

이런 식으로 살 수는 없어. 우리는 고양이를 키우기에 적합한 사람들이 아니야. 우리 집은 더 이상 우리의 소유가 아니었다. 우리 집을 점령한 클레오가 우리를 포로로 만들어버렸다. 체구는 아주 작았지만 집안 구석구석마다 그녀의 개성이 차고 넘쳤다. 고양이는 빨래 바구니에서 양말을 훔치거나 소중한 책 커버를 물어뜯지 않으면 쇼핑백에 몰래 숨어 우리를 덮칠 순간을 기다리고 있었다.

솔직히 고양이로 인한 골칫거리 때문에 우리가 일시적으로 고통에서 벗어날 수 있긴 했다. 고양이가 집안 어느 부분을 부수고 있을까 걱정하는 순간은 슬픔에서 벗어날 수 있었다. 그렇지만 가까스로 기본적인 사람 기능을 하는 내가 클레오라는 때 묻지 않은 자연의 존재를 다룬다는 것은 말도 안 되는 일이었다.

고양이가 집안에 있을 때보다 더 두려울 때는 갑자기 어디로 사라졌는지 보이지 않을 때였다. '클레오는 어디 있지?' 고무나무를 다시 일으켜 세우고 고양이 똥을 치우고 난 후 혼잣말하듯 중얼거렸다. 집안이 너무 조용했다. 롭이 쓰레기통이 들어 있는 부엌 수납장 속에서 감자 껍질을 먹고 있는 고양이를 발견했다.

고양이들은 하루에 17시간씩 잔다고 읽은 적이 있었다. 그러니 새끼 고양이라면 그보다 더 많이 잘 것이다. 그런데 난장판이 된 우리 집을 보면 클레오는 지난 24시간 동안 기껏해야 3시간밖에 자지 않았을 것이다. 어느 조용한 집에 사는 다른 고양이가 클레오에게 주어진 취침 시간을 빼앗아 더 많이 잔 것이 틀림없었다. 그 고양이는 아마 어딘가 햇살이 비추는 곳에서 쿠션을 깔고 누워 실컷 잠만 자면서 아무런 말썽도 피우지 않을 것이다. 전혀 스트레스를 받지 않고 편하게 키우기만 한 주인은 코를 고는 살찐 고양이를 보면서 그 수동적인 천성에 놀라워할 것이다.

저 고양이랑은 1분도 더 같이 있을 수가 없어. 나는 롭을 꼬셔 한두 시간 밖에 나가 있기로 했다. 롭은 새끼 고양이 용품을 파는 애완동물 가게를 간다면 나가겠다고 했다.

우리는 너저분하게 널려 있는 비닐봉투들을 밟지 않으려고 애쓰면서 살금살금 현관 쪽으로 다가갔다. 그리고 우리가 빠져나가는 걸 고양이가 눈치채지 못하도록 가만히 문을 열었다.

롭을 먼저 나가게 하려는 순간 문가에 있던 슈퍼마켓 비닐봉지가 갑자기 두 배로 커지더니 무시무시한 소리로 포효했다. 그리고 그 속에서 나온 미니 표범이 내 발목을 덮쳤다.

나는 고양이를 떼어내려고 다리를 흔들었다. 다윈의 진화론에 의하면 새끼 고양이는 사람보다 몇 단계 덜 발달했다. 뇌와 기술의 발달이 아니더라도 이 새끼 고양이에게는 우리를 잡아둘 권리가 없었다. 그럼에도 불구하고 클레오는 우리를 가지 못하게 막으려고 안간힘을 썼다.

그때 롭이 양말을 집어 들고 흔들었다. 그 순간 클레오가 최면에 걸렸다. 포악한 정도: 10. 집중 시간: 0. 새끼 고양이는 양말을 따라다니며 팔짝팔짝 뛰어댔다. 롭이 양말을 복도 반대편 끝으로 던지자 고양이도 황급히 그쪽으로 달려갔다.

클레오의 꼬리가 어두운 구석으로 사라지자 우리는 서둘러 현관문을 빠져나왔다. 그저 새끼 고양인데 뭐! 엄마의 꾸짖는 목소리가 머릿속을 맴돌았다. 그렇지만 아돌프 히틀러의 직계 손이 운영하는 것이 분명해 보이는 탁아소에 아이들을 맡기려고 했을 때 이후로 내가 그렇게 죄책감을 느낀 적은 없었다.

우리는 지그재그로 향했다. 그러다 집을 되돌아보았다. 롭의 방 창가에서 밖을 내다보는 새끼 고양이의 모습이 보였다. 홀마크^{Hallmark} 카드 회사 대표가 지그재그 길을 올라가고 있다면 그 모습을 보고 모든 사람의 감성을 자극하는 사진 모델로 쓰겠다고 계약을 의뢰해올지도 모른다. 바구니나 화분 속에서 포즈를 취하거나 크리스마스 양말 속에 클레오가 담긴 모습을 보면 누구든 좋아하지 않을 수 없을 것이다.

욕실 안에서 가장 절망적인 생각에 잠겨 있는 나를 구해준 것은 분명 클레오였다. 그건 정말 고마웠다. 클레오는 아름다고 멋진 고양이였다. 하지만 같이 살기 힘든 고양이였다.

7. 야수 길들이기

고양이는
길들여질 준비가 된 사람들만 길들인다.

고양이와 사람은 같은 편이 아니다. 모든 종류의 동물들 가운데에서 반려동물로 기를 종류를 선택할 수 있는 상태에서 합리적인 판단을 내렸다면 보다 사람에 가까운 동물을 길들이려 했을 것이다. 아마 그랬다면 원숭이들이 선택되었을 것이다. 머리가 좋고 털로 덮여 있으며 대부분 채식동물인 원숭이는 여러 가지 동작을 배울 수가 있으니 말이다. 하지만 사람들은 대체로 영장류를 선호하지 않는다. 사람들은 원숭이의 눈 속에서 자신의 교활함이 빛나는 것을 보기 때문이다.

대신 사람들은 사나운 적에 가까운 동물들을 선호한다. 사자며 호랑이, 늑대처럼 발치에 앉아 사람들을 즐겁게 하기보다는 사람의 뼈를 갉아먹으려 하는 것들을.

애완동물 가게는 대체로 이런 사람들의 기호를 잘 알고 있다. 습관인지 본능인지 모르겠지만 나는 무의식적으로 반려견 용품을 파는 곳으로 향했다. 삑삑 소리가 나는 공과 고무 뼈가 가득한 그곳은 라타의 천국이었다. 롭이 나를 상점의 반대편으로 데리고 가서 클레오에게 안성맞춤일 거라고 생각한 쿠션 비슷한 것을 가리켰다. 표범 무늬의 커버를 보니 확실히 클레오의 취향에 어느 정도 맞을 것 같긴 했다.

점원이 우리에게 다가와 새끼 고양이용 건조 사료가 어떻겠느냐고 했다(새끼 고양이를 위한 특별한 사료라고? 세상이 미친 거 아니니? 이제는 여자들이 이 나라를 지배하겠다고 나서겠구나, 라고 말씀하시는 엄마의 목소리가 들리는 듯했다.). 점원은 우리 새끼 고양이가 개박하가 들어 있는 말랑말랑한 장난감을 좋아할 것이라며 권했다. 그걸 보면 고양이가 더 잘 놀 것이라면서 말이다. 마약 비슷한 것에 취해 있는 클레오의 모습을 떠올린 후 고개를 흔들었다.

계산을 하러 가는 도중에 점원은 우리를 설득해 고양이 모래와 그걸 담을 플라스틱 화장실을 사게 했다. 나는 새끼 고양이를 키우고 싶지 않아. 스티브가 집에 와서 클레오가 하는 짓을 보면 분통을 터뜨릴 것이 분명해. 그런데 왜 이딴 것들은 사고 있는 거지? 롭이 까치발로 서서 유리로 된 카운터 위로 고양이 침대를 밀었다.

점원은 영업에 소질이 있는 사람이었다. 롭을 보고 싱글싱글 웃으며 고양이 이름이 무엇이냐고 물었다. 자랑스럽게 클레오라고 대답하는 롭의 얼굴이 발그레해졌다. 그러면서 롭은 이 세상에서 제일 좋은 새끼 고양이라고 덧붙였다.

❧

인생은 복잡하다. 나는 도랑을 따라 식물원을 멀리 돌아서 차를 몰았다. 나는 아이들과 식물원에 가서 오리에게 먹이를 주곤 했었다. 며칠씩 나쁜 날씨로 집안에 갇혀 있던 아이들을 데리고 오리를 보러 가는 것은 아이들의 에너지를 발산시키기에 좋았다. 깃털이 달렸든 털이 났든 모든 동물들은 지치고 힘든 사람들에게 다가와 차분히 마음을 가라앉혀 주는 능력을 가지고 있다. 반짝반짝 빛나는 물 위로 갈색 오리가 미끄러지듯 움직이는 모습을 보면 우리는 보다 큰 세상을 느끼면서 우리가 가진 문제를 대수롭지 않게 여기곤 했다. 그래서 오리 연못을 떠날 때면 언제나 그곳에 오기 전보다 훨씬 차분해져 있었다.

봄마다 우리는 새끼 오리들이 몇 마리인지 세어보곤 했는데 늘 한 주 전보다 한두 마리가 적었었다. 그렇지만 활짝 핀 튤립들을 보면서 새끼 오리들이 없어졌다고 슬퍼하기만 할 수는 없었다. 아이들은 화려한 빨간 튤립과 핑크 튤립, 노란 튤립들 사이를 이리저리 뛰어다녔고 햇살에 비춘 아이들의 머리는 밝은 금빛으로 빛났다.

오리가 보고 싶지 않느냐고 롭에게 물었지만 롭은 어서 클레오를 보러 집으로 가자고 했다. 어쨌든 나도 오리를 볼 자신이 없었다. 그리고 올해에는 튤립도 보지 않을 것이다. 이번에는 튤립들이 혼자서 꽃을 피워야 할 것이다. 웰링턴 곳곳을 지날 때마다 우리가 다니고 웃던 모습이 생각나 마음을 저며왔다. 나에게는 이 도시 전체가 큰 묘지처럼 느껴졌다.

하지만 이제는 집도 세상에서 벗어날 수 있는 오랜 은신처가 되어주지 못했다. 새끼 고양이가 집을 점령해 자신의 집으로 만들어버렸으니 말이다. 새끼 고양이는 내 다리 사이에서 웅크리고 있거나 커피를 마시려고 앉은 의자 뒤를 허우적대며 기어오르거나 욕실까지 따라와서 변기에 앉는 순간 내 무릎 위로 뛰어오르는 등 내 공간이란 공간은 모조리 차지해버렸다. 양말이며 비닐봉지를 비롯해 밤 사이에 훼손된 모든 것을 치워야 했다. 스티브가 알게 하지 않으려면 전화번호부에서 마땅한 사람을 찾아 커튼 줄도 고쳐 놓아야 했다. 그런데다 우리가 외출한 사이에 클레오가 또 무슨 일을 저질렀는지 누가 알겠는가?

어쩌면 집에 갈 필요가 없는지도 모른다. 이대로 차를 몰아 항구를 따라 펼쳐진 고속도로에 올라타서 북쪽으로 갈 수도 있다. 집, 고양이, 위태로운 결혼 생활, 동정심을 퍼붓는 끔찍한 친구들을 모두 뒤로 한 채. 그리고는 내가 자란 뉴플리머스에서 엄마와 같이 살면 된다. 엄마와 내가 서로를 미치게 만들 때까지 한주 반 정도는 그렇게 살 수 있을 것이다. 하지만 뉴플리머스와 나는 더 이상 맞지 않는 것 같았다. 장례식이나 생일 파티에 참석하기 위해 그곳에 갈 때마다 사람들이 묻는 말은 단 두 가지였다. '글은 잘 써져요?' '언제 가요?' 언제나 두 번째 질문이 첫 번째 질문보다 답하기가 더 쉬웠다. 나는 주제를 한정해 놓고 글을 쓴 적이 한 번도 없었다. 내 글은 가끔씩 사람들과 웃으면서 나만큼이나 불완전한 생활에 대해 이야기를 나누는 것에 더 가깝다고 할 수 있었다. 내 칼럼을 읽는 독자들은 친구 같았다. 게다가 실제로 만나는 적이 거의 없다는 장점도 있었다.

최근에 독자들은 놀라울 정도로 친절한 모습을 보였다. 매주 쓰는 칼럼을 통해 우리 생활의 모든 면을 털어놓는데 익숙해진 나는 샘의 죽음에 대해서도 알리는 것이 마땅하다고 생각했다. 그렇지 않으면 아무 일도 없는 것처럼 일상적인 이야기를 쓰거나(나에겐 불가능한 일이었다) 칼럼을 그만두는 수밖에 없었다. 침대에 기대어 휴대용 타이프라이터 위에 눈물을 뚝뚝 떨어뜨리면서 무시무시했던 그날의 일을 다시 적었다. 하지만 그로 인해 엄청난 힐링의 근원지로 발을 들이게 될 줄은 꿈에도 생각하지 못했다. 수백 장의 편지와 카드가 왔다. 그건 전혀 모르는 사람들이 얼마나 친절할 수 있는지 보여주는 근거였다. 그들의 편지 가운데에는 나처럼 자녀를 잃은 사람들도 있었는데 그 무엇보다 내게 큰 힘이 되었다. 그중 조심스럽게 타이핑된 편지 한 통을 가방에 넣고 다녔다. 그 편지는 국립공원에서 놀다가 실종된 두 살배기 자녀를 둔 인도 부부가 쓴 것이었다. 아이가 실종된 지 10년이 지난 지금, 그들은 여전히 슬프긴 하지만 삶을 이어나가고 있다고 적었다. 그들은 끔찍하게 (그렇다, 아이들을 잃는다는 것은 항상 끔찍한 일이다) 아이들을 잃은 부모도 살 수 있다는 것을 보여주는 산 증인이었다.

더 멀리 북쪽으로 가서 오클랜드로 가는 대담한 방법도 있다. 그곳이 여기보다 큰 도시니 신문사나 잡지사에서 일자리를 구할 수도 있을 것이다. 미친 사람 말고는 슬픔에 빠져 지칠대로 지친 싱글맘을 고용할 사람은 없겠지만.

나는 지그재그 길의 맨 위에 있는, 덩굴나무가 뒤덮고 있는 점토 담벼락에 조용히 차를 갖다 댔다. 언덕 아래 도심 속에는 회색빛 건물들이 햇살에 반짝이며 줄지어 늘어서 있었다. 저 사무실 건물 안 어딘가에는 점심을 먹고 회사로 복귀하다 샘의 생명을 앗아간 여자도 있을 것이다. 그녀가 어떻게 생겼는지, 그때 무엇을 하고 있었는지 궁금했다. 파일을 끄집어내는 중이었을까? 아니면 누구랑 통화를 하고 있었을까? 웰링턴은 작은 도시라 그 여자와 나 두 사람이 모두 아는 공통의 지인이 있을 것이다. 아무도 그 여자를 안다고 말한 사람은 없었다. 내가 그 여자를 주시하기 시작하면 그 여자의 목숨이 위태로울 수도 있다고 감지했는지도 모른다. 그 여자는 조만간 법정에 출두해 음주 운전이나 과속 운전을 했다고 고백해야 한다. 때가 되면 그 여자도 벌을 받게 되겠지.

사무실 밀집 지역을 지나 언덕 위에 있는 레나의 집을 지나면 샘이 묻혀 있는 묘지가 나온다. 여름이 되면 그 뒤에 있는 마카라 해변에서 여러 가족들이 시간을 보낼 것이다. 엄마들은 바위 위에 돗자리를 깔고 오렌지 농축액에 물을 타며 생각만큼 물이 차지 않다고 아이들에게 말해줄 것이다. 아이들이 파도 속으로 뛰어들면 몸에는 소름이 돋을 것이고 파도 속에 아이들의 몸이 어슴푸레 빛날 것이다. 그중에는 샘의 친구들도 있을 것이다. 샘의 친구들이나, 그 친구들의 엄마들 모두 다시 보고 싶지 않았다.

남풍이 내 코를 찔렀다. 불과 얼마 전만 해도 나는 단층선 위에 지어진 우리 집에 살면서 집을 고치고 그러는 동안 부부 사이도 나아질 것이라 기대하며 살았다. 그런데 어느 순간 그게 불가능하게 느껴졌다.

클레오에게 새 침대를 보여주고 싶어 안달이 난 롭이 재빨리 차 문을 열고 내렸다. 나도 고양이 모래와 플라스틱 화장실을 들고 아이의 뒤를 따라 집으로 향했다. 그러면서 이제 고양이가 차지한 집이 어떤 새로운 지옥 같은 모습을 보일지 마음의 준비를 단단히 했다. 페인트칠 된 기둥이 햇볕 속에서 껍질을 벗고 있는 것으로 보아 적어도 집이 무너지지는 않았다.

열쇠를 돌려 문을 열자 조그만 표범이 현수막처럼 꼬리를 흔들면서 복도를 내달려 우리에게로 다가왔다. 고양이는 어서 오라는 듯 점점 더 높은 톤으로 냥냥 소리를 질러댔다. 어디 갔었어? 왜 그렇게 오래 걸렸어? 내 것 뭐 사왔어? 라고 묻기라도 하듯이.

고양이는 두 다리로 일어서서 우리 손에 얼굴을 비비고 이를 갖다 댔다. 움찔거리는 털가죽이 모든 것을 용서해주겠다고 말하고 있었다. 다시 돌아온 것뿐인데 하늘은 다시 맑아지고 태양은 다시 하늘 위에 떠 있었다. 또 다시 나는 고양이에게 홀리고 말았다. 어떻게 이런 고양이를 돌려보낼 생각을 했을까? 이 고양이가 우리를 필요로 하는 만큼 우리 역시 이 고양이가 필요했다.

롭이 표범 무늬의 침대를 고양이에게 들이밀자 클레오는 등을 둥글게 말더니 병 닦는 솔처럼 꼬리의 털을 빳빳하게 곤두세웠다. 그리고는 맹렬하게 쉿쉿 소리를 냈다. 표범을 닮은 고양이 침대가 위협적으로 느껴졌던 모양이다. 고양이는 펄쩍펄쩍 날뛰며 그것을 물어뜯고는 뒷다리로 발길질을 하다가 소파 밑으로 잽싸게 들어갔다. 적은 반격할 기회를 갖지도 못했다.

클레오는 내가 침대를 세탁실에 가져다 놓을 때까지 나오려 들지 않았다. 그때는 그것이 평생 벌어질 '침대 문제'의 시초라는 것을 전혀 알지 못했다. 침대를 치우자 고양이는 소파 밑에서 튀어나와 비닐봉지를 향해 황급히 내달리더니 그 속에 들어가버렸다. 비닐봉지 안에서 한숨을 돌린 고양이는 전화선을 공격하다가 부엌의 냄비 수납장 안으로 숨었다.

우리 고양이는 바이올린보다 경계심이 많았다. 고양이에게는 모든 그림자, 먼지 덩어리, 쇼핑리스트, 버려진 리본과 가재도구가 모두 자신을 공격할 수 있는 적군으로 보였다. 또 무슨 소리만 나면 깜짝깜짝 놀랐다. 문이 삐걱 열리는 소리에도 펄쩍 뛰어올랐다. 저 멀리서 들리는 새소리에도 고양이 몸에 난 털이 쭈뼛 섰다.

집안에 있는 양말이란 양말은 하나도 남아나지 않았다. 고양이는 침대며, 신발, 세탁 바구니에서 양말을 납치해 조심스럽게 둘을 격리시켜 공격하기 쉽게 만들었다. 그렇게 짝을 잃은 양말은 집안을 가로질러 바닥 위로 질질 끌려가다가 공중으로 던져진 후 양 발톱 사이에 붙잡혀 실신할 때까지 무자비하게 고문을 당한다.

머리가 지끈지끈 아파왔다. 집 안을 치워봤자 소용이 없었다. 그래봤자 새끼 고양이에게 다시 집 안을 어질러 놓을 공간만 마련해주는 것에 불과했다.

'어딜 감히!' 클레오가 복도 테이블 위로 뛰어올라 덜 자란 앞발로 기다란 디기탈리스 화병을 건드리는 것을 보고 내가 소리쳤다. 나를 올려다보던 고양이는 콧수염을 흔들면서 몸을 움츠렸다. 나는 진지했다. 고양이가 앞발을 내려놓더니 순순히 바닥으로 내려갔다. 솔직히 조금 만족스럽긴 했다. 거의 야생 동물에 가까운 고양이가 내 말을 듣고 복종하는 모습을 보자 기분이 좋아졌다. 과대망상적인 선생들도 이렇게 힘으로 제압할 때 기쁨을 느끼는가 싶었다. 권위를 보인 내 스스로에 만족한 채 나는 물을 끓이기 위해 부엌으로 들어갔다. 그러나 여느 독재자와 마찬가지로 나 역시도 착각을 했던 것이었다.

쾅 소리가 집 안에 울려퍼졌다. 재빨리 복도로 뛰어나가니 디기탈리스 뿌리가 허공을 날아다니고 있었고 그 옆으로 화병도 같이 날고 있었다. 폭포처럼 쏟아지는 물 위로 네 발 달린 짐승이 넘어지지 않으려고 다리를 쫙 벌리고 있는 모습 사이로 화병이 바닥에 부딪혀 산산조각이 났다.

디기탈리스는 복도 여기저기에 우아한 각도로 흩어졌다. 새끼 고양이는 물에 흠뻑 젖었다. 화병에서 떨어지는 물에 둘러싸인 고양이는 물을 밟고 나오는 수밖에 없었다.

대부분의 자연 재해가 그렇듯 이것도 시작만큼이나 순식간에 끝나버렸다. 몇 초 전만 해도 말끔하지는 않았지만 정상에 가까웠던 우리 집이 이제는 유엔으로부터 구호 기금을 받아야 하는 상태로 바뀌었다. 쏟아진 물을 밟고 나오면서 클레오는 마치 물이 자기를 해치기라도 하는 듯 한 발작 한 발작 뗄 때마다 발을 들고 털었다. 귀를 옆으로 젖히고 꼬리는 축 늘어뜨린 꼴이 아무리 형편없는 미인대회에 참가했더라도 상을 탈 수 없는 모습이었다. 아무리 심사가 공정하게 이루어졌다 하더라도.

나는 롭에게 수건을 가져오라고 소리쳤다. 우리 둘은 쏟아진 물이 더 멀리 흘러가지 않게 막으려고 애썼다. 나는 물에 흠뻑 젖은 카펫을 말렸고 롭은 새끼 고양이를 수건으로 닦아주었다. 그때 처음으로 클레오가 조금 보잘 것 없어 보였다.

8. 치유자

고양이는 온 마음으로 사랑한다.
자기 자신에게는 아무것도 남지 않을 정도로 너무나 열렬히.

일주일 동안 바다에 나가 있던 스티브가 돌아와 새로 온 새끼 고양이
가 저질러 놓은 만행을 목격했다. 남편이 집을 닦고 정리하는 동안 나는
부엌 의자 옆에 서서 갈매기가 바람을 타고 절벽 위로 날아오르는 모습
을 지켜보고 있었다. 갈매기와 내가 있는 곳의 높이가 같았다. 새가 내
쪽을 향해 부리를 돌렸다. 우리는 서로 눈인사를 했다.

얼마 전만 해도 나는 새들이 좋았고 새들이 겪는 고통을 공감했다. 8
살인가 9살 때쯤 앞뜰에 떨어져 있는 개똥지빠귀 새끼를 발견한 적이
있었다. 새끼 새는 날지 못했다. 내가 뭐라도 하지 않으면 우리 고양이
실버스타가 달려와 낚아챌 기세였다. 나는 손으로 깃털 뭉치를 집어 들
었다. 내 손가락 위로 파충류 같은 발을 쭉 뻗은 채 새는 가만히 누워 있

었다. 몸에 비해 부리와 발톱이 컸다. 하지만 아직 덜 자란 새끼에 불과했다. 하는 수 없이 새를 집 안으로 들고 들어갔다. 신발 상자에 순면 천 조각을 깔고 바늘로 뚜껑에 구멍을 뚫었다. 개똥지빠귀는 점안기에서 떨어지는 설탕물을 열심히 마셨다.

그날 밤 새가 죽을 것이라 확신했던 나는 상자 뚜껑을 닫아버렸다. 상자 안에서 새 소리가 들렸다. 놀란 소리가 아니라 그저 짹짹거리는 소리였다. 밤새도록 상자는 화장대 위에 놓여 있었다.

다음 날 아침, 나는 무엇을 보게 될지 두려웠다. 하지만 서둘러 일어나 상자 뚜껑을 열어보니 새가 똑바로 앉아 있는 것이 아닌가. 까만 새의 눈은 뭔가 바라는 듯한 눈빛을 하고 있었다. 상자 뚜껑을 닫고 앞마당으로 나간 뒤 다시 상자 뚜껑을 열자 개똥지빠귀가 잔디 위로 폴짝 뛰어나갔다. 새는 잠시 뒤뚱뒤뚱거리더니 날개를 활짝 펴고 나뭇가지로 날아올랐다. 그리고는 나는 본체만체 잠시 앉아 있다가는 계곡을 휙 가로질러 소나무 숲으로 날아가버렸다. 혹시 다시 날아와 나에게 고맙다는 인사라도 하지 않을까 기다렸지만 새는 다시 돌아오지 않았다.

갈매기는 잽싸게 페리 터미널로 내려가더니 맞은 편 항구 쪽으로 날아가버렸다. 샘이 하얀 관에 넣어져 레나의 집 뒤 언덕에 묻힌 지 다섯 주가 지났다. 그동안 샘의 무덤을 몇 번 찾아갔다. 군인처럼 명판이 줄지어 있고 바람이 심하게 부는 마카라 묘지 꼭대기가 낯설게 느껴졌다. 처음 몇 번은 불행의 모자이크 안에서 샘의 묘지를 찾기까지 한참이나 걸렸다. 샘의 묘지가 화장실과 같은 열에 있다고 스티브가 말했다. 그

말을 듣고 샘이 웃음을 터뜨리는 소리가 들리는 듯했다. 샘은 언제나 화장실과 관련된 농담을 많이 했다.

샘은 80대까지 산 사람들 사이에 묻혀 있었다. 너무 모순적이었다. 무덤 위에 무릎을 꿇고 잔디에 눈물을 주면서 나는 혹시 샘임을 알리는 무언가가 있지 않을까 찾아댔다. 바람을 등지고 누워버린 잔디 속에서는 아이의 모습을 나타내는 것이 아무것도 없었다. 구름이 기이한 형상을 하고 있었다. 양들이 매에 울어댔다. 그 허공 속에도 샘은 없었다.

나는 다른 사람의 옷을 입고 있는 배우가 된 것 같은 느낌이 들었다. 내 겉모습은 한 달 전과 비슷했다. 나는 똑같은 차를 몰고 똑같은 슈퍼마켓에 물건을 사러 갔지만 내 안의 장기들은 자리가 바뀌고 철수세미로 닦여버린 것처럼 느껴졌다. 더 이상 살아 있는 기쁨을 느끼지 못했고, 툭하면 증오와 분노가 폭발했다. 샘 옆에 누운 사람들을 보자 다시 화가 치밀었다. 무슨 자격으로 그 사람들은 그렇게 오래 살았단 말인가.

학기가 시작되었지만 우리는 몇 주 동안 롭을 학교에 보내지 않고 집에 두기로 했다. 롭이 샘을 언급하는 일은 거의 없었지만 슈퍼맨 시계는 매일 차고 있었다. 어쩌면 롭은 손목시계에 그려진 슈퍼맨을 형과 통하는 직통 전화라고 생각하는지도 몰랐다. 롭에게는 이 세상 그 누구보다 영웅이 필요했다. 환히 웃는 샘을 안고 슈퍼맨이 롭의 창문으로 뛰어 들어올 수만 있어도 좋으련만.

영웅들이 평소에는 사회에 적응하려고 애쓰는 쿨하지 못한 남성으로 살아가는 것을 보면 그렇게 특별한 능력을 가진 것은 아닐지도 모른다는 생각이 들었다. 남자아이들이라면 대부분 언젠가는 사랑하는 여인에게 거절당하는 괴짜 클라크 켄트$^{Clark\ Kent}$(슈퍼맨의 평상시 이름 - 옮긴이)를 공감할 수 있을 것이다. 클라크 켄트처럼 모든 남자아이의 가슴 속에는 영웅이 담겨 있다. 살아 있는 슈퍼맨을 만나고 싶다면 아이 스스로 슈퍼맨이 되어야 하겠지만 그건 대부분의 젊은 남자들이 이루지 못하는 목표이기도 했다. 나이가 들어서도 슈퍼맨을 찾고자 하는 남자들의 열망은 지속된다. 스포츠 영웅, 락 스타, 억만장자. 하지만 실제로 영웅은 그렇게 멀리 있지 않다. 가슴 속에 있으니 말이다.

인정하긴 싫었지만 나는 클레오로부터 도움을 받고 있었다. 클레오는 낮이든 밤이든 내가 바닥까지 떨어질 때마다 그걸 아는 것 같았다. 그럴 때마다 문틈으로 앞발을 들이밀거나 아무것도 요구하지 않으면서 침대 위나 우리 곁에 가만히 앉아 있었다. 고양이는 참을성 있게 가르랑거리면서 내가 다시 일어설 때까지 기다리기만 했다.

심지어 고양이의 파괴적인 행동에도 어떤 목적이 있는 것 같았다. 그런 행동이 나타날 때마다 우리는 그 순간에 대처하게 된다. 커튼 줄이나 떨어진 액자를 보고 고양이에게 소리치는 순간에는 샘을 잃은 괴로움에서 벗어날 수 있었다. 짓궂은 장난기로 사람을 찌증나게 만들면서도 사랑이 넘치는 클레오는 펄펄 날아다녔다. 꼬리에서부터 수염 끝까지 클레오는 100퍼센트 살아 있었다. 바람이 스치는 마카라 묘지보다 오히려 클레오에게서 샘의 모습을 찾을 수가 있었다.

하지만 스티브는 그런 식으로 생각하지 않는 것 같았다. 샘이 클레오를 골랐다는 사실을 들었으면서도 스티브는 겨우겨우 살아가고 있는 악몽 같은 현재가 아니라 샘이 죽기 전에 살았던 우리의 삶과 고양이를 연관 짓는 것 같았다. 남편의 동의 없이 반려동물을 들인다는 것은 제대로 된 가족이 할 만한 행동이 아니었다. 더구나 그의 가족들은 대대로 개만 키워온 사람들이었다.

스티브가 바다에 가져갔던 짐을 푸는 동안 클레오가 옆에서 호기심 가득한 눈초리로 지켜보고 있었다. 클레오는 남편의 옷을 하나하나 살펴보며 어떤 것을 가지고 장난칠 수 있을까 생각하는 모양이었다. 남편의 눈동자가 이리저리 움직였다. 남편이 무슨 생각을 하는지 알 수 있었다. 집이 엉망진창이군.

그 많은 우리의 성격 차이 가운데에는 지저분한 집안을 대하는 우리의 태도도 있었다. 나는 과거에도 그랬고 지금도 주변이 아무리 엉망이어도 상관하지 않는다. 오래된 신문 더미나 있는지조차 몰랐던 옷가지 속에서도 놀라울 정도로 창의적인 생각이 나올 수 있다. 적어도 물건을 정리하기 귀찮을 때마다 나는 그렇게 생각한다. 귀찮아하지 않은 적이 거의 없지만.

반면 스티브는 정리를 강조하는 불교 학교를 졸업했다 해도 믿을 정도였다. 십대에 결혼한 나는 티 하나 없이 깔끔함을 추구하는 그를 만족시키고자 상당한 노력을 기울여야 했다. 그래서 바다에서 일주일을 보낸 남편이 돌아올 때가 되면 집 안을 이리저리 뛰어다니며 문지방에 쌓인 먼지를 털고 커튼을 똑바로 펴고 카펫 수술을 일렬로 정리해야 했다. 나는 눈치가 빠른 사람이 아니다. 집이 아무리 내 눈에 완벽해 보인다 해도 스티브가 보기에는 전혀 그렇지 않다는 것을 알아차리기까지는 수 년이 걸렸다. 내 노력이 무색하게 그는 매번 바다에서 돌아올 때마다 로봇처럼 돌아다니며 똑같은 일을 반복했다. 남편이 돌아오기 30분 전에 집을 치워놔도 그는 여전히 진공청소기를 돌리고, 의자 위를 닦고 난 후에야 짐을 풀었다. 이제는 털이 긴 빛바랜 카펫 때문에 진공청소기를 돌리는 일은 생각조차 할 수가 없지만, 양말과 비닐봉지를 줍는 걸로 남편은 만족해야 했다.

롭이 얼마나 새끼 고양이를 좋아하는지 장황하게 떠벌리려고 하는 순간 스티브의 가방을 뒤지던 클레오가 검은색 양말의 발가락 부분을 입에 물고 고개를 내밀었다. 황급히 도망치던 고양이는 양말을 머리 위로 던지더니 공중으로 뛰어올랐다. 그리고는 앞발로 양말을 잡아채더니 다리 사이에 끼우고는 저 멀리 껑충껑충 뛰어갔다. 그러다 뒷다리 하나가 양말을 밟는 바람에 갑자기 서게 되면서 공중제비 한 바퀴를 돌고 등으로 떨어져버렸다. 나는 헉, 숨을 삼켰다. 불쌍한 고양이. 분명 척추를 다쳤을 거야. 동물병원으로 데려가야겠어. 이제 아파서 몸을 뒤틀겠지. 낫지 못할지도 몰라. 그러나 클레오는 침착하게 일어선 후 양말을 물고 다시 쏜살같이 내달려 도망쳤다.

스티브는 무관심한 표정으로 양말을 찾으러 터덜터덜 방을 나갔다. 대개 스티브가 돌아오고 나면 보통 이틀이 지나야 우리가 남편의 생활

방식에 맞출 수가 있었다. 속옷을 가지런히 정리하지 않은 나를 보고 남편이 짜증을 내는 만큼 나 또한 냄비에 기름 찌꺼기를 남기지 않았나 확인하겠다고 우기는 남편에게 짜증이 났다. 거기에 반갑지 않은 새끼 고양이로 인해 긴장감이 더 해졌으니 가족이 화목할 리 없었다.

아이가 죽은 집의 부부 가운데 75퍼센트가 헤어진다는 말을 어디선가 읽은 적이 있었다. 나는 그걸 믿진 않았다. 내 특기 중 하나가 통계수치를 무시하는 것이었다. 하지만 왜 그렇게 많은 부부들이 헤어지는지 이제 조금씩 이해할 수 있었다.

스티브가 나보다 괴로움을 덜 느낀다고 할 수는 없었지만 나와 달리 스티브는 혼자 삭히는 편이였다. 나는 흐느끼고 울부짖고 비난하고 안아달라고 하면서 감정을 표출했다. 남편은 보다 차분하고 억제된 방식으로 슬픔을 느꼈다. 남편은 말을 할 때마다 네덜란드 화가의 정물화 속에 그려진 오렌지 위의 이슬처럼 세심한 주의를 기울였다.

스티브는 시신을 확인하고 경찰의 질문에 답하고 법정 심리에도 출두하는 등 남편이 해야 할 일을 알아서 하긴 했지만 무표정한 요새 뒤에서 무슨 생각을 하는지 도통 말을 하지 않았다. 그 사람을 그렇게까지 만든 책임은 나에게 있었다. 사고가 난 후 남편이 울던 그날 아침, 그에게 울지 말라고 말하면 안 되는 것이었다. 요즘 남편은 커튼이며 카펫, 고무나무에게는 눈길을 주지만 나와는 조금도 눈을 맞추지 않았다.

법정 심리에 함께 가겠냐고 남편이 물었을 때 나는 싫다고 했다. 낯선 사람들 앞에서 그 사건을 다시 떠올려야 한다는 생각이 너무나 싫었다. 같이 가겠다고 말할 용기가 있었다면 나는 좋은 아내가 되었을 것이다. 우리는 둘 다 가장 어려운 시기를 보내고 있었지만 두 사람 모두 상대방을 달래줄 여유가 없었다.

롭이 거실에서 이쪽으로 와보라고 나를 불렀다. 롭이 클레오 위로 몸을 숙인 채 스티브의 양말을 흔들고 있었다. 롭이 거실 반대편으로 양말을 던지자 클레오가 그걸 잡아 입에 물고는 다시 롭에게 와서 발치에 양말을 떨어뜨렸다. 그러더니 얌전히 앉아 기대의 눈빛으로 롭을 바라보며 기다렸다.

'봤지? 클레오가 양말을 가져오잖아!'

'그런 건 개만 할 수 있어.' 바닥에 놓인 양말을 집어 올리며 스티브가 말했다.

'아냐, 아빠도 해봐.' 롭이 말했다.

마지못해 스티브는 공중에 양말을 던졌다. 클레오가 반대편으로 굴러가 양말을 다시 물더니 이번에는 내 발 밑에 갖다놓았다.

새끼 고양이는 가족들이 한 번씩 돌아가며 양말을 던질 수 있게 하려고 했던 것이었다. 고양이는 가족이 다 함께 그 놀이를 하길 바랐다.

'클레오는 양말 던지기 게임을 할 수 있어!' 롭이 말했다.

클레오의 열정은 끝이 없었다. 우리 세 사람은 곧 양말이라는 희생양을 쫓아 이리저리 뛰어다니는 강단 있는 동물에 얼이 빠져버렸다. 양말이 소파 밑으로 들어가자 비로소 한숨 돌릴 수 있겠구나, 하는 생각이들었다. 소파와 바닥 사이의 5센티미터 틈을 비집고 고양이가 들어갈 수는 없을 거라 생각했기 때문이었다.

그러나 그건 요가 지도자처럼 유연한 클레오를 과소평가한 것이었다. 클레오는 한 치의 망설임도 없이 뒷다리를 펴더니 소파 밑으로 뒷다리를 드밀고 거꾸로 기어들어갔다. 마치 고양이가 태어나는 장면을 거꾸로 돌려보는 것 같았다.

이윽고 불안한 적막감이 흘렀다. 고양이가 소파 밑에 낀 것이었다. 잠시 후 소파의 등받이 뒤에서 검은 앞발이 튀어나왔다. 곧이어 다른 앞발도 보였다. 그리고는 앞 발톱에 힘이 가해지더니 고양이 얼굴이 튀어나왔다. 소파 밑으로 기어들어가기 전보다 고양이의 얼굴은 훨씬 납작해져 있었고 눈은 반쯤 감긴 상태에 귀는 머리에 착 달라붙어 있었다. 그리고 입에는 양말이 자랑스럽게 물려 있었다.

🐾

언덕 아래로 지던 해가 커다란 호랑이 눈처럼 반짝였다. 하늘은 지친 태양 빛으로 핑크색 물이 들었다. 캐시미어 카디건을 걸쳐 입은 나는 닭가슴살을 잘랐다. 리조또라면 누구의 입맛에나 맞을 것이다.

클레오가 희귀한 보르도 와인의 향을 분석하는 감정사처럼 눈을 반쯤 감고 코를 쳐들었다. 부엌을 이리저리 돌아다니는 내 다리를 따라다니며 새끼 고양이는 계속해서 냥냥거렸다. 그건 먹을 것을 달라고 조르는 고양이의 야옹거림이 아니라 자신의 발치에 어서 제물을 갖다 바치라고 요구하는 여사제의 소리였다.

새끼 고양이를 안아 올려 가슴에 꼭 안은 채로 부엌 의자에 앉았다.

고양이는 닭고기 쪽으로 가려고 안간힘을 쓰다가 곧 내가 입은 포근한 캐시미어 카디건으로 관심을 돌렸다. 단순한 양모라면 클레오의 관심을 끌지 않았을 것이다. 그러나 염소의 섬유질로 공들여 짠 털이라면 달랐다. 고양이는 중간쯤에 달린 단추 주변의 울을 씹어댔다.

나는 포옹을 풀고 고양이를 바닥에 내려놓았다. 그러자 클레오가 다시 내 무릎 위로 뛰어올랐다. 굶주린 사자처럼 고양이는 내 카디건을 물어뜯기 시작했다. 나는 고양이를 떼어내려고 애썼다. 그 순간 고양이가 송곳니로 내 엄지손가락을 무는 바람에 통증이 느껴졌다. 고양이는 내 카디건만 물어뜯은 게 아니라 내 손가락에 구멍까지 냈던 것이다.

비명을 지르면서 피가 뚝뚝 떨어지는 손가락을 페이퍼 타월로 감쌌다. 스티브는 내 상처를 보고도 대수롭지 않다는 표정을 지었다. 클레오의 행동은 새끼 고양이에 대해 남편이 가지고 있던 선입견에 맞는 당연한 것이었다.

저녁 식사를 하려고 식탁에 앉았을 때 스티브의 미간에 주름이 잡혔다. 클레오가 '식탁 위에 올라오지 마'라는 말을 얼마나 잘 이해했는지 보여주었기 때문이다. 클레오는 테이블 매트와 소금, 후추통, 식기는 물론이고 우리 접시까지 공격했다.

뒷골이 뻣뻣해오고 엄지손가락이 욱신거렸다. 내키지 않아 하는 남편에게 새끼 고양이를 잘 말해주려고 했던 내 노력이 수포로 돌아가고 있었다. 나는 고양이를 잡아 세탁실에 넣고 문을 닫았다.

'클레오는 거기 있는 거 싫어 해.' 롭이 투덜거렸다.

'고양이 때문에 우리 생활이 엉망진창이 될 수는 없어!' 세탁실 문 뒤에서 들리는 울부짖음을 멈추게 하려고 큰 소리로 말했다. 불규칙하게 들리는 고양이의 울음소리가 왠지 나를 긴장시켰다. 꼭 새끼 고양이나 엄지손가락, 남편 때문만은 아니었다. 내일 아침이면 법정 심리가 열린다. 스티브가 그 여자를 대면하게 될 것이다. 경찰은 그녀의 죄를 입증할 것이다. 그러면 그녀는 감옥에 갈 것이고 나는 결국 샘이 죽었다는 사실을 받아들일 수밖에 없게 된다.

클레오의 울음소리가 한층 더 커졌다. 내 몸이 떨리기 시작했고 숨이 헐떡거렸다. '더는 참을 수가 없어! 고양이를 레나에게 돌려줄 거야!'

롭이 리조또를 가만히 바라보다가 울음을 삼켰다. '엄마는. 너무. 나빠.'

의자를 뒤로 밀고 비틀비틀 일어선 나는 방으로 달려갔다. 그리고는 베개를 껴안고 큰 소리로 흐느껴 울었다. 롭의 말이 맞았다. 나는 나빴다. 그리고 제멋대로였다. 나쁜 엄마, 끔찍한 아내, 실패한 인간. 나는 다시 깨어나지 않길 바라며 잠이 들었다.

아이의 손이 내 어깨를 건드렸다. '클레오는 엄마를 사랑해, 엄마. 들어봐….' 롭이 속삭였다.

털뭉치가 내 목을 포근하게 파고들었다. 리듬감 있게 가르랑거리는 소리가 귀에 울렸다. 그건 어린 시절 검은 모래 해변에서 들을 수 있었던 깊은 파도 소리이자 자궁 속 아기에게 들리는 소리였다. 현명하고 영원히 끊이지 않는 그 소리는 지구의 자장가 소리거나 신의 목소리일지도 모른다.

고양이의 가르랑거리는 소리가 인체에 심오한 영향을 준다고 한다. 실험 결과 가르랑거리는 소리를 들으면 스트레스가 줄고 혈압이 떨어지며 근육과 뼈가 낫는데 도움이 되는 것으로 나타났다. 고양이가 가진 치유 능력을 인정한 많은 병원과 양로원에서는 고양이 의사를 두기도 한다. 정기적으로 가르랑거리는 소리를 듣게 하면 심장 조직이 낫는데도 도움을 준다. 고양이가 목으로 내는 멜로디를 들으니 가슴 속에 달콤한 느낌이 밀려왔다.

내 턱 아래로 머리를 들이민 클레오가 걱정하는 엄마와 같은 눈빛으로 나를 바라보았다. 그리고는 놀랍게도 축축한 코를 내 뺨에 갖다 댔다. 그건 분명 새끼 고양이의 키스였다. 내 목을 파고들면서 고양이가 앞발로 내 얼굴을 쓰다듬었다. 나는 손가락으로 앞발을 잡아 어루만지면서 발톱이 조심스럽게 움츠러드는 것을 바라보았다. 이번에는 고양이가 공격할 생각을 하지 않았다. 고양이 발바닥이 내 손가락 끝보다 더 부드러웠다. 그렇게 '손을 잡고' 누운 채로 우리는 인간과 동물 사이의 벽을 넘어 말로 표현할 수 없는 교감을 나누었다.

몇 시간 후 잠에서 깨어보니 내 옆에서 클레오가 침대 시트를 덮고 누워 베개를 베고 잠들어 있었다. 클레오는 당연히 그곳이 자기 자리라고 생각하는 것 같았다. 움직임 없는 클레오의 몸, 하얀 면 시트 사이로 삐죽 튀어나온 귀, 편안한 숨소리를 들으니 태초부터 인간과 고양이가 이렇게 같이 누워서 잤던 것은 아닐까, 하는 생각이 들었다.

9. 여신

고양이는

털 코트를 입은 여사제이다.

'엄마도 클레오를 좋아하잖아. 안 그래?' 다음날, 아침 식사를 하는 도중에 롭이 물었다.

나는 부엌 창문을 열었다. 갈매기 한 마리가 끼룩끼룩 소리를 내며 푸른 항구 위를 날고 있었다. 반쯤 뜯긴 커튼 줄이 바람에 흔들렸다. 스티브는 이미 넥타이를 매고 치안 법정으로 가버린 후였다.

'그래.' 한숨을 내쉬며 긍정했다.

'다행이야. 클레오도 엄마를 좋아하거든.'

'당연히 엄마를 좋아하지.' 희미한 미소가 자연스럽게 지어졌다.

'아니, 엄마. 클레오는 엄마를 정말 좋아해! 어젯밤에 나한테 그랬어!' 롭이 말했다.

'다행이네. 어서 토스트 다 먹어.'

'클레오가 다른 이야기도 했어.'

롭은 예민한 소년이었다. 게다가 어린아이가 견딜 수 있는 것보다 훨씬 더 큰 충격을 받았다. 법정 심리에 대해 롭에게 말한 적은 없지만 아마 알고 있었을 것이다. 그러니 롭은 지금 새끼 고양이가 자기에게 이야기를 한다는 말을 지어내고 있는 것이다.

'클레오가 치유 고양이 집안에서 태어났다고 말했어.' 계속해서 롭이 말을 이었다. 가여운 아이의 상상이 끝도 없이 펼쳐졌다.

'꿈에서 그랬다는 거지?' 혹시 아이의 머리가 어떻게 된 것은 아닐까 두려워하면서 물었다.

'꿈 같지 않았어. 내가 친구를 사귈 수 있게 클레오가 도와준다고도 했어.'

우리 집이 초자연적인 내력을 갖고 있긴 하지만 이건 심해도 너무 심했다. 만약 아이가 새끼 고양이와 대화를 나눈다는 소문이 퍼지면 아이는 왕따가 되어 온갖 고통을 당하게 될 것이다.

'분명 도와줄 거야.' 아이의 어깨를 감싸안고 귀에 키스를 하면서 속삭였다. '하지만 당분간 이건 우리만의 비밀로 간직하자.'

'레나 아줌마에게 클레오를 되돌려주지 않을 거지? 그럴 거지?' 아이가 물었다.

나는 아이 옆에 웅크리고 앉아 아이의 어깨에 손을 얹고 가만히 표정을 살펴보았다. 아이의 표정이 너무 진지했다. 긴장한 아이의 몸이 뻣뻣

해져 있었다. '아니, 롭. 우리가 기를 거야.'

아이의 어깨가 축 늘어졌다. 아이가 안도의 한숨을 쉬면서 고개를 숙였다. 아이의 머리카락이 갈대처럼 움직였다. 기뻐하는 아이의 팔이 보일 듯 말 듯 꼼지락거렸다. 아이가 나를 보고 있지는 않았지만 웃고 있다는 것을 알 수 있었다.

인간이 살아가는 데 고양이가 반드시 필요하다는 것을 사람들이 이해하기까지는 오랜 시간이 걸렸다. 유목 생활 대신 한 곳에 머물면서 농사를 짓기 시작했던 이유 가운데 하나는 커다란 포식 동물의 공격을 덜받을 수 있기 때문이었다. 사람들은 집 안, 지하실, 창고에 더 무시무시한 적이 자라고 있다는 사실을 알지 못한 채 수백 년 동안 이런 성과를 자축하며 살아왔다. 그런데 조그만 설치류가 커다란 육식 동물보다 더큰 손해를 입힐 수도 있었다. 한 무리의 쥐들이 일 년 동안의 농사를 망쳐버려 마을 전체가 굶주리고 질병에 시달리는 경우도 있었다.

야생 고양이들은 사람들이 사는 마을 주변을 어슬렁거리면서 쥐로 배를 채울 생각에 군침을 삼키곤 했다. 때로는 대담하게 또는 필사적으로 마을 안까지 들어와 쥐와 뱀을 사냥하기도 했다. 이로 인해 사람들은 고양이가 자신들에게 피해를 주지 않는다는 사실을 점차 깨닫기 시작했을 뿐만 아니라 오히려 쥐를 퇴치하는 데 고양이들이 유용한 것을 알았다.

사람들은 고양이의 특성을 인정하기 시작했다. 고양이가 가진 우아함을 눈치챘고, 고양이의 독립심과 소나 개처럼 인간의 우월성에 복종하길 거부하는 특성을 존중했다. 사람이 불러도 고양이가 오지 않는다는 사실을 가장 먼저 느낀 이들은 고대 이집트인들이었다.

고양이들은 귀금속으로 치장되었고 주인의 접시에 있는 음식을 같이 먹을 수 있게 허락되었다. 고양이를 죽인 죄 값은 죽음으로 치러야 했다. 고양이 장례식은 대개 인간의 장례식보다 호화로웠다. 키우던 고양이가 죽으면 사람들이 볼 수 있게 그 시신을 밖에 내다 놓았고 가족 전체가 슬픔의 표시로 눈썹을 밀었다.

부드러운 발을 가진 우리의 친구는 설치류를 죽여 수백만 명의 목숨을 구한 것은 물론 수많은 마음을 치유하는 데도 도움을 주었다. 고양이들은 침대 한 구석에 가만히 앉아 사람이 울음을 그칠 때까지 기다렸다. 나이 들고 아픈 사람들의 무릎에 웅크리고 앉은 고양이들은 어디에서도 찾을 수 없는 편안함을 느끼게 했다. 이처럼 수천 년 간 인간의 신체적, 정신적 건강을 치유해온 고양이들은 그 공로를 인정받아 마땅하다. 이집트인들이 옳았다. 고양이는 신성한 존재이다.

🐾

부엌 시계 바늘이 아침을 지나 정오로 향하고 있었다. 생각보다 심리가 오래 걸렸다. 나는 난폭 운전을 한 전력이든 어떤 것이든 그 사건의 원인이 되는, 가해 여성에게 불리한 증거가 있기 때문에 오래 걸리는 것이라고 생각했다.

커피 한 잔. 또 한 잔. 샘이 죽던 날 그랬던 것처럼 항구는 청록색 원반 모양을 하고 있었다. 그 광경이 너무나 완벽해서 사악해 보이기까지 했다. 다시 시간을 되돌리고 싶다는 생각을 하고 있을 때 클레오가 부엌 싱크대에서 훔친 오래된 종이 가방을 롭에게 선보였다. 고양이는 종이 가방 위에 데굴데굴 구를 때 나는 부스럭 소리가 좋은 모양이었다. 롭이 종이 가방을 벌려 놓자 클레오가 부엌을 가로질러 롭으로부터 멀리 떨어진 곳으로 달려가더니 미끄러지며 멈춰 섰다. 그리고는 몸을 돌려 낮은 자세로 웅크린 다음 롭이 만들어 놓은 종이 동굴을 응시했다. 동공이 커진 클레오는 희미한 초록색 가장자리만 빼면 온 몸이 검은색이었다. 클레오가 체중을 바꿔 실으면서 앞발을 들고 공격 태세를 취했다. 너무나 오랫동안 세심하게 준비를 하느라 클레오를 바라보는 관객들이 흥미를 잃을 지경이었다. 바라보기에 지친 우리가 아직 뜯지 않은 초콜릿칩 쿠키를 향해 관심을 돌리려던 그 순간 검은색 다트 하나가 바닥을 가로지르더니 쪼글쪼글한 종이 가방 속으로 냅다 달렸다.

'이것 봐, 엄마.' 이제 무거워진 둥근 종이 가방을 들면서 롭이 말했다. 나는 종이 가방에 손을 뻗어 고양이를 구출하려 했지만 가방 속에서는 행복한 가르랑 소리가 들려왔다.

거의 정오가 다 되었을 무렵 스티브가 돌아왔다. 공허한 눈빛에 그늘져 어두운 모습으로 복도에 나타난 남편의 가슴 위로 반쯤 풀린 타이가 축 늘어져 있었다.

남편을 향한 애처로움은 배고프다고 부르짖는 소리를 듣는 순간 싹 가셔버렸다. '어떻게 생긴 여자예요?' 내 스스로도 놀랄 정도로 차가운 목소리로 물었다.

'왜 그렇게 화가 났어, 엄마?' 롭이 가르랑거리는 종이 가방을 들고 나를 따라왔다는 것을 그제야 알아차렸다.

'화 난 거 아냐.' 내 목소리는 건조하고 차가웠다.

'아빠, 클레오가 뭘 했는지 봐봐.' 롭이 스티브에게 종이 가방을 내밀자 짓궂은 클레오가 머리를 내밀었다.

'나중에. 고양이 좀 부엌에 데려다 놔, 응?' 내가 재빨리 소리쳤다.

이상한 기운을 감지한 롭은 순순히 내 말을 따랐다. 언젠가 우리 아들이 이런 나를 이해하고 용서해줄 수 있는 날이 오기를….

'네?'

'몰라.' 피곤함에 눈을 비비며 남편이 한숨을 쉬었다. '평범해….'

나는 남편에게 꼬치꼬치 캐물었다. '머리는 갈색 아니면 금발이었고 몸집은 큰 편이었어. 보건부에서 일하는 사람이래. 감청색 코트를 입었던가. 안경은 썼는지 안 썼는지 기억나지 않아.' 남편은 법정에서 그 여자를 제대로 쳐다보지 않았다고 했다. '슬픈 표정을 하긴 했지만 사과는 하지 않았어.'

나는 그보다 더 많은 것을, 훨씬 더 많은 것을 알고 싶어 했다. 코 모양은 어떻게 생겼는지, 얼굴에 점이 있는지, 어떤 냄새가 났는지… 그 여자에 관한 것이라면 모조리 알아내고 싶었다.

'몇 살이에요?'

'아마 30대 중반쯤.'

'감옥에 가나요?'

남편은 내 왼쪽 어깨를 응시하더니 천천히 고개를 가로저었다.

'뭔가 죄목을 달아서 기소하겠지. 적어도 벌금형은 받지 않을까?'

파리 한 마리가 남편의 머리 위에서 8자 모양으로 천천히 날았다.

'감옥에 보낼 수는 없어.' 남편의 목소리를 차분했고 마치 정신병자에게 이야기하는 듯한 말투였다. '사고였으니까.'

사고라니, 대체 무슨 말이야?

'버스 뒤에서 뛰어나오는 샘을 그 여자가 봤을 리가 없어. 그 여자 잘못이 아니야. 그 여자는 아무 잘못도 하지 않았어.'

머리가 하얘졌다. 남편이 하는 말은 하늘이 초록색이라고 하는 것과 다름없었다. 샘이 정말 사고로 죽었고 그 여자가 잘못을 저지른 것이 아니라면 탓할 사람은 아무도 없었다. 나에게는 그녀를 싫어할 권리가 없었다. 사람들은 내가 그녀를 용서해주길 바랄지도 모른다.

그런데 지금 내 마음은 옹졸했고 굳게 닫혀 있었다. 용서는 신이나 하는 것이었다.

10. 소생

고양이는

사람들이 더디게 배운다는 사실을 염두에 둔다.

우리가 새끼 고양이를 키운다는 소리를 들은 오랜 친구 로지를 막을 방법은 없었다. 처음 로지가 전화를 걸어왔을 때는 나중에 오라고 했다. 그런데 그건 길고양이에게 생선 한 그릇을 주는 것과 마찬가지였다. 법정 심리가 있던 날로부터 며칠이 지난 후 우리 집 주변에 세워진 보이지 않는 바리케이드를 뚫고 로지가 나타났다. 화를 잘 내고 눈치 없는 것으로 악명이 높은 그녀를 사람들은 그리 좋아하지 않았다. 스티브는 갑자기 시내에서 중요한 약속이 있다며 자리를 떴다.

'불쌍한 애기 클레오.' 커다란 빨간 테 안경 너머로 클레오를 바라보며 로지가 달래듯 말했다. '고양이 키우는 걸 좋아하지 않는 사람들과 살게 되다니.'

'고양이 키우는 걸 좋아하지 않는다고는 안 했어, 로지.'

'그렇담 진심으로 고양이 키우는 걸 좋아한다고 말할 수 있어?' 빨간테 너머로 나를 응시하며 그녀가 말했다.

'응. 그런 것 같아… 나도 몰라.'

'그럼 고양이 키우는 걸 좋아하지 않는 게 분명해. 좋아하면 알거든. 자기가 기독교 신자인지 이슬람교 신자인지 아는 것처럼 말이야. 신자면 신자라는 걸 아니까.'

로지는 나처럼 성공회를 다닌 적이 없었다. 성공회에서는 신부님을 만나 열심히 믿겠다고 맹세하지 않아도 주기도문을 웅얼거리고 '저 멀리 푸른 언덕에' 찬송가를 부르며 미지근한 차를 홀짝이다 집에 돌아갈 수 있었다.

로지는 놀라울 정도로 고양이를 사랑하는 사람이었다. 그녀는 길고양이 여섯 마리를 데려다 스크러피, 러피, 베토벤, 시벨리우스, 마돈나, 도리스라는 이름을 지어주었다. 물론 어떤 고양이가 어떤 것인지 맞추기는 불가능했지만 말이다. 데려다 키운다는 것은 정확한 표현이 아니었다. 네 발 달린 폭력배 여섯 마리가 자기 집을 차지하고 망가뜨리도록 로지가 불러들였다고 표현하는 편이 더 정확할 것이다. 뼛속까지 배은 망덕한 그 고양이들은 그녀의 커튼을 찢고 가구를 망가뜨렸으며 집안 구석구석 오줌 냄새로 진동하게 만들었다. 고양이들은 힘을 합쳐 휴지통을 습격하는 데 열중하지 않으면 근처의 야생 동물들을 사냥하고 다녔다. 누구든 용감하게 로지 집의 대문 안으로 들어서면 사악한 모습의 여섯 고양이들은 그녀의 침대 밑에 숨었다. 그녀는 이 말썽쟁이 여섯 마리 모두 놀라운 성격을 가졌으며 믿기지 않을 정도로 귀엽고 사랑스럽다고 말했다.

고양이에 대해서라면 모르는 게 없는 그녀의 레이더가 지그재기 길 위에 사는 우리 집에 운명이 맡겨진 고양이 사회의 일원 이야기까지 감지했던 모양이다.

'이 고양이는 아주 예쁘진 않네. 골프공이라도 이것보다는 털이 많겠다. 무슨 포로수용소에 있다 온 고양이 같아. 그리고 이 눈. 눈이 너무… 튀어나왔어.' 그녀가 말했다.

'어떤 고양이도 완벽하진 않아.' 갑자기 고양이에 대한 충성심이 밀려오는 걸 느꼈다. '점점 더 나아지는 중이야.'

'흠. 아비시니안 고양이랑 잡종이라고?' 의심스럽다는 목소리였다. '물과 높은 것을 좋아하는 것으로 유명하지.' 로지는 항상 자신이 많이 안다는 걸 과시했다. '몸집이 크고 털이 짧아서 튼튼한 유럽 고양이들보다 더운 날씨에 더 잘 견디는 아시아 고양이 피가 섞여 있다는 점을 감안해도 너무 말랐는데. 뭐를 먹이는 거야?'

'고양이 사료.' 나는 한숨을 내쉬었다.

'그래, 그런데 어떤 종류를 먹이는 거냐고.'

'몰라. 애완동물 가게에서 사왔어.'

'비타민도 먹여?' 법정에서 심문하는 듯한 목소리로 그녀가 물었다.

'당연하지.' 나는 거짓말을 하고 화제를 바꿨다. '클레오가 양말 물어오기 하는 거 볼래?'

나는 클레오의 코 위에서 양말을 흔들었다. 클레오는 처음 보는 물건이라는 듯 무시했다.

로지가 고개를 저으며 말했다. '고양이들은 물어오기 못 해.' 그녀가 빨간색 핸드백을 집으려고 몸을 숙이자 연한 갈색 곱슬머리가 흔들렸다. 갑자기 미안하다는 생각이 들었다. 짜증이 나긴 했지만 우리 집에 찾아온 그녀에게 브라우니 수천 개를 줘도 부족할 것이었다. 친구들은 대부분 바쁘다는 핑계로 더 이상 우리 집을 찾아오지 않았으니 말이다.

샘이 죽은 후에도 로지의 태도는 바뀌지 않았다. 그녀는 여느 때처럼 명령조였고 활기차게 행동했다. 게다가 이제는 익숙해진 그녀 특유의 쉰 목소리로 이 집에 무슨 저주라도 쓰인 듯하다는 식의 말은 하지 않았다.

'이게 필요할 거야.' 여기저기 표시가 된 책 두 권을 내밀며 그녀가 말했다. ≪새끼 고양이 키우기Kitten and How to Raise Them≫와 ≪고양이와 고양이의 건강Your Cat and Its Health≫이었다. '아, 그리고 이것도 도움이 될 것 같아.'

제멋대로에 불같이 화를 낼 때가 있긴 했지만 다정한 로지였다. 클레오에게 별 관심이 없다고 나를 몰아세우고 별난 행동을 보여도 마음만은 착한 로지라는 사실을 부인할 수 없었다. 그렇지 않다면 왜 그녀가 고양이 책과 더불어 별거 아니라는 는 듯 나에게 ≪인간의 죽음On Death and Dying≫이라는 엘리자베스 퀴블러 로스Elizabeth Kubler-Ross의 책을 들이밀겠는가?

사람들이 슬픔을 극복하는 걸 도와주기 위해 마련된 퀴블러-로스의 '슬픔의 다섯 단계'라면 나도 잘 알고 있었다. 내 상황과 맞아떨어지는 부분도 많이 있었다.

1 부인. 제시의 집에서 전화를 받고 처음 충격을 느꼈던 그 당시 나는 분명 그 사실을 부인했다. 나는 아직도 그 사실을 부인한다. 길가에서도 쇼핑몰에서도 나는 여전히 샘이 뛰어다니고 웃는 모습을 보았다. 하지만 실제로는 금발의 다른 남자아이들이었다. 무의식의 지하 감옥에는 구급 대원이 했던 말이 지워지지 않고 남아 있다. 샘이 살았더라도 '식물인간'이 되었을 것이라는 말. 일주일에 며칠씩 샘이 아직도 살아 있다는 사실을 다른 사람들이 숨기는 꿈을 꾸곤 했다. 그럴 때마다 나는 갑자기 사람들이 거짓말을 하고 있다는 사실을 알아채고 미로와 같은 병원 복도를 내달려 어두운 병실에서 기계에 의존해 누워 있는 샘을 발견했다. 그러면 아이는 고개를 돌리고 처음 태어났을 때처럼 그 파란 눈으로 나를 응시하는 것이었다. 그런 날은 심장이 두근거리고 베갯잇이 흠뻑 젖은 상태로 잠에서 깨어났다.

2 분노. 몇 주 동안만 부인의 단계에 머물다 분노의 단계로 나갔으면 좋았을 것이다. 찢어진 종잇조각들처럼 하늘을 나는 비둘기를 볼 때마다, 포드 에스코트를 몰고 가는 여자들, 아니 차를 모는 여자들을 볼 때마다, 뻔뻔하게도 아직 살아 있는 샘의 학교 친구들을 볼 때마다 내 몸의 세포란 세포는 모두 분노에 휩싸였다. 분노의 단계가 지나간다는 사실을 확신할 수 있기만 했더라도 좋았을 것이다. 문제는 내가 부인과 분노의 단계를 한꺼번에 거치고 있다는 것이었다. 몇 번이나 한심한 생각을 했던 적도….

3 타협. 가끔 욕실 안에서나 운전을 하면서 나는 하느님과 일방적인 협상을 하려 들었다. 시계를 되돌려서 1월 21일에 벌어졌던 일들이 5초만 빨리 발생하게 해주소서. 그래서 샘이 커브 길을 내려서기 전에 차가 언덕을 내려와서 비둘기를 안전하게 동물병원에 데려다주고 우리 식구들 모두 스티브가 만든 레몬 메링게 파이를 먹을 수 있게 해주소서. 위대한 창조주인 전지전능하신 하느님께 시간을 조금 돌리는 일이 뭐 그리 대단하겠습니까? 그렇게만 해주신다면 하느님이 원하시는 것은 무엇이든 하겠습니다. 수녀가 되라 하면 되고, 여자 럭비 팀에 들어가라 하시면 들어가고, 텐트에서 자는 걸 즐기라면 즐기겠습니다. 제가 이 고통에서 벗어날 수만 있다면….

4 우울. 슬픔의 장롱에는 여러 가지 옷이 걸려 있다. 집에서 입는 편한 옷으로 수수한 자기 연민이 있는데 괴로움을 느끼는 사람들은 그걸 우울증이라고 부르기도 한다. 산후 우울증은 그보다 좀 더 화려하다. 정신과 의사와 항우울제를 먹어야 하는 상태로는 임상 우울증과 자살 충동을 느끼는 슬픔, 그리고 정신이상이 있다.

제1차 세계대전 이후 스크램블 에그처럼 엉망이 되어 돌아온 삼촌들을 보고 사람들은 우울증에 걸렸다거나 정신이상일 수 있다고 했다. 그중에는 정신병원에 입원한 분도 있었다. 시집 안 간 이모는 할머니 할아버지가 동네 여자 우체국장과의 연인 사이를 끝내라고 강요한 이후로 몇 년 동안 말을 하지 못했다. 1930년대 뉴질랜드 시골 사람들이 다 그렇듯 먼 친척들은 이모를 비겁한 도망자라 불렀다. 내가 이해하는 한 이

모와 삼촌들에게는 우울해할 만한 마땅한 이유가 있었다.

이렇게 다양한 슬픔이 모두 똑같은 장롱 속에 제멋대로 넣어져 있긴 하지만 리넨 스커트와 디오르 드레스만큼이나 공통점이 없었다.

우울증이라는 단어는 내가 빠졌던 비애의 바다를 설명하기엔 턱없이 부족한 표현이었다. 그 바다에는 해안선도, 대양저도 없었다. 어떤 날에는 바다 위에 떠 있으려고 애쓰다가도 또 어떤 날에는 떨어진 버드나무 가지처럼 죽은 듯 무한히 떠내려갔다. 이것을 단순하게 '우울'과 '단계'로 나누다니, 퀴블러로스가 어리석기 짝이 없다. 그리고 마지막 단계가 있었다.

5 수용. 사랑스런 9살짜리 아이가 죽은 걸 두고 내가 괜찮다고 말하게 되는 날은 오지 않을 것이다. 죄책감, 자기혐오, 히스테리, 절망, 편집증, 모르는 사람에게 아이가 죽었다고 털어놓는 것, 달리는 차의 문을 열고 뛰어내리고 싶은 강력한 충동 등 퀴블러로스가 놓친 단계들이 많이 있다.

나는 로지에게 고맙다고 하면서 ≪고양이와 고양이의 건강≫을 획 넘겨보았다.

'제대로 읽을 거지?' 그녀가 물었다.

'이봐 로지. 네가 생각하기엔 우리가 기준 미달일지 모르겠지만 우리도 최선을 다하고 있어. 고양이를 죽이거나 하진 않을 테니까. 적어도 그렇게 되진 않길 바래….'

'걱정 마, 아기 클레오야.' 더운 젖가슴 사이로 새끼 고양이의 얼굴을 묻으면서 다시 한 번 애 같은 목소리로 로지가 말했다. '쪼끄만 고양이

야, 언제든 원하면 로지 아줌마 집에 와서 살아.'

클레오가 로지의 젖가슴 사이에서 숨이 막히는지 몸부림을 쳤다. 그리고는 귀를 납작하게 눕히고 입술을 뒤로 잡아당겨 쉭 소리를 내더니 날카롭게 세운 발톱으로 로지의 얼굴을 후려쳤다. 순식간에 벌어진 일이었지만 슬로우 모션처럼 생생했다.

'아니 이이이이이이이이런!' 로지가 비명을 질렀다.

'미안해!' 냅킨처럼 사용하기 위해 반으로 접은 티슈로 피가 흐르는 그녀의 턱을 가볍게 두드리며 내가 말했다. '그러려고 한 게 아니었을 거야···.'

티슈로 턱을 꼭 누르며 로지는 자신을 습격한 고양이를 노려보았다.

'이 새끼 고양이··· 너희 새끼 고양이··· 벼룩이 있네!' 안경을 고쳐 쓰며 로지가 말했다.

'정말?' 발목을 긁으며 내가 말했다. 요 며칠 동안 스티브와 롭이 '가렵다고' 투덜거렸지만 나는 과민반응이라고 생각하며 그들의 불평을 무시했다. 이제야 내 몸도 가렵다는 사실을 알아차렸다. 발목 주변에 난 조그만 두드러기 같은 것들이 다리까지 이어졌다.

'그래, 봐봐. 수십 마리, 아니 수백 마리가 있을지도 몰라.' 클레오의 아랫배에 드문드문 난 털을 가르면서 그녀가 말했다.

그 모습은 헬기에서 찍은 맨해튼과 흡사했다. 우리가 내려다보고 있다는 것을 눈치채지 못한 듯 벼룩 부대 전체가 클레오의 털 사이로 부산하게 움직이고 있었다. 벼룩 워크숍에 너무나 몰두한 탓인지, 지금 하고 있는 일이 이 세상 어떤 일보다 중요하다고 자신하는지 단 한 마리의 벼룩도 자신들을 바라보는 거대한 두 사람을 놀랜 눈으로 올려다보지 않았다.

'벼룩이 아주 많은데,' 로지의 목소리에는 감탄과 놀라움이 뒤섞여 있었다.

'저것들을 없애려면 어떻게 하지? 애완용품 가게에서 파우더 같은 걸 사와야 하나?'

'그걸 사용하기엔 너무 늦었어.' 로지가 단언했다. '이 새끼 고양이에게 필요한 건, 목욕이야.'

고양이들은 본래 물을 싫어하기 때문에 고양이를 목욕시키는 것은 애완동물 학대라고 내가 지적하자 로지는 어깨를 으쓱했다. '네가 키우는 새끼 고양이의 건강을 책임지고 싶지 않다면 뭐…'

로지가 나를 막다른 길로 몰아세웠다. 그녀의 말대로 하지 않으면 동물 보호 페미니스트 위원회 같은 곳에다 알릴지도 모른다. 그러면 그 사람들은 우리 집 앞마당에 불타는 십자가를 세우고 집 근처에다가 포스터를 붙일 것이다.

'하지만 새끼 고양이용 목욕통이 없는데. 새끼 고양이용 샴푸도 없고,' 애완용품 가게에서도 그런 것을 본 적이 없다고 거의 확신하며 말했다.

'그냥 집에 있는 욕실용품이면 돼. 사람들이 쓰는 순한 샴푸로 목욕시키면 되고. 핸드 타월 좀 가져다줄래?'

우리 집에 있는 것들 중 핸드 타월에 가장 가까운 것은 예전에 비치타월로 쓰다가 아이들과 라타가 잡아당기기 전쟁을 하던 중 찢어져버린 빛바랜 파란 수건 조각이 전부였다. 로지는 고양이 사체를 미라로 만드는 이집트 전문가처럼 능숙한 손놀림으로 클레오의 어깨를 수건으로 동여맸다. 다리와(발톱과) 몸이 꽁꽁 묶인 클레오는 저항할 수가 없었다. 수건 한쪽 끝으로 드문드문 털이 난 깜짝 놀란 얼굴이 보였다. 반대편 끝은 로지의 티셔츠 접힌 부분 사이로 깊이 박혀 있었다. 나는 진심으로 클레오를 구하고 싶었다. 그러나 할퀴기 공격을 당할 염려가 없는 로지가 이미 클레오를 포박해버린 상태였다.

그녀는 나에게 따뜻한 물로 욕조를 채우라고 지시한 후 클레오를 안고 있지 않은 다른 쪽 팔꿈치로 온도를 확인했다. 적당한 온도의 물이 어느 정도 차오르자 로지는 재빨리 수건을 풀고 클레오를 나에게 안겼다.

'네가 목욕시키는 것 아니었어?' 한꺼번에 반대 방향으로 움직이는 다리와 꼬리를 잡으려고 애쓰면서 물었다.

'네가 엄마잖아.' 수건걸이 쪽으로 안전하게 한 걸음 물러서며 로지가 대답했다.

새끼 고양이는 내 품에서 편안하게 누웠다. 그게 엄청난 찬사처럼 느껴졌다. 젖지 않은 곳에서 욕조를 내려다보는 클레오는 물에 매료된 듯했다. 그리고 한 떼의 금붕어라도 있는 것처럼 무언가 기대하는 눈빛으로 욕조의 물이 반짝이는 것을 쳐다보았다. 어쩌면 클레오가 물을 사랑하는 유명한 아비시니안 고양이의 특성을 물려받아 목욕을 즐길지도 모른다.

깊이 숨을 들이마시며 고양이를 물속으로 집어넣었다. 고양이 특유의 자존심을 존중하면서 동시에 재빨리 손을 놀릴 필요가 있었다. 클레오는 목욕하는 과정을 알고 있는 것 같았다. 내가 베이비 샴푸로 털가죽을 마사지 하는 동안 조그만 조각상처럼 움직이지 않고 가만히 있었다. 이윽고 새끼 고양이가 비누거품에 휩싸였다.

그렇게 욕조 안에 가만히 앉아 있는 클레오가 자랑스러웠다. 목욕을 하는 자신의 모습을 클레오가 볼 수 없는 것이 다행이었다. 모두 아래쪽을 향해 착 붙어 있는 털과 뺨에 달라붙은 수염 때문에 쥐라고 해도 믿을 정도였다. 아무리 그래도 위생처리가 되어야 한다는 사실을 이해한 클레오를 보고 로지가 감명 받지 않을 수는 없을 것이다.

'착한 고양이.' 내가 중얼거렸다.

'봤지? 별거 아니잖아. 고양이도 가끔씩 목욕을 시켜줘야 한다고.' 로지가 말했다.

그때 갑자기 클레오가 야생 고양이와 같은 울음소리를 냈다. 그 소리는 슈퍼마켓에서 엄마를 잃어버린 아이가 놀란 마음에 울음을 터트리는 것처럼 다급하고 큰 소리로, 나의 모성 본능을 자극했다. 곧이어 클레오의 조그만 머리가 옆으로 축 늘어졌고 몸은 행주처럼 기운이 없었다. 그 모습을 본 나는 몹시 놀랐다.

'꺼내! 꺼내!' 로지가 소리쳤다.

'꺼내고 있어!' 나도 똑같이 소리쳤다. 물에서 그 조그만 몸을 끄집어 올리자 머리와 다리가 죽은 것처럼 축 늘어졌다. '아…!'

롭이 뭐라고 할까? 롭의 마음은 이미 찢길대로 찢겼는데…. 또 다시 이런 충격을 견디기 힘들 거야. 내가 실패한 엄마라는 건 이미 보여주었는데. 이렇게 작고 무력한 새끼 고양이를 돌보려고 했다니. 내 옷도 제대로 못 입는 사람인데.

나는 로지에게서 수건을 낚아채 죽은 듯 보이는 고양이를 감쌌다.

'오 클레오, 미안해!' 나는 수건으로 고양이를 문지르면서 이렇게 외치며 거실을 뛰어 가로질렀다. 그리고는 가스 불을 켜고 클레오가 타지 않을 정도로 최대한 가까이 갖다댄 채 미친 듯이 마사지했다.

'네 말이 맞아, 로지. 나는 고양이를 키울 만한 사람이 아니야. 이건 끔찍해!'

로지가 그렇지 않다는 듯 말했다. '물이 너무 차가웠어.'

'왜 그렇다고 하지 않았어?'

'괜찮을 거라고 생각했지. 아니면 샴푸에 문제가 있었나…'

조그만 몸이 내 손 안에서 죽은 듯이 누워 있다.

'내가 고양이를 죽였어, 로지!' 나는 흐느껴 울었다. '이 집에서 기운을 북돋아주는 건 이 고양이밖에 없었는데. 내가 그런 고양이를 물에 빠뜨려 죽이다니! 내가 고양이 키울 만한 사람이 아니라고 생각하면서도 이 새끼 고양이가 좋아지기 시작했다고.'

앞으로 내 인생은 이런 식이겠구나. 내가 만지는 것은 모두 내 손안에서 말라죽겠구나. 세상을 위해서라도 동굴 속에 들어가서 내 인생이 끝날 때까지 기다리는 수밖에.

그 순간 놀랍게도 무릎 위에 올려진 수건 조각에서 얌전한 재채기 소리가 들렸다. 생명의 떨림이 고양이의 몸을 흔들었던 것이다. 고양이는 머리를 들고 비틀비틀 앞발로 일어서더니 몸을 마구 털며 나에게 물을 뿌렸다.

'아, 클레오! 살았구나! 믿을 수가 없어!' 내가 흘리는 기쁨의 눈물로 또 다시 고양이를 씻길 필요는 없었다.

새끼 고양이는 기분 좋은 꿈을 꾸고 일어나 아침식사가 무엇인지 궁금해하는 것처럼 위성 안테나만큼 큰 눈으로 나를 응시하며 내 손가락을 핥기 시작했다. 나는 안도감에 환호하면서 고양이의 털을 거의 마를 때까지 문질렀다. 아이들이 태어난 이후로 생명체가 살아 기능하는 것을 보고 이렇게 즐거워했던 적은 없었다.

'들려? 고양이가 가르랑거리잖아! 이 고양이가 나를 용서한 걸까?' 로지에게 물었다.

로지는 별로 동의하지 않는 표정이었다. '고양이에게는 목숨이 9개가 달렸다니까. 한 번 죽었으니 이제 여덟 번 남았네. 이 불쌍한 새끼 고양이가 이 집에서 살려면 8개로도 모자라겠다.'

로지가 돌아간 후 나는 클레오에게 키스를 하며 다시 살아나줘서 고맙다고 했다. 그리고 따뜻하게 해주기 위해 꼭 껴안았다.

그 순간부터 클레오와 나는, 클레오에 관한 한, 목욕은 새에게나 시키는 것이라고 생각하게 되었다.

클레오는 선생님이 되어가고 있었다. 다른 좋은 선생님들처럼 클레오는 학생들의 수준에 맞게 가르치는 기법을 터득했다. 고양이가 물에 빠져 죽을 뻔한 일을 통해 내가 결코 모든 것을 죽게 만드는 사람은 아니라는 것이 입증되었다. 난생처음으로 내가 살아 있는 생명체를 소생시킨 것이었다. 클레오가 나에게 또 한 번의 기회를 주고 있었다.

11. 연민

고양이는 고독한 존재이지만 '또한'

대단히 친절한 행동을 할 줄 아는 존재이다.

'정말 괜찮겠어?' 롭의 도시락 상자를 찰칵 닫으면서 물었다. 롭의 샌드위치는 슈퍼마켓에서 살 수 있는 것 중 가장 좋은 건강식품인 통밀 빵으로 만들었다. 롭은 사실 부드러운 흰 빵을 선호하겠지만 나는 아이를 건강한 어른으로 키우겠다고 다짐했다. 아이가 브로콜리와 숙주를 좋아하지 않더라도 무조건 먹일 것이다. 더 이상 이 아이에게 나쁜 일이 생겨서는 안 되니까.

우리가 롭을 몇 주 동안 집에서 쉬게 하는 것을 학교 측도 이해해줬다. 롭은 2학년이었기 때문에 같은 학교 친구들을 대부분 알고 있었다. 그렇지만 샘이 없는 상황에서 처음으로 학교에 가는 날이었기 때문에 내 마음이 불안한 건 어쩔 수 없었다. 롭이 학교에 들어간 이후로 샘은 롭의 일상에서 빠지려야 빠질 수 없는 존재였다. 운동장에서 아이들과 싸울 때면 외향적인 형이 어리고 조용한 동생을 보호해주는 보호자로 변했다. 슈퍼맨 킥으로 유명한 샘과도 싸워야 한다는 사실을 아는 아이라면 누구든 롭과 싸우길 꺼렸다. 형제는 스타스키와 허치^{Starsky and Hutch}(미국 영화에 등장하는 인물 – 옮긴이), 배트맨과 로빈처럼 하나가 없으면 완벽할 수 없는 존재였다.

'차로 데려다줄 거야?'

'물론이지.' 아이의 새 셔츠 단추를 끼워주면서 고개를 끄덕였다. 웨스턴 스타일의 새 셔츠에는 흰 바탕에 날개 달린 금빛 말들이 날고 있었다. 날개와 깃털은 우리 삶의 모든 면을 따라다니는 것 같다. 셔츠 색깔이 너무 강한 경향이 있었지만 롭이 좋아했고 나 또한 롭이 자기 개성을 표현하도록 부추겼다.

더 이상 아이들의 옷 가격 문제로 스티브와 다투는 일은 없었다. 지난 몇 주 동안 롭의 도움으로 나는 인상적인 상점들을 여러 곳 둘러볼 수 있었다. 대부분의 뉴질랜드 초등학교와 마찬가지로 롭이 다니는 학교도 복장 제한이 없었다. 원래는 편안한 분위기를 조성하기 위해서 복장을 제한하지 않는 것이었다지만 아이들의 패션 트렌드로 인해 대부분의 부모가 원하는 것보다 더 많은 시간과 돈을 들여야 했다.

롭이 처음으로 학교에 돌아가는 날, 나는 마시멜로처럼 부드러운 바닥을 댄 신발에 이르기까지 모두 새 것만 입혔다 '끽 소리가 나.' 신발끈을 고쳐 매려고 애쓰는 와중에 아이가 말했다. '아이들이 나를 보고 웃을 거야.' '그건 부러워서 그러는 거야.'라며 아이를 안심시켰다. 아이의 옷과 미장원에서 자른 머리는 세상을 향한 엄마의 도전장인 셈이었다. 이 아이는 소중한 아이야. 아이를 해치면 가만두지 않겠어. 아이가 가진 것 중에 새것이 아닌 것은 손목에 찬 슈퍼맨 시계뿐이었다.

'나쁜 애들이 나를 괴롭히면 어떻게 해?' 스테인리스 손목시계 줄을 채우며 아이가 물었다.

내 마음이 무너져 내렸다. 하루 종일 아이가 가는 곳을 졸졸 따라다닐 수만 있다면. 여섯 살짜리 꼬마의 허파 속으로 들어가는 공기를 모조리 검사할 수만 있다면. 그리고 아이를 괴롭히는 다른 아이들에게 소리를 칠 수만 있다면.

'그러지 않을 거야.' 내 말이 맞기를 간절히 바라면서 말했다. 하지만 실제로 괴롭히면 어떻게 하지? 형을 잃고 슬퍼하는 아이가 감정적으로 저능아인 다른 아이들의 특별 관심 대상이 될 수도 있었다. '언제든 집에 오고 싶으면 선생님께 집으로 전화해달라고 말씀드려.'

'나 대신 클레오 잘 돌봐줘.' 냉장고 문을 열고 아이의 손으로 잡기에는 아직 큰 우유 통을 끄집어내면서 아이가 말했다. 아이가 접시에 우유를 따르기 시작하자 우유 통이 흔들리면서 바닥에 우유가 떨어졌다. 맛있는 액체가 넘치는 것을 보고 클레오가 기쁜 듯 등을 구부렸다. 클레오는 꼬리를 펴고 혀를 내밀어 싹싹 소리를 내며 우유를 핥아먹기 시작했다.

롭은 자기 방으로 돌아간 이후로 잠을 더 잘 잤다. 전처럼 악몽과 괴로움 꿈을 많이 꾸지 않는 것 같았다. 체온이 따뜻한 새끼 고양이가 관련이 있는 것이 분명했다.

그때 갑자기 창문을 두드리는 날카로운 소리가 나를 긴장시켰다. 지그재그에 사는 사람 가운데 가장 글래머인 지니 데실바의 광대뼈가 유리창에 눌려 있었다. 완벽한 모양의 그녀 입술이 잡지 모델과 같은 미소를 짓고 있었다. 그녀는 촉촉한 세 손가락을 올리고 반짝이는 손톱을 흔들면서 '안녀어어어어엉!'이라고 말했다.

금빛 비닐 재킷을 입은 지니는 인조 속눈썹을 붙이고 샹들리에만큼 커다란 귀걸이를 했으며 머리는 한 쪽으로 높이 묶여져 있었다. 그에 비하면 평소에 내가 입는 운동복과 얼룩진 티셔츠는 형편없이 초라했다.

롭만 한 소년이 지니의 손을 잡고 삐죽삐죽한 머리에 꼬마 요정 같은 표정을 하고 있었다.

'제이슨이다!' 롭이 놀란 듯 말했다.

'어떤 앤데?' 지니를 향해 목례를 하고 미소를 지으면서 내가 조그맣게 물었다.

'쿨 갱 중에 하나야.'

아, 그래. 그 전설의 쿨 갱 말이지. 언젠가 롭과 샘이 쿨 갱에 들어가느니 고추를 파란색으로 칠하겠다고 하는 소리를 했다. 단지 쿨 갱 맴버들이 아이들에게 쿨 갱에 끼라는 소리를 하지 않았다는 이유 때문이었다.

쿨 갱보다 더 쿨한 유일한 존재는 쿨 갱의 부모들밖에 없었다. 그 부모들은 의사, 변호사, 건축가였는데 그들은 뒤에 있는 안뜰을 자랑할 수 있게 이 집 저 집 돌아가며 테니스 경기를 열곤 했다. 평범하지 않은 일을 하는 지니와 그녀의 남편인 릭이 쿨 갱 부모들의 왕과 왕비에 해당됐다. 릭은 레코드 회사를 운영했다. 그리고 지니는, 그러니까 그녀가 하는 일은 인조 모피를 입고 지니답게 행동하기만 하면 되는 것이었다.

저널리즘을 공부한 나에게는 재빨리 판단하는 습관이 배어 있었다. 패션모델이란 지나치게 아름답고 깡마른 사람을 뜻하는데 거기에 어리석고 외모 가꾸기와 남자를 놓고 경쟁하는 데다 멍청하기까지 한 사람은 반드시 피해야 할 대상이었다. 지그재그 길 위에서 우연히 만나는 바람에 딱 한 번 대화를 나누었던 지니는 자신이 조산원이라고 주장했지만 도무지 믿을 수가 없었다. 그때에는 그녀가 다른 일을 한다고 생각했다.

'안녕' 뒷문을 여는 순간 그녀의 마호가니 빛 머릿결에 눈이 부셔 거의 눈을 뜨지 못하는 채로 내가 말했다.

'와! 새끼 고양이다!' 그녀의 아들이 제대로 인사도 하지 않고 소리쳤다. 제이슨이 내 운동복을 스치고 갑자기 부엌으로 뛰어들었다. '롭, 새끼 고양이 있단 소리 왜 안 했어! 너무 귀엽다! 안아봐도 돼?'

'클레오야.' 자신이 기르는 애완동물을 자랑스럽게 제이슨에게 안기며 롭이 말했다. '클레오 아빠는 길고양이야. 야생 길고양이. 분명 표범일 거야.'

'제이슨이 고양이를 무척 좋아해요.' 제이슨이 고양이를 목에 갖다 대는 모습을 보면서 지니가 웃었다. 나는 그녀가 곧 내가 입은 운동복과 라타가 열심히 핥아먹고 있긴 하지만 여전히 바닥에 흥건히 고여 있는 우유를 한심하다는 듯 바라볼 것이라 생각했다. 그렇지만 그녀는 엉망진창인 우리 집안 꼴을 의식하지 못하는 것 같았다.

'올해 롭이 제이슨하고 같은 반이래요. 롭이 오늘 제이슨하고 같이 학교에 걸어가지 않을까 궁금해서요. 그렇지, 제이슨?' 그녀가 말했다.

어딘가 마지못해 끄덕이는 것 같긴 했지만 어쨌든 제이슨은 고개를 끄덕였다. 롭이 제이슨과 같이 학교에 걸어간다고? 하지만 오늘 아침에 할 일은 이미 다 계획을 세워 놓았단 말이야. 어떤 식으로 벌어질지 머릿속으로 몇 번이나 그려 보았다고. 엄마와 아들이 학교 정문에 비극적인 모습으로 나타난다. 아들이 새로운 학교생활을 용감하게 시작하기 전에 엄마는 아들에게 보이지 않는 힘과 보호막을 불어넣는다.

'고맙긴 한데 내가 차로 데려다주려고요.' 말을 마치는 순간 너무 냉정하게 딱 잘라 거절했다는 생각이 들었다. 도대체 나는 뭐가 문제일까? 불과 얼마 전만 해도 따뜻하고 친절한 사람이라는 소리를 들었는데. 초등학교에 다닐 때는 다른 아이들이 '해피'라는 별명을 지어줄 정도였다. '제이슨도 같이 데려다 줄까요?'

당연히 그녀는 괜찮다고 말하겠지. 비참한 은둔 생활을 하고 있는 나를 고려하여 가능한 정중하게 말이야. 그러면 나는 어쨌든 제안은 했다는 식으로 그 자리를 모면할 수 있을 거야. 그녀가 거절하고 나면, 우리는 각자 수준에 맞는 다른 삶을 살아가겠지.

'그러면 고맙고요.' 그녀가 대답했다. 그녀의 갈색 눈은 예기치 못한 친절함과 다른 뭔가를 전하는 것 같았다. 그게 뭘까 - 지혜의 눈빛? '갈게요오오!'

갈게요오오? 은퇴한 패션모델이 하는 말처럼 들렸다. 펑크 락 잡지에서 튀어나온 유령처럼 지니가 느긋하게 사라지는 모습을 보면서 나는 한 방 맞은 느낌이었다. 그녀가 손톱으로 부엌 창문을 두드리는 바람에 롭과 단둘이 학교까지 차를 몰고 가는 의식을 망치게 되었으니 말이다.

그뿐만이 아니다. 그녀와 제이슨은 마치 세상에서 그렇게 자연스러운 일이 없는 듯 마구잡이로 우리 부엌을 침입했다. 친한 이웃처럼 우리를 급습한 그녀의 대담함이 마음에 들지 않았다. 제정신이 아닌 것이 분명해. 아니면 내가 생각했던 것보다 훨씬 더 연민을 느끼는 사람이던가.

그래. 지니가 미쳤거나 아니면 대단히 멋진 사람일 거야. 그렇지 않고서야 아무 일 없는 것처럼 행동하는 것이 트라우마를 겪은 사람들을 대하는 가장 좋은 방법이라는 것을 어떻게 알겠어(갈게요오 라는 말을 빼더라도 말이야)? 아침을 먹은 지 얼마 안 되는 이런 이른 시간에 갑작스레 친절함으로 급습을 당하리라고는 생각지도 못했다.

그 여자를 우러러보지 않을 수가 없었다. 금빛 비닐 재킷에 호피 무늬 타이츠? 향수는 뭐였지? 호랑이 사향? 그리고 그렇게 큰 귀걸이를 하면 귀가 찢어지지 않나? 너무 우둔한 나는 방금 전 평생 친구를 사귀게 되었다는 사실을 미처 깨닫지 못했다.

펑크 머리를 한 락 밴드 스티커가 잔뜩 붙어 있는 보라색 책가방을 든 제이슨은 쿨함 그 자체였다. 그럼에도 클레오를 보자 남의 시선을 의식하지 않고 마냥 좋아했다.

'이건 세상에서 제일 귀여운 고양이야!' 품에 안은 검은 뭉치를 흔들

면서 제이슨이 말했다. '넌 좋겠다!'

우리 가족과 부러움을 한 문장으로 표현하는 말을 들은 건 실로 오랜만이었다.

'클레오는 친구들을 좋아해.' 롭이 대답했다.

등에 식은땀이 흘렀다. 꿈속에서 클레오가 롭에게 새 친구를 사귀게 해주겠다고 했던 약속이란 것을 롭이 기억하고 있었던 모양이다.

'학교 끝나고 여기 와서 고양이랑 같이 놀아도 돼?' 제이슨이 물었다.

'당연하지!' 롭과 내가 동시에 대답했다.

클레오가 롭의 침대 위에 앉아 햇볕을 쬐는 동안 우리는 문밖으로 나갔다. 라타가 증기선처럼 우리를 졸졸 따라왔다. 지그재그를 반쯤 따라오더니 나이 든 라타가 숨이 찬 듯 털썩 주저앉았다. 나도 라타 옆에서 잠시 걸음을 멈추었다. 라타는 숨을 헐떡이긴 했지만 '걱정 마세요.' 하고 안심이라도 시키려는 듯 길바닥을 꼬리로 턱턱 내리쳤다.

라타가 숨을 가다듬자 우리는 다시 언덕을 올라갔다. 개가 왔다 갔다 하며 차를 따라오는 모습을 아이들이 걱정스러운 눈으로 바라보았다. 아이들이 자신을 바라보고 있다는 사실을 눈치챈 듯 개가 갑자기 전속력으로 내달리더니 꼬리를 들고 지프차 뒤로 뛰어올랐다.

교문은 예전 모습 그대로였다. 이렇게 많은 것이 바뀌었는데 교문만은 아직도 그대로인 것이 오히려 이상해 보일 정도였다. 이 교문은 아마 70년은 되었을 거야. 이 교문을 드나들었던 최초의 학생들은 지금쯤 할머니 할아버지가 되었겠지. 교문은 녹만 쓸었을 뿐인데 그들의 몸은 양로원에서 서서히 죽어가고 있다니 공평하지 않다는 생각이 들었다. 그래도 선택을 할 수 있다면 150년간 아무런 느낌 없이 살아가는 문보다는 제한된 웃음과 고통을 느끼는 인간으로 다시 태어나고 싶었다.

아직도 여름 방학 이야기로 떠들썩한 아이들 한 떼가 교문을 지나 학교로 들어가고 있었다. 분명 집집마다 샘이 죽은 이야기를 했을 것이다. 아이들이 롭에게 지나친 관심을 쏟지는 않을까? 아니면 무슨 말을 해야 할지 몰라 아예 무시해버릴까? 차를 버리고 매순간 롭을 따라다니고 싶은 충동을 꾹 눌렀다.

롭과 제이슨이 차에서 내렸다.

'3시 반에 여기서 기다릴게.'

'괜찮아요, 같이 걸어갈게요, 그렇지 롭?' 나의 제안에 제이슨이 대답했다.

비추는 햇빛에 롭이 눈을 가늘게 뜨고 제이슨을 바라보다가 미소를 지었다. '응, 걸어갈 거야.'

걸어간다고? 길을 건너면서? 내 보호도 없이 롭의 발이 아스팔트 길 근처를 지나간다고 상상하니 속이 울렁거렸다. 그러나 제이슨과 지니가 옳았다. 롭이 새로운 친구를 만나고, 새로운 일상에 빨리 적응하면 할수록 롭의 삶은 훨씬 수월해질 것이다. 그들은 말이 아니라 행동이라는 가장 강력한 포장지에 조언을 싸주었던 것이다.

제이슨이 나를 미쳤다고 생각할지도 모르지만 나는 핸드백에서 오래된 쇼핑 목록을 끄집어내어 그 뒤에다 집으로 올 때 걸어야 하는 길을 자세히 그렸다. 교문 밖에 있는 횡단보도는 차가 지나다니는 걸 인식할 줄 아는 고학년 학생들이 감시했다. 도랑을 따라 구부러지는 보도를 따라가다가 샘이 죽었던 차들이 많이 다니는 길보다 전에 나 있는, 차가 별로 다니지 않는 길에서 길을 건너야 한다. 그런 뒤 언덕을 더 내려가서 버스 정류장이 있는 곳에서 건너는 게 아니라 그보다 몇 백 미터 높은 곳에 있는, 데니스의 식료품점과 새로 생긴 치즈 가게가 있는 곳에서 횡단보도를 건너야 한다. 쇼핑 목록을 롭의 손에 쥐어주면서 나는 차가 오지 않는 것을 확인할 때까지 절대 건너지 않겠다는 다짐을 받아냈다. '그리고 집에 일찍 오고 싶으면 선생님께 전화해달라고 말씀드리는 거 잊지 마.' 애정이 지나쳐 불평에 가까운 목소리로 내가 말했다.

　하지만 롭은 제이슨과 웃고 얘기를 나누면서 이미 교문을 향해 한참 걸어가버린 후였다. 롭과 함께 걷던 제이슨이 뒤를 돌아보더니 나에게 손을 흔들고는 롭과 어깨동무를 했다.

12. 여자 사냥꾼

사랑과 달리
고양이는 자연을 인정한다.

그날 오후 나는 클레오를 안고 지그재그 위에서 아이들의 목소리가 들리길 기다렸다. 롭과 제이슨이 내가 그려준 길로 온다면 20분 정도 걸릴 것이다. 그런데 7분이나 지났는데도 아이들의 목소리가 들리지 않았다.

나의 머리는 …하면 어쩌지, 하는 생각으로 가득 찼다. 제이슨이 롭을 부추겨 더 멀고 더 위험한 길로 가자고 했으면 어쩌지. 제이슨이 롭과 같이 우리 집에 오겠다는 약속을 잊고 다른 쿨한 아이들과 함께 가버렸으면 어쩌지… 가슴이 쿵하고 떨어졌다. 그 순간 남자아이들의 웃음소리가 골짜기에 울려 퍼졌다. 다시 들을 수 없을 것이라 생각했던. 아차! 하는 소리 가운데에는 분명 우리 아들의 것도 섞여 있었다. 아이가 다시 학교를 다니기 시작한 첫날이 내가 감히 바랐던 것보다 훨씬 더 근사했던 모양이다.

머리 두 개가 나뭇잎이 잔뜩 떨어져 있는 길모퉁이를 도는 모습이 보였다. 두 명의 금발이 아니라 하나는 금발이고 하나는 갈색 머리였다.

'학교는 어땠어?' 내가 롭에게 물었다.

'좋았어.' 진심인 것 같았다.

클레오를 보자 제이슨의 표정이 환해졌다.

'고양이에게 사냥하는 법을 가르치자!' 책가방을 벗으면서 제이슨이 말했다.

'너무 어리지 않을까?' 죽어가는 생명을 소생시킨 이후로 그렇게 보호하려고 애쓰는 검은 털 뭉치를 쓰다듬으면서 말했다.

'어리긴요!' 마치 우리 집이 제집인 양 책가방을 현관 안으로 내던지면서 제이슨이 단언했다. '안 쓰는 종이하고 천 같은 거 있어요?'

나는 왜 그 생각을 못했을까? 그동안 우리는 비참함에 빠져 허우적거리느라 새끼 고양이를 훈련시켜야 한다는 당연한 생각을 하지 못했다. 롭과 클레오, 그리고 나는 제이슨이 직사각형 신문지를 돌돌 말고 그 위에 빨간 끈을 리본 모양으로 매는 모습을 지켜보았다.

'고양아.' 신문지에 맨 리본을 미끼처럼 바닥에 놓고 끈의 다른 쪽 끝을 흔들면서 제이슨이 말했다. '이건 쥐야! 잡아봐!'

클레오는 어떻게 해야 할지 몰라 어리둥절해하는 것 같았다. 어쩌면 이 고양이는 정말 고양이 몸속에 갇힌 이집트 공주라 종잇조각을 가지고 노는 천박한 짓은 할 줄 모르는지도 모른다.

'빨리!' 고무나무가 있는 쪽으로 리본 달린 신문지를 잡아끌며 제이슨이 말했다. '도망가잖아!'

리본 달린 신문지가 카펫 위로 이리 저리 움직이는 것을 보자 클레오의 귀가 잽싸게 앞쪽으로 향했다. 동시에 거의 반사적으로 앞발이 튀어나왔다. 발과 종이가 잠시 충돌했다. 제이슨이 끈을 잡아당겼다. 새끼 고양이는 고대 주술가로 변신했다. 뒷다리를 웅크리고 앉은 채 목표물에 최면을 걸려는 듯 클레오는 하체를 흔들어댔다.

먹잇감을 덮치기 전에 고양이들이 왜 그렇게 몸을 흔드는지 알 수가 없다. 고양이가 몸을 흔드는 행동과 가장 유사한 인간의 행동으로는 테니스 선수들이 엄청나게 빠른 서브를 받아치려고 기다리면서 엉덩이를 양옆으로 흔드는 모습밖에 없을 것이다. 고양이들이나 테니스 선수들이 몸을 흔드는 것은 어쩌면 갑작스런 행동에 대비해 양쪽 근육을 푸는 무의식적인 행동인지도 모른다.

클레오가 종이 리본을 덮쳐 앞발과 뒷발로 이리저리 움직이는 모습을 보고 아이들이 깔깔대고 웃었다.

'야, 네가 해봐.' 롭에게 끈을 넘겨주며 제이슨이 말했다. 너그러움은 그 아이가 가진 제2의 천성이었다. '고양이가 뛰어오를 수 있게 끈을 높이 들어봐.'

클레오는 암살자처럼 고무나무 뒤에 숨어서 기다렸다. 종이 리본이 자신의 머리 위로 지나가자 고양이가 허공으로 뛰어올라 이와 앞발로 잡아챘다. 사냥감을 꽉 잡은 채 카펫을 향해 뛰어내리면서 자신을 우러러 보라는 듯 우리를 쳐다보다가 종이와 다리, 몸이 한데 엉켜 떨어졌다.

불쌍한 리본은 이내 찢어져버렸다.

고양이가 양말을 물어오는 모습을 본 제이슨은 한층 더 감탄했다. 그 후로 제이슨은 매일같이 우리 집을 찾아왔고 그 사이 나는 지니 데실바의 휘황찬란한 세계를 조금씩 맛보게 되었다.

흰 돌이 깔린 길을 따라 나뭇잎으로 가려진 그녀의 집을 처음 방문했을 때 나는 마치 소년원을 탈출한 나쁜 아이가 된 듯한 기분이 들었다. 치자나무 울타리가 치자 향을 뿜고 있었다. 분수에서는 물이 흘러 떨어졌다. 한 걸음 한 걸음 걸을 때마다 스티브가 못마땅해하는 소리가 들리는 듯했다. 활달한 데실바 가족은 우리 식구와는 다른 부류의 사람들이었다.

'어서 와요, 달링!' 현관문을 힘껏 밀어 제치며 지니가 소리쳤다. '샴페인 마시는 시간에 딱 맞춰왔네요.'

지그재그 길에서 우리가 사는 쪽 사람들 중에 다른 사람을 달링이라고 부르는 사람은 아무도 없었다. 더구나 잘 알지도 못하는 사람에게는. 세상에서 가장 자연스러운 일인 양 오후 네 시에 샴페인을 마시는 사람도 인조 속눈썹에 멋진 광대뼈를 가진 지니가 처음이었다.

나는 한 번도 똑같은 옷을 입지 않는 그녀가 부러웠다. 거실에 놓인 하얀색 가죽 소파와 한 구석에 철탑처럼 우뚝 서 있는 스테인리스 스틸 조각도 부러웠다. 그 조각을 만든 사람이 누구인지 그녀는 기억하지 못했다. 어쨌든 말로는 기억이 나지 않는다고 했다. 지니를 보면 정말 멍한 것인지 아니면 상대방을 편하게 만들기 위해 멍한 척 하는 것인지 알 수가 없었다.

지니의 집에서 한두 시간을 보내고 나니 세상이 좀 부드러워 보이는 것 같았다. 가로등이 하나 둘 켜지고 시내에 있는 사무실 밀집 지역의 창문에 노란 불이 보이는 것을 보니 가야 할 때가 된 듯했다. 울퉁불퉁한 자갈길을 지나 집으로 돌아온 나는 저녁을 준비하고 배고픈 고양이에게 밥을 주었다.

❧

우리 식구들이 모두 그렇듯 클레오 또한 음식에 관심이 많았다. 절반은 귀족의 피가 흐르는 클레오는 애완동물 가게에서 파는 흔한 고양이보다 자신이 수준이 높다는 사실을 분명하게 밝혔다.

냉장고에 연어와 같은 고급 메뉴가 들어 있다는 사실을 알아차린 클레오는 커다랗고 하얀 냉장고 문 앞에 앉아 몇 시간이고 기다렸다. 이따금 앞발로 플라스틱 밀봉을 이리저리 건드려보긴 했지만 헛수고일 뿐이었다.

어느 날 아침 냉장고 문을 열었을 때였다. 고양이가 털 달린 대포알처럼 부엌을 가로질러 야채 칸으로 뛰어올랐다. 내가 나가라고 소리치자 고양이는 당근들 틈 속을 더욱 깊숙이 파고들었다. 고양이가 자신만의 최고급 레스토랑 안에서 살 권리를 포기할 리가 없었다. 내가 억지로 고양이를 끄집어내려고 하자 고양이가 발톱으로 나를 할퀴었다.

나는 냉장고 문이 완전히 닫히지 않을 정도로 살짝 닫아 놓고 몰래 안을 들여다보았다. 우유와 주스가 있는 성에 낀 냉장고 문에는 눈길도

주지 않는 클레오가 어딘지 모르게 불편해 보였다. 냉장고 문을 활짝 열어 제치자 당근 둥지에 있던 고양이가 부엌 바닥으로 뛰어내렸다. 마치 '난 그냥 야채들이 들어오래서 들어간 것뿐이라고요.'라고 말하는 것처럼 말이다.

냉장고 안에 살겠다는 생각을 버린 클레오는 다른 식으로 식단에 맛있는 음식을 추가하는 법을 연구했다. 어느 날 고양이 화장실을 치우다가 고양이의 소화관을 통과한 고무줄 두 개와 기다란 면실 하나를 발견했다.

자신의 뒷다리 힘이 강하다는 사실을 알아차린 고양이는 부엌 의자에 뛰어올라 우리가 저녁으로 먹으려고 준비한 음식을 미식가처럼 먼저 맛보았다. 원래 클레오는 닭 가슴살과 생선을 가장 좋아했지만 이제는 간 고기, 케이크, 날계란, 그리고 버터까지 좋아했다.

버터를 냉장고 속에 안전하게 보관하지 않으면 버터 위에 의심스러운 줄이 생겼다. 클레오가 정말 버터를 좋아한 것인지 아니면 바닥 위로만 걸어다닐 수 있는 라타를 놀리는 것이 재미있어서 버터를 먹은 것인지는 알 수가 없다. 잡식성인 우리 골든 레트리버는 가공 처리된 동물 지방을 무척이나 좋아했다. 샘의 다섯 번째 생일 날 무심코 커피 테이블 위에 올려놓은 버터 한 덩어리를 라타가 모조리 먹어치운 적이 있었다. 우리는 라타의 상태가 안 좋아지면 구급차를 불러 동물병원으로 가야겠다고 생각했지만 라타는 여느 때처럼 잘 놀았다. 테플론 프라이팬이라도 들어 있는 듯한 이 개의 배는 냅킨을 포함해 신발 끈이며 소풍 날 싸간 점심 도시락 남은 것까지 소화시켰다.

시간이 지나면서 클레오는 자신이 가장 좋아하는 음식이 무엇인지 깨달았다. 제이슨의 사냥 수업 덕분에 클레오는 야생 본능을 되찾고 직접 사냥을 하는 쾌감을 만끽했다. 고양이는 검은 표범처럼 화단을 돌아다니며 풀잎을 비롯해 움직이는 것은 무엇이든 공격했다. 데이지 꽃들도 위험에 처하긴 마찬가지였다. 대문 근처에 있는 작은 길 위에서는 개미라는 흥미로운 사냥감이 나왔다. 이 정원의 일개미들이 일을 하러 나갈 때면 클레오의 머리는 이쪽 저쪽으로 휙휙 움직였다. 하지만 클레오가 개미들을 괴롭혀보았자 실망스러울 뿐이었다. 같이 노는 대신 개미들은 재미나 위험은 안중에도 없는 듯 앞으로 계속 행진하기만 했으니까.

고양이가 처음으로 획득한 것은 롭의 방 창가에서 기도하고 있던 사마귀였다. 나는 항상 사마귀를 좋아했다. 돌아가는 눈과 관절로 이루어진 다리를 보면 다른 별에서 온 손님 같아 보였다. 곤충 세상의 괴짜인 사마귀들은 조용하게 살았고 사랑스럽게도 사람에게 해를 입히지 않았다(이따금 파리나 메뚜기를 공격하는 것 말고는). 다른 벌레들과 달리 사마귀는 피를 빨거나 침으로 쏘거나 치명적인 질병을 퍼뜨리는 데 관심이 없었다.

그렇기 때문에 화창한 어느 오후, 클레오에게 꽉 잡혀 있는 사마귀를 본 순간 화가 치밀었다. 클레오는 불쌍한 사마귀를 풀어주는 듯 놓았다가 다시 잡아채면서 괴롭히고 있었다. 그 순간 본능적으로 사마귀를 구해야겠다는 생각이 들었다. 하지만 이미 사마귀의 한쪽 다리가 떨어져 있었다. 더 이상 가망이 없었다.

처음으로 나는 우리 새끼 고양이가 조금 혐오스럽게 느껴졌다. 그러나 고양이가 사냥하고 때때로 다른 생물을 죽이는 걸 못하게 막는다면 그건 고양이의 타고난 본능을 부인하는 것이나 마찬가지였다. 머리 한 구석에서 '자연을 막을 수는 없어'라고 말씀하시는 엄마의 목소리가 들렸다. 그렇다고 해서 엄마가 선구적인 교육을 받아 그런 감성을 갖게 된 것은 아니었다. 우리 조상들은 드넓은 땅을 재로 만드는데 조금의 거리낌도 느끼지 않았다.

사마귀를 구하지 못한 죄책감을 느끼며 나는 롭의 방을 나와 문을 닫아버렸다. 그리고 10분 후 햇살이 내리쬐는 롭의 베개 위에서 꾸벅꾸벅 졸고 있는 클레오를 발견했다. 클레오는 만족스러운 듯 눈을 뜨고 나를 보더니 다시 눈을 감았다. 머리가 떨어진 사마귀가 창틀 아래 바닥에 나뒹굴고 있었다.

놀랍게도 클레오는 어느 새 쥐와 새까지 사냥할 수 있게 되었다. 머리가 없는 시체들이 작은 선물인 양 현관 도어 매트 위에 놓였다. 물망초 옆에 그것들을 위한 무덤을 팔 때마다 살아 있는 생물에게 삶은 언제나 가혹하다는 사실을 깨달았다. 우리 인간들도 죽음에 대해 고민하는 순간이 온다. 과거부터 그래 왔기에 우리는 '고이 잠들다'라는 표현을 만들어냈고 소를 햄버거에 들어가는 재료로 만드는 과정을 숨기려고 노력했다. 우리는 고통이 비극이고 죽음은 비정상적인 일이라고 생각하며 병들고 늙고 장애가 있는 사람들을 숨겼다.

사람들은 쉽게 살 권리를 가지고 있으며 인간이 된 이상 고통에서 벗

어나야 한다고 스스로 믿는다. 이런 생각은 불가피한 일을 당하기 전까
지는 아무런 문제가 없다. 하지만 우리가 아무리 부인한다 해도 아무도
피할 수 없는 어려운 시기에 대처하는 데는 도움이 되지 않는다.

클레오는 이런 좌우명을 가진 것 같았다.

삶은 험하지만 또한 환상적이기 때문에 상관없다. 삶을 사랑하며 살
되 어려운 때가 없다는 어리석은 생각은 하지 마라. 암울한 시기를 이겨
낸 사람들은 좋은 시기를 더 많이 만끽하고 좋은 시기가 대단히 멋지다
는 사실을 이해하는 현명한 사람들이다.

나는 내가 고양이만큼 마음을 다잡을 수 있을지 궁금했다.

13. 놓아주기

고양이를 한 번 어루만지는 것이
아스피린보다 더 효과가 좋다.

가을이 문턱에 닿았다. 항구 주변의 언덕은 가시금작화 꽃들로 불타올랐다. 새 계절이 어찌나 살금살금 다가왔는지 주변이 변하고 있다는 것을 거의 눈치채지 못할 정도였다. 앞뜰 오솔길 위에서 일광욕을 즐기다가 그늘 밑에서 몸을 식히던 클레오가 어느 새 가스난로 앞에 앉은 우리 식구들을 밀치고 가장 좋은 위치로 파고들었다. 클레오는 언제나 가장 좋은 자리를 차지했다. 갑자기 바람이 살을 에는가 싶더니 포플러 나무들이 희미한 갈색으로 변했다. 클레오에 대한 나의 관찰력 또한 마찬가지로 게을러졌다. 우리 집을 찾아오는 사람들에게 외계인처럼 생긴 고양이와 함께 산다고 말하는데 익숙해진 나는 더 이상 고양이를 세심하게 관찰하지 않았다. 우리가 못생긴 고양이와 사는 걸 당연하게 생각했던 것이다.

어느 날 아침 정원에 떨어진 나뭇잎을 긁어모으다가 특별한 고양이가 소머빌 할머니 댁 지붕 위에 있는 것을 발견했다. 윤기가 자르르 흐르는 털을 가진 우아한 고양이를 보는 순간 나는 침을 꿀떡 삼켰다. 절로 감탄하게 만드는 모습이었다. 인생의 절반을 시골에서 보낸 나는 대개 그런 동물을 봐도 아무런 느낌이 없었다. 엄마는 테이블 외에 네 발 달린 짐승은 기껏해야 경제 단위거나 아니면 귀찮은 존재일 뿐이라고 가르치셨다. 하지만 이 고양이는 부모가 심어준 선입견을 무시하게 만드는 존재였다. 고양이의 옆모습은 사자처럼 고상했다. 한쪽으로 살짝 기울인 머리에, 엉덩이 주변에 완벽한 커브를 만들며 꼬리를 말고 있는 고양이는 〈베니티 페어Vanity Fair〉라는 영화의 한 장면을 위해 포즈를 취하고 있는 톱모델 고양이였다. 고양이가 의식적으로 그런 포즈를 취한 것은 아니겠지만. 고양이는 나에게 관심조차 없었다. 대신 귀를 앞으로 향하고 코를 살짝 쳐든 채 가까이에 있는 나무에서 먹잇감을 찾는 데 열중했다.

저런 동물을 키우는 사람이 누구일지 갑자기 부러워졌다. 주인이 누군지 벽난로 옆에 거드름을 피우고 앉아 한 손으로는 붉은 포도주 잔을 돌리고 다른 한 손으로는 멋진 고양이의 털을 쓰다듬을 것 같았다. 클레오처럼 머리끝부터 발끝까지 까맣긴 했지만 저 고양이는 혈통이 좋은 순종임이 틀림없었다. 어쩌면 집 한 채를 다 태울 수 있을 정도로 긴 족보를 가지고 있을지도 모른다. 윤이 자르르 흐르는 털로 보아 밤마다 신선한 정어리를 먹는 것 같았다. 저런 고양이 옆에 있으면 불쌍한 우리 클레오는 인도 캘커타의 하수구에서 방금 빠져나온 것처럼 보일 것이다. 다행히 클레오는 보이지 않았다. 아마 집 안에서 벌레가 살아가는 곳으로 판명된 과일 바구니나 조사하고 있겠지.

나는 고개를 숙이고 계속 나뭇잎을 긁어모았다. 나뭇잎을 긁어모을 땐 참선하는 방법을 배울 필요가 있었다. 가장 좋은 계절이었지만 낙엽이 항상 문제였다. 바람 부는 날에 낙엽을 긁어모으는 것은 쓸데없는 짓이었다. 나뭇잎을 한 무더기 모아 놓고 만족스러워 하는 순간 새끼 고양이처럼 짓궂은 바람이 불어와 나뭇잎들을 흩뿌리고 나뭇가지를 흔들어 새로운 낙엽이 떨어지게 만들었다. 낙엽을 긁어모으는 것은 정말 힘든 일이었다. 라타가 화장실의 복잡함을 이해하고 왜 화장실이 발명되었는지 이해할 수만 있어도 훨씬 더 수월했을 테지만 말이다.

샘에게 하지 말라고 했던 무례한 욕설을 중얼거리며 나는 운동화 바닥을 돌에 문질러 세계 토양의 비옥함에 기여한 라타의 부산물을 긁어 냈다. 가을 원예가 아무리 즐겁다 해도 나는 전혀 느끼지 못할 것이다. 집에 들어가서 차나 마셔야겠다는 생각에 집으로 발을 들여놓는 순간 어디서 많이 들었던 야옹 소리가 들렸다.

'클레오!' 한때 장미 화단이었지만 지금은 클레오가 가장 일광욕하길 좋아하는 잡초 더미를 살피며 고양이를 불렀다. 고양이가 그곳에 있었다는 유일한 근거는 타원형으로 누워 있는 긴 풀잎들뿐이었다. 롭의 방 바깥 창틀을 살펴보며 다시 클레오를 불렀다. 소머빌 할머니 댁 지붕 위에 있는 검은 고양이가 호기심 어린 눈초리를 나를 내려다보았다.

'너야 상관없겠지, 이 버릇없고 오만한 고양이야! 항상 잘 보일 수는 없다고!' 그 고양이를 쳐다보며 내가 역성을 냈다.

고양이는 하품을 하더니 가뿐하게 일어섰다. 그리고는 지붕 홈통을 따라 걸어가다가 나뭇가지 위에 올라선 뒤 우아하게 나무를 타고 내려오더니 즐거운 듯이 야옹거리며 내가 있는 곳으로 뛰어왔다.

'클레오?' 몸을 구부려 내 종아리 근육에 뺨을 슬며시 갖다 대는 클레오의 등뼈를 쓰다듬으면서 나는 깜짝 놀랐다. 그리고는 완벽한 고양이를 안아 들고 정말 클레오인지 확인하기 위해 털 냄새를 맡았다. '이런, 언제 이렇게 예뻐졌어?'

여름 내내 슬픔에서 헤어나지 못하느라 나는 클레오가 파격적인 변신을 했다는 것도 눈치채지 못했다. 겁 많은 눈빛에 삐쩍 마르고 털도 별로 없던 약골이 불과 몇 주 만에 완전히 멋진 고양이로 탈바꿈한 것이었다. 칠흑 같은 클레오의 털은 처음 맞이하는 겨울에 대비해 숱이 많아졌고 윤기가 흘렀다. 클레오는 더 이상 이티 사촌처럼 보이지 않았다. 얼굴은 어미처럼 귀족적인 모습으로 변해 있었다.

이제는 쓸데없는 생각을 버리고 클레오의 변화를 알아차리면서 제대로 관찰하지 못했던 나의 행동을 만회해야 할 때였다. 내가 보지 않는 와중에 클레오가 변한 모습을 보니 무슨 일이 벌어졌든 끈질긴 삶의 주기가 계속 된다는 사실을 깨달을 수 있었다. 참으로 아름다운 변화와 재탄생을 내가 보느냐 놓치느냐는 내 자신에게 달린 일이었다.

나는 클레오를 안고 현관계단에 앉은 다음 무릎 위에 올려놓았다. 클레오가 즐거운 듯 몸을 뒤집더니 누워서 다리로 허공을 저었다. 고양이답지 못한 이 자세가 클레오가 가장 좋아하는 자세였다. 클레오는 종종 텔레비전을 보는 사람의 무릎에 등을 대고 누운 채 턱과 목이 보이도록 머리를 뒤로 젖히고 잠들곤 했다.

클레오를 쓰다듬는 것은 클레오의 털 모양을 발견해나가는 부드러운 모험이었다. 고양이의 귀는 내가 상상했던 물개의 피부처럼 차갑고 매끄러웠다. 귀 모양이 약간 공기역학적으로 생긴 걸 보아 나중에는 고양이들이 날 수 있을지도 모르겠다. 벨루어처럼 보이는 콧마루의 끝은 젖은 가죽 한 조각으로 덮인 듯했다. 귀부터 눈까지는 털 숱이 적어서 대머리에 가장 가깝다고 할 수 있었다. 그렇다고 해서 흉한 건 아니었다. 오히려 이브 생 로랑이 땡땡이 무늬와 완벽하게 어울리는 타탄 무늬를 만든 것처럼 매우 흥미롭고 멋졌다. 눈 주변의 팽팽한 피부는 고양이가 졸린지 알아차릴 때 도움이 되었다. 놀랍게도 고양이는 자주 졸려 했다. 이렇게 털이 많은데 속눈썹이 없다는 것이 이상했다. 겉눈썹의 흔적으로 이마에 두 쌍의 안테나가 나 있었다. 쥐구멍을 감지하는 것과 같은 잠행 목적을 가진 것이 분명했다. 클레오의 수염은 마른 풀과 같았고 턱에는 부드러운 턱수염이 나 있었다.

몸에 난 털은 토끼보다 부드럽고 보송보송했다. 클레오의 '겨드랑이 털'은 사람의 겨드랑이 털처럼 어울리지 않게 길었는데 조상에 대한 추억을 간직하는 듯했다. 가슴 한 가운데까지는 미니 백합과 같은 털로 덮인 부분이 불뚝 솟아 있었다. 배 아래쪽에 난 털은 그에 비해 거칠고 길었지만 그래도 여전히 부드러웠다. 다리 안쪽에 난 털은 실크처럼 부드러웠고 바깥쪽 허벅지 털은 매끄럽고 부드러웠다.

캥거루 발을 늘려놓은 것 같은 뒷다리를 문지르자 클레오가 더 크게 가르랑거렸다. 비닐보다 부드러운 발바닥이 햇볕에 반사되어 자주색 검은 빛을 띠었다. 발바닥 주변에는 짧은 털이 나 있어 발톱을 감춰주었다.

클레오의 자랑이자 즐거움인 꼬리를 만지지 않고는 쓰다듬는 것을 다 마쳤다고 할 수가 없었다. 부드럽고 기름기가 많은 꼬리는 우아한 액세서리로 탈바꿈했다. 뱀과 같은 모습과 유연성을 지닌 꼬리는 클레오만큼이나 개성이 강했다. 클레오가 잠에서 깨는 아침이면 클레오 옆에 놓여 있다가 밤이면 수줍게 돌돌 말려 있었다. 클레오가 매번 고개를 돌려 뒤를 바라볼 때마다 거기에 꼬리가 있었다. 스토킹하는 뱀처럼 클레오가 움직일 때마다 그 뒤를 졸졸 따라다니면서.

클레오는 자신의 꼬리를 친구로 여겼다. 어지러워서 쓰러질 때까지 클레오와 꼬리는 바닥을 빙빙 돌며 잡기 놀이를 하면서 오후 한 때를 보내곤 했다. 어떤 때에는 꼬리가 사악한 역할을 떠맡기도 했다. 창틀에서 클레오가 꾸벅꾸벅 졸 때마다 이따금 꼬리가 씰룩거려 클레오의 잠을 방해하기도 했다. 그럴 때면 클레오는 눈을 뜨고 짓궂은 부속물을 살펴본다. 고양이의 눈총을 받고 흔들리는 꼬리는 혼이 나고 싶은 모양이다. 창틀에서 굴러 떨어진 클레오는 꼬리를 네 발로 잡아 물려고 한다. 고양이의 입 안에서 씰룩거리며 몸을 비틀던 뱀은 고양이와의 선전 끝에 자신을 공격한 고양이에게 지독한 통증을 안긴다. 클레오와 꼬리는 으르렁거리며 싸우는 결혼한 부부처럼 떨어지면 잊혀질까 봐 꼭 붙어 있었고 하루에도 몇 번씩 모욕을 당했다고 생각하며 싸움을 하곤 했다. 둘이 서로의 다른 점을 인정하고 평화롭게 같이 살기까지는 오랜 시간이 걸렸다.

나는 로지에게 전화를 걸어 '못생긴' 우리 새끼 고양이가 얼마나 아름답게 변했는지 자랑하고 싶은 충동이 들었지만 꾹 참기로 했다. 우아한 고양이로 새로 태어난 클레오는 나에게 두 가지 희망을 품게 해주었다. 하나는, 자신이 얼마나 멋지게 변했는지 깨닫지 못한 클레오가 자만하는 일은 없을 것이라는 점이었다(과거에 평범하게 생겼다는 모욕적인 말을 들은 사람에게 자만심만큼이나 함께 살기 힘들게 만드는 것은 없을 것이다). 둘째, 자신이 기르는 개와 닮아간다는 이론이 고양이 주인에게도 마찬가지로 적용된다는 것이다. 그렇지만 아쉽게도 이 두 가지 열망 가운데 어떤 것도 실제로 이루어질 것 같지는 않았다. 클레오가 영화배우처럼 행동하기에는 너무 장난기가 많았고 삶을 너무나도 즐겼다. 그리고 나는 여전히 음식에 중독된 골든 레트리버와 닮아 있었다.

클레오는 내가 미처 몰랐던, 롭에게 숨어 있던 다정함을 깨워주었다. 롭은 항상 식구들이 모두 돌봐주기만 했던 이 집의 아기였다. 그런데 이제 처음으로 자기보다 작은 것을 돌봐야 하는 책임이 주어지자 다정하게 배려심을 보이기 시작했다. 주로 적극적인 제이슨의 충고에 따라 사랑하는 새끼 고양이에게 먹이를 주고, 털을 빗기고, 안아주면서 롭은 점점 더 강해졌고 자신감을 갖게 되었다. 아이가 학교에서 새로운 모습을 보이고 점점 더 많은 새로운 친구들이 지그재그 길을 걸어 우리 집으로 오는 모습을 보면서 나는 감탄하지 않을 수 없었다.

클레오에 대한 우리의 사랑은 더 크고 넓지만 대책없는 사랑이라는 보답으로 돌아왔다. 클레오에게 맡겨진 노예였던 우리는 모든 일에 클레오를 끼워주어야 했다. 다른 방에서 대화가 오가는 소리를 들으면 고양이는 대화에 끼워줄 때까지 문을 긁으며 야옹거렸다. 가끔씩은 햇볕이 내리 쬐는 소파 뒤편에 앉아 무슨 일이 벌어지는지 관찰하기도 했다. 하지만 대부분은 몸 아래 다리를 집어넣고 따뜻한 무릎 위에 앉아 동의하듯 가르랑거리는 것을 더 좋아했다.

누군가 책을 읽을 때면, 특히 편안하게 누워서 책을 읽을 때면 클레오는 책 읽는 사람과 책 사이에 편안히 자리를 잡고 누웠다. 고양이가 인쇄물보다 훨씬 더 매력적이라는 지나친 자신감을 가진 클레오는 책 읽는 사람이 자신을 들어 가만히 책 뒤편으로 몰아내면 깜짝 놀랐다. 열등한 인간이 어떻게 저렇게 무례할 수가 있단 말인가? 고양이는 다시 자세를 잡고 책의 겉표지를 살펴본다. 클레오는 책표지가 자신의 몸단장을 위해 존재한다고만 생각할 뿐이었다. 클레오는 문고판 책 표지의 종이 끝에 대고 이를 청소할 수 있기 때문에 고양이에게는 칫솔이 필요하지 않다는 사실을 알아차렸다.

클레오는 우리가 외출을 할 때면 책망 이상의 무언가를 말하는 듯한 눈초리를 하고 롭의 창문 턱에 앉아 있었다. 우리가 나갈 때면 시간이 더 느릿느릿하게 가는 것일까? 그런지도 모른다. 지그재그 길 위로 마지막 사람의 비웃이 사라지자마자 클레오는 자리에서 일어서 고양이의 비밀 업무를 시작한다. 집으로 돌아오면 이상하게도 화분이 한쪽으로 엎어져 있고 부엌 의자 위에는 발자국이 뚜렷이 새겨져 있다. 카펫에는 반쯤 먹힌 검정파리들이 이리저리 널브러져 있다. 우리가 나간 사이 고양이가 뛰어다닌 것이 분명했다. 그러나 우리가 돌아올 때면 클레오는 그 자리 그대로 앉아 우리를 기다리고 있었다. 우리가 언제 돌아오는지 정확하게 알 수 있는 레이더가 클레오의 몸속에 내장된 것 같았다. 우리가 도착하면 우리를 반기는 우아한 꼬리 선을 그리며 클레오가 춤을 추듯 복도를 걸어 내려온다. 누구든 클레오를 안아 올리는 사람은 축축한 감초 사탕 같은 코로 키스를 받는 영광을 누리게 된다.

개가 말을 할 수 있다면 라타가 믿을 만한 정보원이 되어주었을 것이다. 소파 위에 엉켜서 나뒹굴고 있는 실뭉치를 애처롭게 바라보며 라타는 마치, '고양이에게 뭘 기대하겠어요?'라고 말하는 듯 한숨을 쉬었다. 하지만 클레오가 라타의 배에 착 달라붙어 거대한 레트리버의 키스에 침으로 뒤덮일 때면 모든 것이 용서가 되었다. 건방지고, 때로는 사악한 습관에도 불구하고 우리는 클레오를 사랑했다.

어린 고양이를 더 많이 사랑하면 할수록 우리는 점점 더 마음을 열었고 샘이 죽은 후로 이상한 사람이 되어버린 우리 자신을 쉽게 용서할 수 있을 것 같았다. 우리가 서로에게 마음을 주고 다시 한 번 가족이라는 느낌을 갖기 시작하자 결혼 생활에도 다시 희망이 싹트기 시작했다. 하루는 밤에 스티브가 신문이라는 장벽을 허물고 내 눈을 똑바로 쳐다보며 이렇게 말했다. '당신, 굉장히 슬프고 아름다워 보여.' 그 말이 차갑게 벌어져 있는 우리 사이를 무너뜨리고 우리를 감쌌다.

남편의 별난 유머 감각이 얼마나 재미있는지 그동안 나는 잊고 살았다. 우리가 맨 처음 만났을 때 서로 끌렸던 이유가 바로 그것 때문이었는데 말이다. 둘 다 아웃사이더인 우리들은 체육시간이면 심하다 싶을 정도로 몸이 둔했고 여러 사람들이 있는 곳을 불편해하는 공통점을 가지고 있었다. 그런 두 사람이 함께하면서 우리만의 세상을 만들었고 주류를 겉도는 부적응자 한 쌍이 만들어 가는 생활이 편안할 것이라며 스스로를 납득시키려 했다.

껍질 없는 굴처럼 나약한 우리들은 우리의 삶이 완전히 변해버린 이후 처음으로 겨울 코트를 걸치고 영화를 보며 '데이트'를 즐겼다. 〈사관과 신사〉 속 축복을 받은 듯 젊고 섹시한 리처드 기어에게 한동안 정신이 팔린 나는 몇 분 동안 샘을 생각하지 않고 있었다는 생각에 처음에는 놀랐고 그 다음에는 죄책감이 들었다. 엔딩 크레딧이 올라가고 불이 켜지면서 조 코커Joe Cocker가 부르는 테마송 '업 웨어 위 빌롱Up Where We Belong'이 울려 퍼지자 다시 현실이 다가왔다.

얼마 후 스티브는 정관수술 복원 가능성을 알아보기 위해 전문의를 찾았다. 의사는 현미경을 이용한 복잡한 수술을 해야 하고 복원될 가능성이 10퍼센트 정도로 낮다고 했다. 그럼에도 불구하고 우리가 처한 상황을 고려한 외과의는 최선을 다해 보겠다고 했다. 우리의 결혼생활이 단층선에 놓여 있고 붕괴되기 일보 직전이라는 사실을 알고 있었지만 우리 두 사람은 필사적으로 아이를 갖고 싶어 했다. 수술 날짜가 잡혔다.

우리가 샘을 대신할 아이를 원했던 것은 아니다. 우리 두 사람 모두 그게 불가능하다는 것은 잘 알고 있었다. 그렇지만 우리 집도 그렇고 우리 마음도 텅 빈 것 같았다. 매일 밤 나는 네 명분의 식탁을 차리다가 내가 아직도 과거에 묻혀 살고 있다는 사실을 깨닫고 나서야 한 사람분을 치웠다. 나이프와 포크 하나씩은 다시 서랍으로 들어가야 했다.

나는 슬픔이 가라앉고 쉽게 잊혀지기를 빌었다. 낙엽은 여름의 기억을 버리고 아무 두려움 없이 우아하게 허공으로 날아가는데 왜 나는 그렇게 할 수 없는 것일까?

내 안에 있는 암사자 같은 모성본능이 샘과 관계된 것은 무엇이든 놓기를 거부했다. 집안에 혼자 있을 때면 샘의 파란색 보이 스카우트 점퍼를 편안한 무릎 덮개 마냥 어깨에 걸치고 다녔다. 칼라 안쪽에 손으로 삐뚤삐뚤하게 수놓은 아이의 이름이 보였다. 독서, 미술, 체스, 그리고 (터무니없게도) 집안일을 잘한 대가로 샘이 빨간 패치를 받아왔을 때 나는 그것들을 소매에 조심스럽게 바느질해 붙이며 뿌듯해했었다. 그 옷은 아이의 몸에 꼭 맞게 줄여진 상태였다. 그걸 보면 아이가 생각났고, 눈물이 흘렀다.

엄마들은 능력자다. 아기를 낳을 때면 우리는 빌 게이츠나 파블로 피카소가 경험하는 것보다 훨씬 더 높은 수치의 아드레날린을 경험한다. 수백억 달러의 기업이나 세상에서 가장 위대한 예술도 기적 같은 인간의 탄생과 비교하면 하찮기 그지 없다. 위대한 콘서트마스터나 정치인,

발명가들 가운데 여성의 수가 적은 이유가 선입견이나(그렇다고 선입견이 많지 않다는 것은 아니다) 기회의 부족(이것 역시 흔하다) 때문만은 아니다. 언젠가 차를 빌려달라고 부탁하는 세포 덩어리를 만들어낼 수 있는 능력이 있는 사람이 무엇 때문에 심포니 같은 것을 작곡하겠는가?

아이들에 대한 우리의 열정은 본능 그대로이다. 빌 게이츠라면 마이크로소프트를 위해 목숨을 내놓을까? 피카소가 자신의 작품을 위해 사람을 죽이는 일까지 할까?

엄마들은 정치, 예술, 재물을 능가하는 힘을 가졌다. 우리는 생명을 낳고, 아기를 기르고 성장하게 만드는 사람들이다. 우리가 없다면 인류는 바위 위에 놓인 해초처럼 시들어갈 것이다. 우리의 능력은 깊은 지식을 가지고 있어 말로 떠벌이진 않아도 항상 활용하며 살아간다.

오래 전부터 쌓여온 엄마의 힘은 아이들이 채소를 먹고 변기에 제대로 볼 일을 보고 매년 몇 센티미터씩 크게 만든다. 슈퍼마켓이나 놀이터에서 '일루 와!'라고 소리치면 아이들은 하던 행동을 멈추고 뒤돌아 우리의 말을 듣는다. 뭐, 대부분은 그렇다는 것이다. 그건 마법이다. 우리가 그렇게 말했기 때문에 효과가 있는 것이다.

몇 년 전 샘이 내 몸에서 나왔을 때 나는 샘에게 생명을 불어넣었다. 그러니 엄마의 힘을 그러모아 샘을 다시 소생시킬 수 있을 만한 힘이 나에게 있지 않을까? '일루 와!' 나는 허공을 향해 소리쳤다. 칠흑보다 어두운 정적이 맴돌았다. 나는 침대 끝에 서 있는 아이의 유령이라도 보고 싶어 했다. 그러나 샘은 별보다도 더 멀리, 텅 빈 우주 공간으로 날아가버렸다.

　나는 샘의 예전 친구들과 마주치는 것이 두려웠다. 순진한 그 얼굴들을 볼 때면 터무니없이 화가 치밀었고 그런 반응을 보인 내 자신이 부끄럽게 느껴졌다. 파란색 포드 에스코트 자동차를 볼 때마다 분노가 솟구쳤다. 1월 21일 발생한 그 사건이 우리의 삶을 망가뜨린 것만큼이나 운전한 여자의 삶도 망가뜨렸을 것이란 생각이 그때는 들지 않았다. 그날 어떤 식으로 일이 벌어졌을지 가끔 궁금했다. 샘이 쓰러지고 나서 롭은 지그재그 길을 올라가 아빠를 찾았다. 그 여자는 차에서 나와 죽어가는 아이를 부축이라도 했을까?

　우리 새끼 고양이가 복도를 잽싸게 뛰어오는 모습을 보니 다시 기분이 좋아졌다. 얼마 전만 해도 그저 새끼 고양이를 사랑하라고 했던 레나의 말에 따르는 것이 불가능할 것처럼 느껴졌다. 하지만 클레오가 너무나 자유분방하게 우리에게 애정공세를 펼쳤던지라 우리 역시 클레오를 사랑하지 않을 수가 없었다. 우리 집에서 가장 어리면서도 가장 큰 기쁨을 주는 클레오는 샘이 죽고 난 후 우리의 삶에서 떼려야 뗄 수 없는 존재였다. 그런 클레오를 레나에게 돌려줄 생각을 했다는 것이 믿기지 않았다.

　정원의 자작나무 잎이 백랍 가지에 대비되어 금빛 메달처럼 드리워져 있었다. 풀밭에는 시기를 망각한 늦여름 장미가 활짝 폈다.

　남극에서 불어온 돌풍이 항구에 몰아쳐 새들을 하늘 위로 이리저리 흩어지게 만들었다. 새들이 첫날밤을 치르고 난 후 느끼는 기쁨으로 매

번 밝아오는 새벽을 맞이하는 이유를 알 수 있었다. 새들은 전날 밤의 폭풍우를 곱씹지 않는다. 그렇다고 새들의 지저귐이 앞으로 다가올 겨울을 걱정하는 것도 아니다. 새들은 그저 이 완벽한 가을 아침의 바로 이 순간을 살고 있다는 기적을 만끽하는 것이다. 새들에게는 배울 점이 많았다.

이런 아름다운 풍경을 만끽하고 있으니 비로소 모든 생물의 삶이 지독히도 짧다는 사실을 인정할 수 있었다. 어쩌면 치유는 책이나 눈물, 종교를 통해 이루어지는 것이 아니라 꽃과 축축한 풀내음처럼 작은 것들에 대한 애정을 통해 얻는 것인지도 모른다. 새끼 고양이에 대한 사랑이 내가 다시 세상을 껴안을 수 있도록 도와주고 있었다.

14. 관찰자

현명한 고양이는 감정적인 반응에서 한 발 물러나
판단하지 않고 지켜보기만 한다.

샘을 잃은 후 처음으로 맞이하는 겨울은 유난히 추웠다. 항구 주변의
언덕은 눈으로 덮였다. 남극에서부터 몰려온 거대한 구름 덩어리들이
우리 집 창문을 밀쳐댔다. 비는 풀밭을 향해 이리저리 물을 흩뿌렸다.
폭포로 변해버린 지그재그 길을 종종걸음으로 내려갈 때면 살을 에는
찬바람이 불어왔다.

나는 조금씩 육교 밑으로 차를 몰고 지나가는 훈련을 하기 시작했다.
처음 언덕 아래로 향할 때는 숨을 멈추고 저 멀리 세모 형태의 항구만
바라보았다. 그 다음에는 언덕 위로 천천히 차를 몰고 올라오면서 옆에
있는 버스 정류장도 보고 샘의 발길이 끊겼던 커브 길도 바라보았다.

봄이 노란색 꽃을 피우며 머뭇머뭇 다가왔다. 샘의 마지막 발자취를

느껴보기 위해 나는 지그재그 길을 걸어 내려가 육교의 낡은 나무판자 위에 올라섰다. 그리고 한 가운데에 서서 길을 내려다보았다. 길은 놀라울 정도로 포장이 잘 되어 있었다. 핏자국도, 움푹 꺼지거나 울퉁불퉁한 곳도 없었다. 한 남자아이가 그곳에서 목숨을 잃은 흔적은 전혀 찾아볼 수 없었다. 나는 아이가 무섭고 외롭게 죽지 않았기를 바랐다.

칙칙한 갈색 머리에 해군 제복을 입은 30여 명의 체격 좋은 여성들이 지나가자 나는 더 이상 길을 자세히 살펴볼 수가 없었다. 길 한쪽에 주차되어 있는 포드 에스코트 차량의 헤드라이트를 살펴보는 것도 이제는 쓸데없는 일이었다. 깨진 부분은 이미 수개월 전에 고쳤을 테니 말이다. 아마 한 번도 사고를 내지 않은 척 하며 언덕을 오르내릴 것이다.

날씨가 점점 따뜻해지면서 처음 겪게 되는 몇 가지 일들로 가슴이 미어지는 것을 감내할 수밖에 없었다. 샘 없이 보내는 첫 번째 크리스마스가 지나니 이윽고 샘의 열 번째 생일이 다가왔고 그리고 다시 사건이 발생했던 날의 일주기가 찾아왔다. 그 이후로 나는 진정 여름을 좋아할 수가 없었다.

이따금 몇 분 동안이라도 샘을 잃은 슬픔을 잊고 지냈다는 사실을 깨닫게 되면 온 몸이 마비되는 것 같았다. 순간의 웃음이나 행복을 느낄 때면 샘을 실망시켰다는 생각에 수치심을 느끼기도 했다. 그러나 점점 비통한 상태에 갇혀 있는 것이 롭에게도, 샘과 함께했던 시간을 소중히 여기는 데도, 그리고 내가 여전히 살아 있다는 사실을 받아들이는 데도 아무런 도움이 되지 않는다는 것을 깨닫기 시작했다.

슈퍼맨과 같은 용기를 가진 롭은 학교에 잘 적응해 나갔다. 롭이 진도를 제대로 따라가지 못한다며 선생님들이 불만을 표시하긴 했지만 중요한 것은 아이가 친구들을 많이 사귀는 것이었다. 스티브와 나는 다시 사랑에 빠지진 않았지만 서로의 차이점을 인정하며 그 전보다 좋아졌다. 클레오는 여전히 문 뒤에서 뛰어나오며 심각하게 살아가기엔 인생이 너무 심오하다는 사실을 일깨워주었다.

나는 높은 곳에 오르길 좋아하는 클레오의 마음을 이해하기 시작했다. 비록 아비시니안 고양이의 피가 흐르고 있기 때문이라고 해도 일상에서 벗어난 곳에 올라 멀리서 내려다보는 행동은 상당히 일리가 있었다. 나 역시도 얼마 전부터 지그재그 길의 맨 꼭대기에 올라 차가운 바람을 얼굴에 맞으며 아래를 내려다보기 시작했다. 높은 곳에서 바라보면 고통이 줄어들고 더 넓은 삶의 패턴을 느낄 수가 있다. 시간을 갖고 연습을 하자 때로는 감정에서 벗어나 지붕 꼭대기에서 세상을 바라보는 고양이의 평화로운 마음을 느껴보는 것도 가능하다는 사실을 알게 되었다.

일렬로 늘어선 가로등 불을 내려다보며 사람의 인생이 미리 정해진 대로 흘러가는 것은 아닐까 하고 생각했다. 샘이 세 살이었을 때 어느 아침, 우리는 그림 같이 예쁜 오래된 묘지를 산책한 적이 있었다. 그런데 먼저 앞으로 달려가던 샘이 '새뮤엘'이라고 새겨진 비석 앞에서 멈춰서는 것이었다. 그러더니 묘비를 손으로 가리키며 울어댔다. 나는 얼굴이 발갛게 달아올라 흐느끼고 있는 아이를 안고 그곳을 빠져나왔다.

그 당시에는 아이가 글씨를 읽지도 못했을 뿐더러 죽음과 묘지가 무엇인지 잘 알지도 못하던 때였다. 아장아장 걷는 아이가 끔찍한 예감을 한 것은 아니었다 해도 어떻게 그런 것을 이해할 수 있었을까? 그날 일을 떠올리면 지금도 소름이 돋는다.

그렇게 차갑고 냉담하게 보였던 밤하늘이 화려하게 빛났다. 어쩌면 우주라는 공간이 텅 빈 것이 아니라 사람들이 아직 인지하지 못한 심오한 에너지로 가득 차 있는 것인지도 모른다. 별들이 담겨 있는 거대한 그릇인 우주는 끝없는 허공이 아니라 우리가 온 곳이자 다시 돌아가야 할 곳일지도 모른다. 저렇게 멀리 있지만 우주는 우리와 아주 밀접한 관계가 있다. 수년 전 저 별들을 떠났던 빛이 시간여행 끝에 내 눈의 망막으로 들어와 내 경험의 일부가 되니 말이다. 그건 사랑하는 샘만큼이나 가까이에 있는 동시에, 별들만큼이나 멀리 있기도 하지만 모든 생명체에게 없어서는 안 될 존재였다. 하늘, 별, 샘, 그리고 나는 내가 상상했던 것보다 훨씬 더 가까이에 있었다. 어쩌면 석양 속에 샘이 있는 것 같다던 엄마의 말씀이 그런 뜻이었는지도 모른다. 엄마는 둔감하셨던 게 아니라 대단히 현명하셨던 것이다. 내 차례가 되면 죽음이 두렵기만 한 삶의 종지부가 아니라 집이라는 영원한 신비로 돌아가는 것이라는 사실을 발견하게 될지도 모른다.

❀

제이슨과 지니의 도움으로 우리는 또 한 번의 겨울을 무사히 보내고 두 번째 봄을 맞았다. 밤이 길어지면서 방과 후 저녁 시간이면 우리 네 사람은 한데 모여 즐거운 한 때를 보내곤 했다. 지니와 나는 정원에 나와 아이들이 잠자리에 들기 전 남은 에너지를 소진하는 모습을 보면서 샴페인 한 잔으로 하루를 매듭지었다.

처음에 나를 현기증 나게 만들었던 지니의 행동에 나도 점점 동조하기 시작했다. 특이한 귀걸이에 멋진 헤어스타일을 한 그녀는 흑갈색 머리의 여자 옷을 입은 금발과 같은 인상을 주었다. 그러나 그건 그녀의 본모습과 달라도 너무나 달랐다. 그녀가 조산원일 뿐 아니라 이학사를 따기 위해 공부하고 있다고 털어놓았을 때 나는 정말 놀라지 않을 수 없었다. 더 중요한 것은 그녀가 나에게 인조 모피라는 것이 무엇인지 보여주고 자신의 귀걸이를 빌려주기도 했다는 것이었다. 그중에는 짜릿함 이상의 느낌을 주는 오렌지 빛의 투명한 번개 모양 귀걸이도 있었다. 지니는 제대로 인조속눈썹을 붙이는 방법을 가르쳐주었고 통굽 신발을 두려워하지 않게 도와주었다. 그녀는 내가 바라던 그런 친구가 되어가고 있었다. 엉뚱하고 현명하며 다정한데다 필요할 때마다 나타나는 거의 초자연적인 능력까지 갖춘 그런 친구 말이다.

클레오를 무척이나 좋아하던 제이슨도 롭과 잘 어울렸다. 아이들은 이제 클레오가 새끼 고양이를 낳을 때가 되었다고 생각했다. 새끼를 갖지 못하도록 클레오를 수술시켰다는 나의 말에 아이들은 분개했다.

'너어무해요!' 당황하여 머리를 흔들면서 제이슨이 소리쳤다.

'맞아. 왜 클레오가 새끼를 갖지 못하게 만들었어?' 롭도 가세했다.

주황색 노을을 등지고 풀밭에 선 지니와 나는 서로 마주보며 미소를 지었다. 이제 친한 친구가 된 우리 둘은 호주식 아프리카 공동주택에 사는 사람들 같았다. 아이들은 지그재그 길의 짧은 모퉁이 하나를 사이에 둔 두 집을 자유롭게 오갔다. 지니와 제이슨은 멋진 이층집에 살면서도 허름한 우리 집을 신경 쓰지 않았다.

'그게, 고양이는 일 년에 서너 번 새끼를 낳을 수 있거든. 그런데 매번 낳을 때마다 다섯 마리씩 낳는다고 하면 클레오는 일 년에 스무 마리의 새끼를 낳게 되는 거야. 스무 마리의 새끼 고양이가 집안에 뛰어다니는 걸 상상해봐.'라고 내가 변명했다.

롭은 그렇게 되면 굉장히 좋을 것 같다고 했다. 고양이들을 모두 어디에서 재우냐고 물었더니 제이슨이 적어도 새끼 고양이 한 마리는 자기 집에서 재우겠다고 자청했다.

'그래도 19마리나 남을 텐데. 그리고 얼마 지나지 않아 그 새끼 고양이들이 자라서 또 새끼 고양이들을 낳을 거야. 그러면 수백, 수천 마리의 고양이가 생기게 될걸.' 지니가 말했다.

'와! 엄마는 어떻게 그렇게 못될 수가 있어?' 롭이 나에게 물었다.

나는 수술의 장점을 설명하려고 애썼다. 수술을 시키지 않으면 클레오가 연애하러 밖에 나가고 싶어 할 거고 집 안에 가둬 놓으면 우울해할 거야. 동물 병원 의사는 난소를 적출하면 클레오가 감염도 되지 않고 특정 암에 걸리지 않을 것이라고 장담했다.

'아무도 엄마가 애기 낳는 걸 막진 않았잖아.' 롭이 툴툴거렸다.

불임 수술에 관한 이야기를 하다 보니 스티브가 정관수술을 복원하기 위해 수술을 받았다는 사실을 롭에게 자세히 알리지 않은 것이 다행이라는 생각이 들었다. 정관수술 복원은 클레오가 받았던 것보다 더 오래 걸리고 훨씬 더한 불편함을 감수해야 하는 것이었다. 남편은 단 한 번도 아프다고 불평한 적이 없었다. 비록 이따금 아픔을 느낀 그의 눈에 눈물이 고이긴 했지만 말이다. 의사는 수술이 잘 되었지만 어느 정도 시간이 지나야 정말로 제대로 되었는지 확인할 수 있을 것이라고 했다. 어느 정도 회복한 스티브는 가방을 챙겨 또 다시 바다에서 일을 하기 위해 절뚝거리며 페리로 향했다.

나를 향한 아이들의 비난 행렬에 클레오도 동참했다. 클레오는 땅에 내려놓으라는 듯 내 품에서 바둥거렸다. 그리고는 내려놓자 나오미 캠벨처럼 우아한 모습으로 집 모퉁이를 돌아갔다. 클레오가 사라지는 것을 보는 순간 죄책감이 밀려왔다. 클레오처럼 우아한 동물이라면 마땅히 이 세상에 새끼를 낳게 했어야 하는지도 모른다.

'클레오가 새끼를 갖게 놔뒀어야 해.' 못마땅해하며 롭이 정원 한 구석으로 향했다. '빨리 와, 제이슨. 땅이나 파자.'

아이들은 클레오에 대한 사랑뿐만 아니라 다른 관심사도 공유하기 시작했다. 그중에는 잡초가 무성해 내가 거의 눈길도 주지 않던 우리 집 마당 한 구석을 탐험하는 어마어마한 발굴 작업도 있었다. 고사리 때문에 그늘져 있는데다 신비한 분위기가 나는 그 구석은 남자아이들이 땅을 파며 우정을 쌓기에 완벽한 곳이었다.

매일 같이 아이들은 지하실에서 스티브의 곡괭이와 삽을 끄집어내어 그곳으로 끌고 갔다. 아이들의 손에 쥐어지니 연장이 무척이나 크고 위험해 보였다. 요즘에 그런 성인용 무기를 갖고 놀게 했다간 그 부모가 고소를 당할 것이다. 그러나 땅을 파는 일은 아이들에게 정말로 중요했다.

불덩이 같은 태양이 언덕 너머로 사라지고 있었다. 골짜기에는 찬 서리가 덮이기 시작했다. 저 밑에 있는 도시의 소음이 부드럽게 들려왔다. 아이들을 집안으로 불러들여야 할지 지니에게 물어보자 그녀는 어깨를 으쓱했다. 땅을 파는 것은 분명 어른이 되어가는 길목에 행해야 할 중요한 의식이었다.

비록 롭을 거품 랩으로 휘감아 모든 위험에서 보호하고 싶은 마음은 굴뚝같았지만 그렇게 하는 것이 옳은 일이 아니라는 것을 나는 알고 있었다. 아이를 풀어주고 자신감 있는 젊은이로 커갈 수 있는 자유를 주는 것이 마땅했다.

땅을 파는 일은 몇 주 동안 계속되었는데 라타도 즐거움에 동참했다 (땅을 제대로 팔 수 있는 건 라타밖에 없었다). 아래에서 아이들이 카우보이처럼 뻐기면서 어른들이나 하는 욕을 주고받는 동안 클레오는 나뭇가지에 앉아 한 눈을 팔고 있는 새가 없나 지켜보았다.

아이들 자신은 물론 어느 누구도 아이들이 땅을 파는 이유를 알지 못했다. 땅을 파는 목적은 매번 바뀌었다. 한동안은 지구 반대편으로 터널을 파겠다고 했다가 땀이 나기 시작하자 지구 중심부 가까이까지 땅을 판 것이 아닌지 우려했다. 며칠 후 전략을 바꾼 아이들은 쿡 선장이 마지막 항해를 할 때 묻은 보물 상자를 찾기로 결심했다. 그리고 며칠 후 아이들은 지하실에서 철사로 된 매트리스를 찾아냈다. 그걸 밖으로 가지고 나가 구멍 위에 펼쳐 놓으니 무시무시한 트램펄린이 되었다.

나는 축축한 흙을 만지는 게 롭의 마음을 치료하는데 도움이 될지 궁금했다. 땅을 파고 난 후 흙투성이가 된 채 만족스러운 듯 상기된 아이들의 표정을 보니 할머니가 생각났다. 9명의 자녀를 둔 할머니는 거의 한 평생을 한 농장에서 보내셨다. 그러니 무수히 많은 걱정과 실망을 느끼셨을 것이다. 걱정거리가 생길 때마다 할머니는 집 뒤에 있는 계단을 내려가 양계장을 지나 할머니의 정원으로 향하셨다. 한 손에 모종삽을 들고 땅에 무릎을 꿇으면 모든 슬픔이 가라앉는다고 말씀하셨다. 땅을 헤집는 의식을 통해 느끼는 편안함이 할머니의 마음을 치료해주었던 것이다. 할머니 정원을 덮고 있던, 화산 작용으로 비옥해진 토양과의 깊은 관계가 할머니 마음을 가라앉히고 오래된 지구의 리듬과 연결시켜주었다.

아이들이 땅을 파는 동안 밖에서 지켜보는 시간을 점점 더 많이 갖게 되면서 비로소 오래 전에 돌아가신 할머니를 이해하기 시작했다.

대단한 일은 아니지만 나는 낙관적인 생각을 나타내기 위해 튤립 구근을 심었다. 씨를 흙으로 덮는 것은 미래에 대한 믿음을 나타내는 행동이다. 잡초를 뽑고, 잠자고 있는 씨앗에 물을 주고 기르는 것은 자연에 대한 믿음에서 비롯된 행동이다. 초록색 싹이 돋으면 그걸 기른 사람에게는 방금 전 아이를 낳거나 작품을 완성한 사람이 느끼는 그런 감정이 북받쳐 오른다. 어떤 사람들은 원예를 통해 신이 된 듯한 느낌을 갖기도 한다. 묘목이 자라 꽃을 피우거나 채소로 자라나는 것을 지켜보는 것은 기적에 동참하는 것이다. 원예사는 또한 부패와 죽음을 받아들이고, 자연스런 삶의 일부분으로 반겨야 한다는 사실을 배우게 된다.

한편 클레오는 다른 방식으로 삶의 굴곡에 대처하고 있었다. 클레오는 높은 곳으로 향했다. 아이들의 땅 파는 모습을 살펴보기 위해 구석으로 걸어가는데 지니가 갑자기 발걸음을 멈추더니 빨간 손톱으로 우리 지붕을 가리켰다. 굴뚝 꼭대기 위에 많이 보았던 것의 실루엣이 보였다.

'저 위에서 클레오가 뭐 하는 거죠?' 지니가 물었다.

'아마 수술 때문에 우울해하나 보죠. 저렇게 위에까지 올라갈 정도로 건강한데 왜 수술을 받게 했을까 하면서 말이죠. 클레오!' 나는 클레오를 불렀지만 우리 고양이는 주황색 하늘을 등지고 우리에게 등을 보인 채 조각상처럼 꼼짝도 하지 않았다. 굴뚝 위로 우아하게 말린 클레오의 꼬리가 보였다.

'괜찮을까요?' 지니가 걱정스런 말투로 말했다.

'그게 저 고양이가 살아가는 방식이에요.'

'혹시 못 내려오는 것은 아닐까요?'

'아마 석양을 즐기고 있나보죠.'

저기까지 올라가는 동안은 재미있었겠지만 아무리 날렵한 고양이라 해도 다시 내려오는 건 불가능해 보였다.

'하필 스티브가 없을 때만 이런 일이 생기는 거지?' 내가 투덜거렸다. 사다리를 찾기 위해 터덜터덜 집 모퉁이를 돌아가자 갑자기 새로운 교훈이 떠올랐다. '한 눈으로는 별을 바라보고 다른 눈으로는 땅에 개똥이

있는지 살펴보라.'

한없이 친절하기만 한 지니가 자신이 올라가 클레오를 데리고 내려
오겠다고 했다. 하지만 서커스 단원도 망사 스타킹에 통굽 신발을 신고
우체국 시계만큼 큰 귀걸이를 했다면 한 번 더 생각해볼 것이다.

고맙지만 괜찮다고 사양한 뒤 집 벽에 사다리를 기대고 위를 쳐다
보았다.

노을을 배경으로 조그만 검은 귀 두 개가 보였다. 갑자기 사다리가
곧 부서져버릴 듯 약하게 느껴졌다. 그리고 내가 생각했던 것보다 사다
리는 훨씬 더 길었다.

사다리를 타고 오르자 무릎에서부터 목까지 막 토할 것처럼 구역질
이 느껴졌다. 여태까지 현기증을 느껴도 그렇게 심한 적은 없었다.

'소방관을 부를까요?' 도움을 주고 싶은 지니가 소리쳤다. 나는 괜히
아래를 내려다봤다는 생각이 들었다. 걱정스러운 표정을 하는 지니의
얼굴이 밝은 색의 딱정벌레만큼이나 작아 보였다.

사다리 꼭대기까지 올라간 뒤 계속해서 지붕 위로 천천히 올라갔다.
녹슨 구멍들이 줄지어 있는 지붕은 아무리 작은 여자라도 제대로 지탱
하지 못할 것 같았다.

'고양이야!' 내가 불렀다. 굴뚝 꼭대기에 앉아 있는 형체는 조금의 움
직임도 없었다. 불쌍한 고양이가 무서워서 꼼짝도 못하는가 봐. '아, 클
레오! 걱정 마. 내가 데리고 내려갈게.'

내가 굴뚝을 향해 기어가자 지붕이 저항하듯 끽끽 신음 소리를 냈고

내 뱃속은 뒤틀렸다. 네 발 달린 날렵한 동물인 클레오도 지붕에서 내려가지 못하는데 현기증으로 고생하는 느릿느릿한 내가 지붕을 내려가는 건 불가능할지도 모른다는 생각이 들었다.

'기다려! 거의 다 왔어.' 내가 소리쳤다.

내 머리 위로 반짝이는 눈 한 쌍이 보이더니 뭔가 못마땅하다는 듯 가늘어졌다. 클레오는 별 걸 다 걱정한다는 듯 머리를 흔들었다. 그리고는 우아하게 네 발로 일어서더니 등을 둥글게 말고 하품을 한 뒤 조금의 망설임도 없이 잽싸게 지붕 위에서 녹슨 알루미늄 위를 뛰어 근처에 있는 나무로 점프해버렸다. 그 후 땅으로 미끄러져 내려와 지니의 통굽 신발 옆에 섰다.

'토할 것 같아요!' 지니를 바라보며 내가 소리쳤다.

'괜찮을 거예요. 천천히 내려와요. 다시 사다리 쪽으로 기어와요. 그렇게요. 자 이제 뒤돌아서, 홈통 조심하고요… 수고 했어요!'

다시 땅을 디디자마자 나는 세 발자국 걸어가 수국 덤불에 대고 구토를 했다.

'고소공포증이 있다는 말을 왜 안 했어요?' 지니가 물었다.

'그 정도는 아니에요. 이렇게 속이 나쁜 적은 처음이에요… 임신했을 때 말고는요.'

15. 탐닉

고양이에게 스트레스란,

낮잠 잘 시간을 낭비하는 것.

고양이의 입술은 언제나 미소를 짓고 있다. 아무리 괴로워도 고양이의 입 꼬리는 항상 위로 향해 있다. 사람들은 그렇지 않다. 특히 나이가 들면 사람들의 입 꼬리는 아래로 쳐진다. 고양이처럼 일부러 노력하지 않아도 웃음기를 띠는 사람은 행복한 비밀을 가진 사람이다.

임신 소식을 알려주자 스티브의 입가에도 미소가 피었다. 바다로 돌아갈 때도 미소를 짓더니 일주일 후 다시 돌아왔을 때도 여전히 미소를 머금고 있었다. 우리는 혹시 임신이 아닐 경우에 대비해 몇 주 동안은 다른 사람들에게 말하지 않기로 했다.

마침내 롭에게 말해도 괜찮을 때가 되자 롭은 태양이 폭발하는 것 같은 커다란 미소를 지어 보였다.

그 즉시 롭은 남동생을 낳으라고 주문했다. 우리 집에는 남자아이들만 있었기 때문에 남자여야 한다고 주장했다. 나 역시 동의하며 최선을 다하겠다고 약속했다. 그러자 롭은 지그재그 길을 건너 제이슨에게 알렸고 제이슨은 당연히 지니에게 이 사실을 알렸다.

숨을 헐떡이며 우리 집 현관에 나타난 지니는 양귀비 향수 냄새를 풍기며 나를 안고는 제대로 놀란 척했다. '축하해요, 달링! 잘 됐어요.' 지니는 아기를 낳을 때가 되면 자신이 내 아이를 받아주겠다고 했다. 그때까지도 나는 엉뚱한 이 친구가 소독 장갑을 끼고 있는 또 다른 생활을 한다는 사실이 믿기지 않았다. 그래도 우리 아기가 태어나자마자 처음으로 보게 되는 사람 중에 인조속눈썹을 하고 호피무늬 재킷을 입은 여성이 포함된다는 게 좋았다.

나는 입덧 때문에 토할 거 같다가도 어느 순간 엄청난 식욕을 발휘하곤 했다. 뉴질랜드 사람들이 잿빛 양고기와 갈은 고기만 먹고 살았던 것이 그렇게 오래 전 일은 아니었던 것 같다. 십대 때 엄마는 피자라고 불리는 이국적인 새 음식을 사주셨다. 그 이후로 우리는 점점 더 많은 음식을 알게 되었다. 우리는 와인이 꼭 종이 상자에만 담기는 것은 아니며 스틱 모양의 빵이 있고 세상에는 두 종류 이상의 치즈가 있다는 사실을 알게 되었다. 깔끔한 새 빵집이 길 모퉁이에 생기자마자 그곳에 가지 않고는 견딜 수가 없었다.

프로피테롤(속에 크림이 채워지고 초콜릿이 얹혀진 작은 슈크림 - 옮긴이), 아니 그걸 굽는 주인아저씨의 말에 따르면 프로피이테롤이라고 해야 맞는 발음이라고 했다. 이 단어를 말하면서 혀를 굴리면 섹시하게 들리기까지 했다.

불친절하긴 했지만 프로피테롤 아저씨는 요리사 앞치마를 두른 미켈란젤로라 할 정도로 잘생긴 사람이었다. 아저씨가 어떻게 해서 그렇게 세상에서 가장 가볍고 가장 많이 부풀고, 가장 맛있는 빵을 만드는지 나는 이해할 수가 없었다. 하지만 희멀떡한 나방이 그렇게 아름다운 초록색 애벌레를 만들어낸다고 누가 상상이나 하겠는가?

매일 아침 아저씨는 알몸으로 일광욕을 즐기는 사람들처럼 프로피테롤을 창가에 늘어놨다. 연한 갈색의 타원형 빵 속에는 크림이 듬뿍 들어있었다. 상자 위로 초콜릿 소스가 줄줄 흘러내렸다. 가장자리에 김이 서린 상점 창문은 나에게 안으로 들어오라고 유혹했다. 아니 안으로 들어오길 강요했다.

'프로피테롤 한 개 주세요.'

'프로피이테롤!' 아저씨가 고쳐 말했다.

'아니 두 개 주세요.'

어쨌든 두 사람 분을 먹어야 하는 거니까(사실 클레오까지 치면 3인분이지만).

프로피테롤 아저씨가 투덜거렸다. 누가 보면 내가 그 아저씨의 아이를 사려고 하는 줄 알 것이다.

뒤뚱뒤뚱 지그재그를 다시 걸어 올라가면서 종이봉투 속에서 빵이 바스락대고 크림이 스며 나오는 것을 느꼈다.

절반 정도 올라가자 부푼 내 몸을 의자에 앉히고 그걸 먹어치우고 싶은 유혹이 너무나도 강하게 느껴졌다. 하지만 그곳에서는 소머빌 할머니과 마주칠 위험이 있었다. 그러면 그 특유의 눈빛으로 나를 쏘아볼 것이다. 빙벽처럼 못마땅해하는 소머빌 할머니 특유의 표정은 사내아이들에게는 집배원에게 달팽이를 던진 걸 실토하게 만들고 성인 여자들에게는 갑자기 속옷을 입지 않은 것처럼 느끼게 만든다.

나는 집까지 그대로 묵묵히 걸어가기로 결심했다. 게다가 프로피테롤에 목을 매는 게 나만이 아니었다. 클레오 역시 프로피테롤 크림에 중독되기 시작했다. 내 손에 묻은 크림을 클레오가 처음으로 핥아먹은 그날, 클레오는 마치 중독자가 헤로인 주사를 맞을 때의 그런 표정을 지었다. 그 이후로 클레오는 텅 빈 종이봉투며 접시, 내 옷 소매 등 크림이 조금이라도 묻어 있는 곳은 어디든 핥아대기 시작했다.

매일 아침 클레오는 스테인드 글라스 현관 앞에 그림 같이 앉아 내가 돌아오기만을 기다렸다. 가쁜 숨을 내쉬며 내가 대문에 들어서는 순간 클레오는 꼬리를 높이 치켜들고 머리를 갸우뚱 한 채로 나를 향해 쏜살같이 달려왔다. 그러면 우리는 함께 터덜터덜 걸어들어가 흔들의자에 앉아 발받침은 높게 하고 머리 받침은 낮춘 다음 종이봉투를 뜯었다.

클레오는 탐닉에 대한 나의 태도를 바꿔주고 있었다. 고양이 사전에 죄책감이란 단어는 없었다. 너무 많이 먹거나 너무 많이 자거나 집 안에서 가장 포근한 쿠션을 독차지해도 고양이들은 절대 양심의 가책을 느끼는 법이 없다. 고양이들은 즐거운 순간이 펼쳐질 때마다 그 순간을 즐졌고 나비나 떨어지는 낙엽이 주의를 끌 때까지 즐거움을 만끽했다. 고양이들은 얼마나 많은 칼로리를 섭취했는지 헤아리거나 얼마나 오랫동안 일광욕을 즐겼는지 시간을 계산하는 데 에너지를 소비하지 않는다.

고양이들은 열심히 일하지 않았다고 자책하는 법도 없다. 고양이들은 일어나서 돌아다니지 않고 가만히 앉아 있는다. 고양이들에게 게으름은 예술 행위다. 고양이들은 울타리 위나 창문 틀 위에 앉아 쳇바퀴처럼 매일 똑같이 펼쳐지는 사람들의 일상을 있는 그대로 바라본다. 낮잠잘 시간을 낭비하는 무의미한 일로 여기면서.

나는 절반 가량 개조된 단층집에 앉아 게으름을 피우며 마음 편히 고양이의 교훈을 깨닫는 것을 몹시 좋아했다. 느릿느릿, 다른 일은 신경쓰지 않으면서 내 몸의 소리를 들으려고 애썼다. 몸은 임신으로 인한 변화에 단순히 적응하지만 말고 쉬게 해달라고 울부짖고 있었다. 우리는 오후에도, 그리고 오전에도 오랜 시간 낮잠을 즐기며 뻔뻔스러운 잠꾸러기가 되었다. 그리고 결국 클레오와 나는 방과 후 지니의 집에 들렀다 뒤뚱뒤뚱 집으로 돌아와 이른 저녁에 꾸벅꾸벅 조는 즐거움까지 찾게 되었다.

클레오에게 나는 따뜻한 물통인 셈이었다. 내 몸속에 새 생명이 있다는 것을 클레오가 눈치채고 자기도 끼고 싶어 했거나 아니면 단순히 불러오는 배로 인해 더욱 따뜻해지고 굴곡진 내 몸을 좋아했을 수도 있다. 눕혀 놓다시피 한 흔들의자는 우리에게 몇 주간이고 게으름을 피울 수 있는 포근한 둥지였다.

임신 5, 6개월쯤 되자 클레오는 불러온 배의 가장 높은 곳에 자리를 잡고 쓰다듬기 딱 좋은 위치에 머리를 대고 누웠다. 클레오는 내가 귀 뒤의 움푹 들어간 곳을 작은 원을 그리며 어루만져주다가 이마에서 꼬리까지 몸 전체를 쓰다듬어주는 걸 좋아했다. 그렇게 쓰다듬어주는 것이 나 또한 즐거웠고 밤에 잠자리에 들어서도 손끝에 고양이털의 느낌이 남아 있었다.

몇 주가 지나고 배가 점점 불러오자 클레오는 다시 내 옆이든 부른 배의 아래쪽이든 기댈 수 있는 곳을 찾아 기대기 시작했다. 클레오는 더이상 참을 수 없을 때까지 공손하게 발톱을 감추어두었다. 즐거움을 느낄 때면 클레오는 저항하는 인간 난로에 대고 발톱으로 리듬감 있게 마사지를 했다.

고양이의 털가죽은 여러 가지 감촉을 가지고 있다. 코를 덮고 있는 빽빽한 벨벳 같은 느낌에서부터 부드러운 발바닥, 등에 난 매끄러운 털과 배에 난 보송보송한 잔털에 이르기까지. 그렇게 부드러운 털가죽과는 달리 발톱과 이빨이 핀처럼 날카롭다는 것이 신기했다. 그러나 모든 고양이는 모순의 상징이다. 한순간 사랑스럽다가도 다음 순간 쌀쌀 맞게 대한다. 아이를 보살피는 부모와 같은 행동을 하기도 하지만 다친 먹잇감을 가지고 장난치는 냉혈 살인마이기도 하다.

안락의자에 클레오와 함께 몸을 쭉 펴고 앉은 나는 다시 뜨개질을 하고 싶은 충동을 느꼈다. 하지만 내 솜씨에 거미줄처럼 섬세한 아기 옷을 짠다는 것은 불가능했기 때문에 파란색 두툼한 털실 세 뭉치와 굵은 뜨개바늘을 사서 평범한 모양으로 룝의 목도리나 짜기로 했다.

뜨개바늘이 부딪히는 소리가 심장박동처럼 마음을 안정시켜 주었다. 한 가닥의 털실이 매듭지어져 3차원 입체 옷이 되는 모습은 세포의 복합체가 증가하여 아기가 되는 것만큼이나 신비했다.

비록 이미 떠진 부분과 앞으로 떠질 부분과도 연결되지만 한 땀 한 땀은 그 자체만으로도 완벽했다. 매번 뜨개바늘에 털실을 감을 때마다 샘이 떠올랐고 샘의 생각을 가만히 떨쳐버리는 일을 반복했다. 뜨개바늘을 엇갈리고 털실을 감고, 풀고… 뜨개바늘을 엇갈리고 털실을 감고, 풀고… 이걸 수만 번, 수백만 번 연습하면 나의 영혼도 똑같이 할 수 있을지도 모른다. 풀고, 풀고….

뜨개질에 넋을 잃은 클레오가 뜨개바늘의 움직임을 따라 눈을 굴렸다. 뜨개바늘이 자기 얼굴 앞으로 지나갈 때마다 클레오는 정확한 타이밍에 바늘을 공격해서 입에 물었다. 뜨개바늘의 적군이 너무나 성가시게 구는 바람에 때로는 내 무릎 위에 앉아 있는 클레오를 바닥에 내려놓지 않으면 안 될 때도 있었다. 하지만 클레오는 그걸 벌이라고 생각하지 않았다. 털실 뭉치에서 스멀스멀 나오는 파란 털실 뱀이 클레오의 또다른 멋진 적군이 되었으니까.

털실과 뜨개바늘 때문에 이따금 옥신각신하는 것만 아니면 우리는 사이좋게 먹고, 꿈을 꾸고, 햇볕이 내리쬐는 곳을 찾아 집 안을 돌아다니며 하루하루를 보냈다. 순간순간이 모여 샘과 함께 지내던 이전의 생활과 연관되긴 하면서도 그때와는 전혀 다른 삶을 이루어가고 있었다.

모든 일이 털실 뭉치처럼 쉽게 풀려갔다. 달그락거리며 부엌 서랍 속에 넣어졌던 숟가락들은 끄집어내어져 사용되고, 설거지되고, 말려진 뒤 다시 서랍 속에 넣어졌다. 매일 아침 롭과 제이슨은 긴 그림자를 뚫고 길을 따라 터덜터덜 학교로 향했고 하루 해가 점점 지쳐갈 때쯤 돌아왔다. 잔뜩 쌓인 빨래 더미는 분류되고 세탁되어 선박 터미널이 내려다보이는 빨래 줄에 널리길 기다리고 있었다. 그러면 걷어지고, 개지고, 다림질 되어 옷장에 넣어지고 입혀진 후 다시 친숙한 냄새가 나는 빨래 더미에 던져졌다. 스스로 처음과 중간, 끝을 거쳐 한 주기를 마무리하는 이 편안한 주기들이 한데 모여 겉으로 보기에는 정상적인 삶을 만들어가고 있었다.

벽지에 하늘거리는 햇살을 바라보며 나는 우리가 왜 그렇게 이 집을 고치려고 서둘렀을까, 하는 생각을 했다. 이 벽지가 왜 그렇게 싫었을까? 이 벽에 오랫동안 붙어 있으면 언젠가 흰 바탕에 검은색 꽃무늬가 있는 이 벽지도 다시 유행할지 모른다. 심지어 덥수룩한 카펫도 더 이상 신경 쓰이지 않았다. 임신의 행복이 모든 것을 천천히 해도 된다는 생각이 들게 만들었다.

하지만 스티브는 정반대의 반응을 보였다. 방마다 코를 찌르는 새 페인트 냄새가 났다. 집안 이곳저곳에 사다리들이 삐뚤빼뚤 놓였다. 열정적인 행동에 푹 빠진 남편은 욕실 개조 작업을 끝냈다. 남편은 멋없는 금색 수도꼭지가 달린 칠이 벗겨진 파란 욕조를 간신히 끌어다 집 앞마당에 내동댕이쳤다. 지친 나는 버려진 욕조 주변으로 풀이 길게 자랄 때까지 전혀 신경 쓰지 않았다.

남편이 저렇게 버려둔 욕조를 언젠가는 내다 버리려나, 하며 지니 앞에서 흘러가듯 푸념하자 그녀는 욕조를 수련 연못으로 만들고 금붕어도 기르자고 했다. 아, 나는 정말 이 여자를 사랑하지 않을 수 없었다.

클레오와 나는 모차르트 음악을 즐기기 시작했다. 아기들이 자궁벽을 뚫고 클래식 음악을 들으면 뇌세포가 성장한다는 이론 때문만은 아니었다. 클레오는 모차르트의 편안한 음악에 진심으로 감탄하는 것 같았다. 특히 A장조 클라리넷 콘체르토의 2악장을 좋아했다. 수금의 악보를 연주하는 클라리넷 소리가 울려 퍼지면 클레오는 은빛 눈을 가늘게 떴다. 무지개빛 햇살이 클레오의 털 위에서 춤을 췄다. 모차르트가 고단한 삶을 매우 아름다운 한 악장으로 해결해주는 동안 내 배 주변에 포근하게 앉은 클레오는 가르랑거리며 반주를 했다. 그 음악을 듣고 있으면 아무리 극심한 슬픔도 아름다움으로 탈바꿈 될 것이라는 확신이 들었다.

16. 대신할 사람

고양이는 들었던 이야기든 듣지 않았던 이야기든

모든 이야기에 귀를 기울인다.

'사내아이야!' 내 몸의 모든 세포가 그렇게 외쳐댔다. 내 늑골을 차는 아이의 발길질에는 분명 남성성이 담겨 있었다. 밤새도록 내 방광을 쳐 대는 조그만 주먹에서는 아기 권투 챔피언의 힘이 뿜어져 나왔다. 불과 몇 시간만에 세 번이나 화장실을 가기 위해 어두운 복도를 내려갈 때마 다 발걸음은 '남자애, 남자애.' 라고 속삭였다.

나는 조그만 배냇저고리를 만들고 목 부분에 파란색 데이지 수를 놓 았다. 우리는 이름을 어떻게 지을까도 의논했다. 조슈아는 어때? 새뮤엘 은 절대 안 돼. 미들 네임으로는 쓸지도 모르지만.

절대 샘을 대신할 애를 낳는 게 아니에요. 누구든 관심을 보일 때마 다 나는 그렇게 설명했다. 새로 태어나는 아기는 그 아이만의 고유한 개성을 가질 것이다. 샘의 짓궂은 장난기와 눈 모양, 어쩌면 샘에게서 나던 것 같은 풀내음이 날지도 모르지만 이 아기는 당연히 샘이 아니다. 나는 우리 아기의 개성을 존중해줄 것이다. 샘을 닮든 닮지 않든 아기는 우리를 다시 네 식구로 만들어줄 것이다. 그리고 나는 조슈아 새뮤엘에게 한 번도 만난 적이 없는 형에 대한 모든 것을 말해줄 것이다. 연관성의 끈이 우리 삶을 엮어줄 것이다.

스티브는 전보다 더 자주 미소를 지었다. 현미경과 노련한 손놀림을 보인 의사 덕분에 낮은 확률을 뚫고 이렇게 새로운 희망을 품게 되었다는 생각만 해도 절로 웃음이 나나 보다. 샘과 롭이 태어날 때는 스티브가 지역 신문에 난 매매란을 보고 중고 아기 침대를 얻어왔었다. 그리고는 더 이상 아기 가질 일을 없게 만든 스티브는 롭에게 좀 더 큰 침대를 사주자마자 그때까지 쓰던 아기 침대를 냉큼 내다버렸다.

하지만 이번에는 스티브가 직접 나가서 남자아기나 여자 아기 모두에게 잘 어울리는 노란색 새틴 리본이 달린 새 아기 침대를 사왔다. 그리고는 반짝이는 포장지를 뜯어낸 후 우리 방 안에 조립해 놓았다. 양쪽으로 그물 캐노피가 드리워진 그 아기 침대는 왕자님에게 어울리는 것이었다. 나는 행주만 한 크기의 시트를 매트리스 위에 펼쳐 놓았다.

노란 리본을 손으로 어루만지면서 사람들이 딸은 어떻게 키울까 생각했다. 드레스감이며 바비 인형 같은 것이 모두 복잡하게 느껴졌다. 아들은 어떻게 키우는지 안다. 아들을 키우려면 육체적인 힘이 많이 든다. 대부분 이리저리 따라다니고 소리를 쳐야 하니 말이다. 아들들은 감정을 솔직하게 표현한다. 그리고 엄마와 특별한 유대감을 갖는다. 샘과 나는 연인들의 술래잡기 같은 뽀뽀 게임을 하곤 했다. 상대방이 얼굴에 마지막으로 뽀뽀를 하는 사람이 이기게 되어 있는데 게임을 끝내고 나면 우리 둘 다 웃느라 얼굴이 벌겋게 달아오르곤 했다.

최신 스타일의 파란색 아기 옷과 포근해 보이는 담요를 살펴보며 그래, 새로 태어나는 아기에게 뽀뽀 게임을 가르쳐줘야지, 생각했다. 비록 뽀뽀 게임이 샘과 나 사이에서만 하던 우리 둘만의 것이었긴 하지만 말이다. 샘이 가지고 놀던 나무 기차 세트와 샘의 다른 물건들을 조슈아도 좋아할지 궁금했다. 그렇다고 샘을 키우던 그 시절을 되풀이할 생각이 있는 것은 아니었지만 말이다. 아니, 속마음은 그런 걸까?

✿

엄마의 일제 해치백 승용차가 지그재그 위에 천천히 멈춰서는 것을 보자 라타가 기뻐 날뛰기 시작했다. 그 차를 볼 때마다 레트리버는 바닷가, 농장 등 행복한 장소에 놀러갔던 일을 떠올렸다. 아기가 태어날 날이 가까워 오자 엄마는 우리를 '도와주시겠다고' 오시곤 했다. 얼마나 계실지 정해지진 않았지만 여느 때와 같다면 아마 하루 이틀을 넘기지 않을 것이다. 엄마와 나는 서로를 사랑하지만 둘 다 개성이 강한데다 호들갑스러워 대개 하루 이틀 정도 지나면 서로를 불쾌하게 만들었다.

운전석에서 엄마가 내리자 라타는 두 발로 일어서서 할머니의 양쪽 어깨에 발을 하나씩 얹고는 축축한 혀로 할머니의 뺨을 핥았다. 무거운 라타의 몸에 눌려 휘청거리던 엄마는 밝은 미소를 지으셨다. 엄마는 언제나 개를 좋아하는 분이셨고 라타는 그런 엄마가 세상에서 가장 좋아하는 개였다.

침으로 범벅이 된 후 엄마는 천천히 라타의 발을 내려 놓으셨다. 롭이 달려와 할머니의 허리를 감싸 안았다. 환영의 깃발처럼 꼬리를 흔들면서 맨 앞에 선 라타가 지그재그 길 아래로 향하는 우리의 행렬을 이끌었다. 이제 라타가 가장 좋아하는 사람은 엄마뿐이었다.

쓰지 않는 여분의 방에서 짐을 풀던 엄마가 제일 중요한 것을 건네주셨다. 직접 뜨개바늘로 촘촘히 짠 숄이었다. 너무나 작아서 숄 전체가 엄마 결혼반지를 통과할 수도 있을 것 같았다. 눈처럼 하얀 색에 물결모양의 가장자리, 복잡하게 짜인 그 숄은 내가 본 최고의 아기 숄이었다.

아빠가 돌아가신 이후로 엄마는 밤이면 깜빡거리는 텔레비전 앞에 앉아 뜨개질만 하셨다. 대개는 공장에서 직접 사오신 카펫용 털실로 담요나 커다랗고 묵직한 깔개를 만드셨다. 하지만 그런 것들과 이 아기 숄은 차원이 달랐다. 사랑과 관심으로 너무나도 정교하게 짜인 나머지 일종의 에너지 같은 것이 느껴지기까지 했다. 그것은 마법의 망토로 변하는 보호용 주문이 가득 채워져 있는 것 같은 숄이었다.

'너무 예뻐!'

'우리 왕자님이 분명 좋아할 거야.'

'아들인지 어떻게 알아?' 엄마가 물었다.

'그냥 느낌이 그래.'

하지만 엄마는 이미 다른 얘깃거리를 꺼내고 계셨다. '20대 때 사촌인 이브 있잖아. 그러니까 엄마 사촌이니까 너한테는 5촌이나 뭐 그쯤 되겠지… 이브가 누구냐면 소르본에 가서 유부남 미용사와 바람이 나 가지고 가족들이 그걸 알아내고 돈줄을 막았던 그 사촌이야. 그녀가 모 피 코트를 입고 립스틱을 바르고 뉴질랜드에 돌아왔을 때는 사람들이 그녀가 입에다 문신을 했다고 생각했지….'

불쌍한 엄마. 요즘 엄마가 가장 그리워하는 것은 말할 사람이라고 하 셨다. 안타깝게도 그로 인해 엄마는 외로운 사람이 앓는 그런 병을 앓 으셨다. 지나치게 수다스러운 병. 그 결과, 엄마의 오랜 친구 몇 분은 브 리지 게임을 하거나 봉사활동을 하거나 손자를 돌봐야 한다며 엄마 곁 을 떠나셨다. 나도 그 분들을 탓할 수가 없었다. 엄마가 하는 이야기 중 에는 이브 아줌마의 이야기처럼 흥미로운 것도 있었다(나도 처음 그 얘기 를 들었을 때는 재미있게 들었다. 화려하고 장난기 많은 여성이라곤 없는 집안 에서 이브 아줌마처럼 멋진 여성이 태어났다는 사실에 강한 호기심을 느꼈으 니까). 하지만 엄마는 끊임없이 이야기를 하는 분이셨다. 건강이나 날씨 와 같은 의례적인 이야기가 아닌 단어의 공세를 견디려면 상당한 충성 심과 애정이 필요했다. 또 다른 이야기를 꺼내기 시작하는 엄마를 보자 산딸기 잼 같은 억지웃음이 지어졌고 표정은 파이 껍질처럼 생기가 사 라졌다. 엄마의 이야기를 듣다가 내가 뭘 사야 할지 어떤 속옷을 버려야 할지 생각에 잠기면 엄마는 갑자기 '지금 내 말 안 듣고 있지?'라며 소리 를 쳐서 나를 깜짝 놀라게 하셨다.

비록 엄마와 4백 킬로미터나 떨어져 살긴 하지만 마음 속으로는 늘 엄마를 생각했다. 나는 엄마의 외로움을 달래드리려고 한 주에 몇 번씩 전화를 드렸다. 그럴 때면 엄마는 언제나 콘크리트로 지은 타운하우스 단지에 사는 다른 미망인은 가족들이 자주 찾아와서 좋겠다는 말씀을 하셔서 매번 죄책감을 느끼게 하는 미사일 공격을 받았다. 우리가 가깝게 살았다면 나도 매주 일요일 따뜻한 음식을 만들어 엄마 집에 나타나는 그런 책임감 있는 딸이 될 수 있었을 것이다.

'아기 침대에 숄이 얼마나 잘 어울리는지 봐야지.' 엄마와 롭을 투명한 고치 같은 아기 침대가 놓인 우리 방으로 데리고 가며 말했다.

내가 숄을 흔들면서 자그만 매트리스 위에 펼쳐놓으려고 할 때였다.

'잠깐만!' 엄마가 소리쳤다.

동작을 멈추고 보니 아기 침대 안에 잠자는 고양이 공주의 실루엣이 보였다. 클레오는 한쪽 귀를 움직이더니 느릿느릿 눈을 뜨고 따분하다는 표정으로 우리를 바라보았다.

아기 침대가 무엇인지 우리 고양이가 제대로 인식한 모양이었다. 신하들이 드디어 자신을 여왕으로 알아보고 당연히 누려야 할 수준의 편안함을 제공했다고 생각한 것이었다.

엄마가 앞으로 달려가 아기 침대 위로 몸을 숙이더니 '훠이!'라고 소리쳤다. 클레오는 귀를 납작하게 눕히고 엄마에게 하악거렸다. 내 인생의 가장 강한 여성과 암컷 고양이가 서로에게 전쟁을 선포하는 걸 나는 가만히 지켜볼 수밖에 없었다.

'괜찮아요, 할머니.' 롭이 말했다. '아기 침대가 어떤지 클레오가 먼저

자 보려고 하는 것뿐이에요. 편안한지 확인하려고요.'

'고양이가 있을 곳은 한 군데밖에 없어.' 클레오의 배를 잡고 현관으로 데리고 나가면서 엄마가 선언했다. '밖에 말이야!'

돌연 베란다로 내쫓긴 클레오는 믿을 수가 없다는 듯 몸을 털었다. 저 거대한 할머니가 왜 내 침대에서 나를 쫓아낸단 말인가?

부엌으로 돌아간 엄마가 전기주전자에 물을 채우는 동안 엄마의 발치에는 헌신적인 라타가 앉아 있었다.

'저 고양이가 아기를 질식시킬 게다.' 엄마가 말했다.

창밖을 보니 클레오가 한참 동안 자기 몸을 핥는 모습이 보였다. 다른 꿍꿍이가 있는 것이 분명했다.

'고양이하고 아기는 어울리지 않아.' 엄마가 계속 말을 이었다. '그런 동물들은 온 집안에 털을 떨어뜨리고 다니지. 못 봤니? 롭의 베개에 고양이털이 잔뜩 묻어 있던데. 집안 전체가 고양이털로 뒤덮여 있어. 그러다 아기한테 천식 생길라. 그리고 고양이는 발톱도 날카롭잖아. 인내심도 없어서 아기 얼굴에 상처를 입힐 거야. 고양이는 개와 달라. 그렇지 라타? 고양이들은 질투심이 많아….'

'클레오는 질투하지 않아요.' 롭이 말했다.

'애기가 태어나면 보려무나.' 엄마가 말했다.

'클레오는 아기가 태어나길 손꼽아 기다리고 있어요. 그건 축복이라고 클레오가 말했단 말이야.' 롭의 단언에 주전자 손잡이를 만지작거리던 엄마의 손이 멈췄다. 그리고는 걱정스러운 눈빛으로 나를 바라보았다.

'고양이가 말했다는 게 무슨 말이야?' 엄마가 롭에게 물었다. '고양이가 너에게 말을 한다고 생각하니?'

'아니야.' 내가 얼른 말했다. '클레오에 대한 꿈을 몇 번 꾸었나 봐. 걱정할 일은 아니야. 아이들이 다 그렇잖아.'

'쟤는 끔찍한 일을 겪었잖니. 애가 좀 이상하다고 생각하지 않니?' 엄마가 조그만 목소리로 속삭였다.

'솔직히 왜 네가 고양이를 키우는지 알 수가 없구나. 라타 같은 개라면 다들 서로 키우려고 난리일 텐데.' 엄마의 잔소리가 다시 시작되었다. '라타는 사실상 사람이나 마찬가지이잖니. 집에 한 사람이 더 있는 것 같지.'

엄마가 얼마나 개를 사랑하는 분인지 그동안 잊고 있었다. 라타가 정답게 꼬리로 바닥을 툭툭 내리쳤다. 엄마의 말씀이 맞다. 라타는 세상에서 가장 사랑스러운 개였다.

'라타가 나랑 같이 있을 때면 밤마다 나를 지켜줬지. 낯선 사람을 보면 항상 짖으니까 무섭지도 않았어. 라타는 훌륭한 경비견이야. 털도 어쩌면 저렇게 부드러운지. 촉감이 정말 좋지 않니? 게다가 라타의 가장 큰 장점은 상대방이 하는 말을 듣는다는 거야. 내가 하는 말을 라타가 가만히 듣고 있는 걸 몰랐니?'

마음이 쿵하고 내려앉았다. 한때 그렇게 강하고 단호했던 엄마가 언제 저렇게 흰 머리가 많이 나고 돋보기를 쓰셔야 할 만큼 늙으셨을까? 한때 높은 힐을 즐겨 신던 엄마가 언제부터 저렇게 물집이 생기지 않도록 부드러운 가죽으로 만든 앞이 뭉뚝한 편안한 신발을 신게 되셨을까?

그래도 엄마는 풍요로운 노후를 보내고 계셨다. 엄마의 패션 감각과 (어깨에 패드가 잔뜩 들어간 화려한 재킷에 커다란 목걸이를 즐겨 하는) 평생 즐겨 발라온 산호색 립스틱은 70대 노인 가운데 엄마를 가장 멋진 할머니로 만들어주었다. 그렇지만 전보다 눈에 띠게 쇠약해 보였다. 그리고 난생처음 엄마가 나에게 부탁을 하고 있었다. 엄마는 친구이자, 보호자, 사랑을 주고받을 사람, 그리고 무엇보다 당신의 말을 들어줄 귀를 원했다.

내가 차를 따르는 동안 엄마는 복도를 지나 우리 침실로 향했고 라타가 그 뒤를 따라갔다. 엄마에 비하면 나는 어른들과 아이들, 동물들로 북적이는 생활을 하고 있었다. 그리고 조만간 아기까지 태어날 것이다. 엄마에게는 우리만큼이나, 아니 우리보다 더 치유가 필요했다. 조부모가 느끼는 슬픔은 두 배이다. 손자를 잃은 슬픔에 가족에 대한 꿈이 산산조각난 장성한 자식의 불행까지.

'대체 이게 어떻게 된 거냐!' 엄마가 소리쳤다.

엄마의 목소리를 따라 우리 방으로 달려갔다. 클레오가 다시 아기 침대 안에 편안하게 자리를 펴고 누워 있었다. 고양이와 엄마는 서로를 노려보고 있었다.

'너 어떻게 들어왔니?' 엄마가 고양이를 향해 으르렁거리듯 말했다.

네 발로 일어선 클레오도 구식 펌프 핸들처럼 꼬리를 내리고 엄마를 향해 으르렁거렸다.

'창문으로 들어왔겠지.' 내가 대답했다.

'저 고양이가 정말 골칫거리구나!' 클레오를 안아 다시 밖으로 내보

내며 엄마가 단호한 말투로 말했다. '침실 문 잘 닫아야겠다.'

아기 침대를 놓고 싸우는 전투는 매일같이 벌어졌다. 방문을 닫아놓으려고 해도 문이 계속 스스륵 열리는 것 같았다. 클레오는 새 침대로 다시 돌아갈 수 있는 기회를 놓치는 법이 없었고 엄마 또한 끊임없이 클레오를 밖으로 내쫓았다.

둘이 휴전하게 만들려는 나의 노력은 수포로 돌아갔다. 고양이와 할머니 사이의 긴장감이 나를 미치게 만들었다. 어느 날 밤, 잠을 이루지 못한 나는 자정쯤 침대에서 일어나 지하실로 내려가서 어둠 속을 더듬어 수동식 풀 깎는 기계를 찾았다. 달빛을 받으며 풀을 깎으니 마음이 조금 진정되었다(어쩌면 소머빌 할머니도 기쁘게 해드렸을지 모른다).

'잠을 잘 못 자겠니?' 그 다음날 아침 엄마가 물었다. '그건 아기 낳을 때가 머지않았다는 거야. 고양이를 치우는 게 좋겠다.'

나는 더 이상 둘을 화해시키는 걸 포기했다. 다른 때와 마찬가지로 며칠 지나지 않아 엄마가 집으로 돌아가시겠다고 했다. 작별인사를 하는 건 언제나 어색했다. 우리 가족은 애정표현을 잘 하지 못하는 편이었다.

갈색 코트를 입고 자동차에 가방을 싣는 엄마 모습을 보니 갑자기 늙고 외로운 할머니 같아 보였다. 우리가 잠시 포옹을 하는 동안 라타가 조기처럼 꼬리를 세우고 우리를 쳐다보았다.

'건강 조심해.' 내가 속삭였다.

'너도.' 핏줄이 울퉁불퉁 튀어나온 한 손을 운전석 문에 올려놓은 채 엄마가 대답했다.

혼자 다섯 시간을 운전하고 나면 엄마는 텔레비전 앞에 앉아 토스트와 스크램블 에그를 드시고 다시 뜨개질을 시작하실 것이다. 그리고는 오후 11시가 되면 차와 비스킷 한두 개를 드신 후 잠자리에 드실 것이다. 그때까지 12시간을 대화할 사람 없이 혼자 보내셔야 한다. 말하기를 좋아하는 사람에게 그건 고문이나 다름없었다. 하지만 엄마는 단 한 번도 불평하지 않으셨다.

'한동안 라타를 데리고 있는 게 어때? 롭하고 스티브하고도 얘기했는데 둘 다 괜찮대.' 내가 물었다.

갑자기 허리를 편 엄마가 10년은 젊어 보였다. '너랑 나랑 잘 지낼 수 있을 거야, 그렇지?' 조금의 망설임도 없이 엄마가 말했다.

라타는 절대적인 헌신을 약속하는 표정으로 사랑스럽게 엄마를 올려다보며 행복한 듯 짖었다. 엄마가 그런 아부를 받아보는 것은 오랜만일 것이다.

'잠깐만.' 다시 젊고 아름다워 보이는 엄마가 말했다. 엄마는 뒷자리로 가서 초록색 털실로 짠 담요를 끄집어내더니 앞자리에 깔았다. 신이 난 라타가 꼬리를 흔들며 차에 올라 시동이 걸리기를 기다렸다.

동물이 치유사라면 누구보다도 동물이 필요한 사람은 엄마였다. 길 위로 차가 달리기 시작하는 것을 보면서 흰 머리의 엄마와 금빛 털을 가진 개가 완벽하게 잘 어울린다는 생각이 들었다.

손을 흔들어 작별 인사를 하는데 갑자기 통증이 느껴졌다. 낯설지만 왠지 익숙한 느낌이었다. 흥분이 되면서 동시에 두렵기도 한 느낌. 새 생명이 지구에 도달하려 하고 있었다.

17. 재탄생

고양이든 사랑이든
사랑은 고통스러운 것이다.

어미 고양이는 여왕이라고 불려야 마땅하다. 개인적으로 나는 임신한 여성들도 여왕이라고 불리면 좋을 것 같다고 생각했다. 게이들이 심하게 반대하면 남작부인이나 공작부인이나 동화 속 공주라는 칭호라도 좋다. 임산부, 다임산부, 고령 임산부처럼 우아함이라곤 조금도 들어 있지 않은 명칭이면 무엇이든 상관없다.

고양이는 한 번에 네다섯 마리의 새끼를 낳는다. 사람도 한꺼번에 여러 명을 낳을 수 있다면 화장실 변기를 쳐다보고 있는 달수가 현저히 줄어들 것이다. 그리고 평생 동안 볼품없는 임부복을 딱 한 번만 사면 될 것이다. 아이들의 옷도 대량으로 살 수 있을 것이다. 아동용품 제조사, 학교와 협상을 할 수 있을지도 모른다. 네 명 학비로 다섯 명 보내기 같은!

임신한 어미 고양이가 안절부절 못하는 모습은 분명 분만이 임박했음을 알리는 신호이다. 사람도 마찬가지이다. 나는 아기침대를 놓고 클레오와 엄마 사이에 벌어진 전투 때문에 한밤중에 밖에 나가 수동식 풀 베는 기계로 풀을 깎았다고 생각했지만 그건 잘못 판단한 것이었다. 내 몸이 큰일을 위한 시동을 걸고 있다는 원초적 본능을 깨달았어야 했다.

'여보세요? 병원이죠? 곧 애가 나올 것 같아서요. 진통이요? 그렇게 심하진 않은데… 5분 간격 정도요… 아니 잠을 자 보라니 그게 무슨 말씀이에요? 애가 나올 것 같은데 어떻게 잠을 자요? 진정하고 약을 먹으라고요? 농담하세요? 나중에 병실이 다 차면 어떻게 해요? 창고에서 낳으라는 건가요?'

'멍청한 간호사 같으니라고. 어떻게 병원에 오지 말라고 할 수 있어?'

'여기 약 먹어. 잠을 좀 자려고 해봐.'

'지니에게 전화를 걸어야겠어요. 지니라면 어떻게 해야 할지 알 거야.'

'내가 전화해봤어. 베이비시터가 전화를 받더라고. 락 뮤직 어워든가 어디에 갔대.'

'락 뮤직 어워드?'

'괜찮아. 자정쯤에 끝난데. 우리가 병원에 가게 되면 지니가 병원으로 찾아올 거야. 그러니까 이제 잠 좀 자.'

'몇 시에요?'

'아직도 안 자고 있었어? 10시 반이야.'

'7시간 전에 진통이 시작되었어요. 병원에 가야 할 것 같아요.'

'병원에서는 오지 말라잖아.'

'그래도 병원에 도착했는데 다시 돌려보내지는 않겠죠, 설마?'

병원 주차장에 도착하는 순간 나는 다시 집에 가고 싶어졌다. 가뜩이나 병원이 무서운데 반기지 않으니 더 무섭게 느껴졌다. 아무리 이 병원이 '집과 같은 편안함을 제공하는' 새 분만실을 갖췄다 해도 프랑케슈타인 영화 세트로 이용되어도 좋을 만큼 무시무시해 보이긴 마찬가지였다. 어슴푸레 보이는 기계와 도관과 전선이 들어갈 벽의 구멍, 초록색 수술 가운 아래 숨겨진 지저분한 도구들을 나는 애써 못 본 체했다.

내 몸의 기관들이 제대로 분만을 준비하고 있지 않은 듯했다. 이미 목욕도 하고 심호흡도 하고 걸어다니기도 했다. 나는 아마존 오지에서 온 여자 앞에 무릎 꿇은 동물처럼 웅크리고 앉아 아기만 나을 수 있다면 보기 싫은 색깔의 벽에 거꾸로 매달려도 괜찮다고 생각했다. 아무것도 소용이 없었다. 진통이 점점 심해지긴 했지만 아기는 나올 생각이 없는 듯했다.

자정쯤 되자 의사가 도착하더니 옆방에서 잠들어버렸다. 나는 내 자신을 포함해 모든 사람들을 따분하게 만들고 있었다. 지금이라도 당장 병원 문을 박차고 밖으로 나가버리고 싶었다.

진통제를 맞지 않고 자연분만을 하겠다고 결심하긴 했지만 고약한 냄새가 나는 이산화질소 마스크만은 놓을 수가 없었다. 이산화질소를 왜 웃음 가스라고 부르는지 이해가 가지 않는다. 이산화질소를 들이마신 사람들의 목소리가 도널드 덕으로 변하는 것을 빼면 그다지 웃긴 일은 벌어지지 않는데 말이다. 그래 봤자 신경만 거슬릴 뿐이었다. 다른 사람들이 마스크를 치우려고 할 때마다 나는 얼굴에 마스크를 꼭 대고 가져가지 못하게 했다.

의사가 나타나더니 아기 머리가 보이니 입구를 조금 찢겠다고 말했다. 아기라고? 이 모든 고통이 아기 때문이었던 거야? 갑자기 하얀 고양이의 모습이 아른거리더니 분만실 안으로 들어와 반짝이는 아름다운 눈으로 나를 바라보았다. 하지만 그것은 고양이가 아니라, 지니였다!

'잘 하고 있어요.' 내 귀에 대고 그녀가 속삭였다. '아기 머리가 보여요. 머리카락도 검은색이야. 다음에 진통이 오면 힘을 줘서 밀어 봐요.'

사람들이 왜 아기 이야기만 하는 거지? 뭐가 문제야? 이 병실 안에서 제정신인 사람은 나밖에 없는 거야?

'그래요, 한 번 더….' 지니가 말했다.

멋진 폭포를 볼 수 있다면 좋았을 것이다. 다이아몬드 혜성이 천장을 향해 활 모양을 그리더니 내 오른쪽 무릎 주변 어딘가로 떨어졌다.

큰 울음소리가 울려퍼졌다. 자그맣고 빨간 다리와 앙증맞은 발이 부두에 스티브의 페리를 고정할 수 있을 만큼 굵은 적보라빛 로프와 한데 엉켜 있었다. 조그만 손이 핑크색 동백나무처럼 꼭 쥐어져 있었다. 현자처럼 현명하고 새벽처럼 신선한 얼굴이 검은 머리카락 아래에서 호기심 어린 눈으로 방을 둘러보았다. 이렇게 당연이 있어야 할 곳에 있다는 자신감 넘치는 표정은 본 적이 없었다. 아기다. 우리 아기다! 내 안에서 사랑의 파도가 밀려와 아기를 감쌌다.

'완벽한 여자 아기에요.' 아기를 내 품에 안겨주며 지니가 말했다. '이

름은 뭐라고 지을 거예요?'

단 한 번도 딸을 낳고 싶다고 생각한 적이 없었다. 딸을 갖고 싶다는 열망이 너무나 깊은 나머지 누구에게도, 특히 내 스스로 그걸 인정하기가 두려웠던 것인지도 모른다. 이 아이의 여성성은 샘의 복제물이 될 생각이 전혀 없다는 선언이나 다름없었다. 코앞에서 강렬히 나를 쳐다보는 아기가 어찌나 강한 개성을 드러내는지 아무리 미들 네임이라도 사만사는 생각도 하지 못하게 만들었다.

'리디아. 할머니의 이름을 따서요. 한 번도 할머니를 뵌 적은 없지만 다들 할머니가 강한 여성이라고 말씀하셨어요.' 내가 말했다.

'리디아 아기야. 험난한 세상을 별 탈 없이 잘 살길 바래.' 지니가 다정하게 말했다. 축복을 해주는 지니를 보면서 나는 처음으로 지니의 눈 속에서 클레오와 같은 무언의 지혜가 반짝이는 것을 보았다.

18. 위험

고양이는

물처럼 유려하며 네 발로 착지할 수도 있다.

롭의 말이 옳았다. 클레오는 아기를 조금도 질투하지 않았다. 아무런 불평 없이 아기 침대를 내어준 우리 고양이는 리디아가 소중한 새 식구라는 것을 이해하는 것 같았다. 새로운 인물에 매료된 클레오는 거의 밤새도록 깨어 있는 리디아의 호기심을 반기는 것 같았다. 클레오는 리디아가 아무 일도 일어나지 않는 기나긴 어둠의 지루함에서 벗어나기 위해 특별히 세 시간마다 깨어나 우유를 먹는 시간을 정했다고 생각하는 것 같았다. 새벽 2시든, 3시 반이든, 4시 15분이든, 언제나 이 네 발 달린 그림자는 재미있는 사건을 기대하며 잠시 졸았던 것뿐이라는 듯 야옹거렸다. 그리고는 흔들의자에 뛰어올라 엄마와 아기의 따스하고 눅눅한 품에 착 달라붙었다. 때로는 머리받침에 올라가 반투명한 커다란 눈으로 우리를 응시하며 큰 소리로 가르랑거리기도 했다. 우리를 보호해 주는 파수꾼. 클레오가 밤의 신비한 기운을 그러모아 사랑과 보호로 우리를 감싸는 것 같았다. 수백 년 동안 이어진 고대 이집트 여신 바스테트Bastet의 영혼이 우리 집 조그만 검은 고양이를 통해 빛나는 듯했다.

아무것도 걸치지 않고도 이렇게 편안해하는 아기를 본 적이 없었다. 작은 손으로 내 손가락을 꼭 쥐고 있는 리디아는 마땅히 자신이 있어야 할 곳이 어디인지 아는 것 같았다. 2년 반 전 샘이 우리를 떠나지 않았다면 리디아가 태어나지도 못했을 것이라는 생각을 하니 놀랍지 않을 수 없었다. 나는 여전히 샘을 그리워하며 눈물을 흘리고 리디아의 머리 모양, 눈 모양을 보며 샘의 흔적을 찾곤 했다. 하지만 리디아는 자신만의 모습 그대로 받아들여지리라 작정한 듯했다. 굉장한 즐거움도 슬픔을 없애지는 못한다. 즐거움과 슬픔은 공존할 수 있는 것들이었다.

다시 겨울이 오고 있었다. 휘몰아치는 비가 쿡 해협을 지나 시내로 불어닥치는 남풍을 얼음장처럼 차갑게 만들었다. 길 위로 우산들이 넘실댔다. 노인들은 가로등에 매달렸다. 언덕을 올라 집으로 향하는 시민들 가운데 쓸데없이 미장원에서 돈을 낭비했다는 소리를 들을 만한 사람은 단 한 명도 없었다. 마침내 바람이 제풀에 꺾이자 언덕은 구름을 휘감은 채 뿌루퉁해져버렸다. 도시는 스스로를 포위해버렸고 비는 여전히 그치지 않았다.

웰링턴 시민들이 이런 작은 불쾌함에 대해 이야기하는 경우는 거의 없었다. 얼어붙은 대륙의 입을 빤히 바라보고 있는, 급격한 기후 변화가 일어나는 이곳 시민들은 이 나라의 수도에 산다는 자부심을 가지고 있었기 때문에 스스로를 중요한 사람이라고 여겼다. (좀 더 그럴듯한 이유를 붙이고 싶었지만 찾을 수가 없었다). 그들은 거친 오클랜드 사람들이나 따분한 크라이스트처치 사람들, 그리고 지방에 사는 (신이여 용서하소서) 시골뜨기들보다 한 수 위라고 생각하는 것이 분명했다. 날씨 때문에 하루하루 살아가는 게 힘들긴 해도 수도에는 북클럽이며 야간 강좌, 영화관들이 다른 어느 도시보다 더 많았다. 교양 있는 사람들, 그게 웰링턴 시민들이었다.

'당신이 와서 날씨가 이런 것 같네요.' 그들은 나쁜 날씨를 비에 흠뻑 젖어 덜덜 떨고 있는 다른 도시 사람 탓으로 돌렸다. '어제 왔으면 좋았을 텐데요. 두 주 내내 햇살이 가득 했거든요.'

그러나 웰링턴은 열흘 내내 비바람이 몰아치는 날이 계속되다가도 뭔가 놀라운 일을 해낸다. 잿빛 망토를 벗어던진 도시가 갑자기 선명한 원색을 발하는 것이다. 미소 띤 노란 태양이 항구를 파랗게 만들고 주홍색 지붕은 초록빛 언덕에 대비되어 빛을 발한다. 웰링턴 전체가 동화책 속에서 막 뛰어나온 것처럼 보인다. 그러면 또 다시 시민들은 열대 낙원이라고 불리는 곳에 사는 것이 얼마나 행운이냐며 서로서로 축하를 한다(뭐, 거의 열대 낙원이라고 할 수 있지).

리디아가 태어난 지 6주 후 롭이 9번째 생일을 맞았다. 또 한 번의 9번째 생일이라는 생각에 말도 안 되는 두려움이 엄습했다. 우리 아이들에게 9라는 숫자가 불운의 숫자이면 어떻게 하지?

'생일 파티를 어떻게 했으면 좋겠어?' 어느 날 아침 이상했던 샘의 생일 '파티'처럼 롭도 그렇게 따라할까 봐 긴장하면서 롭에게 물었다.

'내가 정말 원하는 건…' 싱크대에서 내가 숨을 참고 있는 동안 롭이 입을 열었다. '파자마 입고 밤새 노는 파티.'

'제이슨이랑?'

'응, 그리고 사이몬이랑, 톰이랑, 앤드류랑, 나싼이랑….'

'큰 생일 파티?' 즐거운 소음이 집안에 울려 퍼질 것을 상상하며 내가 물었다. '그렇게 하자!'

'대니엘이랑 휴고랑 마이크도 불러도 돼?'

'그럼! 여자아이들도 부를래?'

롭은 마치 내가 아침 식사로 브로콜리와 양파를 얹은 토스트를 먹겠냐고 묻기라도 한 듯 말도 안 된다는 표정으로 쳐다보았다.

롭의 생일날 아침 우리는 일찌감치 아이를 깨워 빨간 포장지에 파란 리본이 달린 조그만 선물을 건넸다. 빨간색과 파란색은 슈퍼맨 색깔이다.

'카드 먼저 읽어야겠지?' 롭이 기대에 찬 눈빛으로 물었다.

아이는 생일 카드에 파란색 물감으로 클레오의 발자국 사인까지 찍혀 있는 것을 보고 무척 기뻐했다. 항상 조심성이 많은 아이였던 롭은 다른 남자아이들처럼 포장지를 찢어버리지 않고 손톱으로 셀로 테이프를 하나하나 벗겨냈다. 너무나 사랑스럽고 기대감에 가득 찬 아이의 얼굴을 보자 아이에게 이 선물을 하는 게 잘한 건가 싶은 생각이 들었다. 하지만 이것은 이미 스티브와 여러 번 의논을 한 후에 고른 것이었다.

'와!' 기쁨으로 달아오른 얼굴로 아이가 소리쳤다. '진짜 카시오 전자

시계잖아!' 기능도 여러 가지야, 라고 말하기 전에 이미 시계는 상자에서 나와 아이의 손목에 채워져 있었다.

'너무 마음에 들어!' 아이가 말했다. '이것 봐, 야광도 돼. 이 버튼을 누르면 어두운 데서도 몇 시인지 알 수가 있어.'

기계를 저렇게 쉽게 파악하는 능력은 우리 집안에서 물려받지 않은 것이 분명했다. 아이는 설명서를 자세히 살펴보더니 공중에 날아다니는 것만 빼곤 거의 모든 기능이 다 들어 있다는 식으로 설명해주었다. 만족감에 상기된 얼굴로 아이는 시계 표면에 붙은 보호막을 벗겨내더니 설명서를 접어 시계가 담겨 있던 상자에 조심스럽게 넣었다.

'여태까지 받은 선물 중에 제일 좋아.' 침대 옆 탁자 위에 놓인 슈퍼맨 시계를 집어 들면서 아이가 한숨을 내쉬었다. '하지만 시계를 두 개나 찰 수는 없잖아.'

아이가 엄지손가락으로 슈퍼맨 시계의 표면을 문질렀다. 내 마음 속에서 무언가가 울컥했다. 어쩌면 우리는 그렇게 둔할 수가 있을까?

'나는 이 슈퍼맨 시계가 정말 좋아….' 물론이다. 아이에게 샘과의 연결고리가 되어준 정든 시계를 그만 차라고 하기엔 너무 일렀던 것이다.

'걱정 마, 롭. 카시오 시계는 가져가서 다른 걸로 바꾸면 돼.' 내가 말했다.

'안 돼! 내 말은 그게 아니야!' 진심으로 고개를 가로저으며 아이가 말했다. '내 말은… 형 시계를 서랍 속에 넣어두면 형이 싫어하지 않을까?'

롭을 안고 머리를 쓰다듬자 목구멍에 걸려 있던 무언가가 사라졌다.

'샘은 절대 싫어하지 않을 거야.' 자랑스러움에 흐르는 눈물을 삼키며 말해줬다. '오히려 이제는 큰 소년의 시계를 찰 때가 되었다고 생각할걸.'

❋

그날 밤늦게 파자마 차림의 아이들 한 떼가 지그재그를 내려왔다. 아이들의 환한 미소는 대문가에 서 있는 나무를 갉아먹기에 여념이 없는 주머니쥐의 눈도 멀게 할 정도였다. 밝은 빨강색 실내복에, 우주선보다 더 많은 전자 기능을 가진 새 카시오 손목치계를 찬 롭이 아이들을 맞이했다.

집 안은 큰 소리로 떠들며 이리저리 뛰어다니는 사내 아이들로 가득 찼다. 집이 들썩들썩할 정도였다. 아이들의 소리에 고무나무가 떨렸고 털이 긴 양탄자 속에는 감자 칩들이 묻혔다. 예전 같으면 내가 이를 갈았을 그런 파티였다. 하지만 이제는 아니다. 침대 시트 여러 개를 묶어서 창문에 매단다고? 좋아! 복도에서 크리켓을? 전등이 한두 개쯤 깨진다고 뭐 대수겠어? 나는 파티 주제에 걸맞게 파란색 실내복을 입고 아이들이 마음껏 뛰어놀기를 바랐다.

샘이 죽은 뒤로 2년 반 동안 롭이 얼마나 많이 친구를 사귀었는지 나는 미처 깨닫지 못했다. 롭의 친구들은 순전히 동정심에서 롭의 친구가 되기로 한 그런 아이들이 아니었다. 이들은 장난치고 웃으면서 진정한 애정으로 롭을 대했다. 1983년 이후로 롭은 먼 길을 왔다. 수줍음 많은 동생이었던 롭이 친구들을 잘 사귀는 외향적인 아이로 변신했던 것이다. 감사와 아이에 대한 존경심에 눈물이 날 정도였다.

고양이와 아기, 그리고 파티는 잘 어울리는 조합이 아니다. 그래서 나는 리디아와 클레오를 집안에서 가장 조용한 방에다 데려다 놓았다. 하지만 클레오와 리디아는 아이 친구들 때문에 겁을 먹기는커녕 호기심을 보였다. 그래서 클레오와 리디아가 집안을 돌아다니게 내버려두었다. 클레오는 재빨리 고양이를 좋아하는 빨간 머리 사이먼을 신하로 고용해 거의 밤새도록 그의 무릎 위에서 햄 맛이 나는 침을 핥아댔다. 파란색 아기 옷을 입은 리디아는(리디아가 아들일 줄 알고 샀던 옷이었다) 시찰하는 여왕과 같은 우아한 미소를 지으며 아이들을 반겼다.

아이들은 자기들만의 방식으로 수건돌리기, 아니 수건 던지기를 했다(클레오나 리디아가 수건이 되지 않은 게 천만다행이었다). 빗줄기가 창문을 때렸다. 지붕 위에서는 우르릉 쿵쾅하는 천둥소리가 들렸다. 번개가 번쩍하는 것과 동시에 누군가 현관문을 쾅쾅 두드리는 소리가 났다.

나이 많은 마술사가 가짜 코와 안경을 쓴 채 문가에 서 있었다. 한 손에 커다란 가방을 든 그는 마치 자신을 따라다니는 공연의 소도구인 양 폭풍우를 대수롭지 않게 생각했다. 그는 족히 80세는 된 것 같았다. 늦게 와서 미안하다고 사과하고는 우비를 벗고 벗겨진 머리 위에 모자를 썼다. 나는 걱정이 되기 시작했다. 소란스러운 사내아이들 한 떼보다 더 고약한 관중은 없을 것이다. 대담하게 거실로 걸어 들어가는 그를 보고 아이들은 비웃었다. 저 안에서는 30초도 버티기 힘들 텐데.

그는 담배꽁초처럼 생긴 조그만 손가락에 반듯한 손을 가진 사람이었다. 벽돌공의 손이지만 남의 눈을 속일 정도로 손이 빨랐다. 마술사는 비닐봉지 안에서 끈의 길이가 바뀌게 하거나 잉크가 뿌려진 스카프를 나무 상자에 넣고 잉크 얼룩이 사라지게 만들었다. 전혀 감탄할 생각이 없었음에도 아이들은 감탄하지 않을 수가 없었다.

마술이 막바지에 접어들자 할아버지 마술사는 정장용 모자를 만들어냈다. 생일을 맞은 주인공에게 마술봉으로 모자를 세 번 치라고 하자 놀랍게도 순수한 흰 빛깔을 띤 생명체, 살아 있는 비둘기가 모자에서 나왔다.

사이먼의 무릎에서 무심하게 마술을 지켜보던 클레오가 총알처럼 거실을 가로질러 달려가더니 새를 향해 뛰어올랐다. 마술사 할아버지가 뒤로 넘어졌다. 깜짝 놀란 비둘기가 꽥 하는 소리와 함께 할아버지의 손을 빠져나갔다. 새가 펄떡이며 거실을 가로질러 고무나무 위에 비틀거리며 앉으려는 모습을 놀란 아이들이 지켜보았다. 다행히 스티브가 클레오를 잡아 거실 밖으로 데리고 나갔고 그동안 나는 마술사 할아버지를 일으켜 세웠다.

'와! 내가 가본 생일파티 중에 오늘이 최고야!' 마술사가 다시 새를 잡아 데리고 나가는 모습을 보면서 한 아이가 소리쳤다. 다른 아이들도 덩달아 와, 하고 소리치며 할아버지 마술사에게 열렬히 박수를 보냈다.

그 후 마술사는 차를 한 잔 마시면서 비둘기와 긴장했던 자기 마음을 달랬다. 데이빗 보위David Bowie의 음악소리가 벽을 뚫고 울려 퍼졌다.

'저것도 음악인가요?' 플라스틱 코와 안경을 주머니에 집어넣으며 그가 한숨을 내쉬었다. '나는 빙 크로스비Bing Crosby 팬이에요.'

차를 다 마신 할아버지는 가방을 챙겨 이 집보다 오히려 안전한 폭풍우 속으로 사라졌다. 나는 손을 흔들어 작별인사를 한 후 다시 파티가 열리는 거실로 들어갔다. 예전이라면 파자마를 입은 15명의 남자아이들이 소파 위에서 뛰어내리고 카펫 위에서 서로를 올라타는 모습을 보았다면 나는 소리를 질러대는 성격 나쁜 엄마가 되었을 것이다. 하지만 아이들을 교육시키겠다며 소리를 질러대는 일은 이미 오랫동안 해봤던 일이었다. 시끄러움, 지저분함, 이 모든 것을 즐기는 것이 훨씬 더 재미있었다.

나는 아이들 틈에서 롭을 찾았다. 빨간 실내복을 입고 클레오를 안은 롭을 찾기는 쉬웠다.

'애들아, 이거 무척 좋아할걸!' 스테레오 볼륨을 한층 더 높이면서 아이가 소리를 질렀다. 보위가 롭이 가장 좋아하는 '렛츠 댄스'를 불러댔다. 내가 할 수 있는 일은 오로지 한 가지밖에 없었다. 내버려두자. 나는 리디아를 업고 다리가 아플 때까지 몸을 흔들면서 빙글빙글 춤을 추었다. 방안에 즐거움이 가득했다. 나는 샘이 태어난 이후로, 아니 그 전에도 단 한 번도 이런 식으로 파티를 해본 적이 없었다. 눈물이 흘렀다. 그리고 다른 중요한 일은 하나도 생각하지 않았다. 이제는 내가 모든 것을 통제할 필요가 없었다. 아이들이 저렇게 뛰어논다고 해서 가구가 아주 망가지는 것도 아니었다. 커피 테이블에 흠집이 몇 개 더 가면 오히려 보기 좋아질 것이다. 우리는 웃었고 춤을 추었다. 우리는 삶을 만끽하고 있었다.

❖

롭의 생일이 지나고 몇 주 후 짐 터커라는 신문사 편집장으로부터 전화가 걸려왔다. 짐은 〈더 선데이 스타The Sunday Star〉라는 전국에 배포할 신문을 막 발간하기 시작했는데 특성 기사 전문 기고가로 자기 팀에 합류하지 않겠냐고 제안했다. 에너지 넘치는 열정적인 짐의 목소리를 들으면서 몇 번이나 이게 꿈이 아닐까 생각했다. 흥미진진한 분위기 속에서 새롭게 시작하는 것은 내가 그동안 바라왔던 일이었다. 여태까지 나는 그런 일이 절대 벌어지지 않을 것이라고 생각했었다. 웰링턴 신문에 우리 가족의 삶에 관한 이야기를 매주 싣는 것이 퓰리처상을 받을 만한 것도 아니기 때문이었다.

짐은 모든 엄마가 꿈꾸는 그런 조건을 제시했다. 탄력적인 근무시간 말이다. 하지만 한 가지, 그가 반드시 원하는 조건이 있었다. 그 일을 하고 싶으면 식구들과 고양이를 데리고 북쪽으로 6백 킬로미터나 떨어져 있는 오클랜드로 가야 했다. 마음이 털썩 내려앉는 것을 느끼며 생각할 시간을 달라고 했다.

클레오가 부엌으로 미끄러지듯 들어오더니 초승달 모양의 눈으로 나를 올려다보았다. 나는 클레오를 안아 올려 손가락으로 부드러운 털을 빗겼다. 웰링턴에서 우리는 좋은 친구들을 사귀었다. 지니와 제이슨을 어떻게 두고 갈 수 있을까? 롭도 행복한 학교생활을 하고 있었다. 성공적인 아이의 생일파티를 보면 아이가 얼마나 많이 발전했는지 알 수가 있었다. 내가 일하는 동안 리디아를 맡길 수 있는 믿을 만한 사람도 찾아야 했다. 그리고 클레오는 어떤가? 고양이들은 사람보다 더 장소에 애착을 갖는 것으로 유명하다.

그리고 일도 문제였다. 짐은 내가 아기나 카펫 털, 슈퍼마켓 카트 이상의 주제에 관한 이야기를 쓸 수 있다고 자신하는 것이 분명했지만 그렇지 않다면 어떻게 될까? 십 년 동안 다른 일에 빠져 있다 보니 저널리즘에 대해서 배웠던 것은 거의 생각도 나지 않았다. 내 머리의 일부가 늙어버린 것이 분명했다. 그렇지 않다면 뭣 하러 슈퍼마켓에서 꺼내보면 알아보지도 못할 문자로 쇼핑 목록을 적겠는가? 제대로 하지 못하면 공개적으로 망신을 당할지도 몰랐다.

나는 웰링턴이 좋았다. 웰링턴 특유의 날씨와 언덕, 지진도 인정하게 되었다. 그럼에도 더 크고 따뜻한 도시에 대한 유혹을 뿌리치기가 힘들었다. 때로는 지그재그 길 위에 놓인 우리 집이 불행한 단층선 상에 지어져서 그 안에 사는 사람이면 누구나 불행을 가져다주는 것은 아닐까, 하는 생각마저 들기도 했다. 스티브와 나는 리디아를 낳으면서 기뻐하긴 했지만 우리는 다시 무심함과 분노라는 예전의 패턴으로 돌아가고 있었다. 사랑이 다시 얼어붙은 것이었다. 어쩌면 하와이 무궁화 꽃과 긴 여름밤이 마지막으로 한 번 더 힘을 내게 해줄지도 몰랐다.

글 쓰는 내 '직업'을 항상 지지해왔던 스티브는 집을 팔고 몇 주마다 배가 있는 바다로 나가는 불편함을 감수하겠다고 했다. 그렇게 해주는 남편이 고마웠다. 그렇긴 해도 쉬운 결정은 아니었다. 웰링턴에서 사귄 친구들과 일상을 저버리고 짐의 제안을 받아들이려면 많은 위험을 감수해야 한다. 하지만 그의 제안을 거절하면 그보다 더한 위험을 감수해야 할지도 모른다.

클레오 역시 비슷한 곤경에 처한 모습을 본 적이 있다. 갈라진 나뭇가지 사이에 뒷다리를 올려놓고 앞다리를 쭉 뻗어 울타리 위에 아슬아슬하게 걸쳐져 있는 모습을. 나무에서 내려와야 했던 고양이는 울타리만이 가능한 선택 사항이라는 것을 알았다. 자신감이 떨어졌던 고양이는 다시 나무 위로 돌아가려고 몸을 비틀었지만 이미 때는 늦었다. 나무와 울타리 사이의 공간을 넘어 이미 몸을 뻗어 놓았기 때문에 갈 곳은 한 군데밖에 없었다. 최대한 집중해서 뒷다리를 정확하게 울타리 위에 올려놓는 수밖에. 그렇지 않으면 창피하게도 정원으로 굴러 떨어지게 될 것이다. 위험에 관한 한 클레오는 전문가였다. 클레오는 매일같이 위험을 감수했고 거의 매 번 보상을 받았다.

샘이 떠나고 난 후 우리는 두 번의 크리스마스와 두 번의 샘의 생일을 보냈다. 슬픔이 아직 여물지 않았던 날들이 '좋은 날'과 섞이게 되는 일이 조금씩 늘어났다. 하지만 그렇다고 긍정적인 마음을 가지기에는 아직 일렀다. 오랜 겨울이 지난 후 스스로 땅을 뚫고 나오는 싹처럼 나는 아직 상처받기 쉬운 상태였다.

짐의 제안에 기분이 좋아진 나는 어느 아침 여느 때와 다른 활기를 느끼며 시내를 걷고 있었다. 샘의 유치원 시절 알게 된 발레리가 다가오더니 이제는 너무나 익숙해진, 장례식장에서 보이는 것과 같은 표정으로 말을 걸었다. '잘 지내요?' 나이 든 암환자와 같은 목소리로 그녀가 물었다. '지난번 루씨 고모할머니가 돌아가셨을 때 샘 어머니가 생각났어요….'

발레리가 하는 말을 듣자마자(루씨 고모할머니는 97세의 나이에 감자를 파다가 돌아가셨단다) 서둘러 집으로 돌아와 수화기를 들었다. '짐? 그 일 할게요.'

19. 회복탄력성

고양이의 삶에 변화란 없다.

모험만 있을 뿐.

웰링턴을 떠날 때 가장 슬펐던 일은 지니에게 작별인사를 고하는 것이었다. 지니는 귀걸이가 떨어질 정도로 세찬 바람을 맞으며 지그재그 맨 꼭대기에 서 있었다. 하지만 집은 이미 팔린데다 자동차 지붕 위에까지 짐이 실려 있는 이 마당에 마음을 바꿀 수는 없는 노릇이었다. 비록 멀리 이사를 가긴 하지만 지니와 나는 언제나 서로의 인생에 머물 것 같은 느낌이 들었다.

'멋진 생활을 하게 될 거예요, 달링.' 조수석 창문 틈으로 키스를 날리며 그녀가 말했다. '안녀어엉!'

로지는 우리 고양이가 북쪽으로 이사를 가면 충격을 받을 것이라고 예상했다. 하지만 클레오는 항상 예상을 뒤집는 고양이었다. 클레오를 사람처럼 대하면 대할수록 실제로도 점점 그렇게 행동했다. 비록 언제나 여신의 위치에 올라 있긴 하지만 말이다(아니면 식탁 위에 올라가 마음껏 먹을 수 있는데 왜 굳이 사람의 무릎 위에 앉아 있겠는가?).

케이지 속에 갇혀 8시간 동안 차를 타고 가야 하는 것이 고양이 신에게 걸맞는 호화로운 여행이라 할 수는 없지만 클레오는 불평하지 않았다. 클레오는 차를 타는 내내 양말을 끼고 누워 만족스러운 듯 잠을 잤다.

우리는 지저분한 내륙 주택지인 폰손비에 전차 운전사가 살던 작은 집을 샀다. 나는 폴리네시안 여자들이 부랑아들과 함께 걸어다니고 술주정뱅이들이 예술가인 척하는 폰손비 가의 태평한 분위기가 마음에 들었다. 심지어 낙서도 읽을거리가 됐다. 그때는 몰랐지만 머지않아 그곳에는 에스프레소 기계들과 성실한 젊은 커플들이 밀려들어오기 시작했다.

우리가 산 작은 집을 보는 즉시 그 집과 사랑에 빠졌다. 해가 비추고, 외향적인데다 접근하기 쉬운 그 집은 웰링턴 집과는 정 반대였다. 베란다 주변으로 레이스처럼 걷어 올려진 커다란 내리닫이 창과 창틀이 길을 향해 미소를 짓고 등나무가 격자무늬 문틀을 휘감았으며 꽃바구니들은 바람에 흔들렸다. 흰 말뚝 울타리는 꽃솔나무를 향해 하얀 이를 드러내고 있었다.

내부 구조는 단순했다. 탁 트인 거실로 향하는 중앙 복도를 따라 큰 방 세 개가 놓여 있었다. 70년대에 시무룩한 히피가 그 집을 개조했다고 하던데 기분이 우울했던 것이 분명했다. 그렇지 않다면 왜 방마다 어두운 갈색 카펫을 깔고 부엌에는 쑥색 나무를 댔겠는가? 양판 천장이나 벽돌로 된 벽난로 같은 독특한 특징들은 멋스러웠지만 군데군데 감각이 떨어지는 곳들도 있었다. 삼나무 울타리 얼룩은 그럭저럭 봐줄 만했지만 거실과 부엌을 구분하는 스페인 식 아치형 입구는 가능한 깊이 생각하지 않기로 했다.

뒷마당은 아이들이 놀기에 안성맞춤이었다. 부엌 옆에 있는 일광욕실 유리문을 열면 삼나무로 만든 테라스가 있고 테라스 가장자리를 따라 붙박이 벤치들이 놓여 있다. 포도나무 덩굴에 휩싸여 신음하는 아치형 구조물 밑에는 가장 마음에 드는 온수 욕조가 있었다. 테라스 너머에는 놀라울 정도로 평평하고 부드러운 잔디가 깔려 있는데 정글짐과 트램펄린을 모두 놓고도 남을 정도로 넓었다. 뒷마당 울타리 위에서는 바나나 나무가 반짝이는 잎을 흔들고 있었다. 이 집에 있는 모든 것들이 영원히 행복한 노래를 부를 것만 같았다. 스티브는 잘 모르겠다고 했지만 어쨌든 내 뜻에 따르기로 했다.

뒷좌석에 있던 케이지에서 위엄 있는 야옹 소리가 났다. 로지의 사전 여행 지시에 따라 롭은 케이지 채로 클레오를 들고 대문을 통과했다. 그리고는 집 안으로 들어가 케이지를 바닥에 내려놓았다(카펫을 본 순간 그 집이 우리 집이 될 것이라는 사실을 알 수 있었다. 우리는 촌스러운 카펫이 있는 집에 살 운명이었던 것이다). 롭이 천천히 조심스럽게 케이지 뚜껑을 열었다. 로지는 먼 길을 이동한 클레오가 방향 감각을 잃어 몇 시간 동안 케이지에서 나오지 않으려고 할 수도 있다고 경고했었다.

고리버들 가장자리에서 한 쌍의 검은 귀가 모습을 드러내더니 검은 눈 한 쌍과 검은 수염, 그리고 코가 차례로 보였다. 눈동자가 왔다 갔다 하며 허름한 복도를 살펴보더니 고개를 들고 인간 신하들이 모두 있는 지 확인했다. 그리고는 우아하게 가마에서 내린 다음 적군의 마을을 살펴보는 저격수처럼 집 안을 살금살금 돌아다니면서 카펫 냄새를 맡고 방안 구석구석을 살폈다.

욕실에 있는 발 달린 낡은 욕조 밑에서 거미를 찾던 클레오는 바삭바삭한 먹잇감을 찾고는 만족스러워했다. 클레오에게 부엌은 또 다른 보물 창고였다. 싱크대 밑에서 열정적인 개미 부대를 발견했던 것이다. 많은 가축이 살고 있는 이 집은 클레오를 위해 지어진 집 같았다.

햇빛을 모을 수 있는 유리문을 클레오는 특히 좋아했다. 하품을 하며 문가에 길게 누운 클레오의 털가죽이 햇빛을 받아 짙은 남색으로 희미하게 빛났다. 인간 신하들이 우리 이집트 공주에 걸려 넘어지지 않으려고 애쓰면서 문지방 너머로 상자와 가방을 들어 나르는 동안 가늘게 뜬 클레오의 눈이 빛나고 있었다. 피라미드가 지어지는 동안 그녀의 조상들도 비슷한 모습으로 졸고 있었을 것이다.

로지는 클레오가 겁에 질려 다시 웰링턴으로 돌아가려 할 수도 있다면서 적어도 이틀 동안은 밖에 나가지 못하게 하라고 지시했다. 만족스러운 듯 자신만의 태닝 시설에서 햇볕을 쪼이고 있던 우리 고양이는 밖에는 조금도 관심이 없었다. 고대 이집트의 열기에 적응하고 살았던 유전자가 오클랜드의 아열대 기후를 만끽하려 했던 것이다.

우리 모두가 클레오를 본받아 모든 변화에 적응해나갈 수 있기를 바랐지만 결혼생활에 관해서만큼은 새로운 출발도 아무런 희망이 되어주지 못했다. 스티브가 웰링턴까지 가야 한다는 것은 더 오랫동안 떨어져 있을 수밖에 없다는 것을 의미했다. 우리는 서로의 차이점이라는 골짜기를 넘는 걸 포기한 채 각자 다른 사회생활을 즐겼다. 내가 사귄 친구들을 스티브는 너무 수선스럽다고 했고 나는 그의 친구들을 자신감이 결여된 내성적인 사람들이라고 생각했다. 남편은 일광욕실에 있는 소파 침대에서 잠을 자기 시작했다. 우리는 아이들을 위해 친구로 남으려고 노력은 하겠지만 그 이상은 안 될 것이라고 농담처럼 말했다.

전에 다니던 학교에서 롭은 인기는 많았지만 학습에 관한 전형적인 접근 방식에는 적응하지 못했었다. 난장이처럼 자그만 의자에 앉아 어린 선생들로부터 롭이 머리가 좋긴 하지만 더 열심히 노력해야 한다는 말을 들어야 하는 학부모 면담 시간은 정말이지 고역이었다. 학창 시절의 대부분을 창밖을 내다보며 멀리 있는 나무에 비추는 햇살이 얼마나 아름다운지 바라보곤 했던 나는 롭의 심정이 어떨지 충분히 이해할 수 있었다. 롭이 나와 달랐던 점은, 롭은 열심히 공부를 했다는 것이었다. 읽기와 산수를 열심히 했는데도 불구하고 C와 D밖에 받지 못할 때마다 아이는 좌절하곤 했다. 비록 아직 미숙하다고는 하나 선생들은 권력을 가지고 있었고 (대부분의 독재자와 아이들이 그렇듯) 자신이 옳다고 믿었다. 나는 롭에게 '문제'가 있다는 식으로 얘기하는 선생들의 말을 수도 없이 들었다. 그 안에는 형이 죽고 부모가 행복한 결혼생활을 하지 않는 다는 점도 컸을 것이다. 선생들은 정보를 습득하는 롭만의 독특한 방식을 인정하지 않았고 너무 게으르거나 상상력이 부족한 탓에 아이를 도와주려 들지도 않았다.

그런 아이에게 오클랜드는 좀 더 여유 있는 학교생활을 할 수 있는 기회가 되었다. 내가 생각했던 것보다 지나치게 여유롭기는 했지만 말이다. 학교 안팎이 선명한 원색으로 그려진 아이들의 작품으로 가득 채워져 있었다. 콘크리트파이프며 거대한 나무로 만든 놀이기구 등 운동장 기구들은 공사장을 연상하게 만들었다. 새로운 롭의 담임선생님인 로버츠 선생님은 삐죽삐죽한 빨간 머리에, 연청색 눈을 가진 사람으로 눈빛이 예사롭지 않았다. 실크 스카프를 어깨에 두른 선생님은 별 생각 없이 롭의 아우라가 사랑스럽다고 말했다.

'대안학교 선생님 같으시네.' 거대한 파이프를 재빨리 통과해 차에 오르면서 내가 설명했다. '여기 있는 모든 것이 좀 그런 식이야.'

'무슨 뜻이야?'

'여기 선생님들은 네가 열심히 공부하길 바라지 않는다는 거지. 도예 과목이 싫으면 댄스나 연극처럼 다른 과목을 들으면 돼. 여기 사람들은 샘이 죽은 것도 모르잖아. 이제는 더 이상 형이 죽은 아이가 되지 않아도 되는 거야. 너는 그저 너의 본 모습대로만 행동하면 되는 거야.'

그때만 해도 영국 항공전의 미니어처 버전처럼 방안에 항공 모델을 잔뜩 만들어놓은 아이에게 댄스나 연극, 도예가 맞지 않을 것이라는 생각은 들지 않았다. 바닷가에 가면 다른 아이들은 정신없이 파도 속으로 뛰어드는 반면 롭은 몇 시간이고 앉아 배수시설과 다리까지 갖춘 완벽한 도시를 구축하곤 했다. 그런 아이가 타이츠를 신고 백조의 호수 왕자역을 할 가능성은 적다는 것을 그때 깨달았어야 했다. 하지만 어쨌든 롭은 새로운 학교를 다녀볼 생각이 있었다.

그 다음으로 해야 할 일은 믿을 만하고 정감이 느껴지며 한 치의 실수도 저지르지 않는 사람을 찾아 리디아를 맡기는 것이었다. 짐이 탄력적인 근무 시간을 약속하긴 했지만 거의 매일 사무실에 출근하지 않으면 안 되었다. 고작 만 한 살짜리 어린 리디아를 낯선 사람 손에 맡겨야 한다는 생각을 하니 가슴이 미어졌다.

아기를 돌볼 사람을 찾으려고 유모 소개소를 찾았을 때 나는 메리 포핀스^{Mary Poppins}와 성모 마리아의 모습을 모두 갖춘 사람을 찾는다고 말했다. 유모 소개소에 있는 사람이 그 말을 듣고 웃음을 터뜨리긴 했지만 그렇다고 유모인 척 행세하며 아이를 추행하는 사람을 소개시켜줄 만한 사람이 비웃어대는 그런 식의 웃음은 아니었다. 그건 그 심정을 이해하겠다는 식의 해맑은 웃음이었다. '손님께서 찾으시는 바로 그런 사람이 있어요.' 그녀가 말했다. '앤 메리라고 하는데요, 저도 믿을 수가 없지만 지금 따님을 봐줄 수가 있어요. 그런데 아이를 맡기려는 사람들이 줄을 서 있어서요, 앤 메리가 손님을 좋아할지 먼저 봐야 할 것 같아요.'

유모가 우리를 면접한다고?

앤 메리의 신용은 그보다 더 좋을 수 없었다. 런던의 유명한 유모 학교인 놀랜드를 졸업했을 뿐만 아니라 그녀 역시 네 명의 자녀를 키운 사람이었기 때문이었다.

그녀가 얼룩이라곤 찾아볼 수 없을 정도로 말끔한 파스텔 핑크와 하얀색이 섞인 옷을 입고 우리 집 문 앞에 나타났을 때 나는 그녀를 존경하지 않을 수 없었다. 그녀의 신발은 한 쌍의 눈송이처럼 하얗게 빛나고 있었다. 그녀의 갈색 눈은 따스했는데 리디아를 보았을 때는 따스함이 한층 더했다(리디아도 앤 메리를 보자마자 마음에 들어 했다). 아기가 통통한 팔을 들어 앤 메리의 목을 감싸면서 환한 환영의 미소를 지었을 때는 모든 워킹맘이 유모에게 아이를 맡길 때마다 느끼는 그런 원초적인 질투심이 솟구쳤다.

며칠 동안 전화벨이 울리기를 초조하게 기다리던 시간이 지나고 마침내 앤 메리가 애를 돌봐주겠다고 전화를 걸어왔다.

다시 내가 신문사에서 일하게 되는 행운을 얻게 되리라고는 꿈에도 생각지 못했었다. 뉴스실을 차지하고 있는 우울하고 재미있고 영악한 아웃사이더들을 내가 얼마나 그리워했는지 그동안 잊고 지냈다. 길을 헤매다 자기가 속한 부족으로 다시 돌아온 사람처럼 나는 드디어 소속을 갖게 되었다. 괴팍한 반사회적 방식을 허용해줄 만한 회사를 찾지 못해 저널리스트가 된 다른 아웃사이더들과 함께.

나는 자기 회의적인 아일랜드 패션 기자인 매력적인 메리와, 섹시하면서도 우울한 분위기를 풍겨 반창고처럼 여자들이 붙어 있게 만드는 락 리포터 콜린을 사랑했다. 특집 기사 편집장인 티나는 쉽게 흥분하며 불같이 화를 내는 사람이었다. 하지만 때때로 얼음 공주 같은 그녀의 표정 속에도 열정적인 순수함이 녹아 있었다.

텔레비전 기자인 금발의 니콜은 마들렌 디트리히^{Marlene Dietrich}(1920년대 활동했던 영화배우 겸 가수 - 옮긴이)에게서 훔쳐 온 듯한 예쁜 다리를 가진 아름다운 여성이었다. 니콜 정도면 그저 그런 사람을 사귀느라 시간을 낭비하지 않을 것이라 생각했다. 하지만 그녀 역시 나처럼 십대에 결혼해 이혼과 양육권을 놓고 다투는 중이었다. 니콜도 우리처럼 실수를 하기도 하고 상처를 받기도 했지만 기사거리를 차지하기 위해서라면 테리어처럼 강한 모습을 보였다. 그런 모습이 모두 좋았다.

나는 또한 다시 정장을 입게 된 것이 좋았다. 지난 10년간 내 옷장은 대부분 회색, 검은색, 갈색의 운동복, 임부복, 실내복으로 가득 찼었다. 암청색 나비넥타이가 달린 자홍색 정장을 입는 것은 아주 신나는 일이었다(지금 생각해보니 그건 패션에 대한 범죄행위였다). 매일 아침 화장을 하고 다시 힐을 신는 법을 배우려니 가슴이 설레기까지 했다. 나는 아직 12시가 되지 않았다는 것을 알아차린 신데렐라가 된 기분이었다. 음악이 한층 더 크게 울리고 손님들이 더욱 흥을 내는 파티장으로 다시 250mm의 유리 구두를 신고 들어가는 신데렐라.

모든 주제를 아우르는 특성 기사 전문 기고가였던 나는 어떤 주제를 담당하게 되던 상관하지 않았다. 빈대에 관해 쓰라고 했어도 감사했을 것이다. 놀랍게도 짐과 티나는 납득할 수 없을 정도로 나의 능력을 신뢰했다. 그들은 나에게 제임스 테일러^{James Taylor}나 마이클 크로포드^{Michael}

Crawford와 같은 세계적인 음악가와 마가렛 앳우드^{Margaret Atwood}, 테리 프랫쳇^{Terry Pratchett} 같은 작가와의 인터뷰를 맡기기도 했다. 그보다 더 이해할 수 없었던 것은 돼지 같은 뉴질랜드 수상과 심지어 메리 로빈슨 아일랜드 대통령까지 만나고 오라고 보냈던 일이었다. 나는 곧 세계적인 지위가 높으면 높을수록 사람들이 더 겸손하고 이 농업 전초지까지 오느라 시차적응으로 힘들어 하면서도 쉽게 만나주는 경향이 있다는 점을 파악했다. 메리 로빈슨 대통령은 다른 이야기보다 식탁에서 아이들의 숙제를 도와준다는 이야기를 더 열심히 했다(그러는 편이 나았다. 국제 정치라면 내 분야가 아니었기 때문이다).

짐은 또한 나에게 사설을 쓰라고도 했다. 그럴 때면 나는 정신을 차리고 원자력에서부터 동물원에 이르기까지 모든 것에 대해 신문의 관점을 짜내려 애썼다. 그런 사설을 40분 만에 쓴다는 것은 높은 온도로 맞춰진 전자레인지 속에서 돌아가는 것과 같았다.

어느 날 아침에는 하도 허둥대다가 알코올을 잘못 쓰는 바람에 '알카올'의 위험에 반대하는 사설을 쓴 적이 있었다. 타자기 위에서 내 손가락이 미끄러졌거나 아니면 교실 창문 밖을 내다보던 시간들에 대한 대가를 치루는 것이었는지도 모른다. 잘못된 철자가 교열 기자의 검사를 그대로 통과하는 바람에(그 당시에는 스펠링 체크 같은 기능이 만들어지기 전이었다) 몇 주 동안 신문의 위신이 쓰레기통 속으로 떨어졌다. 믿을 수 없지만 고맙게도 짐과 티나는 나를 길거리로 내몰지 않기로 결정했다. 그들은 여전히 고개를 끄덕이고 미소를 지으며 알짜 기사들을 나에게 넘겨주었다. 정말로 능력 있는 기자들이 술을 너무 많이 마시고 혼숙을 하다 전염병에 옮아 다 죽어버렸나 보다.

일을 너무나도 사랑하긴 했지만 하루 중 가장 좋은 때는 낡은 집의 현관문을 열고 들어가 나를 반기는 야옹 소리를 내며 복도를 뛰어오는 클레오를 보는 순간이었다.

나는 클레오가 고양이만의 언어 능력을 키웠다는 사실을 알아차리기 시작했다. 우리 식구가 집에 도착할 때마다 반기는 매력적인 야옹 소리와 누군가 자신을 안아올릴 때 내는 공손한 야옹 소리 외에도 고양이를 내보내고 문을 닫았을 때 '문 열어줘, 이 무정한 멍청이야!' 라는 요구의 야옹 소리가 있었다. 고양이는 우리 네 사람의 매너를 합친 것보다 더 매너가 좋았다. 누구든 문을 열어 고양이를 안으로 들여보낼 때마다 고양이는 조용하면서도 딱 부러지는 소리로 고맙다고 야옹거렸다.

하지만 식사 시간만 되면, 특히 밥을 늦게 줄 때면 클레오는 도둑고양이들이 내는 그런 소리를 내곤 했다. 냉장고 앞에 선 채, '지금 당장 먹을 것을 주지 않으면 머리 위로 뛰어올라 눈동자에 문신을 새겨 놓을 테다' 하는 식으로 울부짖었다.

클레오는 유유히 집안과 도시를 돌아다녔다. 특히 어두워지고 난 후에 나가길 좋아하는 클레오를 처음 밖에 내놓을 때는 저러다 차에 치이지나 않을까 걱정이 되기도 했었다. 컴컴한 길 위에 있는 검은 고양이를 누가 알아볼 수 있겠는가? 하지만 이번에도 나는 클레오를 과소평가한 것이었다. 클레오는 아빠 고양이로부터 자동차가 다가오는 것을 감지하는 유전자를 물려받은 것이 틀림없었다.

어느 날 밤 클레오가 우리 집에 나타난 자기보다 몸집이 큰 고양이를 상대로 거친 몸싸움을 하더니 한쪽 귀가 찢어진 채로 현관에 나타났다. 그 후 나는 고양이를 내보내지 않으려 했지만 밤이면 밤마다 클레오는 문을 열어줄 때까지 울음소리를 그치지 않았다. 힘겨운 싸움이었지만 클레오가 자신만의 영역을 확보했던 모양이었다. 그 후로 또 다른 고양이가 우리 집을 침범하는 일은 없었다.

새를 사냥하는 클레오의 기술도 날로 발전했다. 신발장 안 내 신발 속에는 조그만 동물들의 시체와 깃털 뭉치가 가득했다.

아이들의 끈질긴 요구에 굴복한 나는 결국 뒷마당 한쪽 구석을 파서 물고기와 수초들을 집어넣었다. 클레오는 그곳에 넣어진 금붕어들을 끊임없이 훔쳐보았다. 금붕어들이 크리스마스까지만이라도 살 수 있을까 걱정했지만 다행스럽게도 금붕어들은 약삭빠르게 깨어 있는 시간의 대부분을 수련 잎 아래에서 보내며 번창했다. 금붕어들이 어찌나 알을 많이 낳던지 이 세상에 금붕어 피임약은 없을까 하는 생각이 들 정도였다.

클레오는 좋은 매너와 매력을 발산하면서도 뒷골목 습성을 버리지 못한다는 사실을 몸소 보여주었다. 클레오를 본받아 나 역시도 회사에서 경험하는 부끄러운 순간들을 털어버리려 애썼다(예를 들어 한참이 지나서야 수화기 반대편에 있는 남자가 숨을 헐떡이는 것이 뛰어왔기 때문이 아니라 건전하지 못한 다른 행동에 여념이 없기 때문이라는 사실을 알아차렸을 때나 두 패션 모델의 이름을 헛갈려 단정한 패션모델 사진 밑에 난잡한 모델의 이름을 적는 바람에 수십 통의 항의전화를 받아야 했던 때처럼). 어쩌다 울타리에서 미끄러져 수국 밭으로 떨어지는 클레오처럼 나도 수치심을 견디고 털어버리며 또 다시 같은 실수를 반복하지 않기를 바랐다. 그리고 클레오와 달리 변호사들과 엮이는 일이 발생하지 않도록 기도하기도 했다.

그 다음 한 해 동안 스티브와 나는 서로를 피하는 생활에 익숙해져갔다. 통계에 따르면 남자보다 여자들이 주도적으로 관계를 끝내는 건수가 훨씬 더 많다고 한다. 하지만 나는 한 번도 통계를 믿은 적이 없었다. 관계를 끝내고 싶은 남자들이 스스로 같이 살기 힘들 정도로 이상한 행동을 보여 여자들로 하여금 관계를 끝내게 만든다는 또 다른 이론도 있다.

우리 결혼 생활은 계란 흰자가 든 그릇 같았다. 두 사람 모두 열심히 노력했고 휘젓기도 했으며 이따금 뾰족한 흰자 거품처럼 최고의 순간을 맞이할 때도 있었다. 때로는 그것을 가지고 제대로 된 파이를 만들 수 있을 것 같아 보일 때도 있었지만 계란 흰자를 너무 오래 휘저으면 거품이 주저앉아버리는 것은 사실이었다.

어느 날 오후 퇴근을 하고 집에 돌아왔을 때 드디어 일이 터지고 말았다. 남편이 자동차 진입로에 서 있었다. 무슨 이야기였는지는 정확히 생각나지 않는다. 아마도 누가 벤치에 버터를 올려놓아서 클레오가 다 먹게 했느냐는 등의 사소한 일이었을 것이다. 그러다 말다툼으로 번졌다. 그 전까지는 한 번도 말다툼을 한 적이 없었다. 그러더니 어느새 우리는 이혼 이야기를 하고 있었다.

평생 남편이 일광욕실에서 잠을 잘 수는 없다는 사실을 우리 두 사람 모두 잘 알고 있었다. 그렇다고 해도 실제로 이혼 이야기가 나오자 충격이 아닐 수 없었다.

스티브는 곁눈으로 쇠뜨기 꽃을 바라보며 가능한 변호사는 끼지 않았으면 좋겠다고 말했다. 꽃도 동의한다는 듯 고개를 끄덕였다. 저 멀리에서 자동차 한 대가 헤드라이트를 비추며 지나갔다. 그런 이야기를 하기에 안마당은 어울릴 만한 장소가 아니었다. 하지만 어디라고 어울릴 만한 장소이겠는가? 촛불 밝혀진 레스토랑이나 향기 나는 침실은 분명 아닐 것이다.

남편은 다음 주에 나가겠다고 했다. 그리고는 괜찮으면 복도에 있는 요트 그림과 다른 몇 가지를 가져가겠다고 했다. 남편이 그런 생각까지 했다는 것이 충격이었지만 남편이라면 이미 여러 해 동안 신중하게 고민하고 내린 결정이었을 것이다. 아이들은 반반씩 봐주기로 하고 돈 문제는 나중에 해결하자고 남편이 말했다.

아, 그리고 고양이는 내가 키워도 된다고 했다.

20. 마음 열기

고양이를 싫어한다고 주장하는 사람보다 덜 떨어진 사람은
개만 좋아한다고 맹세하는 사람밖에 없다.

아이들의 한숨 소리와 뒤척이는 소리가 들리지 않는 밤은 동굴처럼
텅 빈 것만 같았다. 롭이 영어 숙제는 다 했는지, 스티브가 리디아를 잘
돌보고 있는지 걱정이 되었다. 만 2살 반이었던 리디아는 자신감만 가
득한 채 조심성은 하나도 없었다. 클레오 또한 기분이 좋지 않은 것 같
았다. 클레오는 아이들의 양말을 가지고 돌아다니며 아이들 침대 위에
서 잤다.

스티브가 아이들을 맡는 날이면 나는 어린이집에 리디아를 데리고
가고 롭을 해양 스카우트에 데려다주며 아이들을 볼 수 있는 핑계거리
를 만들었다. 그리고 욕실 선반을 이리저리 옮기고 특집 기사를 작성하
며 혼자 있는 시간을 보내려 했지만 상상을 멈출 수가 없었다. 마치 저

절로 움직이게 되어 있는 하늘에 있는 거대한 망원경처럼 이런 저런 일에 대한 상상이 끊이질 않았다. 롭이 스쿨버스에 오르기 전에 다른 차가 오는지 제대로 확인할까? 리디아가 감기에 걸리진 않을까? 아이들이 내가 없다는 걸 눈치채긴 할까 궁금했다.

벽난로 위에 놓인 샘의 사진이 나를 보고 환한 웃음을 짓고 있었다. 포드 에스코트를 몰았다는 여자가 생각났다. 그 여자는 샘을 다르게 기억하고 있을 것이다. 이제야 그것이 그 여자의 잘못이 아니라는 사실을 인정할 수 있었다. 내가 그 여자 입장에 처했다면 나는 어떻게 했을까 다른 나라로 이민을 가서 다른 사람처럼 살아가려 했을까?

어느 밤늦은 시각에 해양 스카우트 모임에 참석했던 롭을 데리러 가던 길에 고양이를 친 적이 있었다. 너무나 순식간에 일어난 일이었다. 흰 털이 반짝이더니 탁 소리와 함께 바퀴가 고양이의 뼈를 부수면서 덜컥하는 소리가 났다. 고양이를 보고 멈출 수 있을 만한 상황이 아니었다. 그 여자도 그렇게 느꼈을 것이다. 충격과 회환에 휩싸인 채 차를 세웠다. 차에 깔린 고양이는 그 자리에서 즉사했다. 고양이를 치어 죽인 것만으로도 비참한 기분이 들었는데 아이를 치어 죽인 심정은 오죽했을까.

때로는 내가 아이를 잃을 운명을 타고난 것처럼 느껴질 때도 있었다. 나는 자기 연민에 빠지는 것이 싫었다. 품위 없고 진저리나는 일이라고 생각했다. 그래서 자기 연민에서 벗어나는 방법을 터득하기 시작했다. 하나는 아이를 잃고 슬퍼하는 부모들을 만나고 상실감을 경험한 사람들을 인터뷰하는 것이었다. 그들은 대개 나보다 훨씬 최근에 벌어진 일로 트라우마에 빠진 사람들이었다. 몇 번에 불과하지만 그런 사람들을 달래고 나면 마음속에 고통 대신 무언가 가치 있는 느낌이 자리 잡곤 했다. 지난 5년은 나에게 인간의 슬픔이 무엇인지 가르쳐주었다. 두 가지의 슬픔이 같을 수는 없겠지만 직접 겪어 보지 않고는 그 고통을 이해할 수가 없다.

❧

정신과 의사의 테이블에 티슈 한 상자가 올려져 있었다. 눈물을 닦는 용도로 쓰이는 것이었다. 수도꼭지를 틀어놓은 것처럼 줄줄 흘리는 고객들과 같은 사람으로 보이는 게 싫었던 나는 절대 울지 않겠다고 다짐했다.

'환자분에게 필요한 건, 새롭게 출발하는 것이에요. 자신감을 북돋아줄 만한 그런 일을 찾아서요.' 다리를 꼬고 연어색 같은 핑크색 렌즈를 통해 나를 바라보며 그녀가 말했다.

비록 울고 있진 않았지만 나는 온 몸으로 울고 싶었다. 콧물이 걷잡을 수 없이 흘러내렸다. 티슈에 코를 풀고 싶었지만 티슈를 잡으면 지는 것이었다. 하는 수 없이 나는 큰 소리를 내며 코를 들이마셨다.

'자신에게 도움이 되는 일이 무엇인지 아시나요?' 파스텔톤 핑크색과 노란색의 로스코^Rothko 그림 아래 조심스럽게 놓인 의자에 기대 앉으면서 그녀가 물었다. 아마도 괴로운 환자들의 마음을 달래기 위해 부드러운 색채의 그림을 그곳에 걸었던 모양이다. 불쌍한 로스코가 우울증을 이기지 못해 자살한 사실을 알지 못하는 환자들에게는 효과가 있을지도 모른다. '원나잇스탠드에요.'

그녀의 말이 미사일처럼 방 안을 가로질러 내 귓속에서 터져버렸다. 여기서 길게 할 말은 아니지만 성적인 콤플렉스를 가진 엄마는 내가 아주 어렸을 때부터 내 몸을 신전처럼 소중히 여기면서 평생 동안 따분하지만 믿을 만한 신도 한 명에게만 신전을 열어주라고 가르치셨다.

'그러니까 공통점이라곤 전혀 없지만 어느 정도 매력 있는 남자를 찾아서 그 짓을 하기 위해 하룻밤을 자라는 건가요?'

그녀가 고개를 끄덕였다. 이 정신과 의사는 미친 게 분명했다. 내가 죄책감에 죽기를 바라는 것인지도 모른다.

'새로운 삶을 시작하는 건전한 방법이 될 거예요.'

'아이들은요?'

'아이들이 알 필요는 없어요. 아이들과는 상관없는 일이에요. 전남편이 애를 봐주는 주말에 미리 계획을 잡으세요.'

계획을 잡으라고? 원나잇스탠드를 미리 계획한단 말이야? 정신과 의사는 나에게 원나잇스탠드를 할 만한 남자들의 목록을 만들라고 했다. 여기서 내가 만난 남자들은 같은 사무실에서 일하는 사람들이 전부였다. 남자 기자들은 믿을 수 없을 정도로 난잡했다. '아무하고나 하는' 여자 직원 목록에 내 이름을 올릴 생각은 추호도 없었다. 친구들 남편 한두 명이 우리 집을 찾아와 이것저것 도와주겠다고 하는 바람에 난처했던 적이 몇 번 있었지만 친구들을 배신할 생각은 없었다. 목록에 포함될 만한 남자가 없었다.

'행운을 빌어요.' 떨리는 손으로 결제를 하는 나를 향해 그녀가 미소

를 지었다. '아, 그리고 마음을 열어야 한다는 걸 잊지 말아요.'

⁂

정신과 의사의 조언을 실천에 옮길 수 있는 기회가 왔다. 몇 주 후 패션 분야 전문 기자인 메리가 자신의 친구와 함께 기금 모금 디너파티에 가라며 데이트 약속을 잡아주었던 것이다. 메리는 내가 분명 나이젤을 좋아할 것이라고 했다. 비록 함께 살기 싫다는 거부감 같은 평범한 이유 때문은 아니라고 했지만 나이젤은 얼마 전에 두 번째 부인과 이혼한 사람이었다. 나도 비즈니스 섹션에서 나이젤에 대해 읽은 적이 있었다. 그는 섭식 장애를 가진 거인처럼 작은 회사들을 흡수하는 커다란 기업을 운영하고 있었다. 그동안 내가 만났던 사람들과는 다른 부류의 사람인 그가 돈에 관한 이야기만 할 줄 안다면 멍청한 사람일 가능성도 있었다. 하지만 여러 사람들을 인터뷰하는데 익숙했던 나는 필요하면 거미처럼 하찮은 소재라도 흥미로운 점을 이끌어낼 수 있다고 확신했다. 메리는 나이젤이 완벽한 조건을 갖춘 사람이라고 말했지만 그게 무엇을 뜻하는지 알지 못했다. 데이트라면 십 년도 전에 해본 게 전부였다. 그동안 규칙이 바뀌었을 것이다. 예전에 데이트를 할 때는 한 가지 규칙밖에 없었다. 남자가 결혼하고 싶다는 뜻을 조금이라도 비치지 않는 한 절대 끝까지 가지 말 것. 도심지 교외에 묻혀 사는 시간 동안 데이트는 슈퍼마켓 장보기와 동물 농사 사이에 해당되는 단순한 행동으로 바뀌었다.

데이트 날이 다가왔다. 나는 너무 긴장한 탓에 손이 덜덜 떨릴 지경이었다. 클레오는 항상 화장에 서투른 나를 감독했다. 내가 화장품이 든 서랍을 열면 클레오가 욕실 세면대 위로 뛰어올랐다. 화장품 서랍은 클레오가 이 집 안에서 가장 좋아하는 것이기도 했다. 분명 클레오는 이집트 조상들로부터 화장품에 대한 열정을 물려받았을 것이다.

틈만 보이면 클레오는 화장품 브러시를 훔쳐 달아나 내 침대 밑에서 털을 하나씩 뽑아버렸다. 때로는 서랍 속으로 뛰어들어 아이섀도가 들어 있는 반짝이는 용기를 어루만지기도 했다. 오늘 밤에는 보라색이 클레오의 마음에 들었나 보다. 화장에 대해 조언해줄 만한 다른 사람이 없었던 만큼 나는 클레오의 조언을 따르는 수밖에 없었다.

아이섀도를 찍어 속눈썹 위에 두 번 바르자 클레오가 잘한다는 듯 야옹거렸다. 마크 앤쏘니[Mark Anthony]와 칵테일을 마시고 난 얼굴이라기보다는 무하마드 알리[Muhammad Ali]에게 한 대 얻어맞은 듯 보였지만 화장을 고칠 시간이 없었다. 나는 클레오가 가지고 노는 요란한 진홍색 립스틱을 가로챘다.

'어때?' 립스틱을 다 바르고 난 후 클레오에게 물었다.

앞발을 발레리나처럼 가지런히 모으고 머리를 갸우뚱하고 앉아 있던 클레오가 윙크를 했다. 괜찮다는 뜻이었다. 원나잇스탠드를 하게 될지 모르지만 내 다리가 그렇게 오랫동안 나를 받쳐줄까 의심이 들었다.

내가 긴장하고 있다는 것을 눈치챈 클레오가 꼬리를 우아하게 말고 나이젤을 맞으러 종종걸음으로 나갔다. 나이젤은 굉장히 큰 키와 체격을 갖추고 옅은 콧수염을 하고 있었다. 수염 난 사람과 원나잇스탠드를 해야 하나, 못마땅해하고 있는데 정신과 의사가 한 말이 생각났다. '마

음을 열어요!'

'고양이!' 나이젤의 눈썹이 주식 차트에 그려진 선들처럼 올라갔다. '저는 고양이 알레르기가 있어요.'

'아, 미안해요.' 내가 말했다.

나이젤의 반응에 조금도 동요하지 않는 클레오는 네 발로 서서 예쁘게 등을 구부린 뒤 우아하게 꼬리를 말고 거실로 그를 이끌었다. 우리 앞에서 종종걸음으로 걸어가는 클레오의 모습은 완벽한 여주인 그 자체였다. 나이젤의 양복 뒷면에는 놀랍게도 주름이 하나도 잡혀 있지 않았다.

소파의 가장 깨끗한 쪽으로 그를 안내한 다음 마실 것을 갖다 드릴까요, 하고 물었다.

'샤도네이면 정말 좋을 것 같습니다.' 소파 팔걸이에 걸터앉으면서 그가 말했다. 과자 부스러기가 떨어지고 콜라가 묻어 있는 소파로부터 자신의 아르마니 양복을 보호하고 싶은 불쌍한 그 사람을 탓할 수는 없었다.

냉장고에는 우유부터 주스에 이르기까지 다양한 음료수들이 들어 있었지만 샤도네이는 없었다. 샤도네이와 가장 비슷한 것으로 반쯤 마셔버린 리즐링 와인이 보여 뚜껑을 누르면서 나이젤이 눈치채지 않기를 바랐다.

가위처럼 긴 다리를 꼬았다 풀었다 하는 그는 어딘가 불안해 보였다. 그의 발치에서 조금 떨어진 곳에 앉은 클레오가 조사관처럼 그를 빤히 바라보고 있었다.

'문제는 고양이들이 항상 나를 좋아한다는 것이지요.' 지문이 얼룩진 와인 잔을 건네받으면서 그가 말했다.

그때 클레오가 그의 곁으로 다가가더니 뒷발을 들고는 가장 은밀한 부분을 핥기 시작했다.

'슈우우우우우우, 클레오!' 내가 으르렁거리듯 말했다. 하지만 자신은 동물이라 알아들을 수 없다는 듯 클레오는 꿈쩍도 하지 않았다. 클레오는 등을 대고 누워 나이젤을 유혹하듯 몸을 비틀었다.

'저건 칭찬이에요. 당신더러 자기 배를 쓰다듬어달라는 거죠.'

나의 설명에 그는 주머니에서 초록색 페이즐리 무늬의 손수건을 꺼내더니 콧수염을 두드렸다.

'아. 그렇게는 할 수 없겠는데요. 알레르기 때문에요. 사실은, 제 생각엔 제가….'

나이젤이 재채기를 하는 바람에 커튼이 흔들렸다. 깜짝 놀란 클레오가 일어서더니 카펫 속으로 발톱을 세우고 꼬리를 꼿꼿하게 세웠다.

'괜찮아요. 클레오를 뒷방에 가둘게요.'

고양이를 안아 올리려고 몸을 굽히는 순간 고양이가 내 품을 빠져나가 잽싸게 책장 위로 올라갔다. 내가 자기를 잡을 수 없다는 것과 나이젤도 잡으려 들지 않을 것이라고 확신한 클레오는 값비싼 빅토리아 시대 화병을 꼬리로 치며 거들먹거리는 걸음걸이로 책장 위를 걸어다녔다. 클레오는 매우 만족스러운 듯했다.

'그렇게 도망치도록 내버려두진 않을 거야!' 식탁의자를 끌어다 책장 앞에 놓으면서 작은 소리로 투덜거렸다. 하지만 식탁 의자에 올라 클레오를 잡으려는 순간 책장에서 뛰어내린 클레오가 나이젤의 무릎 위로 올라갔다. 그가 아이처럼 꺅하고 비명을 질렀고 나는 얼른 달려가 클레오의 배를 움켜잡았다. 하지만 그대로 항복할 클레오가 아니었다. 클레오가 발톱을 세워 나이젤의 허벅지를 꼭 잡는 순간, 남자와 고양이의 비명소리가 동시에 울려 퍼졌다.

'너무 미안해요.' 나이젤이 아픔을 참기 위해 천장을 바라보는 동안 나는 클레오의 발톱을 하나하나 풀었다.

클레오를 방에 가두고 돌아오자 나이젤이 손수건에 대고 조심스럽게 재채기를 하고 있었다.

'문제는, 저는 정말 개를 좋아하는 사람이라는 것입니다.' 손수건을 주머니에 집어넣은 다음 소파의 팔걸이에 붙은 고양이털을 털며 그가 말했다.

'저도 그래요.' 분위기를 바꾸려고 노력하며 웃어 보였다. '엄밀히 말하면 그렇다는 거지요. 우리도 아름다운 골든 레트리버가 있는데요, 지금은 우리 엄마랑 살고 있어요. 이제는 제법 늙었죠. 제 말은, 개 말이에요.'

'개들은 그렇게 공격적이지 않아요. 어렸을 때 고양이에게 공격당한 적이 있거든요.' 그가 말했다.

'정말요?'

'네. 자전거를 타고 신문을 돌리고 있는데 야생 고양이 한 마리가 나를 덮쳤지요.'

이렇게 잘난 나이젤이 자전거를 타고 와카타네 거리를 누비다 얼룩 고양이의 공격을 받고 쓰러지는 모습이 떠오르자 입술 끝을 비집고 나오는 웃음을 참으려고 노력했다. 어쨌든 나이젤의 고양이에 대한 공포심이 훨씬 더 깊은 곳에서 비롯되었던 것만은 분명했다. 하룻밤 사이에 클레오와 내가 고칠 수 있는 단순한 기벽이 아니었던 것이다.

'그 일로 인해서 성공적인 비즈니스맨이 되겠다는 결심이 선 건 아닐까요?' 대중 심리학을 빗대어 비아냥거리는 농담을 하는 내 자신이 싫다는 생각을 하며 물었다. 하지만 나이젤은 내 질문을 진지하게 생각하는 듯했다.

'그런 식으로 생각한 적은 한 번도 없지만 어쩌면 당신 말이 맞을지도 모르겠네요.' 어느 정도 품위를 되찾은 그가 말했다. '그 고양이가 덮치지 않았다면 지금의 나는 없었을 거예요.'

《최고에 이르는 나이젤의 아홉 가지 비결Nigel's Nine Notches to Excellence》이라는 자신의 자서전을 쓰고 있는 유령 작가에게 고양이 습격에 대해 적으라고 해야겠다며 나이젤이 혼잣말을 하는 사이 방문이 조금씩 열리기 시작했다. 그리고 네 발 달린 그림자가 모습을 드러냈다. 잠기거나 막힌 것이 아닌 이상 클레오는 거의 모든 문을 열 수가 있었다.

나이젤이 어린 시절의 트라우마를 잘 극복했다며 만족스러워 하고 있을 때 클레오가 방문 틀 끝에서 특공대원처럼 조용히 등장했다. 나이젤이 볼 수 없게 책장 그림자 속을 살금살금 기어가며 클레오는 20년도 더 전에 겪었던 끔찍한 고양이 습격을 자세히 늘어놓는 나이젤의 이야기를 가만히 듣고 있었다.

갑자기, 클레오가 숨어 있던 곳에서 쏜살같이 달려나와 나이젤을 덮쳤다. 순식간에 클레오가 나이젤의 무릎 위로 뛰어올랐고 그의 와인 잔이 공중으로 날아올랐다. 나이젤은 본능적으로 고함을 쳤다. 깜짝 놀라 와인 잔을 잡으려고 뛰어오르는 나까지 모든 것이 슬로우 모션으로 이루어지는 것 같았다. 내 손에 맞은 와인 잔이 카펫에 굴러 떨어졌고, 우리 두 사람은 모두 와인을 뒤집어썼다.

나이젤이 일어서서 불안한 손놀림으로 바지를 닦았다. 나는 부엌에서 키친타월을 가져와 그의 무릎에 생긴 얼룩을 두드렸다.

'너무 미안해요!' 내가 소리쳤다.

'멋지군요.' 다시 소파에 앉아 다리를 꼬면서 그가 중얼거렸다. 내가 말리기도 전에 클레오는 또 다시 그의 어깨로 뛰어오르더니 목 주변을 감싸고 앉았다.

'나이젤 씨가 좋은가 봐요. 미안해요. 알레르기도 있는데. 제가 고양이를 데리고 갈게요.'

'아니요, 괜찮아요. 정말로요.' 클레오를 풀어 불안하게 무릎 위에 앉히면서 나이젤이 더듬거렸다. '이제 편안합니다. 아마도 나한테 렉스 냄새가 나나 봐요. 제가 키우는 도베르만 개예요. 아주 씩씩하고 단순한 개죠.'

'네. 개들은… 단순하죠.' 과연 우리가 제대로 된 대화를 나눌 수나 있을까 하는 의문이 들었다.

'그런 면에서 보면 개는 남자와 더 닮았어요. 고양이는 여자와 더 닮았죠. 그렇게 생각하지 않나요? 그런 내용을 책에 써 보면 어때요?'

대화를 이어가려던 나이젤의 표정이 갑자기 호주산 붉은 포도주 빛으로 변했다. 클레오는 바닥으로 내려와 복도 끝으로 사라졌고 나이젤은 천장을 바라보며 눈을 굴렸다. 그 순간 숨도 못 쉬는 알레르기 반응이 나이젤에게 나타난 것이 아닐까, 하는 끔찍한 생각이 들었다.

'괜찮아요?' 내가 물었다.

역겹다는 듯 입꼬리를 내리며 그가 손을 들었다. '고양이가, 오줌을. 쌌어요. 내 무릎에서.' 그가 속삭였다.

나이젤은 양복을 갈아입어야겠다며 자신의 아파트로 돌아가버렸다. 그가 간 후 나는 클레오를 야단치기 위해 가장 잘 숨는 침대 밑이며 옷장 속을 찾아보았지만 어디에 숨었는지 찾을 수가 없었다. 나이젤과 나 사이에 로맨스가 이루어질 가능성을 뭉개버린 클레오는 만족한 듯 사라져버렸다.

한참 후에야 지붕 위에 있는 고양이의 실루엣을 볼 수가 있었다. 고양이 눈이 등대 불빛처럼 나를 비추고 있었다. 멀리에서도 그 눈이 만족감으로 빛나고 있는 것을 알 수 있었다.

❖

아무리 할 얘기가 없어도 전화를 걸어온 엄마에게 하지도 않은 원나잇스탠드를 말할 건 아니었다. 엄마는 어딘가 심란해하는 것 같았다. 라타를 데리고 나가기가 점점 힘들어진다고 했다. 주말에 언덕을 내려가 바닷가에 갔는데 돌아오는 길에 라타가 언덕을 다시 오르지 못하는 바람에 엄마가 안고 올라오셨다고 했다. 절대 작은 개가 아닌데 엄마가 어떻게 안고 올라왔는지 상상이 가지 않았다. 라타를 진찰한 동물병원 의사는 라타에게 기종이 있다고 말했다고 한다.

월요일 아침 출근을 하자 니콜이 부탁 하나만 들어달라고 했다. 룸메이트가 몇 주 후에 결혼식을 올리는데 룸메이트와 신부가 모두 미국 사람이라 하객이 별로 없다며 결혼식에 참석해주면 안 되냐는 것이었다.

'제발 참석해줄래요?' 그녀가 애원했다. '한 시간만 있으면 돼요. 그냥 사람이 많아 보이게 하려는 것뿐이에요.'

내가 참석하면 사람이 많아 보일 것이라는 그녀의 말이 그다지 달갑지 않았다. 나는 하객 대용 노릇이 별로 내키지 않았다. 하지만 애들이 아빠 집에 가 있는 동안 레고 장난감을 다시 상자에 담는 것 말고 금요일 밤 할 일이 없다는 사실은 우리 두 사람 모두 잘 알고 있는 바였다.

'제발요요요요요요요.'

미국 커플은 시내 박물관 앞 계단에서 해가 질 때 결혼식을 올리기로 했다. 지평선에서 해가 미련 남은 사람처럼 서성일 때 나는 박물관이 있는 언덕을 올라갔다. 위를 올려다보자 신부 측이 보였다. 신부는 바비 인형처럼 예뻤다. 신랑은 켄 같았다. 하지만 내 눈을 사로잡은 사람은 신랑 측 들러리였다. 놀라울 정도로 잘생긴 사람이었다. 애프터쉐이브 광고에 나오는 식으로 평범하게 잘생긴 것이 아니라 그리스 신처럼, 아니면 게이처럼 숨 막힐 정도로 빛나는 사람이었다.

햇볕에 그을린 넓은 이마에 단정한 머리, 재단이 잘 된 양복으로 한층 더 빛나는 넓은 어깨를 감상하며 당연히 게이일 거야, 라고 생각했다. 아니면 결혼을 했거나. 그렇지 않다면 당연히 여자친구가 있겠지.

첫눈에 반했다고 하는 건 과장된 표현일 것이다. 그보다는 첫눈에 욕정이 끓어올랐다고 표현하는 편이 더 맞을 것이다. 조종사 안경과 같은 모양의 안경 위로 노을이 비치고 그의 파란 눈이 빛나는 것을 보자 욕정은 가라앉고 대신 더 강렬한 느낌이 나를 휘감았다. 아는 사람이라는 느낌. 우리가 이 생애에 만나지 않았다면 이전 생애 어딘가쯤에서 분명 만났을 것이다. 처음 보는 사람인데도 나는 그를 아주 잘 알고 있는 것 같은 느낌이 들었다.

결혼 피로연은 에드먼드 힐러리 경Sir Edmund Hillary(에베레스트 산 정복자 - 옮긴이)의 집에서 열렸다. 신랑이 이 유명한 등산가의 친척과 함께 일했던가 보다. 지구 반대편에서 무언가 용감하고 대담한 일을 하고 있는 에드 경이 결혼식 피로연을 하라고 집을 내어준 것을 보면 말이다. 집은 소박하고 절제되어 있었다. 부드러운 노란색 페인트가 칠해진 벽과 곳곳에 멋진 장식이 달려 있었다. 그림들이며, 손으로 짠 카펫이며 모든 것들이 집주인에게 굉장한 의미를 부여하는 것 같았다.

게이거나 결혼을 했거나 여자친구가 있을 듯한 신랑 측 들러리가 다가와 자기 이름이 'L'이 하나만 있는 필립Philip이라고 소개했을 때는 이미 내 머릿속에서 그에 대한 생각이 까맣게 지워져 있을 때였다. 살아 있는 사람이라고 하기엔 그는 너무 잘생겨 보였다.

그가 그렇게 탄탄한 몸매를 갖게 된 이유와 (그는 8년 동안 군대에 있다가 얼마 전 제대했다고 한다) 은행업에 뛰어들었다는 얘기를 들었을 때 우리는 함께할 수 없는 사람들이구나, 생각했다. 더구나 그의 나이는 26살. 나보다 여덟 살이나 어린 그는 사실상 아기나 다름없었다. 한 번도 결혼한 적도, 이혼한 적도, 아이를 가져본 적도 없는 그는 나와는 전혀 다른 세상에서 튀어나온 사람 같았다 (어쩌면 게이 세상일지도 모른다). 그렇지만 좋은 사람 같아 보였고 대부분의 남성들이 가지고 있는 이해할 수 없는 복잡한 모습을 가지고 있지도 않은 것 같았다. 그런데다 나는 아직 정신과 의사의 충고를 잊지 않고 있었다. 내가 와인을 많이 마시고 아무에게도 말하지 않는다면, 그리고 그 역시도 할 생각이 있다면(그럴 정도로 필사적이라면) 그는 분명 원나잇스탠드를 할 만한 상대였다.

나는 그에게 저녁 데이트는 잘 안 하지만 점심 데이트는 한다고 말했다. 그리고는 냅킨에 회사 전화번호를 적어주었다. 그런 나의 모습에 그는 짐짓 놀라는 표정이었다. 그에게는 연애 생활을 상담해주는 어머니 노릇을 할 의향이 있었다. 아니면 그냥 친구로 지내거나. 나는 마음을 열어 놓고 있었다.

그 다음날 아침 전화기를 살펴보았다. 불평을 늘어놓는 구독자와 여느 때처럼 신음소리를 내는 남자 말고는 아무도 전화한 사람이 없었다. 그 다음날도, 그 다음 주에도 전화벨은 울리지 않았다. 세 번째 주가 되자 'L'이 하나만 있는 필립에 대한 생각 따위는 까맣게 잊혀졌다. 따라서 그가 전화를 걸어왔을 때 그는 자신이 누구인지 우리가 어떻게 결혼식 피로연에서 만났는지 설명을 해야 했다.

'아, 이런. 군대 제대하고 은행에 다니는 소년이네.' 전화를 끊자 한숨이 나왔다.

'가장 가까운 곳에 있는 유치원을 어떻게 찾아야 하는지 묻고 싶었나

보죠.' 니콜이 말했다.

'연극을 보자네요.'

'놀러 가자고요?'

'아니요, 진짜 연극이요. 연극을 보고 저녁을 먹자고 했는지, 저녁을 먹고 연극을 보자고 했는지, 뭐 그랬어요.'

'미리 말해두는데요….' 펜으로 나를 가리키며 니콜이 입을 열었다. '나이 차도 나이 차지만….'

'말 안 해도 돼요. 그냥 말할 사람이 필요한가 보죠.'

'그 사람은 헬렌이 사귀기엔 너무 보수적이에요.'

중요한 시기에 빨간 불이 아른거렸던 적이 전에도 몇 번 있었다. 그 때마다 상상할 수 없는 결과가 이어졌다. 한 번은 초등학교 때 권위적인 선생님이, 자신이 만든 덜 마른 도자기에 손가락을 대는 사람은 누구든 신을 두려워하는 이 세상에서 상상할 수도 없는 큰 벌을 받게 될 것이라고 경고한 때였다. 또 한 번은 저널리즘 학교를 다니던 시절, 강사가 나에게 절대 칼럼리스트가 되지 못할 것이라고 장담했을 때였다. 니콜의 말을 듣고 있자니 전에도 느껴본 적이 있는 찌르는 듯한 통증이 척추 아래에서 느껴졌다. 그건 앞서 벌어졌던 경우와 똑같은 메시지를 알려주고 있었다. 당신의 생각은 잘 알았어요. 하지만 정말 그런가 두고 보죠.

퇴근 후 나는 스트립 클럽과 중고 옷가게가 늘어선 곳을 둘러보다 보수적인 젊은 은행가의 마음에 들 만한 완벽한 옷을 골랐다. 대담한 무늬가 수놓아진 윤기 나는 검은색 중국식 바지 정장. 멋져 보였다.

21. 키스

고양이의 키스보다
더 신비로운 것은 없다.

　고양이는 키스를 한다. 클로오도 항상 키스를 한다. 가만히 고개를 드
밀고 턱을 올린 채 눈을 가늘게 뜨고 잠깐 동안 입을 맞춘다. 키스를 할
때 호르몬이 오간다고 한다. 부드럽게 쓰다듬어 달라는 것 말고는 더 이
상 바라는 것도 없다. 고양이 키스는 그 자체로 완벽하다.

　'L'이 하나밖에 없는 필립이 약속시간을 홀쩍 넘겼는데도 나타나지
않는다. 아무리 늦는 게 유행이라 해도 너무 늦는다. 분명 쓸데기 없
는 연극을 보러 가자며 나에게 데이트를 신청한 사실이나 주말 동안 스
티브의 집에 아이들을 맡기기 위해 내가 일부러 부탁까지 해야 했다는
사실 따위는 까맣게 잊어버린 것이 틀림없다. 난 잊어도 되는 사람이라
는 거지. 중국식 재킷이 걸쳐진 등을 따라 열이 오르락내리락 한다. 공

기가 통하지 않는 옷감이 피부에 달라붙는다. 고급 천연 섬유하고는 거리가 멀다는 것을 알 수 있다. 모욕감은 분노로 변한다. 그런 남자라면 나도 하나도 안 보고 싶어. 만나서 무슨 얘기를 하겠어? 그 사람을 만나려고 새 옷까지 사다니.

'L'이 하나밖에 없는 필립이 감히 내 눈 앞에 나타난다면 내가 얼마나 끔찍한 사람이 될 수 있는지 보여줄 것이다. 월요일에는 니콜과 메리가 우리 데이트에 대해 이러쿵저러쿵 말을 했다. 만날 만한 가치가 없는 남자라는 둥, 그 남자를 사귀기엔 내가 너무 아깝다는 둥. 그런데 이런 멍청이 같은 사람을 봤나.

침대 위에 앉아 중국식 정장에 완벽하게 어울리는 정장용 샌들 한짝을 벗어던지자 안 좋은 생각이 슬며시 고개를 들기 시작한다. 어쩌면 오지 못하는 그럴듯한 이유가 있을지도 몰라. 상점 유리창에 비친 자기 모습을 바라보다 가로등을 들이받는 것처럼.

사실 그렇게 신경 쓸 만큼 내가 그 사람을 좋아할 이유도 없었다. 하루하루 직장과 집 사이를 오가는 생활이 나는 그런대로 만족스러웠다. 내 세상의 중심은 아이들이었다. 아픈 목이나 학교에서 벌어지는 안 좋은 일들, 정신 나간 독자가 보낸 원편으로 기울여 쓴 가늘고 긴 짜증나는 편지 없이 보내는 한 주 한 주는 기적과도 같았다. 내 세상의 나머지 90퍼센트가 블랙홀로 구성되어 있다고 해도 상관없었다. 그런 나에게 원나잇스탠드를 권하다니 정신과 의사가 미친 게 틀림없다. 문제가 있는 건 그 여자야. 내가 그 의사를 상담해주었어야 해. 그 반대가 아니라.

클레오가 침대 위로 뛰어올라 냥냥 소리를 내며 내 무릎에 착 달라붙었다. 나 여기 있어, 나 여기 있어, 하며 고양이가 가르랑거렸다. 고요함이 베이비샴푸처럼 나를 씻겨주었다. 욕실 배수구 위에 남겨진 비누거품처럼 상처와 분노가 잦아들었다. 나머지 샌들까지 흔들어 벗어던지고 나서 나는 미소를 지었다(편안함 때문이기도 했다. 샌들 때문에 물집이 생길 지경이었으니까). 상처를 입은 것은 내 자아뿐이었다. 힘든 한 주를 보내고 난 후 클레오와 함께 벽난로 앞에 앉아 쉬는 것이 못마땅한 일도 아니었다. 오히려 감사할 따름이었다.

나는 클레오를 안고 복도를 걸어갔다. 벽난로 앞에 쭈그리고 앉아 불쏘시개를 원뿔형으로 쌓자 클레오가 호기심 어린 눈초리로 나를 쳐다보았다. 그러다 다급히 현관문을 두드리는 소리에 우리 둘은 깜짝 놀라지 않을 수 없었다.

'이 근처를 몇 시간째 차를 몰고 돌아다녔어요.' 문을 여는 순간 필립이 말했다. '알바니가 33번지 문을 두드렸지 뭐예요. 이 길하고 평행으로 난 길이요. 그 집에 사는 여자가 무슨 일이냐는 듯 쳐다보더라고요. 나도 어리둥절했죠. 한참이 지나서야 당신이 아드모어 길에 산다는 걸 알았어요….'

그러니까, 이 남자는 젊고 보수적일 뿐만 아니라 사악한 주모자가 될 위험도 없는 멍청이구나. 짜증이 나기 시작하려는데 그의 표정이 내 눈을 사로잡았다. 마치 대규모 테러를 목격한 사람과 같은 표정을 한 채 그는 내가 입은 중국식 정장을 아래위로 훑었다.

'마음에 안 들어요?' 내가 불쑥 말을 꺼냈다. '다른 걸로 갈아입으면 돼요. 원하면 좀 평범한 걸로⋯.'

필립도 반대하지 않는 것 같았다. 말로 표현할 수 없을 정도로 심한 모욕을 당한 기분이 들었다. 클레오를 그에게 안기며 나는 서둘러 침실로 들어갔다. 갈색 스커트와 크림색 블라우스로 갈아입으면서 그가 동양적인 옷을 입은 나와 함께 다른 사람들 앞에 나서느니 차라리 베트남 전쟁 당시의 일을 재연하는 것이 낫다는 생각을 드러낼 정도로 솔직한 사람인 것 같으니 적어도 안심할 수는 있지 않을까 생각이 들었다.

'귀여운 고양이네요.' 밖으로 나가면서 그가 말했다.

연극을 보려면 서둘러야 했다. 어둠 속에 앉아 너무나 미숙한 연기로 〈뜨거운 양철 지붕 위의 고양이^{Cat On a Hot Tin Roof}〉를 연기하는 모습을 보면서 나는 아무리 원나잇스탠드라고 해도 그가 왜 그렇게 말도 안 되는 대상인지 다시 한 번 곰곰이 생각해보았다. 그는 고등학교를 졸업한 지도 얼마 안 되는 사람인데다 열심히 노력했다면 군대와 은행이라는 양극단을 오가는 그렇게 말도 안 되는 경력을 쌓지 않았을 것이며 연극에 일가견도 없었고 나의 패션 감각을 인정해줄 수도 없는 사람이었다.

생각해보니 그 사람 옷차림도 별로였다. 신발은 너무 광이 나서 그걸 보고 눈썹을 뽑을 수도 있을 정도였고 줄무늬 셔츠에 코듀로이 바지, 게다가 가죽 벨트라니. 유행이 지나도 한참 지난 옷차림이었다.

하지만 그런 옷차림을 하고도 그가 멋져 보인다는 것만큼은 부인할 수가 없었다. 언제나 술과 담배, 알고 싶지 않은 마약 냄새를 잔뜩 풍기는 남자 기자들과는 달리 그에게는 알프스 산처럼 상쾌한 냄새가 났다. 내가 하는 농담을 듣고 (너무 큰 소리로) 웃음을 터뜨리는 그의 눈은 파란 가스 불처럼 불타올랐다. 내가 한 농담 가운데에는 유럽산 자동차를 운전하는, 무능력하면서도 잘난 척하는 사람에 대한 농담도 있었다. 너무 서둘러 극장으로 오느라 그가 어떤 차를 운전하는지 미처 알아차리지 못했었다. 연극을 보고 난 후 연식이 오래된 아우디의 보조석 문을 그가 열어주었을 때 풍자적으로 빛나던 그 눈빛은 가히 감탄할 만했다.

그는 아마 자신을 이해해주는 사람을 찾아 연애 생활의 고민거리를 털어놓길 원하는, 성격이 아주 밝은 젊은이임이 분명했다. 그런 그에게 친구가 되자고 하는 게 잘못된 일은 아닌 것 같았다. 나는 우리 집에서 커피 한 잔 하지 않겠냐고 물었다.

'그러고 싶긴 한데 너무 늦은 밤에는 카페인을 잘 안 마셔서요. 허브티 같은 게 있을까요?'

회사에 허브티를 마시는 사람들이 몇 명 있긴 하지만 그가 말하는 허브티가 그런 것인지 알 수가 없었다.

'어쩌죠, 홍차밖에 없는데.'

아이들이 없는 집안은 몹시 조용했다. 아이들이 집에 있으면 잠이 들었어도 이불을 차고 꿈을 꾸며 한숨짓는 소리를 들을 수가 있다. 나는 신발을 벗어던지고 부엌으로 달려가 똑같은 커피잔 한 쌍을 찾기 위해 달그락달그락 찬장을 뒤졌다.

'재미있는 고양이네요.' 다른 방에서 말하는 소리가 들렸다. '마치 사

람 같아요.'

티백 두 개가 담긴 찻주전자와 금이 간 컵을 내 쪽으로 올려놓은 쟁반을 들고 가던 나는 거실의 풍경에 깜짝 놀랐다. 클레오가 가르랑거리면서 필립의 다리를 지나 무릎 위로 올라가더니 그의 셔츠를 타고 올라턱을 핥고 있었던 것이다. 클레오가 낯선 사람에게 그렇게 애정 어린 행동을 보인 적은 여태까지 단 한 번도 없었다.

'미안해요. 다른 방에 가둘게요.'

'아니오, 괜찮아요.' 언덕처럼 둥근 클레오의 등을 부드럽게 쓰다듬으며 필립이 고개를 흔들었다. '착한 고양이구나, 그렇지? 자, 아이들 얘기 좀 해보세요.'

순간 온 몸이 얼어붙었다. 넘어서는 안 될 선을 넘어버리다니. 물론 아이들이 있다는 사실을 숨긴 적은 없었다. 나에게는 아이들이 떼어낼 수 없는 손발과 마찬가지였다. 그리고 숨기려 들었다 해도 숨길 수 없었을 것이다. 집안 구석구석이 '아이들 있어요!'라고 외쳐대고 있었으니까. 거실에는 발목까지 찰 정도로 레고 블록이 잔뜩 쌓여 있었고 리디아가 유아원에서 그려온 야수파를 지향하는 듯한 그림이 부엌 싱크대 위에 붙어 있었다. 롭의 방문 앞에도 아무렇게나 내던진 책가방이 술주정뱅이처럼 늘어져 있었다.

내 삶의 중심인 아이들은 심장을 떼어줘도 좋을 만큼 나에겐 소중한 존재였다. 그런 아이들에 대해 감히 물어보다니, 당신에겐 그럴 자격이 없어. 아이들은 원나잇스탠드 상대밖에 안 될 남자가 상관할 바가 아니야. 이제는 당신과 원나잇스탠드를 하고 싶은 생각도 별로 없지만.

'당신이 살아온 이야기를 해주세요.'라고 내가 되받아쳤다. '결혼한 적은 있나요?'

망사 스타킹을 신고 주디 갈란드$^{Judy \ Garland}$(미국 영화배우 겸 가수 — 옮긴이)의 노래를 립싱크한 적이 있느냐는 질문을 받기라도 한 것처럼 그는 어안이병병한 표정을 지었다.

'아니오.'

'아이는요?'

조금 당황한 듯 엷은 미소를 지으며 그가 고개를 가로저었다.

'그럼 여자 친구랑 문제가 있나요?'

그의 턱을 실컷 핥고 난 클레오가 이번에는 그의 귀를 핥기 시작했다.

'아니오. 사실은 여자 친구가 없어요. 음악을 좀 트는 게 어떨까요?'

음악이라고? 배경음악을 깔고 심문을 받고 싶다는 거야? 내 대답을 기다리지도 않은 채 그는 내가 가지고 있는 음반들을 넘겨보더니 얼마 전에 구입한 내가 가장 좋아하는 판을 틀었다. 엘라 피츠제럴드$^{Ella \ Fitzgerald}$와 루이 암스트롱$^{Louis \ Armstrong}$이 함께 부르는 '친구가 될 수 없을까요?$^{Can \ We \ Be \ Friends?}$'라는 곡이었다.

필립은 무언가 골칫거리를 안고 있는 게 분명했다. 그렇지 않다면 뭐하러 우리 집까지 따라 들어왔겠는가? 내가 알고 있는 저널리즘에 관한 모든 지식을 총동원하여 그의 고민거리를 해결해줘야 할 것이다. 그러면 저 남자는 옷을 챙겨 입고 집으로 돌아갈 것이고 우리는 둘 다 편안한 잠을 자겠지.

'춤출래요?' 그가 물었다.

'네?! 여기에서요?'

'뭐 어때요?'

이젠 이런 말도 안 되는 짓거리까지 하다니. 그래도 내가 함께 춤을 춰주면 만족해서 집으로 돌아갈지도 모르지. 자리에서 일어난 나는 차갑고 건조한 그의 손에 축축하고 떨리는 손을 얹고 레고 블록들 때문에 아픈 발을 참아가며 몸을 움직였다. 거실이 무도회장으로 바뀔 것을 미리 알았다면 아이들의 장난감을 치우고 신발을 신었을 것이다.

엘라의 촉촉한 목소리가 관능적인 분위기를 드리우고 있을 때 나는 그가 뛰어난 리듬감을 가졌다는 사실을 알아차렸다(수 년 동안 연병장에서 행군을 한 것이 도움이 됐을지도 모른다). 그리고 내 몸을 무심코 스쳐대는 그의 몸은 무슨 갑옷이라도 되는 것처럼 느껴졌다. 하지만 갑옷이 그렇게 부드러운 곡선으로 이루어졌을 리는 없었다. 그의 몸은 내게는 낯설기만 한 것으로 이루어져 있었다. 탄탄한 근육으로 말이다.

'아이들이 몇 살이에요?' 그가 물었다.

아니 이런. 도대체 아이들에 관해서는 왜 자꾸 묻는 거야?

'하나는 거의 만 세 살이 다 돼 가고 또 하나는 12살이요.'

천천히 그리고 많은 노력 끝에 그는 결국 나에게서 아이들 이름과 아이들이 주말에 주로 하는 일들, 부모의 이혼에 대한 아이들의 생각 등을 알아냈다. 나는 화제를 바꿔 다른 이야기를 하기 시작했고, 다음에는 아무 말 없이 조용히 춤만 췄다. 그는 정말 멋진 몸을 가진 남자였다. 하지만 서투른 탓인지 아니면 일부러 그러는 것인지 점점 나에게 몸을 들이대는 것 같았다. 그가 신처럼 잘생긴 얼굴을 숙여 그의 입술을 나의 입술에 갖다 댔다. 그 순간 정신과 의사가 했던 말이 떠올라 나는 거부하지 않고 가만히 있었다.

거실은 살구빛 벽 바탕에 장난감과 컵, 컵받침들로 이루어진 만화경처럼 빙빙 도는 것 같았다. 황홀한 키스를 만끽하는 나를 클레오가 만족스러운 듯 쳐다보았다. 부드럽고 촉촉하고 감미로운 키스. 그건 완벽한, 아니 완벽을 뛰어넘은 키스였다. 너무나도 완벽한 키스!

나는 음악에 맡겨 흔들리던 몸을 멈추고 똑바로 섰다. 젠장, 안 돼! 이런 일이 일어나길 바랐던 것이 아니란 말이야. 오늘 밤은 내 마음대로 해야 하는 건데. 이 소년티를 벗지 못한 남자가 무슨 자격으로 클레오와 수다를 떨고 나에게 춤을 추자고 하느냔 말이야. 애들에 대해서 이것저것 물어보는 것도 그렇고….

그도 멈칫 섰다. 적어도 내 기분이 바뀌었다는 것을 알아차릴 정도로 민감하긴 한가 보다.

'방으로 갈까요?' 부드러운 목소리로 그가 물었다.

그 순간 나는 뭐라고 대답해야 할지 몰라 가만히 있었다. 몇 개월, 아니 몇 백 년처럼 그 순간이 길게 느껴졌다. 더 이상 충격을 받을 것도 없다고 생각했던 여자가 충격을 받았던 것이다.

'그게, 당신이 싫어서가 아니라요….' 뒤로 한 발 물러서며 내가 입을 열었다.

그는 종이 인형처럼 **빳빳**해졌다.

'사실 당신이 싫었다면 아마 오늘 밤 당신과 잠자리를 했을 거예요. 정신과 의사 말로는 내가 그러는 게 좋겠다고 했거든요…'

그는 연합군 진영인 줄 알고 마음 놓고 돌아다니다가 적군의 공격을 받은 사람처럼 어벙벙한 표정으로 서 있었다. 이 다차원적인 세상에서 이런 선탠한 아도니스와 사랑을 나눌 수 있는 기회를 거절하는 여자는 아무도 없을 것이라는 생각이 들었다.

'너무… 많이… 늦었네요… 당신은 모르겠지만 한 주가 지나면 저는 녹초가 돼요.'

'나중에 전화해도 될까요?' 재킷을 챙겨든 그를 현관으로 배웅할 때 그가 차갑게 물었다. 뒤에는 클레오가 따라오고 있었다.

'아니오, 내 말은, 그럼요. 물론 전화해도 돼요. 음. 잘 가요.'

나는 천천히 문을 꼭 닫았다. 클레오가 꼬리로 나를 툭 치고는 뒤를 졸졸 따라왔다.

22. 노출

고양이는

정말로 위험을 느낄 땐 꼼짝하지 못한다.

'옷을 갈아입으라고 했다고요?' 애써 웃음소리를 낮추려 했지만 여전히 뉴스실에 있는 사람들 절반이 들을 수 있을 정도로 큰 소리로 웃으면서 니콜이 말했다.

'갈아입으라고 하진 않았어요.' 나 역시 웃으면서도 여자들이란 남자와의 친밀한 만남을 이 정도로 아무렇지 않게 털어놓는구나, 후회가 밀려왔다. 특히 남자가 했던 어리석은 행동을 떠벌리는 여자들의 습성이란. 이번에는 나 역시도 창피했던 일이지만.

데이트가 어땠냐는 니콜의 질문에 '괜찮았어요.'라고 한 마디만 하고 넘어갈 정도로 내 자신이 현명한 사람이었으면 얼마나 좋았을까. 하지만 그랬다면 니콜은 우리의 감정이 복잡하게 얽혔을 것이라고 의심했

을 게 뻔했다. 그게 사실이지만 말이다. '그냥 당황한 표정을 짓기에 옷을 갈아입었을 뿐이에요.'

'정말로요? 나 같으면 상관 안 했을 텐데.'

짜증나는 것은, 니콜 정도면 상관하지 않아도 된다는 것이다. 그녀라면 할머니가 집에서 입는 옷을 입고 머리에 구루프를 말고 돌아다녀도 반경 1킬로미터 내에 있는 남자들의 시선을 받을 수 있을 것이다.

'그런데다 연극도 형편없었어요! 어찌나 서투른 애송이 배우들이 많던지 풋내가 나더라니까요. 솔직히 그 사람은 몰라도….'

'아마 좋은 인상을 남기고 싶어서 그랬겠죠. 헬렌은… 그 남자는… 다음 단계로 나가려고 하지 않았어요?'

'당연히 아니죠!'라고 대답은 했지만 얼굴은 사우나에 들어간 것처럼 화끈거렸다. 키스는 아무것도 아니야. 말할 거리도 못 되는, 잊어버려야할 일탈일 뿐이야. '그냥 외로워서 그런 거겠죠. 어쨌든 다시 만날 일은 없어요. 나이도 너무 어리고 따분해요.'

'내가 그랬잖아요.' 열심히 자판을 두드리며 니콜이 말했다. '11시까지 이 기사를 끝내야 하는데 아직 한 글자도 못 적었어요.'

'어쨌든 그런 남자가 애가 둘이나 딸린 나이 많은 싱글맘한테 뭘 원하겠어?'라고 웅얼거리며 나는 지난 주 내리막길을 걷고 있는 세계적인 작가의 말을 받아 적을 때만 해도 정확하게 알아볼 수 있었던 메모를 해석하려고 애썼다. 흘겨 쓴 내 글씨가 고대 아랍어처럼 보였다. '그 남자 정신이 어떻게 되었던 거겠지.'

'누가요?' 인터뷰를 하기 싫어 요리조리 피해다니는 텔레비전 디렉터의 집 전화번호를 열심히 찾으면서 니콜이 물었다.

'그 소년이요.'

'아, 그 미소년. 잊어버려요.'

그래. 그거야. 미소년일 뿐이지. 구강청정제처럼 새롭게 만들어진 아주 딱 들어맞는 말이네. 그런 거라면 셀로판지에 싸서 상자 안에 넣고 최악의 실험이었다며 밖에 내다버리면 그만이지.

티나가 기사 목록을 적어 내 책상 위로 밀었다. 맨 아래에는, '할로윈 특집. 재미있는 기사를 쓸 수 있는 방법 생각하기. 작년에는 호박에 관한 이야기였음. 끔찍했음!'

일. 일 없이 내가 어떻게 살까? 일보다 더 좋은 마취제는 없었다.

'전화왔어요, 헬렌.' 참견하기 좋아하는 정치부 기자 마이크가 뉴스실 전체가 들릴 정도로 크게 외쳤다. '건방지게 느껴지는 녀석이에요. 왜 내 자리로 전화가 왔지? 돌려줄게요.'

여자 기자들이 전화를 받을 때마다 갖춰야 하는 격식이 있다. 전화 건 사람이 〈뉴스위크Newsweek〉지의 표지를 장식할 정도로 대단한 기사거리를 제공할 경우에 대비해 생기 넘치고 호감 있는 목소리로 받아야 한다. 물론 그런 일은 공룡이 무덤을 뚫고 나와 시내를 돌아다니는 것만큼 가능성이 적었지만. 또한 미친 사람이나 거친 숨소리를 내는 사람일 경우에 대비해 끝에는 어느 정도 무심한 말투로 이야기해야 한다.

'어젯밤은 고마웠어요.' 침착하고 형식적인 말투였다.

'아!' 멍청하게도 나는 그런 소리밖에 내지 못했다.

자판을 치던 니콜의 손이 멈췄다. 그리고는 한쪽으로 머리를 기울이고, '누구에요?'라고 속삭였다. 항상 기삿거리를 주시하는 그녀의 본능이 적중했다.

나는 수화기를 턱으로 고이면서 '1' 하나라고 손짓해 보였다.

'정말 좋았어요.' 그가 말을 이었다.

아, 젠장. 립 서비스라니. 헌혈하는 게 더 재미있었을 걸.

'저도 그랬어요.'

니콜이 눈을 굴리더니 나를 보면서 천천히 고개를 가로저었다.

'연극이 별로여서 미안해요.' 그가 말했다.

'아니에요, 괜찮았어요. 정말로요….'

니콜이 책상 위에 있던 볼펜을 집어들더니 목에 대고 가로로 긋는 시늉을 했다.

'다음 주말에 저녁 먹지 않을래요?'하고 그가 물었다.

놀라움이 내 몸을 뒤흔들더니 무거운 신발처럼 발끝에 내려앉았다.

'다음 주에는 아이들을 봐야 해요.' 차가우면서도 감각적인 말투로 잘랐다. 잘했다는 듯 니콜이 고개를 끄덕이며 다시 자판 작업을 시작했다. 이제 끝이야, 끝이라고. 더 이상 재미는 없어, 미소년.

'그 다음 주말은 어때요?' 다시 그가 물었다.

'아!' 무거운 신발이 이제는 뜨겁게 달아오르기까지 했다. '그게, 그때는 할 일이 없을 것 같은데요.'

니콜이 내 앞에 섰다. 그녀는 콧바람이 눈에 보일 정도로 씩씩거렸다.

'좋아요. 토요일 7시 반 어때요?'

'좋아요.'

'그때 봐요.'

'젠장!' 수화기를 털커덕 내려놓으며 중얼거렸다.

'왜 안 된다고 하지 않았어요?' 내 인생 코치인 니콜이 실망스런 목소리로 물었다.

'몰라요. 변명거리가 생각나지 않아서요.'

'"아니오."라는 말이 결국 "네"라는 뜻인 거 몰라요? 지금 하고 싶지 않은 일에 아니오, 라고 말하면 앞으로 일어날 온갖 실망스런 상황을 겪지 않아도 된다고요. 옷을 갈아입게 만든 남자와 정말 데이트 하고 싶어요?'

'그럼 어떻게 해요?'

'며칠 있다가 데이트하기 전에 그 남자에게 전화를 해서 이모가 돌아가셔서 장례식장에 가야 한다고 해요.'

'좋은 생각이네요. 그렇게 할게요.'

하지만 나는 그렇게 하지 않았다. 그럴 만한 이유가 있었다. 거짓말을 하면 기분이 찜찜했기 때문이다. 이모가 돌아가셨다고 둘러댔다가 진짜로 돌아가시면 어떻게 해. 릴라 이모가 나는 정말 좋은데. 클레오도 그 사람을 인정한 것 같았고, 그리고… 더 이상은 이유가 없었다. 키스가 황홀했었다는 것밖에.

소위 첫 데이트라 할 수 있는 그날 어색하고 부끄러운 일들이 그렇게 많이 일어났는데도 나를 또 만나겠다고 전화를 한 걸 보면 그 남자는 바보인가 보다. 아니면 미쳤거나. 아니면 특별한 사람이거나. 아니면 특별하게 미친 사람이거나. 아니면 미칠 정도로 특별한 사람이거나.

나는 종종 아이들에게 로또에 당첨될 확률보다 가능성 높은 일이라면 해볼 만하다는 말을 하곤 했었다. 하지만 완벽한 외모를 보여주는 것 외에 미소년이 나에게 다른 것을 해줄 가능성은 거의 없었다. 그런데 다른 한 편으로는 그 사람이 내 예상을 깬 적도 몇 번 있었다. 어쩌면 내가 그 사람을 과소평가했는지도 모른다.

우리에게는 미래가 없다는 니콜의 확신에도 불구하고 한 번의 저녁 식사를 시작으로 우리는 많은 저녁 식사를 함께하게 되었다. 나는 딜레마에 처했다. 다양한 면모를 갖춘 필립과 함께 있는 것이 좋아지기 시작했던 것이다. 우리의 관계가 더 깊어지면 아무리 대충 표현해도 원나잇스탠드로 분류하기는 힘들어질 것이었다. 원나잇스탠드를 하는 이유는 사사로운 감정에 얽히지 않고, 만족스럽지도 않을 가능성이 많기 때문에 다시 반복하지 않는 것 아닌가. 이제 그와 잠자리를 한다면 정신과 의사의 지시를 따르지 않는 것이나 마찬가지였다.

그 밖에도 다른 불편한 점들을 고려해야 했다. 제정신이라면 세 번이나 아이를 낳은 여자가 맨 몸을 보이고 싶은 생각은 없을 것이다. 특히 헬스클럽에서 혹독하게 운동한 적이 한 번도 없는 여자라면. '일주일에 5킬로그램 빼기' 다이어트는 언제나 '일주일 후 10킬로그램 찌기'로 끝나버렸다. 첫 아이를 낳고 나면 여자의 몸은 르누아르나 루벤스 같은 화가들이 예의상 '흥미롭다'고 표현할 정도로 지방덩어리가 생기고 주름이 잡힌다. 아이를 셋 낳고 나면 여자의 몸은 스펀지 고무로 깎아 만든 헨리 무어Henry Moore의 조각처럼 변한다. 가장 불완전한 곳이라곤 럭비 부상으로 약간 삐뚤어진 코가 전부인 젊은 남자라면 여기저기 불뚝불뚝 튀어나온 여자의 맨살을 발견하게 될 위험을 미리 숙지할 필요가 있었다. 그럼에도 그는 나일 강의 근원지를 찾는 리빙스톤Livingstone처럼 포기할 줄 몰랐다.

퀸 사이즈 시트가 발명된 이유를 나는 점차 이해하기 시작했다. 서양 여자들에게 그건 이슬람교 여성들이 입는 차도르와 같았다. 잘만 덮으면 퀸 사이즈 시트를 가지고 눈만 빼꼼 보일 정도로 몸 전체와 얼굴을 가릴 수가 있었다. 시트 틈새로 적당히 그을린 남자의 몸을 바라보며 여자는 최대한 아무렇지 않은 목소리로 '이런, 이 시트가 제멋대로인 거 같아요.'라고 말한다. 또 다른 위대한 발명품은 전기 스위치이다. 어린 시절부터 등불에 특히 민감한 눈 때문에 고생을 했다며 여자가 불을 반드시 꺼야 한다고 말한다. 내 몸은 더 이상 신전이 아니라 눈먼 장님이 뛰노는 정원으로 변했다.

이렇게 서로를 보지 못하는 상태로 잠시 쉬고 있을 때 그가 타우포 호숫가에 있는 가족 별장에서 주말을 보내지 않겠냐며 초대했다. 이제는 몇 번의 나잇스탠드가 아니라 복잡한 무언가로 변해가는 길목에 접어든 것 같아 두려웠다.

'하지만, 나는 아이들을….'

'아이들을 돌보지 않는 주말로 잡을게요.'

드디어 아이들이 자신은 들어갈 수 없는 또 다른 삶에 속한 신성한 영역이라는 사실을 그가 인정한 것 같았다.

'하지만 고양이를 돌봐줄 사람이 없어요.'

'클레오는 우리가 데려가면 돼요. 차멀미만 안 한다면요.'

나는 클레오가 드라이브를 좋아한다고 말했다. 그렇게 몇 주 후 금요일, 퇴근 후 고양이가 신나하며 오래된 아우디에 올라탔다. 고양이는 내 무릎 위에 앉아 뒤로 지나가는 시골을 바라보았다. 호수에 가까워질수록 금빛이던 언덕은 다시 진홍색으로 변했다가 짙은 보라색으로 물들어갔다.

우리가 별장에 도착했을 때는 이미 어두워진 후였다. 검은 벨벳처럼 우리를 감싼 타우포 호수의 밤 덕분에 보이는 것은 아무것도 없었지만 감각은 예민해졌다. 바람이 소나무 냄새를 한껏 품고 있었다. 나무로 지은 별장의 아웃라인은 평범하고 수수해 보였다. 제대로 볼 수는 없었지만 분명 영혼이 깃든 집이라는 것을 알 수 있었다. 모험을 떠난 아이처럼 나는 필립의 손전등 불빛을 따라 방충망이 처진 문 앞으로 갔다.

'잠깐만요. 열쇠를 숨겨 놓는 곳이 있어요.'

집 옆을 돌아 사라진 그는 잠시 후 열쇠를 들고 나타났다. '여기 있어요.' 열쇠를 꽂으면서 그가 말했다. '젠장!'

'무슨 일이에요?'

'괜찮아요. 열쇠가 부러졌을 뿐이에요.'

'아. 그럼 어떻게 해요?'

'열쇠 구멍에 걸려버렸네요.'

'창문을 깨면 안 되나요?'

'그러면 경고음이 터져요.'

'그럼 창문을 깨요.'

'비밀 번호가 생각나지 않아요.'

클레오를 안은 채 한동안 나는 필립과 어둠 속에 서 있었다. 우리가 하는 것이 연애라 불릴 만한 것이라면, 우리의 연애가 복잡하게 얽힐 운명인 듯 느껴졌다.

'뭐, 할 수 없이 모텔에서 묵어야겠네요. 내일 아침에 열쇠수리공을 부를게요.' 그가 한숨을 내쉬었다.

❖

모텔 문 앞에는 '애완동물 출입금지'라고 쓰여 있었다. 나는 클레오를 핸드백 속에 몰래 넣고 로비를 지나갔다. 다행히 클레오는 한 번도 야옹거리지 않았다. 그 다음날 아침, 우리는 별장 앞에서 쓴웃음을 짓고 있는 열쇠수리공을 만났다.

호수의 끝에 자리 잡고 있는 오래된 이 집은 필립의 가족이 3대째 별장으로 쓰고 있는 곳이었다. 자갈밭으로 이루어진 호숫가까지 이어지는 잔디밭 뒤로 유리문이 달린 이 집은 전날 밤 내가 상상했던 것보다 훨씬 멋졌다. 호수는 스리랑카 사파이어처럼 파랗게 빛났고 샐비어색의 섬은 누가 저 멀리에 일부러 가져다 놓은 것 같았다.

필립과 내가 호숫가를 산책하는 동안 클레오는 유목이 타오르는 불

앞에서 행복한 듯 길게 누워 있었다. 내가 어떤 사람인지 필립이 알고 싶다면 조만간 샘에 대해서도 알아야 할 것이다. 샘의 이야기가 이제 막 피어나기 시작하는 우리 사랑을 망가뜨릴 수도 있었다. 그건 내가 연상이라는 것과는 다른 문제였다. 이미 아이가 둘이나 있다는 사실만으로도 상황은 충분히 복잡했다. 그래도 필립이 한층 더 깊이 개입하고 싶다면 아이를 잃는 것이 어떤 것인지 감정적으로 헤아려 보아야 할 것이다. 남은 삶을 함께하고 우리 사이에 아이를 갖는다 해도 나의 마음 속에는 항상 그가 이해할 수 없는 부분이 남아 있을 것이다. 샘을 사랑하고 샘의 죽음을 슬퍼하는 부분이.

'해야 할 말이 하나 있어요.' 하늘의 솜털 구름을 응시하며 내가 입을 열었다. '롭과 리디아에게는 원래 형과 오빠가 있었어요….'

구름의 끝이 하늘 속으로 녹아들 것처럼 떨어져 나가기 시작했다. 산에서는 차가운 바람이 불어왔다. 도시에나 어울릴 만한 비옷을 걸친 내 몸이 덜덜 떨려왔다. 야외 활동을 해보았다면 한겨울에 이런 곳에 오면서 장갑이라도 챙겨왔을 것이다.

'샘에 대해서는 나도 알아요.' 그가 조용히 대답했다.

'어떻게요?' 깜짝 놀란 내가 물었다.

'그때 당시에 당신이 썼던 칼럼을 읽었어요.'

'정말로요? 군대에 있는 젊은 사람이 무슨 그런 걸 읽어요?'

'당신이 쓴 칼럼은 정말 감동적이었어요.' 그는 내가 쳐다보고 있는 구름을 한참 동안 바라보다가 내 손을 잡고는 따뜻하게 문질렀다.

'샘에 대해 얘기해줘요.'

'정말 알고 싶어요?'

그가 내 손가락에 키스를 하고는 자신의 손으로 감싸 쥐더니 재킷 주머니 속으로 안전하게 집어넣었다. '당연하죠.'

그의 주머니에 내 손을 넣고 호숫가를 따라 걸으며 그는 샘과의 재미있었던 추억, 슬픈 기억을 들었다. 나는 그에게, 아이를 잃는다는 것은 팔이나 다리를 하나 잃는 것, 아니 어쩌면 그보다 더할지도 모른다고 말했다. 그 일로 내가 얼마나 큰 충격을 받았는지 몰라요. 지금까지도 충격이 가시지 않았고요. 아무리 논리적으로 생각하려 해도, 샘이 더 이상 존재하지 않는다는 사실을 인정하려 해도, 가끔 식탁에 한 사람분을 더 차릴 때가 있어요. 어쩌면 죽을 때까지 평생 그럴지도 모르죠. 공식적으로 '슬픔을 이겨냈다고' 하는 엄마들 중에도 그런 행동을 보이는 사람들이 있으니까요.

'그런 일을 겪는다는 것이 얼마나 가슴 아픈 일인지 상상이 안 가요,' 오래 전에 들었던 말이나, '당신은 정말 강한 사람인 것 같아요,' 같이 요즘 듣는 말을 했다고 해도 나는 그를 용서했을 것이다. 하지만 그는 잠자코 듣고만 있었다. 그런 그가 고마웠다.

별장으로 돌아가자 클레오가 불가에서 우리를 기다리고 있었다.

'그리고 이 고양이가 그 모든 일의 일부인 거죠?' 클레오를 안아 올리며 필립이 말했다. '고양이가 샘과 연결해주는 매개체 아닌가요?'

큰 소리로 가르랑거리면서 클레오가 느릿느릿 다리를 뻗어 그의 목을 어루만졌다. 그러더니 하품을 하고는 그의 품으로 파고들었다. 고양이나 나나 그곳에만 머물고 싶었다.

그날 오후 우리는 석양에 사탕처럼 핑크색을 띤 산을 뒤로 한 채 조그만 보트를 타고 낚시를 하러 갔다. 살찐 무지개 송어가 우리 세 명의 저녁거리가 되어주었다. 우리는 붉은 포도주를 마셨고 큰 소리로 웃었다. 자격 조건 측면에서 생각하면 우리는 어울리지 않는 커플이었지만 우리 사이에는 필립이 처음부터 알아차린 공통점이 있었다. 우리 두 사람 모두 강한데다 주류에 끼기 싫거나 끼지 못하는 사람들이라는 점 말이다. 내 경우에는 비주류에도 끼지 못했다.

필립이 샘의 이야기나 내 마음에 난 상처를 알고도 도망가지 않은 것이 놀라울 따름이었다. 게다가 클레오가 그 일의 일부라는 것까지 직관적으로 알아차리다니.

나는 사랑에 빠지고 있었다.

23. 존중

고양이는 더도 덜도 말고
공평하게 대우 받길 원한다.

뉴스실에서 비밀 연애를 감추려고 하는 것은 초콜릿 공장에서 일하면서 살이 찌지 않으려고 하는 것과 똑같다.

'더스틴이라는 사람 전화예요.' 차분하면서도 의외라는 목소리로 니콜이 말했다.

우리는 나이 차를 신경 쓰지 않기 위해 여자의 나이가 월등히 많은 역사적으로 유명한 연애 사건을 떠올려보았다. 클레오파트라와 마크 앤서니, 오노 요코와 존 레논, 그리고 〈졸업The Graduate〉에 등장하는 로빈슨 부인과 더스틴 호프만.

필립은 우리 회사로 전화를 할 때마다 더스틴이라는 암호를 썼다. 그의 직장에는 로빈슨 부인이라는 사람이 전화했다는 메시지가 남겨졌다.

'더스틴이 누구에요?' 니콜이 추궁하기 시작했다.

'먼 친척이에요.'

'아, 그래요. 그 미소년은 이제 잊은 거 같아 다행이네요.'

필립과 함께 보내는 시간이 점점 소중해지기 시작했다. 크리스마스가 되길 기다리는 아이처럼 필립과의 만남을 기다리게 되었다. 그렇게 은밀한 만남을 두 달째 이어가고 있을 때 이렇게 확실하게 구분된 생활을 얼마나 더 유지할 수 있을까 하는 생각이 들었다. 아이들이 집안에 있는 날 그가 우리 집에서 잠을 자면 나는 날이 밝기 전에 그를 깨워 감수성이 예민한 아이의 눈이 떠지기 전에 안전하게 내보냈다. 내가 일시적으로 만나는 성인 남자를 아이들에게 보여주기가 싫었다. 하지만 아이들이 없는 주말이면 클레오를 무릎 위에 앉히고 편안히 앉아 있는 그의 모습을 보면서 그가 항상 내 감정의 틀에 속해 있었던 것 같은 기분이 들곤 했다. 항상, 이라는 말은 누구에게든 위험한 말이다.

'그럼 아이들은 언제 만날 수 있어요? 하도 이야기를 많이 들어서 이미 아이들을 잘 아는 것 같아요.' 그가 물었다.

'조만간이요.' 그의 무릎 위에서 클레오가 나를 올려다보더니 윙크했다.

'한 20년 후에요?'

'이 집에서는 안 돼요. 당신이 자기 영역을 침범한다고 아이들이 생각하면 안 되거든요.'

'좋아요. 그럼 중립적인 곳에서 만나죠. 시내에 새로운 피자집이 생

겼어요.'

그는 분명 아이들과 만날 좋은 장소를 생각해본 것이 틀림없었다. 피자집에서 편하게 만나자는데 그걸 어떻게 거절할 수 있겠는가?

내가 필립을 사랑하는 것은 분명했지만 낭만적인 사랑이 수영장 같다는 믿음도 가지고 있었다. 사람들은 수영장에 뛰어들 때마다 머리는 헝클어지고 온 몸은 젖고, 우스꽝스러워지지만 그래도 멀쩡하게 수영장에서 빠져나온다. 그에 비해 아이들에 대한 사랑은 전혀 다르다. 격렬하고 헤아릴 수 없을 정도로 크다. 아이들을 위해서라면 죽음도 불사할 각오가 되어 있다. 게다가 그는 샘을 잃은 내가 얼마나 큰 슬픔을 느끼는지 절대 이해하지 못할 것이다. 그렇다고 해서 내가 느끼는 슬픔을 그가 짊어지길 바란다는 것은 아니지만 우리 삶에 끼어들고 싶다면 슬픔의 존재를 이해하지 않으면 안 된다.

그에게는 나에게서 달아날 이유가 무궁무진했다. 그럼에도 우리 아이들의 삶에 갑작스레 끼어들었다가 아이들의 마음만 아프게 하고 떠나버린다면 나는 그를 절대 용서하지 못하고 상처 입힐 것이다. 영원히 아픔이 가시지 못하도록.

롭은 자기 몸보다 훨씬 사이즈가 큰, 앞에 USA라고 새겨진 가장 좋아하는 스웨터를 입었다. 나는 리디아의 빨간색 신발을 채워주고 티슈에 침을 묻혀 뺨에 묻어 있는 끈끈한 무언가를 닦아주었다.

'얌전하게 잘 있어야 한다. 아이들에게 익숙한 사람이 아니거든.' 아이들에게 말했다.

'아이들에게 익숙하지 않은 사람이 어디 있어요? 뭐, 어쨌든 나는 아이가 아니니까.' 롭이 대답했다.

피자집은 쇼핑센터 지하에 있었다. 연철 난간이 달린 인조 대리석 계단을 내려가던 아이들의 눈이 마음에 드는지 휘둥그레졌다. 적어도 조용하긴 했다. 문을 연지 얼마 되지 않아 케케묵은 기름 냄새가 나지 않는 것도 좋았다. 기둥에 인조 담쟁이 넝쿨이 감겨 있었다. 반질반질하게 닦아 놓은 계산대 위에 놓인 빨갛고 하얀 덮개가 시선을 끌었다. 식당 안은 마치 영화 세트장 같았고 우리는 가족의 역할을 따기 위해 오디션을 보러온 배우들 같았다.

웨이터가 계단에서 멀리 떨어진 곳으로 우리를 안내해주자 안심이 되었다. 혹시 회사 사람들이 올 수도 있기 때문이었다. 월요일 아침이면 이미 소문은 수두처럼 퍼져 있을 것이다. '헬렌의 가족과 미소년이 만났대. 헬렌 머리가 어떻게 된 거 아냐?'

우리는 피자와 콜라를 주문했다. 롭은 이제 시끄러운 아이티를 벗고 남성 호르몬이 넘치는 13살짜리 소년으로 성장했다. 롭은 뚱했고 조용했으며 쿨한 척 행동했다. 나는 필립에게 롭의 나이대가 다루기 힘든 나이라고 사전에 경고했었다. 목에 비즈 목걸이를 세 개나 하겠다고 우겼던 리디아는 단숨에 콜라 한 잔을 거의 다 마셔버렸다. 후루룩 음료를 빨아들이는 소리가 플라스틱 칸막이벽에 울리자 필립이 조금 불편해하는 것 같았다.

'그러지 마!' 나는 아이에게 조용히 하라고 주의를 주었다.

'왜? 재미있는데.'

'예의가 없잖아.'

'그럼 이건?' 콜라 잔에서 빨대를 꺼내어 남은 콜라를 체크무늬 치마에 떨어뜨리면서 아이가 말했다.

'안 돼, 그것도 예의 바른 행동이 아니야!' 냅킨으로 치마를 두드리며 다시 경고했다. 필립을 쳐다보니 그는 무슨 법률 문서를 보듯 메뉴판을 열심히 탐독하고 있었다. 이런 현실에 부딪히는 일이 없기를 바랐던 내 심정을 이제는 그도 이해할 수 있을 것이다.

'아저씬 엄마가 없어요?' 테이블 다리를 차서 식기가 딸꾹질 하듯 달그락거리게 만들면서 리디아가 물었다.

'아저씨도 엄마가 있지.' 처음으로 아이가 스스럼없이 말을 걸어오자 반갑다는 듯 메뉴판을 내리고 필립이 대답했다.

'그럼 집에 가서 엄마랑 있지 그래요?'

침묵. 나는 필립이 의자를 뒤로 밀고 달려나가기를 기다렸다.

'아저씨 엄마는 오늘 밤 바쁘셔.'

'바쁘지 말라고 해요. 우리에겐 우리 엄마가 있어요. 아저씨에겐 아저씨 엄마가 있고요. 그러니까 아저씨는 우리 엄마가 필요 없잖아요.'

가까운 스피커에서 '스트레인저스 인 더 나잇Strangers in the Night'이 흘러나오고 있었다. 처음 와본 사람에게는 연주자들이 선적 컨테이너 속에서 알루미늄 캔으로 만들어진 악기를 긁는 소리처럼 음악소리가 들릴 것이다. 이런 형편없는 녹음이라도 침묵이 흐를 땐 반가웠다.

필립은 종이 테이블 매트에 인쇄된 게임으로 관심을 돌렸다. 그는 롭에게 뱀과 사다리 게임을 하겠냐고 물었다(뱀과 사다리 게임은 안 돼요! 그건 이미 몇 년 전에 롭이 졸업한 게임이라고요. 롭은 그게 아기들이나 하는 게임이라고 생각해요, 라고 필립에게 말해주고 싶었다). 하지만 자라는 아이들에게 보조를 맞추지 못한 게 필립의 잘못은 아니었다. 나는 거절과 비웃음이 흐르는 것을 피할 수 없을 것이라 생각하며 숨을 죽였다.

'그보다 이런 게임이라면 하겠어요.' 직사각형으로 그려진 여러 개의 점을 가리키며 롭이 말했다. 한 번도 본 적은 없었지만 대단히 경쟁적인 게임인 것 같았다. 각각의 플레이어가 한 번에 두 개의 점을 이으면서 직사각형을 만들고, 그렇게 모은 직사각형으로 영역을 넓혀가는 게임이었다. 직사각형을 많이 만든 사람이 이기게 된다. 그건 레스토랑 테이블 매트 위에서 벌어지는 전쟁과 마찬가지였다.

나는 하와이안 피자를 먹으며 리디아가 또 다시 허튼 소리를 하지 않도록 리디아도 계속 먹이면서 편하게 게임을 지켜봤다.

활기찬 분위기를 이어가기 위해 메뉴판에 적힌 피자의 역사를 읽어주기 시작했다. 그리스인들이 처음으로 플랫 브레드를 장식하기 시작한 게 피자의 시초래.

'그러다가 19세기 초에 라파엘 에스포지토라는 한 나폴리 베이커가 다른 사람들이 만드는 빵과 다른 빵을 만들겠다고 결심하면서 진정한 전환점이 생기게 되었다. 그는 단순히 치즈를 올리기만 하다가…'

물론 피자의 역사를 읽는 동안에도 나는 내 인생의 두 남자 사이에 벌어지고 있는 전투를 몰래몰래 지켜봤다. 롭이 오른쪽 구석에 있는 직사각형들을 차지했다. 필립은 반대편에 일렬로 직사각형을 만들어놓았다. 막상막하의 게임이었다.

'얼마 후 그는 치즈 밑에 소스를 넣기 시작했다. 그리고 밀가루 반죽은 파이 모양으로 부풀게 했다….'

롭의 영역이 매트 위 이곳저곳으로 넓혀져 가고 있었다. 반면 필립은 자기 쪽에서 조금씩 영역을 넓히고 있는 것 같았다. 내 입가에 슬며시 미소가 번지려는 것을 꾹 참았다. 롭을 이기게 하려는 필립의 모습에서 기대하지 않았던 성숙함이 돋보였다. 어쩌면 훌륭한 의붓아버지 감인지도 모른다. 코듀로이 바지와 니트 점퍼를 입은 그의 모습은 분명 그렇게 보였다.

'모두 에스포지토의 피자를 무척 좋아하게 되자 이탈리아의 왕과 왕비를 위한 특별한 피자를 만들라는 주문을 받았다. 그는 빨간 소스와 흰 치즈, 초록색 바질이 얹혀진 이탈리아 국기 색깔로 피자를 만들었다….'

두 무리의 직사각형들이 점점 가까워지고 있었다. 필립과 롭의 손에 들린 연필들이 칼처럼 번쩍였다. 게임은 비길 것처럼 보였다. 괜찮아. 롭의 자존감만 상하지 않으면 돼. 이제는 남은 공간이 거의 없는 것 같았다.

'그는 왕비의 이름을 따 피자를 마르게리따라고 불렀다….'

팽팽한 긴장감이 감돌았다.

'새로운 마르게리따 피자는 대히트를 쳤다.'

마지막 남은 몇 번의 줄긋기를 감히 쳐다볼 수 없었다. 연필 두 개가 테이블 위에 탁 놓이는 소리가 들렸다. 드디어 게임이 끝난 모양이었다.

‘아저씨가 이겼어요.’ 환한 미소를 지으며 롭이 말했다.

‘아저씨가 뭐?!’ 필립을 바라보며 내가 말했다.

‘힘든 게임이었어요.’ 핍립은 만족스러운 표정을 감추려 들지도 않은 채 어깨를 으쓱했다.

힘든 게임이었다고? 아이들이랑 같이 할 때, 특히 우리 아이들이랑 같이 할 때는 힘든 게임이라는 게 없다는 걸 모르는 거야? 코듀로이를 입은 멍청이가 의붓아버지 행세를 한답시고 나타나 아이들의 자존감을 흔들어대지 않아도 우리 아이들은 이미 힘든 삶을 살았단 말이야.

필립에게 아이들을 보여주는 게 아닌데. 그의 행동은 아이, 아니 아이보다도 못해. 아이를 또 하나 키우고 싶지는 않아. 우리 관계는 이것으로 끝이야. 게임에 졌으니 롭은 이제 며칠 동안 충격에서 헤어나지 못하겠지.

차를 타고 돌아오는 내내 우리는 아무 말도 하지 않았다. 그리고 집 앞에서 간단한 작별인사만 하고 헤어졌다.

‘아저씨가 집에 가서 다행이야.’ 내 생각을 읽기라도 한 듯 리디아가 말했다. ‘아저씨 엄마가 아저씨 보고 싶어 할 테니까.’

‘아저씨 어떤 것 같아?’ 클레오에게 저녁을 주고 리디아를 재우고 난 후 롭에게 물었다.

‘쿨하네요.’

‘아주 따뜻한 사람은 아닌 것 같아.’

‘아니, 난 좋은데.’

‘아저씨가 좋다고? 아저씨가 그 멍청한 게임에서 널 이겼는데도?’

'난 나를 이기게 만들려고 어른들이 일부러 져주는 거, 이제 지겨워. 내가 모를 줄 알고? 그런데 아저씨는 나를 어른으로 대했단 말이야. 쿨해. 엄마가 아저씨를 계속 만나는 게 좋을 것 같아.' 롭이 말했다.

24. 사람과 장소

고양이는 사람보다 장소에 더 애착을 갖지만

어떤 고양이는

그런 일반화가 잘못되었다는 것을 보여준다.

수화기 너머로 엄마의 목소리가 떨렸다. 속상해하지 말라고 하셨다. 안 좋은 소식임을 알 수 있었다. 엄마가 라타를 다시 동물병원에 데리고 가셨다고 한다. 젊고 예쁜 여의사인데 어찌나 잘 해주던지. 라타를 친구처럼 대해주었지. 상의 끝에 결심을 했을 때는 그녀 얼굴이 빨개지기까지 하더구나. 약을 놓는 동안 엄마가 라타를 쓰다듬어 주셨다고 했다. 꼬리를 흔들면서 라타는 그렇게 잠들었다.

라타와 함께했던 시간들이 영화 장면처럼 하나하나 떠올랐다. 샘과 함께 파도로 달려가던 라타. 모래 구덩이를 파는 아이들을 따라 구멍을 파면서 일광욕하고 있던 다른 사람들에게 모래를 뿌렸던 일. 샘이 널빤지를 던지고 라타에게 가져오라고 하던 모습. 라타가 우리에게 바닷물을 튀기며 털을 털던 모습. 지그재그를 달려 내려가던 라타. 커다란 라타의 발 사이에 웅크리고 있던 클레오. 순하고 충성스러웠던 라타.

라타의 소식을 알리자 롭은 별 말이 없었다. 우리는 가만히 껴안기만 했다. 이제는 롭이 나보다 훨씬 컸다. 오랫동안 키우던 개가 떠나면서 샘과의 연결고리가 또 하나 사라져버렸다. 엄마도 그렇게 느낄 것이다. 나는 엄마에게 며칠 동안 우리 집에 와서 지내시라고 했지만 이 '분주한 집안'에서 오래 계실 분은 아니었다.

정신없다는 표현이 더 맞을 것이다. 아이들이 우리 집에 있는 주중이면 학교에 데려다주고 데려오고 숙제를 도와줘야 했다. 저녁이면 서둘러 퇴근을 해 스파게티 볼로네이즈를 만들고 아이들을 재우기 전에 돌아다니면서 동화책을 읽어줘야 했다. 아이들이 잠들고 나면 대개는 그 다음날까지 제출해야 하는 특집 기사를 작성한다. 너무 지쳐 텔레비전을 볼 시간도 없었다.

앤 메리가 조용히 빨래를 개주고, 청소를 해주고, 샌드위치를 만들어주고, 장난감을 치우는 등 유모가 절대 하지 않는 일을 해주지 않았다면 나 혼자 모든 일을 감당하지 못했을 것이다. 앤은 내가 집에 돌아온 뒤에도 커피를 마시고 가겠다며 한동안 머물 때가 많았다. 우리는 서로의 강점을 인정하고 서로의 차이점을 견뎠다. 어떤 때는 너무 지친 나머지 퇴근하고 집에 돌아오자마자 햇볕이 내리쬐는 바닥에 누워 잠이 든 적도 있었다. 앤은 자기가 애를 봐주는 집에서 그러는 사람은 한 번도 보

지 못했다고 했다. 나처럼 파김치가 되는 사람은 처음 봤다고 말하기도
했다. 그래도 리디아를 위해 요정 날개를 만들어주거나 롭에게 화산 만
드는 법을 가르쳐줘야 할 때는 어디서 나는지 모르지만 힘이 솟았다. 차
츰, 필요할 때마다 싱글맘에게 힘을 주고 필요한 사람이 꼭 필요한 시간
에 나타나게 해주는 싱글맘의 여신이 있다는 생각이 들기 시작했다. 그
런 여신이 있다면 아마 그 여신은 고양이를 닮았을 것이다.

스티브는 차로 5분 거리에 있는 작은 집에서 새로운 삶을 꾸리기 시
작했다. 아이들로부터 스티브에게 여자 친구들이 있다는 말을 들으니
안심이 되었다. 그 또한 행복한 삶을 살아갈 자격이 있는 사람이었다.

피자를 먹던 날 이후로 롭은 필립을 마음에 들어 했지만, 우리 아이
들과 내가 그의 기대에 부응했는지는 알 수가 없었다. 우리 가족이 다
함께 있는 모습을 본 이상 우리 세 사람의 삶에 (거기다 고양이까지) 끼어
드는 것이 얼마나 엄청난 일인지 그가 분명 느끼기 시작했을 것이다. 며
칠 동안 전화가 잠잠했다. 그러던 어느 날, 놀랍게도 전화벨이 울렸다.
아직도 덜 당한 것일까. 그는 클레오까지 포함한 우리 모두를 데리고 주
말에 호수에 가고 싶다고 했다.

입을 닫고 있는 아이와 투덜대는 아이 두 명을 데리고 대낮에 가니
호수가 더 먼 것처럼 느껴졌다. 길은 몸을 배배 꼬는 코브라처럼 이리
휘고 저리 구부러져 있었다.

'배가 아파.' 차가 언덕 위를 향해 구불구불한 길을 달릴 때 리디아가
칭얼거렸다.

'안 아파.' 다른 성실한 엄마들과는 달리 나는 확실하지 않는 한 아이들이 아프다고 불평하는 소리를 그저 상상이라고 치부해버렸다.

'토할 것 같아.'

'숨을 깊이 들이마셔 봐.' 뒷자리에 앉은 환자를 살펴보기 위해 뒤를 돌아보며 말하다 화들짝 놀랐다. 평소 연핑크색이던 아이의 얼굴이 블루베리색으로 변해 있었다.

'차를 세워야겠어요.' 필립에게 말했다. 나야 우리 차에서 나는 토사물과 여러 가지 체액 냄새에 익숙해 있었지만 필립이라면 아우디에 가족의 향기가 영원히 배어버리는 것을 심리적으로 받아들이기 힘들어할 것이다.

필립은 언덕 꼭대기 근처에 있는 대피로에 차를 세웠다. 배수로에 대고 리디아가 심하게 토하는 동안 나는 저 아래 펼쳐져 있는 멋진 산맥에 시선을 고정하고 있었다.

🐾

자작나무 아래에 차를 세우자 자욱한 안개가 별장을 감싸고 있는 모습이 보였다. 비가 내릴 줄은 생각도 못했다. 필립은 상관없다고 했다. 호수에는 언제나 놀거리가 있다면서. 날이 습하니 나뭇잎 냄새가 더 강하게 났다. 어디에 왔는지 단번에 알아차린 클레오는 차에서 뛰어내려 들쥐들이 살 것 같은 덤불 속으로 신나게 뛰어갔다.

아이들은 클레오보다 감흥이 덜한 것 같았다. 롭은 자신의 침낭을 들고 터덜터덜 걸어가더니 방충망이 달린 문을 쾅하고 닫았다. 필립은 전혀 신경 쓰지 않는 눈치였다. 군대에서 이런저런 남자들의 행동을 모두 보았을 테니 그럴 만도 했다. 아니면 불과 몇 년 전에 자신도 저런 청소년이었던 만큼 그 당시 자신의 모습이 생각나는 것일지도 모른다. 어쨌든 볼 때마다 어찌해야 좋을지 몰라 내가 절절매기만 했던 온갖 기괴한 청소년 남자아이의 행동에 필립은 전혀 영향을 받지 않는 것 같았다.

나는 뒷자리에 앉아 있던 리디아를 도와 차에서 내리게 했다.

'숲이다.' 나무를 올려다보며 리디아가 말했다.

안으로 들어가자 전에도 났던 해초 냄새와 유목 탄 냄새가 코를 찔렀다. 나는 가족사진이 잔뜩 붙어 있는 액자 앞에 멈춰 섰다. 건강한 얼굴들이 미소를 지으며 호수에서 크리스마스를 보내는 모습이었다. 필립의 식구들은 모두 하나같이 잘생기고 햇볕에 그을려 있었는데, 이가 어찌나 하얀지 한밤중에 야광처럼 빛날 것만 같았다. 뚱뚱한 사람도, 꾀죄죄한 사람도, 피부가 검거나 정서적으로 문제가 있을 것 같은 사람도 전혀 없었다. 사진으로만 보면 그 사람들은 모두 올림픽 챔피언 같았다. 수상스키, 테니스, 스키, 낚시는 십대에 엄마가 되어버린 나에게는 운동신경이 둔한 사실을 차치하고도 배울 시간도 돈도 없었던 스포츠였다.

사진 속에는 젊은 여성들도 있었다. 날씬하고 예쁜 비키니 차림의 여성들은 아마 법과 대학이나 치과 대학을 다녔을 것이다. 그래, 이런 여자들이 조건이 좋은 여자들이지. 필립이나 필립의 두 형들이 결혼할 만한. 왜 아니겠어? 이렇게 미소 짓는 젊은 여성들이야말로 최고의 영계들인데. 하지만 그 여자들에 대해 묻자 필립은 따분한 사람들일 뿐이라고 잘라 말했다.

'화장지를 아껴 쓰세요.' 화장실에 그렇게 적혀 있었다. 아이들과 내가 과연 화장지를 아껴 쓰는 사람 축에 들까.

'수영하지 않을래?' 필립이 롭을 불렀다.

'비 오잖아요.'

'원하면 카약을 꺼내줄 수도 있어.' 이렇게 끈질긴 사람은 처음 봤다.

'너무 추워요.'

'이층침대다! 이층침대야!' 리디아가 소리쳤다. 이층침대가 놓인 방으로 들어가자 롭은 이미 윗 침대에 침낭을 깔고 그 속에 누워 있었다. 리디아는 아래 침대 매트리스 위에서 겅충겅충 뛰며 통통한 팔로 허공을 휘저었다.

호수가 구겨진 쿠킹호일처럼 펼쳐져 있었다. 빗방울이 하나 둘 창문 안쪽을 타고 내렸다. 필립은 벽난로 앞에 구부정하게 서서 신문을 뭉치더니 두세 번 만에 불쏘시개에 불을 붙여 곧 거실이 뚝뚝 소리를 내며 기지개를 켰다. 클레오는 장작더미 사이를 기어다니던 거미를 덮쳐 감식가처럼 다리를 떼어 음미하더니 늘 있던 불 앞에 자리를 잡았다. 반쯤 감긴 눈으로 나를 올려다보면서 하품을 하는 클레오는 마치, 원래 이런 거예요. 걱정 말아요. 모든 게 잘 될 테니까, 라고 말하는 것 같았다.

'금방 올게요.' 이 말만 남기고 필립이 사라졌다.

리디아를 무릎에 앉히고 아이가 가장 좋아하는 코끼리와 나쁜 아기 이야기를 읽어주면서 나는 몰래 아이의 손가락을 문질렀다. 소박한 단순미가 풍기는 이 별장이 유치원생의 손자국으로 더럽혀진 일은 수십 년 동안 단 한 번도 없었을 것이다. 우리 식구가 가구에 끈적끈적한 지문을 남겼다는 책망은 듣고 싶지 않았다.

필립이 창문을 두드리더니 밖으로 나오라고 손짓했다. 빗줄기가 가늘어졌다. 나는 리디아에게 고무장화를 신겼고 리디아는 클레오를 거꾸로 앉은 채 밖으로 나갔다(리디아가 걸음마를 시작한 이후로 클레오가 그러려니, 하고 체념하게 된 새로운 자세였다). 방충망을 열자 다이아몬드로 가득 찬 방보다 더 멋진 선물이 우리를 기다리고 있었다. 필립이 높은 자작나무 가지에 로프를 걸고 거기에 낡은 타이어를 매달았던 것이다.

'와! 나무 그네다!' 리디아가 소리쳤다.

아이는 그날 하루종일 그네를 밀어달라고 했다. 다리를 뒤로 한 채 배를 타이어에 대고 엎드린 상태로 밀어달라고도 하고 타이어 한 가운데로 발을 쭉 뻗고 앉은 상태로 밀어달라고도 하고 로프를 잡고 타이어 가장자리에 선 상태로 밀어달라고도 했다. 다른 사람의 아이를 데리고 이처럼 참을성 있게 놀아주는 남자는 한 번도 본 적이 없었다. 그럼에도 망설임이 남아 있었다. 이 멋진 남자가 눈에 보이는 것처럼 호수보다 더 넓은 마음을 가진 사람이라도 우리 셋에다 고양이까지 받아달라는 것은 지나치게 큰 요구였다.

별장에 밤이 드리워지자 비가 점점 그치기 시작했다. 필립은 벽돌이 둘러진 바비큐에다 소시지를 굽기 시작했다. 밖에서 식사를 하기에는 온통 젖은 곳뿐이었기 때문에 나는 포마이카 식탁에 상을 차리기로 했다. 우리는 취조실에 걸린 것 같은 불빛 아래서 식사를 했다.

'내일 자전거 타러 갈래?' 필립이 롭에게 물었다. '언덕에 올라가면 자전거 타기 좋은 길이 있어.'

'싫어요.'

'아니면 테니스를 해도 되고….'

롭이 접시 위에 놓인 토마토소스를 뚫어져라 쳐다봤다. 뭘 할 것인지를 두고 수없이 다퉈본 경험 많은 부모라면 이쯤에서 포기하고 화제를 돌렸을 것이다. 우리 모두를 위해서 필립도 그렇게 해주길 바랐다.

'아침에 카약 타는 건 어때? 구명조끼를 꺼내 놓을게.'

'아저씨나 하세요!' 롭이 필립에게 화를 내며 소리쳤다. '아저씨는 길에서 형이 죽는 걸 본 적이 없잖아요!'

사춘기 아들은 의자를 뒤로 밀고 쿵쾅거리며 이층 침대가 있는 방으로 올라가버렸다. 어안이 벙벙해 아무 말도 하지 못하는 우리들을 식탁에 남겨둔 채.

'가끔 저래요.' 내가 조용히 입을 열었다. 하지만 단순한 사춘기 반항치고는 정도가 지나쳤다. 창고에 스키며 보트, 카누가 가득 찬 호숫가 별장은 우리 두 가족의 수준이 달라도 너무 다르다는 것을 극명하게 보여주는 증거였다. 여름이면 필립은 예쁜 여자들과 요트를 타고 항해를 하곤 했을 것이다. 그에 비해 죽음과 이혼의 그림자가 드리워진 우리의 삶은 끝없는 몸부림의 연속이었다. 필립과 같은 배경을 가진 사람이 롭과 내가 느끼는 슬픔을 조금이라도 이해할 수 있을까. 아니, 그런 사람이 우리 슬픔을 이해할 필요가 뭐가 있을까.

'내가 얘기해볼게요.' 롭의 뒤를 따라 일어서며 필립이 말했다.

'아니에요, 하지 마세요. 괜찮아질 거예요.'

사실 나는 롭이 사춘기 반항기를 보이며 화를 낼 때마다 두려워 하면서 저절로 가라앉기만 바랐지 어떻게 해야 할지 몰랐다. 어떤 때는 며칠이 지나야 롭의 분노가 사그라질 때도 있었다.

내 말은 들리지도 않는 듯 필립은 금세 이층 침대 방으로 사라졌다. 벽 너머로 필립이 롭에게 가만히 이야기하는 소리가 들렸다. 정확히 무슨 말을 하는지는 모르겠지만 목소리 톤으로 보아 분명히 알 수 있었다. 필립이 롭의 상처를 직접 언급하고 서로 다른 점을 인정하면서 아이를 달래고 있다는 것을.

'이제 괜찮아요.' 한참 후 다시 나타난 필립이 말했다.

'이제 자고 싶대요.'

❦

다음 날 아침, 빗줄기가 후드득 지붕을 두드리는 소리를 들으며 우리는 잠에서 깨어났다. 잠옷 바람으로 돌아다니던 리디아가 찬장에서 오래된 집짓기 블록 상자를 찾아내고는 즐거워했다.

'여기에 아이가 있었나 봐!' 리디아가 외쳤다.

리디아가 아기 코끼리용 그네가 달린 코끼리 성을 짓는 동안 클레오는 나방을 쩝쩝 씹어 먹고 있었다.

'롭은 어디 있어?' 내가 물었다.

'몰라.' 리디아가 대답했다.

필립도 롭이 어디에 있는지 모른다고 했다. 가슴이 쿵 떨어졌다. 롭이 한밤중에 떠났다면 지금쯤 어디에 있을지 알 길이 없었다. 어쩌면 고속도로 위를 포효하며 달리는 트럭을 히치하이킹해서 오클랜드로 돌아갔을지도 몰라. 아니면 숲속을 헤매고 있을까. 이렇게 비바람이 부는 날씨에는 둘 다 위험해. 애들 아빠에게 전화를 하고 경찰에게도 알려야겠어. 큰일 났다. 왜 나는 항상 '큰일'을 겪게 되는 것일까.

그때 '저기 봐요.'라고 말하면서 필립이 내 어깨에 손을 얹고는 천천히 유리문 쪽으로 돌렸다. 빗방울로 얼룩진 유리문을 통해 바다 파도처럼 커다란 파도가 호숫가를 강타하는 것이 보였다. 보라색 구름이 섬 주변을 감싸고 있었다. 그리고 카약을 타고 있는 사람이 보였다.

파도가 그 사람을 삼켜버릴 것 같은 기세로 이리저리 밀쳐댔다. 파도 속에서 그의 모습이 다시 나타나더니 노를 열심히 저으며 또 다시 파도를 타기 위해 카약의 방향을 틀고 있었다. 카약 속에 사람은 절대 가라앉지 않겠다고 결심이라도 한 듯 두려움이 없어 보였다.

'여기 있는 사람들은 다 제정신이 아닌가 봐요. 이런 날씨에 누가 카약을 타러 나가요?'

'롭이요.' 알 수 없는 미소를 지으며 필립이 말했다. '제법 잘 타는데요.'

25. 자유

인간은 사랑하는 모든 것을 가지려고 노력한다.
하지만 고양이는 누구의 소유도 아니다. 달의 소유라면 모를까.

내가 싱글맘이 될 무렵 클레오는 사냥 기술을 한 단계 업그레이드 시켰다. 아마 기댈 사람이라곤 나밖에 없는데 내가 베이컨도 제대로 가져다주지 못할 것 같은 생각이 들었나보다. 내가 발은 두 개에, 흉측하게 털도 없는 한심한 생명체일 뿐만 아니라(어쨌든 그녀가 보기에는 그럴 것이다) 쥐를 잡아야 세계 평화가 이루어진다고 해도 나는 쥐를 잡을 수 없었으니 말이다. 클레오는 현관문에서부터 침실, 그리고 부엌까지 털이나 깃털 달린 시체들을 이리저리 가져다 놓으며 그런 나의 무능력함을 대신 채웠다. 우리 집은 아마추어 박제사의 작업실 같았다. 클레오로부터 또 다른 생명을 지키기 위해서 나는 클레오에게 인조 다이아몬드가 박히고 먹잇감들이 서둘러 둥지 속으로 들어갈 수 있도록 경고해줄 수 있는 종이 달린 핫핑크 목걸이를 사다 주었다.

'고양이는 목걸이를 안 한다.' 열한 번째 계명을 전해주는 듯한 말투로 엄마가 말씀하셨다.

엄마가 오실 때마다 아이들과 나는 엄마를 반겼지만 엄마는 항상 우리 집에서 결점을 찾아내려 하셨다. 이번에는 고양이 목걸이 차례였다.

'다른 동물들을 너무 많이 죽이잖아.' 거북해하는 클레오의 목에 목걸이를 채워주면서 변명했다. '어쨌든 오드리 햅번 같아 보이지 않아?'

'흉해. 그리고 고양이는 원래 사냥하는 법이야.' 엄마가 대답했다.

처음으로 클레오가 엄마 말에 동의했다. 고양이가 머리를 하도 흔들어대는 바람에 크리스마스 장식처럼 짤랑짤랑 소리가 났다.

'봐라, 싫어하잖니!'

'클레오는 "그게" 아니야. 클레오는 클레오라고. 그리고 차차 적응할 거야.' 내가 말했다.

클레오와 나는 심각한 신경전을 벌이기 시작했다. 클레오는 고양이를 싫어하는 사람들을 비롯한 그 무엇보다도 더 목걸이를 싫어했다. 깨어 있는 내내 발톱으로 목걸이를 긁고 물어뜯고 있다. 인조 다이아몬드 세 개가 떨어졌다. 현란한 핑크 목걸이는 색이 바라고 지저분한 누더기로 전락했다. 반쯤 뜬 눈으로 나를 응시하는 클레오의 눈이 모든 것을 말하고 있었다. 감히 이렇게 볼품없는 물건을 내 목에 걸다니! 그럴 자격이 있다고 생각하는 거야? 내가 당신 거라 생각해?

'이게 네 새 남자친구니?' 엄마가 다 들릴 정도로 속삭였다. '처음 봤

을 때는 경찰인 줄 알았네. 머리가 너무 짧고 단정해서 말이야. 네 타입이 아닌데?'

난 항상 엄마가 내 물건을 뒤져 보는 게 싫었다. 엄마의 관찰력은 세밀해서 머리카락 하나도 놓치지 않았다. 우리 삶에 필립이 끼어들었다는 것을 엄마가 알게 된 이상 새로운 이야깃거리에 대해서 이것저것 말씀이 많을 것이다.

'이제 막 군대에서 제대했니? 뭐 지난번에는 해군하고 결혼했으니까. 이번엔 공군이겠네.'

직장에서의 삶도 쉽지 않았다. 내가 'L'이 하나인 필립을 만난다는 비밀이 새어나가자 사람들은 저마다 눈을 휘둥그레 떴다. 뉴스실 끝에서 끝까지 미소년에 대한 농담이 끊이지 않았다. 기자들은 자신들이 마음이 넓은 사람이라고 자부하지만 나는 그들이 특정 부분에 대해서만 마음이 넓다는 것을 알게 되었다. 내가 나이 든 마약 중독자와 새벽까지 코가 삐뚤어지도록 술을 마시고 춤을 추었더라면 아무도 상관하지 않았을 것이다. 지금도 그렇지만 그 당시 영화는 불독만큼이나 못생긴 노인네들이 25살 이상 어린 모델들과 놀아나는 장면들로 가득했다. 그런데도 여자가 짧은 머리에 양복을 입은 나이 어린 남자와 데이트를 하면 그걸 외설스럽게 여기니 정말 불공평하기 짝이 없었다. 나는 다른 사람들이 뭐라 할 때마다 그저 즐기는 것뿐이라는 식으로 변명하려 했다. 즐기는 것치고는 만나는 기간이 한 달, 두 달 점점 길어지기는 했지만 말이다.

필립도 복잡하기는 마찬가지였다. 그가 어울리는 젊은 친구들은 말도 안 되는 상대와 만나는 그를 이해하지 못했다. 좋은 조건을 갖춘 여자들이 점심식사에 초대하거나 파티에 오라며 끊임없이 추파를 던져댔다. 도시에는 고학력의 아름다우면서도 남자를 사귀지 못해 안달난 젊은 여자들이 많았는데 그들은 특히 필립과 사귀고 싶어 했다.

원나잇스탠드 대상과 사랑에 빠진 것은 나에게 일어난 일 가운데 가장 즐겁고도 놀라운 일이었다. 그를 알아가는 것은 동굴 탐사와도 같았다. 처음에는 어둡고 굉장히 얕은 줄만 알았는데 조금 깊이 파기 시작하자 동굴 속이 몇 번 꺾이면서 희귀하고 멋진 크리스털로 가득 찬 동굴이었다. 그는 잘생기고, 같이 있을 때마다 나를 즐겁게 해주며 아이들에게 잘 해줄 뿐만 아니라 영적인 호기심도 대단한 사람이었다. 내가 꾼 이상한 꿈들과 가끔씩 경험하는 초자연적인 경험에 진심으로 관심을 보인 사람은 필립이 처음이었다. 우리는 함께할 운명이야, 라고 생각하며 나는 그에게 보이지 않는 클레오의 핑크색 목걸이 같은 것을 둘렀다.

'사람들의 겉모습은 중요하지 않아요. 내면이 중요하지.' 우리의 관계를 의아하게 여기는 사람들을 만날 때마다 나는 이렇게 대답했다.

처음 그와의 만남을 진지하게 생각할 수 없게 만들었던 점들까지 이제 사랑하게 되었다. 우리의 나이 차이는 재미있고 흥미로웠다. '셜리 베시Shirley Bassey(1937년생 영국 가수 - 옮긴이)'가 누구냐고 물을 때만 빼면. 그의 보수적인 매너도 그렇게 심한 편은 아니라 때로는 내가 그걸 가지고 놀릴 때도 있었다. 그리고 군대 생활과 은행에 관한 많은 점을 알게 되었다. 우리 사이는 놀라울 정도로 완벽에 가까웠다.

필립에 대해서 내가 좋아했던 많은 점들 가운데 하나는 항상 주머니에 잘 다려진 손수건을 넣고 다닌다는 것이었다. 손수건은 여자의 눈물이나 아주 특별한 경우 여자의 코에서 흘러내리는 덜 매력적인 분비물을 닦아야 할 때마다 빛을 발했다. 그보다 더 감동적인 것은 우리가 길을 걸을 때마다 그가 항상 나를 길 안쪽에서 걷게 한다는 것이었다. 내가 아는 남자 가운데 달려오는 말과 마차에서 튀기는 진흙으로부터 여자를 보호하는 이런 고전적인 기사도 정신을 발휘한 사람은 우리 아빠밖에 없었다. 맨 처음 필립이 살며시 내 팔을 잡고 조금 뒤로 가더니 내 손을 자신의 다른 쪽 팔짱에 끼워 상점 쪽에서 걷게 하고 자신은 배수구 쪽에서 걸었을 때 이 남자야말로 평생 같이 하고 싶은 남자라는 생각이 들었다.

하지만… 왜 항상 '하지만'이 있어야 하는 것일까? 우울한 싱글맘은 왜 왕자님을 만나 사랑에 빠지고 세련된 흰색 드레스를 입고 결혼식을 올려 영원히 행복하게 살 수 없는 것일까? 왜냐하면 인생은 로저스와 해머스타인^{Rodgers and Hammerstein}(미국의 유명한 대중음악 작곡, 작사가. 뮤지컬의 원조를 만든 사람들이라고도 할 수 있다 - 옮긴이)에 의해 쓰이지 않았기 때문이다. 현실을 사는 사람들에게는 사연과 고민거리, 공포, 불안, 자아, 야망이 있다. 어디 그뿐만일까. 비판할 거리를 기다리는 친구며 가족들은 어떤가.

우리는 더 이상 아이들과 함께 있는 모습을 다른 사람들이 볼까 두려워하지 않았다. 적어도 나는 그랬다. 그래서 어느 토요일 아침 우리 네 사람은 티셔츠를 사기 위해 차를 타고 시내로 들어가 큰길에 주차를 했다. 길을 걸으면서 필립은 예의 우아한 기사도 정신을 발휘했다. 아이들이 우리보다 먼저 상점으로 뛰어 들어갔다. 나는 멋진 삶을 살게 되면서 끝나는 영화 속 주인공이 된 듯한 기분이 들었다. 사람들이 팝콘을 다 먹어치우고 이제 엔딩 크레딧이 올라가려는 그런 순간을 맞이하는.

'난 이게 좋아.' 리디아가 공주 옷을 입은 테디베어 그림이 그려진 티셔츠를 집어 들었다. 역시나 예상했던 색이었다.

'리디아가 세 살짜리 아이들이 거치는 핑크색 단계에 접어들었어요.'라고 필립에게 설명했다. '그걸 가지고 뭐라고 하지는 않으려고요. 그러면 나중에 커서 정신과 의사를 찾아가 자신에게 꼭 필요했던 발달 단계를 내가 인정하지 않았다고 탓할지도 모르니까요.'

필립은 웃지 않았다. 아니 그는 사냥개와 맞닥뜨린 고양이처럼 얼어붙어 있었다.

'새라!' 내 어깨 너머를 보고 환한 미소를 지으며 그가 말했다.

나는 뒤를 돌아보았다. 탈의실 밖에는 바비 인형보다 다리가 긴 금발의 여성이 반으로 접으면 치실로 사용해도 될 것 같은 자그만 비키니를 입고 서 있었다. 호숫가 별장에서 보았던 사진 속 여자였다. '따분한' 여자들 중에 속했던, 완벽한 조건의 여자.

'필립!' 그녀가 환하게 웃었다. '그동안 어디 있었어? 테니스장에도 한참 보이지 않던데. 보고 싶었어.'

나는 필립이 그 여자에게 나를 소개해주길 기다렸다. 하지만 그는 나와는 전혀 상관없는 사람인 것처럼 나와의 사이에 유리 막을 쳐버렸다.

나는 그저 우연히 옆에 서 있는 모르는 쇼핑객일 뿐이고 아이들은 아예 안중에도 없는 것 같았다.

'일이 너무 바빠서. 요즘이 바쁜 시기라는 거 알잖아.' 그녀를 향해 다가가며 그가 말했다.

'병원도 마찬가지야.' 금발 머리를 손으로 살짝 치며 그녀가 추파를 던졌다. '요즘에는 성형 수술이 많아. 모두 완벽하게 가지런한 치아를 원하지. 너 좋아 보이는데!'

'너도 그래!' 그의 목소리가 벽을 맞고 내 귀로 들어오더니 내 머리를 거쳐 척추를 타고 내려가 가슴 속에 있는 무언가를 부셔 버렸다.

'부모님은? 잘 계시지?'

그들의 대화가 점점 다정하고 친밀해질수록 나는 차가운 눈 속에 서서 덜덜 떨며 창문을 통해 난롯가에 모여 있는 행복한 표정들을 몰래 들여다보는 찰스 디킨스^{Charles Dickens} 소설 속 인물처럼 가만히 서 있게 되었다.

'가자!' 내가 조용히 롭에게 말했다.

'하지만 나 이 핑크색 사고 싶어.' 리디아가 말했다.

'지금은 안 돼!'

단정하게 개어 있는 옷 틈으로 티셔츠를 쑤셔 넣었다.

나는 리디아의 손을 잡고 서둘러 상점을 빠져나왔고 롭이 종종걸음으로 우리를 따라왔다.

'아저씨 기다려야 하지 않아?' 사람들의 물결 속에 휩싸이게 되자 롭이 물었다.

'우리가 없어졌다는 것도 모를 거야.'

어떻게 그토록 멍청할 수 있었을까. 바보 멍청이 같으니. 왜 니콜이나 엄마나 다른 사람들의 경고를 듣지 않았을까. 그 사람들 말이 맞았어. 아직 소년티도 안 벗은 그 남자와 내가 사는 세상은 전혀 달라. 내가 바비 인형처럼 예쁜 24살짜리 치과의사가 될 수 없는 것처럼 그 역시도 내가 어울리는 기자들과 어울릴 수가 없어. 아이들도 물론이고 말이야. 대단히 특별한 남자여야 내 아이들과 함께 미래를 하겠다고 생각하겠지.

그렇게 천박하고 성숙하지 못한 남자에게 아이들을 소개해주다니. 그런데다 보수적이기까지 하잖아. 어찌나 보수적이고 둔한지 담뱃대를 물고 치과의사와 결혼식을 올릴지도 몰라.

'잠깐만요!' 우리를 따라 잡으려고 뛰어오는 바람에 숨을 헐떡이면서 필립이 내 어깨를 잡았다. '뭐가 잘못됐어요?'

나는 롭에게 맥도널드로 가서 감자 칩을 사먹고 리디아에게는 해피밀이라는 터무니없는 이름이 달린 세트를 사주라고 보냈다.

'우리가 부끄러운 거잖아요.' 슬픈 목소리로 내가 말했다.

'그게 무슨 말이에요?' 무슨 말인지 모르겠다는 표정으로 그가 물었다.

'그럼 왜 우리를 소개시켜주지 않았어요?'

'당신이 관심 있어 할 거라고 생각하지 않았어요.'

'그게 아니라 그 여자가 우리에게 관심 있어 할 거라고 생각하지 않

은 거겠죠.'

'이봐요, 나는….' 호기심 많은 쇼핑객이 가던 길을 멈추고 가능한 공
손하게 우리의 언쟁을 듣고 있었다.

'새라는 따분한 사람이라고 하지 않았나요?' 분노로 떨리는 내 목소
리가 정말 싫었다. 그건 누구든 안 좋게 생각할 만큼 끔찍하게 볼썽사나
운 것이었다. '전혀 따분해하지 않던데요.'

'새라는… 그냥 친구에요.'

'정말 그렇다면 왜 우리가 없는 것처럼 행동했어요?'

필립은 우리 머리 위에 매달린 네온사인을 올려다보았다. 거기에는
잔인하게도 '약혼반지'라는 단어가 깜빡이고 있었다.

'나한테는 이게 쉬운 일인 거 같아요? 아이들이 싫은 건 아니에요. 아
이들은 정말 좋아요. 나는 그저….'

깜빡이는 네온사인 밑에서 수많은 쇼핑객들의 얼굴색이 바뀔 때까지
나는 아무 말 없이 잠자코 기다렸다.

'내가 지금 당장 아빠가 되고 싶은지 아직 잘 모르겠어요.'

그가 우리를 집에 내려주고 돌아가자 나는 클레오의 목걸이가 사라
진 것을 발견했다. 클레오가 결국 목걸이를 물어뜯고 자유를 되찾은 것
이었다.

26. 마녀의 고양이

때로는 달을
사랑하는 것이 더 쉬울 때도 있다.

실연당한 반항적인 여자가 할 수 있는 일이 뭐가 있을까. 마녀가 되는 것이나 가능할까. 마녀는 저주를 물리친다. 마녀는 스스로 행운을 만들어낸다. 마법은 잠재력을 가지고 있다. 지붕 꼭대기와 벽난로 앞에 거의 동시에 나타나는 능력을 가진 클레오는 털 색깔만 봐도 완벽한 마녀의 고양이였다.

고양이가 있으면 방은 더 아름다워 보인다. 부드러운 고양이의 존재가 의자와 널브러진 장난감, 과자 부스러기가 널린 접시들을 사원으로 만들어 영혼을 달래준다. 창틀에 여신처럼 앉아 클레오는 자신의 존재만으로 축복해준 인간의 수많은 약점을 지켜본다. 이 불쌍한 존재들은 과거에 매달리고 미래를 통제하려고 전전긍긍하며 수많은 실수를 저지른다. 그들에게는 현재에 머물라고 일깨워줄 고양이가 필요하다.

고양이의 귀는 책가방이 바닥에 쿵 떨어지는 소리나 설탕 그릇 속에서 또 다시 개미를 발견한 엄마의 욕설을 가만히 듣고만 있다. 인간과 인간의 비극적인 과잉반응은 고양이를 즐겁게 해준다. 어떤 인간의 행동도 고양이의 평정을 깨뜨릴 수는 없다. 고양이에게 아기 옷을 입히고 유모차에 태우려고 하는 끔찍한 단계를 거치는 어린 아이들만 빼고는.

고양이의 발은 땅이 조금만 흔들려도 감지할 수 있다. 항상 사방을 주시하는 고양이의 눈은 인간의 눈보다 많은 것을 인지한다. 잠을 잘 때도 고양이는 눈 위에 반투명한 제3의 눈꺼풀을 쳐서 어떤 움직임도 놓치지 않는다. 고양이는 항상 관찰을 하지만 함부로 의견을 제시하지 않을 만큼 현명하다.

검은 고양이는 대서양의 어느 쪽에 있는가에 따라 행운의 상징이 될수도 있고 그렇지 않을 수도 있다. 영국에서는 검은 고양이가 앞을 가로질러가면 좋은 일이 생길 거라고 믿는다. 하지만 미국에서는 위험을 불러들인다고 믿는다.

아른거리는 털과 거울 같은 눈 때문에 검은 고양이가 사악한 영혼으로 여겨진 적도 있었다. 검은 고양이는 어두워지면 눈에 띄지 않기 때문에 순수하지 못한 사람들이 검은 고양이가 악을 상징한다고 했던 것이다. 지붕 위에서 순진한 농부들을 노리는 악마라고 말이다. 검은 고양이를 행운의 상징으로 여기는 영국에서도 그런 미신이 고양이에게 좋은 것만은 아니다. 검은 고양이가 자기 앞을 지나갈 때 해로운 일이 벌어지

지 않으면 그 사람은 악에서 무사히 벗어난 것이기 때문에 운이 좋다고
생각하기 때문이다.

❧

　다시 정신과 의사를 볼 필요는 없었다. 또 다시 원나잇스탠드를 하라
고 할 것이 뻔했기 때문이다. 그게 어떻게 끝났는지 이제 다 알지 않는
가. 그래도 나는 실수를 통해 무언가 깨달은 점이 있었다. 나는 데이트
를 멀리하고 현명해지고자 노력했다. 엄마의 끔찍한 버릇처럼 나도 사
람들에게 똑같은 얘기를 하고 또 하는 외로운 사람 증후군을 갖게 되었
다. 사람들의 눈이 게슴츠레 해지면 '내가 이 얘기를 했었나요?'라고 말
하기 시작한다. 예의 바른 사람들은 처음 듣는 얘기라고 말하기도 한다.
　사람들이 잘 지내냐고 물어보면 나는 요즘처럼 행복한 때가 없다고
말했다. 그래서 뭐? 고양이는 한 번도 미소를 짓지 않는 적이 없다. 나는
남자가 필요 없는 자급자족적인 여자가 되기 위해 할 수 있는 것이라
면 모조리 다 했다. 내 사전에 더 이상 타협이란 말은 없었다. 중국식 바
지 정장도 규칙적으로 바람을 쐈다. 나는 싸구려 도자기 오리를 벽에다
매달고 와인을 마셨으며 하고 싶을 때마다 마음껏 방귀를 뀌었다. 아이
들이 아빠와 함께 지내는 밤이면 이웃집에 들릴 정도로 스테레오를 크
게 틀고 반쯤 벗은 몸으로 마빈 게이^{Marvin Gaye}의 음악에 맞춰 춤을 췄
다(절대 엘라와 루이스의 노래는 틀지 않았다!). 여자 친구들은 그러는 나를
보고 잘 한다고 했다. 그들은 나를 능력 있는 여자라고 불렀다.
　능력이 있다는 것은 멋진 말이지만 솔직히 모든 면에서 그런 것은 아

니었다. 마녀가 자신의 삶을 스스로 만들어가는 것처럼 보여도 마녀에게는 열심히 따라다니는 존재가 있다. 바로 외로움. 아이들이 잠들고 나면 와인을 한잔 따른다. 그러면 클레오가 나를 향해 터벅터벅 걸어온다. 기다란 2미터 정도의 클레오 꼬리 그림자가 벽에 아른거린다. 고양이 털가죽을 만지면 정전기가 팔을 타고 파박 올라온다. 나는 고양이를 안아 뒷마당에 있는 덱으로 나간다. 그리고는 별 빛 아래 가만히 앉아 우리의 상처를 핥아주는 달의 울퉁불퉁한 면을 바라본다.

'마녀의 마음을 건드리는 사람은 아무도 없어.' 벨벳 같은 고양이의 털에 코를 묻으며 중얼거렸다.

그래도 전화벨이 울리면 얼른 뛰어갔다. 하지만 그 사람은 아니었다. 그 사람이 뭐 하러 전화를 걸겠는가? 그는 헤어지자는 의사를 분명하게 밝혔다. '아직 준비가 되지 않았다'고 그가 말했다. 그게 정확히 무슨 뜻인지는 모르겠지만. 모든 것에 대한 준비를 갖출 때까지 사람들이 기다린다면 아무 일도 일어나지 않을 것이다. 인생은 메뉴가 아니다. '준비가 되었다고' 주문할 수 있는 코스 메뉴가 아니라는 것이다. 나 역시도 샘을 잃을 준비가 되지 않았었다. 그리고 필립과 헤어질 준비도 되지 않았다고 생각했다. 또박또박 말을 하면서도 그의 눈은 슬픔과 사랑으로 가득 차 있었다. 그가 한 말을 그대로 받아들이려고 하면서도 나는 그 눈빛을 믿고 있었다. 그는 왜 떠나간 것일까?

차분한 그의 모습, 모닥불처럼 따스한 그의 목소리, 우스울 정도로 보수적인 옷차림, 약간 삐뚤어진 코, 귀 속에 난 털까지 그에 대한 모든 점이 그리웠다. 그중에서도 가장 그리운 것은 그의 냄새였다. 애프터셰이브를 바른 적이 거의 없는데도 불구하고 그에게는 항상 키프로스 나무 냄새가 났다. 어떻게 연인의 향기를 찬미하는 시가 이렇게 적을 수가 있을까? 롭도 그를 그리워했다. 롭이 그렇게 갖고 싶어 하던 역할 모델이었던 필립은 결국 마네킹처럼 무정한 가짜에 불과했다. 내가 어쩜 그렇게 바보스러울 수 있을까. 다시는 어떤 남자도 롭에게 그런 식으로 상처 주지 못하게 할 거라고 맹세했건만.

필립은 어떻게 지내는지 궁금했다. 이탈리아산 재킷처럼 우리도 버렸을까? 분명 백치미 넘치는 치과의사와 변호사들에게 둘러싸여 지내겠지. 우리가 속한 세상이 조금이라도 비슷했다면 전화 몇 통으로 궁금증이 풀렸을 것이다. 하지만 우리는 우리 두 사람을 모두 아는 친구가 한 명도 없었다. 그러니 그가 명왕성으로 갔다 해도 알 리가 없었을 것이다. 그렇게 몇 주가 지났고 몇 달이 흘러갔다.

내가 마녀가 되려면 클레오가 절대적으로 필요했다. 나는 클레오에게 내 어깨에 걸터앉는 법을 가르쳤다. 처음에는 제대로 하지 못해 클레오나 나나 아프기만 했다. 하지만 태양의 서커스 단원들만큼이나 균형 감각이 뛰어난 적극적인 학생이었던 클레오는 곧 내 살을 할퀴지 않고도 안전하게 앉을 수 있을 정도로만 발톱으로 옷을 잡는 법을 터득했다. 누가 우리 집을 찾아와 문을 열 때마다 내 어깨에 앉아 내려다보는 검은 고양이를 보고 놀라는 표정들이 너무나 재미있었다. 아무리 기술이 발전하고 세련되었다 해도 사람들은 원시인과 같은 면을 가지고 있었다. 사람들은 여전히 마녀를 믿었다. 과거였다면 이웃사람들이 새벽에 우리 집 흰 울타리에 모여 나와 우리 고양이를 끄집어낸 뒤 모닥불로 데리고 갔을 것이다.

'나비에게 심해에 뛰어드는 다이빙 장비가 필요 없는 것처럼 여자에게도 남자가 필요 없어요.' 얼마 전 새로 알게 되어 이제는 주기적으로 우리 집에 들르는 에마에게 말했다. 페미니스트 서점에서 일하는 에마는 어느 출판 기념식에서 화장실 앞을 서성이다 알게 된 사람이었다. 그녀는 내가 허브 키우는 걸 도와주고 남자라는 종에 관해 강한 관점을 가지고 있는 자기 친구들에게 소개시켜 주었다. 와인에 취한 그 사람들이 떠들어대는 소리를 들으면서 나 역시도 격렬하게 머리를 끄덕였다. 그들에게 남자란 바지 속 물건에 복종하는 덜 떨어진 종이었고, 이미 오래 전에 멸종되었어야 하는 종족이었다.

에마처럼 머리를 짧게 자르고 은색으로 물들일 생각까진 없었지만 나는 그녀의 스타일이 부러웠다. 청록색이 그녀의 색깔이었다. 아이가 없는 여자나 수백 개의 상점과 시장 가판대를 뒤지며 그렇게 많은 청록색 허섭스레기들을 찾을 수 있을 것이다. 팔찌며, 스카프, 심지어 청록색 선글라스까지 가지고 있었다. 그녀가 가장 좋아하는 액세서리는 청록색 무늬가 새겨진 깃털 달린 펜던트였는데 그녀의 아우라를 깨끗하게 해주고 샐비어 향을 피워 그녀의 집에서 사악한 영혼을 몰아내주었으며 그녀의 토템 동물이 퓨마라고 알려준 호피족 인디언 추장에게 받은 선물이라고 했다.

에마는 자신이 일하는 서점에서 책을 가져오기도 했다. 《여자들이 피를 흘리는 이유$^{Why\ Women\ Bleed}$》, 《일회용 남자$^{The\ Disposable\ Male}$》. 돌볼 아이가 없는 그녀는 우리 아이들에게 이모나 마찬가지였다. 리디아와 트램펄린 위에서 뛰거나 롭과 공차기를 하는 그녀의 넘치는 에너지가 부러웠다. 에마가 함께해주는 시간이 너무나도 고마웠다.

나는 또한 정신없이 돌아가는 뉴스실 분위기에도 감사했다. 마감일과 동료들이 전해주는 세속적인 이야기가 깨진 마음의 텅 빈 공간을 메워주었다. 나에게 아무도, 심지어 니콜도, '내가 그랬잖아요.'라는 말을 하지 않는 것이 고마웠다. 미소년에 대한 농담은 점점 시들해졌고 결국 아무도 하지 않게 되었다. 그들이 나를 다시 자기들 무리에 끼워주었던 것이다. 그런 게 고마웠다.

티나를 잘 알진 못했지만 그녀는 마녀와 같은 능력을 가지고 있다는 신호를 내보내고 있었다. 얼마 전 티나가 나를 자기 사무실로 부르더니 영국 캐임브리지 대학교 언론 대학원에 지원을 해보는 것이 어떻겠냐고 제안했다. 내가 받아들여질 가능성은 0보다 낮았지만 연습 삼아 지원서를 작성했다. 지원서에는 관심 연구 분야를 직접 적게 되어 있었다. 받아들여질 리 없다고 확신했기에 엉뚱한 주제를 만들어내기로 했다. 영적인 관점에서 살펴본 환경 연구.

아이들 없이 지내는 주말이 또 다시 사막처럼 펼쳐지려 하고 있었다. 마침 오아시스처럼 에마가 토요일 밤에 자기 집에 와서 파스타와 샐러드를 먹자며 초대를 했다.

이런 여자 친구를 갖게 해주셔서 감사합니다, 라고 생각하며 시내 외곽 언덕배기에 있는 귀여운 에마의 집 밖에 차를 댔다.

'기분이 어때요?' 문을 열며 그녀가 말했다.

에마는 내가 솔직하게 대할 수 있는 몇 안 되는 사람 중에 하나였다.

'좋아요. 나빠요… 모르겠어요… 힘들어요.'

그녀는 영혼이 담긴 호주산 붉은 포도주가 든 와인 잔을 가리켰다. 우리는 바람 소리가 최면을 걸 듯 울리는 바깥에 앉아 저녁을 먹었다.

'당신은 멋진 친구예요.' 홈메이드 레몬 푸딩 남은 것을 싹싹 긁으며 내가 말했다. '이렇게 맛있는 식사가 짠하고 나타나다니 정말 융숭한 대접이에요. 마술 같아요. 잊을 수가 없을 거예요. 나는 감자 하나도 까지 않았는데.'

'제가 좋아서 한 건데요.' 앞니를 반짝이며 에마가 말했다. 호피족 인디언 추장이 맞았다. 그녀에게는 어딘가 표범과 같은 점이 있었다. 특히 저녁 불빛 아래에 있을 때면.

식탁 치우는 걸 도와주기 위해 일어서자 에마가 내 손을 잡았다. '아니, 앉아요. 오늘은 당신의 밤이에요. 당신이 얼마나 열심히 일하는지 혼자 아이들을 키우는 게 얼마나 어려운지 다 알아요. 오늘 밤은 내가 당신을 돌봐줄게요.'

그녀의 말을 들으니 고마움에 몸 둘 바를 모를 지경이었다. 드디어 나를 이해해주는 사람이 생겼구나.

'저게 무슨 소리예요? 장식용 분수가 있어요?' 내가 물었다.

'당신을 위해 목욕물을 받는 중이에요.'

목욕이라고? 나한테 그렇게 나쁜 냄새가 났나? 나오기 전에 샤워를 했는데.

'목욕보다 편안하게 해주는 게 없다면서요.' 내가 놀라는 것을 눈치챈 그녀가 덧붙였다.

'네. 하지만 그건 집에 혼자 있을 때죠.' 웅얼거리는 목소리로 대답했다.

'여태까지 집에서 했던 목욕보다 훨씬 더 좋을 거예요. 당신을 위해 프랑스산 거품 목욕제를 남겨두었거든요.'

'그게… 정말… 고맙네요.' 그녀한테 그냥 목욕제를 받아 집으로 가고 싶다는 생각을 하면서도 대답했다.

'목욕가운도 꺼내 놓았어요. 욕실에요.' 그렇게 말하는 그녀가 점점 더 표범처럼 보였다.

갑자기 얼굴이 화끈거리고 혼란스러웠다. 수년 동안 여러 여자들을 알고 지냈다. 지니처럼 평생 믿을 수 있는 강하고 멋진 여자들을 말이다. 우리는 함께 웃고 함께 울었고, 남자에 대한 불평을 늘어놓았으며 비밀스런 신체의 변화를 자세히 털어놓기도 했다. 그런 여자들은 내가 슬퍼하고 아이를 낳고, 이혼을 한 후 당하는 수모를 웃어넘기게 도와주었다. 하지만 그런 여자들 가운데 나를 초대해 목욕을 하게 한 사람은 없었다. 그것도 거품 목욕을.

'걱정 말아요. 오늘은 당신만의 특별한 밤이에요.' 에마가 나를 달랬다.

아 뭐. 목욕하는 게 그리 대수겠어? 싫다고 하면 에마가 나를 촌스럽다고 할지도 몰라. 내가 에마를 얼마나 좋아하는데. 분명 나를 도와주려고 그러는 걸 거야. 그런 그녀에게 상처를 주거나 고마워하지 않는 것처럼 보이고 싶지 않아.

프랑스 사람들은 분명 거품 목욕에 대해 일가견이 있는 것 같았다. 물에서 커다란 무지개 반구가 생겨났다. 창가에는 여러 가지 색의 촛불이 빛나고 있었다. 저러다 불이 날지도 모르는데. 목욕 가운이 욕실장 위에 놓여 있었다. 나는 본능적으로 손을 들어 욕실 문을 잠그려 했다. 하지만 잠금 장치가 없었다.

거품 속으로 몸을 깊숙이 담그고 '여자들은 무엇이든 할 수 있다'라고 쓰인 벽에 걸린 포스터를 바라보았다. 내가 에마에게 이상한 신호를 보냈나? 설마 아니겠지. 내가 직설적이라는 건 에마도 잘 알 텐데. 에마도 직설적일 것이라고 내가 너무 순진하게 생각했던 걸까?

그녀는 단 한 번도 전에 사귀었던 남자에 대한 이야기를 한 적이 없었다. 하지만 나는 에마의 사생활을 존중해주어야 한다고 생각했었다. 어쩌면 내가 그녀의 애정 생활에 좀 더 주의를 기울였어야 했는지도 모른다. 그녀가 남자 이야기를 한 적은 단 한 번밖에 없었고 주로 여자 친구들에 관한 이야기만 했다. 하지만 나는 '친구'라는 게 일반적인 친구를 나타내는 말이라고만 생각했었다. 어쩌면 내가 정확하게 표현하지 않은 게 문제였는지도 모른다. 내가 여자들을 사랑한다고 에마에게 이야기했을 때 굳이 '하지만 그런 식은 아니었어요.'라는 말을 덧붙일 필요는 없다고 생각했었다. 내가 있는 힘껏 닫아놓은 문 아래로 이상한 소리가 들려왔다.

'고래 노랫소리에요!' 에마가 소리쳤다. '잠재적인 메시지가 담겨 있죠.'

'아. 그게 무슨 뜻이에요?' 별로 관심 없다는 말투로 내가 대답했다.

'고래 노랫소리에 귀로는 들을 수 없는 메시지를 녹음해 놓은 것이 죠. 사고방식을 바꾸게 하려고요.'

갑자기 불안해진 나는 요들을 부르는 고래 소리 속에 숨겨진 메시지가 무엇인지 들으려고 물밖으로 고개를 쭉 뺐다. 분명 무언가 웅얼거리는 소리가 들렸다. 어쩌면 에마가 나를 이상한 종교로 끌어들이려고 세뇌하는 것일지도 모른다.

'무슨 말을 하는 거예요?' 불안감을 애써 감추며 물었다.

'아, 긴장을 풀고, 모든 것을 놓아버려라, 뭐 그런 거예요.'

흰고래든, 흰긴수염고래든, 향유고래든 내가 담당하는 합창단에 오디션을 보러 온다면 나는 모조리 거절해버릴 것이다. 고래들은 정말 음치였다. 나는 다시 거품 속으로 들어가 마음을 집중하고 긴장을 풀려고 했다.

'물은 따뜻해요?' 갑자기 욕실로 들어온 에마가 얼굴을 가까이 들이대며 물었다. 그녀의 입에서 마늘 냄새가 났다.

'네, 고마워요.' 빠져 죽지 않을 정도로만 거품 속으로 깊이 들어가며 내가 대답했다. '딱 좋아요….'

'그래요?' 에마의 얼굴이 욕조 위에 해처럼 둥둥 떠 있었다.

'이제 나갈래요.'

'아, 그러면 마사지를 받을 수 없을 텐데요.' 긴 손가락으로 내 목을 파고들며 에마가 소리쳤다.

마사지?! 마지못해 웅크리고 앉은 나는 하기 싫은 목욕을 하는 개처럼 무심한 표정으로 그녀의 시선을 견디고 있었다. 귓가에 울리는 에마의 숨소리가 점점 거칠고 커지는 것 같았다. 그녀의 향수에서 느껴지는 남자 화장품 냄새에 어쩐지 욕지거리가 났다.

장미꽃으로 덮인 작은 집에 청록색 수집품을 가진 건장한 여자와 함께 사는 모습이 떠올랐다. 고등학교 때 그런 여자 선생님이 두 분 계셨다. 소문이 퍼지는 것을 막기 위해 따로따로 차를 타고 오시긴 했지만 다들 알고 있었다. 사람들은 두 선생님이 함께 묻힐 수 있게 미리 준비까지 해놨다고 했다.

엄밀히 말해서 그것도 가능한 일이긴 했다. 에마와 살면 남자들 때문에 겪게 되는 잔인한 현실을 조금은 피할 수도 있을 것이다. 남성 호르몬이 그렇게 문제가 될 것도 아니고 금발의 치과의사들과 경쟁을 하는 일도 거의 없을 것이며 여자들끼리 즐기는 애정을 만끽할 수도 있을 것이다. 고양이한테 하는 것과는 다른 포옹도 할 수 있을 것이다. 나도 에마가 좋긴 했다. 문제는 단 한 가지였다. 내가 에마를 사랑하지는 않는다는 것. 적어도 그런 식으로는.

에마가 손으로 내 얼굴을 돌려 내 입술에 축축한 입술을 갖다 대는 순간 나는 그 즉시 알아챌 수 있었다. 내가 그런 여자가 아니라는 것을.

❦

마지막으로 필립을 본 지 6개월이 지났다. 이젠 그를 잊었다. 아니 적어도 그를 잊은 척했다. 아이들과 일로 지칠대로 지친 나에게 남자는 필요 없었다. 더구나 나는 여성 문제에 관한 권위자가 되어가고 있었다. 에마는 나를 어느 지역 마녀에게 소개시켜줬고, 그 마녀는 우리 사무실에서 여성의 영성에 관한 인터뷰를 해주겠다고 했다. 마녀들도 다른 사람들만큼이나 언론의 관심을 필요로 하는가 보다.

목에 크리스탈 몇 개를 주렁주렁 걸친 것과 슬리퍼 사이로 튀어나온 울퉁불퉁한 발가락에 밴드를 싸고 있는 것만 빼면 그녀는 슈퍼마켓에서 마주칠 만한 여느 아줌마들과 똑같이 생겼다. 나는 그녀를 인터뷰실로 안내했다. 우리는 서로 미소를 지었다. 내가 가지고 있는 마녀의 잠재력을 그녀가 알아볼까 궁금해하는데 그녀가 놀랍게도 나에게 애완동물을 키우느냐고 물었다. 내가 클레오 얘기를 하자 그녀가 앞으로 몸을 숙였고 목에 달린 크리스탈들이 부딪혀 소리를 냈다.

'검은 고양이는 마녀와 완전히 친숙한 동물이지요. 검은 고양이의 몸을 통해 모습을 드러내는 영혼이 마녀 옆에 붙어서 영적인 도움을 주기도 하고요.'

'그럼 내 꿈을 이루는 걸 클레오가 도와줄 수 있다는 말씀인가요?'

마녀가 웃음을 터뜨렸다. 낄낄대는 웃음이 아니라 평범한 아줌마가 웃는 것처럼.

'단순한 차원에서는 그렇게 말할 수도 있겠네요.' 그녀가 말했다.

누군가 문을 두드리는 바람에 우리는 대화를 중단했다. 티나였다. 티나는 기자다운 눈길로 마녀를 재빨리 훑어보았다. 그 눈빛만 봐도 수천 문장을 만들어낼 수 있는 말들을 생각하고 있다는 것을 알 수 있었다.

'말씀하시는 데 미안해요. 근데 아래에 당신을 만나러온 사람이 있어서요. 더스틴이라는 남자예요.'

27. 부재

고양이는
기회를 놓치지 않는다.

클레오는 마치 낮은 전류가 몸속에 흐르는 것처럼 신경이 날카로워 있었다. 수염을 씰룩거리면서 카펫 위를 돌아다녔다. 위로 갔다 아래로 갔다 테이블 밑으로 갔다 다시 나왔다 하면서. 붕하는 자동차 소리가 들리면 가만히 멈춰서 귀를 납작하게 눕혔다. 그러다 자동차가 지나가버리면 다시 귀를 쫑긋 세우고 카펫 위를 돌아다녔다. 옆집 아들이 친구에게 소리치는 소리가 들렸다. 클레오가 등을 둥글게 말고 카펫 속으로 발톱을 세웠다.

길이 가장 잘 보이는 내 방 창가 책상 주변으로 고양이가 자꾸 들어왔다. 중력이 고양이를 당겨 다시 앞마당과 길 건너편 집들을 살펴보게 만들었다. 새소리가 들리자 고양이는 책상 위로 뛰어올라 커튼 틈으로 가만히 밖을 내다보았다. 그러더니 실망했다는 듯 쿵하고 바닥으로 내려왔다. 멀리에서 쓰레기통이 부딪히는 소리가 나면 고양이는 다시 책상 위에 올라 밖을 살펴보다가 역시 바닥으로 내려와 안절부절 못하고 돌아다니기 시작했다.

드디어 고양이가 기다려왔던 소리, 대문이 클릭하고 열리는 소리가 들렸다. 책상 위에 뛰어오른 고양이는 커튼 틈 사이로 집을 향해 다가오는 사람을 뚫어져라 쳐다보았다. 기쁨에 돌돌 말린 꼬리가 펴지고 흔들렸다. 고양이는 신이 난 듯 야옹거리며 바닥으로 뛰어내려 현관문을 향해 쏜살같이 복도를 내달렸다.

문을 여는 순간, 클레오가 필립을 향해 돌진하더니 필립의 허벅지 위로 안아달라는 듯 앞발을 뻗었다.

'당신을 기다리고 있었나 봐요.' 클레오를 안아 올리는 필립을 향해 미소를 보냈다. 클레오는 필립의 점퍼 위를 기어올라 그의 목을 핥고 턱 아래를 파고들었다. 클레오파트라가 마크 앤서니를 만난 이후로 이렇게 사랑스런 재회는 없었을 것이다.

아이들은 좀 더 경계하는 눈빛으로 필립을 맞았다. 나무 퍼즐을 맞추다 고개를 든 리디아의 얼굴에는 다시 필립을 진지하게 생각하게 만들려면 그녀의 비위를 상당히 맞춰야 할 것 같은 표정이 서려 있었다. 롭은 방에서 나와 공손하게 인사를 했다.

몇 주가 지나고 다시 몇 달이 지나면서 우리는 서서히 따스함과 신뢰를 되찾기 시작했다. 우리는 이전보다 더 사이가 돈독해졌다. 비록 다시 깨질 때를 대비해 마음 한구석에 저지선을 쳐놓긴 했지만 나는, 그리고 우리는 분명 필립을 사랑했다.

어느 늦은 토요일 오후 그는 클레오까지 우리 식구 모두를 차에 태웠다.

'어디 가요?' 나는 예전부터 비밀과 놀라움을 몹시 싫어했다.

'가 보면 알아요.'

무릎 위에 클레오를 앉힌 롭과 그 옆에 앉은 리디아는 의외로 즐거운 듯한 모습이었다.

'서커스 보러 가는 거예요?' 리디아가 물었다. 요즘 들어 리디아는 스팽글과 깃털이 달린 핑크색 옷을 입고 서커스 텐트 꼭대기에 매달려 있는, 자신이 '거꾸로 여자'라고 부르는 사람이 되고 싶어 했다.

'그건 다음에.' 필립이 대답했다. '아니'라는 말을 삼가는 부모식 표현을 그렇게 빨리 터득한 필립에 나는 놀라워했다.

'박물관에는 왜 가요?' 식물원을 지나 박물관으로 이어지는 길에 접어들자 롭이 물었다.

'가 보면 알 거야.'

필립은 우리가 처음 만났던 그날 저녁, 내가 차를 주차했던 바로 그곳에 차를 세웠다. 그는 우리에게 차 안에서 잠시 기다리라고 하고는 계단 위로 사라졌다.

'공룡 보러 가는 거야?' 리디아가 물었다.

'아니, 너무 늦어서 안 돼. 박물관이 닫았거든.' 롭이 대답했다.

'맞아. 해가 거의 질 때잖아.' 나 역시 그렇게 대답했다.

금메달 같은 태양이 솜사탕 같은 구름 속으로 사라졌다. 박물관 앞에 서 있는 기둥들이 긴 그림자를 만들었다. 우리가 처음으로 서로를 눈여겨보았던 그날 저녁과 아주 비슷한, 완벽한 밤이었다. 계단 위에 서 있던 신부측 들러리들의 모습과 잘생긴 군인을 보았을 때 느꼈던 강렬한 느낌이 지금도 생생하게 느껴졌다. 나는 아직도 그때 느꼈던 느낌이 소울메이트가 만날 때 생기는 우주의 폭발 때문인지 아니면 그저 순수한 욕정 때문이었는지 알 수가 없다.

필립이 다시 나타나더니 우리에게 계단을 올라오라고 손짓했다. 우리는 차에서 내려 계단을 올라갔다. 평소 같으면 롭이 클레오를 뒷자리에 두고 내렸겠지만 이번에는 무언가 중대한 일이 일어날 것이라는 사실을 알아차린 듯했다. 롭은 클레오를 안고, 나는 리디아의 손을 잡고 계단을 올라갔다.

놀랍게도 필립은 내가 맨 처음 그를 보았던 바로 그 자리에 서 있었다. 박물관 입구보다 약간 오른쪽 석양이 비추는 곳에.

'보여주고 싶은 게 있어요.'라고 말하면서 필립이 옆으로 비켜서서 손으로 무언가를 가리켰다. 그가 가리키는 곳은 콘크리트 창틀이었는데 구석지고 그림자에 가려서 무엇이 있는지 알아보기 힘들었다. 내가 생각했던 것만큼 필립이 솔직한 사람이 아니었나, 하는 생각이 들 때였다.

'잘 봐요.' 필립이 미소를 지었다.

놀랍게도 가장 구석진 창문에 조그만 감청색의 상자가 숨겨져 있었다. 상자 안에는 다이아몬드 반지가 들어 있었다. 롭과 리디아, 클레오

앞에서 그는 그것을 내 손가락에 끼워주었다.

'내 손가락 사이즈는 어떻게 알았어요?' 어쩜 이렇게 감수성이 없을까 스스로 느끼면서도 감동받은 마음을 그대로 드러내며 물었다.

'보석함에서 반지를 하나 훔쳤죠. 눈치채지 못하길 바랐는데, 눈치 못 챘죠?'

나는 고개를 끄덕였다. 행복한 눈물에 목이 메여 대답할 수가 없었다.

우리는 사정상 오랫동안 약혼한 상태로 지내야 한다는 데 합의했다. 날짜를 정한 건 아니지만 한두 해 정도 지나면 가족들이 완전히 어울릴 수 있을 것이라고 생각했다. 내가 36살밖에 안 되었으니 필립이 자기 유전자를 가진 아이를 갖고 싶다고 해도 시간은 충분했다. 비록 신경질적인 기자 친구들에게 한동안 결혼은 하지 않고 약혼한 상태로 지내겠다고 말하기가 멋쩍긴 했지만 그게 우리를 위한 최선의 방법인 것 같았다. 이건 보통사람들이 하는 결혼과는 달랐다. 이것은 한 남자와, 깨진 가족과 고양이 한 마리가 함께하는 결혼이었다. 따라서 관련된 사람들이 모두 편안하게 느껴야 했다.

약혼반지를 끼고 다니는 것에 익숙해질 무렵 중요해 보이는 편지가 도착했다.

🐾

'캐임브리지가 미쳤나 봐요.' 필립에게 편지를 건네주며 말했다. '나를 받아주겠대요.'

그는 웃음을 터뜨리며 근육질 가득한 팔로 나를 안고는 그럴 줄 알았다고 했다. 여러 면에서 고려할 때 완벽한 타이밍이었다. 필립은 스위스 경영대학인 아이엠디^{IMD}의 엠비에이^{MBA} 과정에 입학 허가를 받은 상태였다 (혹시 그는 타이틀만 주렁주렁 달고 싶은 생각인 걸까). 내가 캐임브리지 펠로우십을 마치면 아이들과 나는 스위스 로잔에서 그와 함께 연말까지 지낼 수가 있었다….

캐임브리지. 스위스. 안 될 것 같았다. 롭과 리디아를 뉴질랜드에 3개월 동안이나 떨어뜨려 놓아야 하고 게다가 클레오는 1년이나 보지 못할 텐데! 불가능한 일이야. 대학교에 편지를 써서 나를 받아준 건 고맙지만 내 사정이 안 되겠다고 거절을 해야겠어.

하지만 필립은 거절하지 말라고 설득했다. 이런 기회가 언제 또 오겠어요? 스티브와 엄마도 마찬가지였다. 엄마는 내가 영국에 가면 한 달 동안 아이들을 봐주겠다고 하셨고 나머지 두 달은 스티브가 돌보겠다고 했다. 클레오가 나를 뚫어져라 쳐다봤다. 나에게 가도 된다는 말을 하는 것일까, 아니면 가지 말라는 것일까?

캐임브리지에서 연구과정을 끝내면 리디아가 스위스로 와서 우리와 함께 지내면서 프랑스어를 배울 예정이었다(사람들은 식은 죽 먹기일 것이라고 했다). 롭은 뉴질랜드에서 고등학교를 계속 다니면서 방학 때만 스위스에 오겠다고 했다. 지뢰밭보다 더한 재난이 도사리고 있는 무모하고 비현실적인 계획이었지만 우리는 그렇게 하기로 했다.

우리가 나가 있을 동안 집에 세 들어 살 사람들을 면접 보는 걸 클레오가 도와주었다. 가장 처음 우리 집 현관에 나타난 사람은 파랗고 흰 체크무늬 셔츠를 입은 말쑥한 차림의 제프라는 회계사였다. 내가 보기엔 매력적인 사람이었는데 클레오는 그를 보더니 쉿 소리를 내고는 의자 밑으로 숨어버렸다. 한 시간 후에 아로마테라피를 하는 버지니아가 실크 스카프를 두르고 파튜리유를 바르고 나타났다. 클레오는 책장 위에 올라가 눈을 둥글리며 그녀를 내려다보았다. 클레오가 사람보다 더 높은 곳에 올라가는 것은 절대 좋은 신호가 아니었다. 휴지통 속으로 들어가 선을 긋고 서로 위협을 해대며 마음이 맞지 않아 다툼이 생기기 십상이었다. 나는 이미 전화로 우리 집에 세 들어 살려면 고양이까지 보살펴야 하고, 어쩌면 집보다 고양이가 더 우선일지 모른다고 버지니아에게 설명해주었다.

버지니아가 클레오를 노려보더니 이렇게 말했다. '제가 아로마테라피를 하게 된 이유가 고양이만 보면 재채기를 해서예요. 그런데 고양이를 일주일에 한 번씩 라벤더 오일에 목욕시키니까 재채기를 하지 않게 되더라고요. 그러면 눈물 나는 것만 참으면 되는데, 그러면 동종유사요법이…' 나는 버지니아가 페퍼민트 차를 마시면서 마음대로 지껄이게 내버려두고는 와줘서 고맙다고 인사를 하고 돌려보냈다.

개인적으로 나는 오드리가 마음에 들었다. 화려한 옷차림의 오드리는 남편이 성별이 확실하지 않은 마사지사와 함께 도망간 이후로 새로운 삶을 시작하려 하는 사람이었다. 내가 가슴에 늘어뜨린 여러 줄로 이루어진 목걸이가 멋지다고 말하자 그녀는 기쁜 듯 얼굴에 홍조를 띠었다. 그것은 경찰관들이 범죄 현장에 두르는 그런 리본과 사촌동생의 외양간에 매달려 있는 것의 중간쯤 되는 목걸이였다. 그녀는 이탈리안 디자이너의 작품이라고 하면서 팔이 하나밖에 없는 사람인데 점점 진가를 인정받고 있다고 했다.

그녀는 우리 집에 방이 많아서 폴리스티렌으로 거대한 성기를 조각하는 취미생활을 하기에 더 없이 좋다고 말했다. 롭의 방을 스튜디오로 만들어도 괜찮다고 생각한 모양이었다. 롭이 집 안에 없어서 아무 말도 할 수 없는 것이 다행이었다. 오드리가 롭의 방 앞에 서서 머릿속으로 롭이 그동안 만들고 모아 놓은 모델 비행기들을 없애버리고 그 자리에 자신이 만든 조각들이 들어가 있는 모습을 그리는 동안 그녀의 다리 사이로 그림자가 하나 지나갔다. 오드리는 잽싸게 몸을 움직여 클레오를 안아 올리고는 가슴에 갖다 댔다.

'아, 고양이! 너같이 털 달린 친구가 없다면 정말 집이라 할 수 없지!' 그녀가 호들갑을 떨며 말했다.

클레오는 자신과 친해지고 싶어 하는 오드리의 마음을 헤아려주지 않았다. 오히려 오드리보다 오드리의 목걸이에 더 관심을 보였다. 클레오는 발을 들고 싸구려 은구슬을 열심히 만지작거렸다.

'고양이를 내려놓는 게 좋겠어요.' 슬슬 긴장하며 내가 말했다.

'말도 안 돼요! 내가 고양이를 얼마나 좋아하는지 이놈도 알 걸요?'

'이건 암컷이에요….'

클레오를 목걸이에서 떼어내려고 하자 클레오가 은구슬을 입에 물더니 깨어 버렸다. 마치 산사태의 시작을 알릴 때 처음으로 굴러 떨어지는 바위처럼 구슬이 바닥으로 굴러 떨어졌다. 그러더니 천천히, 그러나 멈출 수 없는 속도로 차례차례 폭포처럼 떨어졌고 보석과 리본까지 떨어져버렸다. 오드리가 꺅 하고 소리를 질렀다. 아무리 팔이 하나밖에 없는 예술가라 해도 발치에 떨어져 있는 보석들의 잔해를 다시 맞추기는 어려울 것이다.

구슬을 다시 한데 엮어주겠다는 나의 제안도, 다른 사람에게 부탁해보겠다는 말도, 오드리는 모두 거절했다. 나는 오래된 비닐봉지를 가져다 남은 예술작품을 쓸어 담았다. 그녀가 나나 클레오의 목을 조르지 않고 가준 것만도 고마웠다.

점점 절망적인 기분이 들기 시작했다. 클레오를 돌봐줄 만한 사람이 정녕 없는 걸까? 그러는 와중에 초록색 눈에 검은 파마머리를 한 젊은 의사인 안드레아가 우리 집을 보러왔다. 그녀는 고양이를 좋아한다며 클레오를 잘 돌봐주겠다고 했다. 그녀는 다른 사람들이 그랬던 것처럼 (그러다 실패했던 것처럼) 클레오를 꼬시려 들지 않았다. 그저 집을 둘러보더니 지나가는 말처럼 몇 가지 질문을 던졌다. 안드레아가 돌아가려고 자리에서 일어서자 클레오가 관능적으로 등을 구부리더니 안드레아에게 쓰다듬어달라는 듯 가까이 다가갔다. 우리 고양이의 허락과 함께 우리는 안드레아에게 세를 주기로 했다.

클레오가 엄청난 사랑을 주는 능력을 가진 동시에 굳세고 독립적인 생존자라는 것을 나는 잘 알고 있었다. 하지만 그래도 걱정이 되었다. 고양이 냄새가 나는 털 속에 코를 묻으며 우리가 클레오를 다시 볼 수 있기를 간절히 기도했다. 아이들과 3개월이나 떨어져 있어야 한다는 것은 팔 하나를 잘라 냉동실에 넣는 것과 같았다. 나는 샘을 잃었던 것처럼 영원히 못 보는 것이 아니라 잠시 동안만 떨어져 있는 것이라고 스스로를 위로했다. 엄마와 스티브는 앤 메리도 도와줄 테니 아이들은 걱정 말라고 했다. 우리 세 사람 모두 롭과 리디아를 사랑하긴 했지만 할머니와 아빠는 엄마만 해줄 수 있는 신경질과 흠모를 제공해줄 수 없었다. 엄마와 남편은 3개월이 금세 지나갈 것이라고 말했다. 필립도 2년짜리 코스를 1년 만에 끝내기 위해 MBA 공부에 여념이 없을 것이라고 했다.

✿

캐임브리지는 수 세기 동안 영국 최고의 지성인들을 배출한 곳이다. 영리한 사람들이 운영하는 캐임브리지는 지구에서 가장 그림 같은 곳에 자리를 잡았다. 캐임브리지에 속한 31개의 오래된 대학과 새로운 대학은 캠 강 주변에 이리저리 흩어져 있는데 대학 분위기에 따라 둔해 보이는 것도 있고 낭만적으로 보이는 것도 있었다. 살을 에는 1월의 찬 바람이 불어 닥치던 첫 날, 나는 모든 걱정을 잊고 캐임브리지의 아름다움에 푹 빠져들었다. 킹스 칼리지 예배당의 작은 탑들이 어찌나 우아하게 하늘로 뻗어 있던지 사람 손이 아니라 벌들이 만들어 놓은 것만 같았다.

'브라운 씨, 기다리고 있었습니다.' 하느님이 말씀하시는 것 같은 목소리가 나를 불렀다. 지식과 힘, 권위가 담겨 있는 목소리는 기숙사 짐꾼의 목소리였다.

짐꾼으로부터 왠지 모르게 이제 내가 알아서 할 테니 걱정 말라고 안심시키는 듯한 느낌이 전해져왔다. 과실수 네 그루가 내려다보이는 크고 편안한 방으로 안내를 받은 후 나는 아이들과 필립, 클레오의 사진을 책장에 늘어놓았다. 눈물이 터졌다.

캐임브리지에서는 모든 것이 낯설었다. 뉴질랜드라면 1월이 일 년 중 가장 더운 때였다. 비록 영국이 추울 것이라는 예상은 했지만 아무리 옷을 많이 껴입고 양말을 여러 개 신어도 추운 바람이 살을 파고드는 것은 어쩔 수 없었다. 영국의 태양은 7시 반에 자리에서 일어나서 20와트짜리 전구처럼 마지못해 공중에 떠 있다가 오후 세 시 정도가 되면 어둠 속으로 사라졌다.

그래도 캐임브리지의 고풍스러움만은 좋았다. 조약돌, 벽에 금이 간 대학 건물들, 킹스 칼리지 예배당의 저녁기도로 천국에까지 들릴 것만 같은 멋진 남자 소프라노 목소리(예배당이라 해도 성당만큼이나 화려했다). 나는 캐임브리지와, 생기게 된 이유를 아무도 모르는 고대 규칙을 따르는 괴상한 점들을 사랑했다. 학교 잔디 위를 걸어다닐 수 있는 사람들은 대학 특별 연구원들밖에 없었다(혹시 나는 그런 특별 연구원에 속하지 않을까 봐 감히 잔디 위를 걸으려 하지 않았다). 캐임브리지 대학교 규정이 대부분 현실적인 목적을 가진 것이 아니기 때문에 이상한 행동을 해도 다들 즐겁게 봐주었다. 예를 들어 예를 갖춰야 하는 저녁 식사에 한 교수가 다이빙 복장과 마스크를 하고 나타난다면 (실제로 그런 일이 있었다고 한다) 사람들은 그 교수가 그저 아무도 기억하지 못하는 전통을 따른 것일 뿐이라고 생각한다.

캐임브리지에서는 가는 곳마다 고양이가 있었다. 클레오가 그리워 미칠 것 같았던 나는 과실수 뒤의 벽에 앉아 있던 뚱뚱한 마멀레이드 고양이와 친해지려고 했다. 하지만 고양이는 나를 보자마자 종종걸음으로 달아나버렸다.

어느 날인가는 검은색 꼬리가 오래된 교회 모퉁이를 지나가는 것을 본 적도 있었다. 심장이 쿵쾅거리기 시작했다. 논리적으로 생각하면 클레오가 아니라는 것을 알 수 있었지만 그것이 클레오의 영혼을 가지고 있을지도 모른다는 생각이 들었다. 미끄러운 길을 따라 교회 옆으로 갔을 때 이미 고양이는 사라지고 없었다.

한 교수실의 열려진 틈으로 벽난로 앞에 길게 누워 있는 잘난 체 하는 삼색얼룩고양이도 보았다. 그는 한쪽 눈을 뜨더니 입술을 핥고는 한쪽 귀 위로 느릿느릿 발을 올리고는 잠들어버렸다. 고양이의 발톱이 세워지다 들어가다 했다. 꼬리가 씰룩거렸다. 사냥꿈을 꾸고 있는 것이 분명했다.

처음 몇 주 동안은 집이 너무 그리워 제대로 연구를 할 수가 없었다. 나는 매일같이 필립에게 편지를 쓰고 아이들에게 엽서와 테이프로 녹음한 편지를 보냈다. 클레오가 자주 꿈에 나타났다. 어느 날 밤에는 클레오가 아드모어 길에 있는 우리 집보다 세 배나 더 커져버린 꿈을 꾸었다. 클레오는 굴뚝에 머리를 기대고 집 주변으로 발을 뻗고 야옹거렸다. 야옹거리는 소리가 사자 소리처럼 들렸다. 어쩌면 클레오가 자신은 잘 지내고 있으며 집도 잘 돌보고 있다고 알려주는 것인지도 모른다. 잠에서 깨어난 후 다시 잠들지 못하던 나는 양말을 두 켤레 신고 계단을 내려갔다. 기숙사에는 고맙게도 기숙생들이 무료로 쓸 수 있는 검은색 전화기 한 대가 있었다. 다른 쪽 끝에서 전화벨이 울리는 소리를 몇 번 듣다가 전화를 끊으려고 하는 찰나에 누군가 전화를 받았다.

'안드레아?' 내가 소리쳤다.

'몇 시예요?' 졸린 목소리로 그녀가 웅얼거렸다.

'미안해요. 내가 깨웠어요?'

'괜찮아요.' 이런, 내가 잠을 깨웠군. '늦잠을 잤나 봐요. 여긴 토요일 아침이거든요. 어디세요?'

'여전히 영국에 있죠. 클레오, 아니 안드레아가 어떻게 지내나 궁금해서요. 고양이, 아니 집은 별 문제 없고요?'

'밤에 잠을 제대로 못 잤어요. 깊이 잠들어 있는데 클레오가 침대 위로 뛰어올라오는 바람에 깜짝 놀랐지 뭐예요. 도둑인 줄 알았거든요.'

그때부터 우리는 지구 반대편에서 수화기 너머로 유별난 검은 고양이 이야기를 나누기 시작했다. 안드레아는 곧 클레오가 가장 좋아하는 세 가지가 무엇인지 알아냈다. 값비싼 물건, 사랑으로 만들어진 것, 훔친 물건.

'며칠 전에는 출근하러 나가는데 내 핸드백 있잖아요. 방콕에서 산 싸구려 가짜 말고, 진짜 구찌 가방이요. 어쨌든 그게 유난히 무거운 거 같은 거예요. 안을 봤으니 다행이죠. 클레오가 그 안에 웅크리고 앉아 있지 뭐예요! 내가 마치 자기를 데리고 나갈 것처럼 기대에 찬 눈빛으로 올려다보는 것 있죠. 클레오가 그 가방을 좋아해요. 그런데 어떻게 고양이가 가짜하고 진짜를 구분할 수가 있죠?' 그녀가 말했다.

클레오의 코는 항상 고품질을 구분할 줄 알았다. 이를 갈 만한 물건을 찾을 때면 울보다는 캐시미어를 선호했고, 폴리에스터보다는 이집트산 면을 선호했으며 아무리 최고급 플라스틱이라 해도 플라스틱보다는 가죽을 선호했다.

그 다음 전화를 걸었을 때는 안드레아의 엄마가 그녀의 21번째 생일 선물로 직접 수를 놓아 만든 식탁보에 대한 이야기를 들었다. 어느 날 저녁 안드레아가 집에 돌아오니 클레오가 식탁에서 그걸 끄집어내려 둘둘 말고 자고 있었다는 것이었다.

'클레오는 육감을 가졌어요.' 미안한 마음에 내가 말했다. '무언가 사랑하는 마음으로 만든 걸 클레오가 알거든요.'

몇 주 후 전화를 거니 안드레아가 양쪽 운동화 끈이 없어졌다고 불평했다.

'마당에 가서 금붕어 연못 뒤에 있는 덤불 속을 찾아봐요.'

내 말대로 덤불을 살펴본 안드레아는 젖고 해진 양쪽 신발 끈만 아니라 그동안 양말을 보고 성적 흥분을 느끼는 어느 성도착자가 훔쳐갔다고 생각한 양말들까지 찾을 수 있었다.

'정말 미안해요. 그렇게 말썽을 많이 피울 줄은 몰랐어요.' 멀리 떨어져 있는 대륙을 향해 내 목소리가 울려 퍼졌다.

안드레아는 놀라울 정도로 관대했다. 그리고 클레오에 관심을 가진 나머지 동물 행동을 가르치는 저녁 수업을 듣기까지 했다.

'클레오가 전형적인 분리 불안감을 느끼고 있어요. 좀 더 독립적이 되게 하려면 많이 움직이게 해야 해요. 그래서 클레오가 가지고 놀 수 있는 장난감을 몇 개 샀어요. 도움이 되긴 하는 것 같은데 그래도 내 운동화 끈이 더 좋은가 봐요. 식탁에 올라오는 버릇은요···.'

'우리도 그걸 막으려고 해봤어요, 안드레아. 그런데 클레오는 자기가 집주인이라고 생각하나 봐요.'

'제가 완벽한 해결책을 찾아냈어요. 물총이요.'

'클레오한테 물을 쏴요?'

'식탁에 올라올 때만요. 그러면 바로 내려가요. 똑똑한 고양이예요.'

나는 마치 소년원에 보낸 문제아에 대한 보고를 받는 엄마가 된 기분이었다. 하지만 안드레아는 분명 클레오를 좋아하고 있었고 안드레아가 찾은 방법도 효과가 있는 것 같았다. 우리가 없는 동안 그녀가 우리 고양이의 나쁜 버릇을 좀 고쳐준다면 오히려 반길 일이었다.

그 다음 전화를 걸었을 때는 안드레아가 자신이 고용한 퍼스널 트레이너 이야기를 들려주었다. 로이라는 트레이너가 일주일에 두 번씩 집으로 오는데 안드레아의 말에 의하면 화요일에 오던 목요일에 오던 로이가 오는 날을 클레오가 정확히 안다는 것이었다. 클레오가 앞쪽 창문에 앉아 운동복을 입은 미남이 대문에 나타날 때까지 기다린다고 한다. 그의 모습이 보이면 현관으로 달려나가 이번에는 어떤 장난감을 가지고 왔는지 보고 싶어 안달을 한다는 것이다. 운동용 고무 밴드, 아니면 공? 로이가 운동용 매트를 바닥에 깔면 클레오가 그 위에 다리를 쫙 펴고 누워 머리를 이리저리 흔들면서 로이가 놀라는 모습을 바라본다고 한다.

'누가 보면 로이가 클레오의 피트니스 트레이너인 줄 알 거예요.' 안드레아가 (다행히도) 웃음 띤 목소리로 투덜댔다. 하지만 가끔씩은 화가 날 때도 있다고 털어놓았다. 로이가 안드레아에게 특히 힘든 윗몸 일으키기를 시킬 때마다 클레오가 매트 아래로 머리를 들이밀고 자신만의 방식으로 로이와 레슬링을 하기 시작한다는 것이었다. 로이의 발목을 발로 잡고 뒷다리로 차면서 말이다.

짐볼에 다리를 얹고 엎드린 채로 25회 팔굽혀펴기를 할 때마다 안드레아는 커튼 뒤에서 유혹의 눈길을 보내는 고양이에게 로이의 관심이 쏠려 있다는 것을 느낄 수 있다고 했다. 원래 개를 좋아하는 사람이라고 했던 로이의 마음이 바뀌고 있었다. 안드레아에게 어디에서 저런 고양이를 얻을 수 있느냐고 물었다고 했다. 그녀는 해외로 나간 평범하지 않은 가족 대신 집을 봐주면 얻을 수 있다고 대답했고.

❖

캐임브리지가 나에게 새롭고 멋진 세상을 열어주긴 했지만 3개월 후 리디아와 필립과 재회하는 것만큼 즐거운 일은 없었다. 아일랜드에서 중요한 비즈니스가 있다는 핑계로 패션 기자인 메리가 뉴질랜드에서 리디아를 데리고 와주었다. 리디아는 그 보답으로 비행기가 오클랜드를 이륙할 때 메리의 재킷에 마셨던 오렌지 주스를 토해주었다.

우리는 히스로 공항에서 만나 비행기를 타고 제네바로 갔고 다시 기차를 타고 호수를 따라 달렸다. 중세에 형성된 로잔으로 향하던 기차는 초콜릿 상자 마을에 잠시 멈췄다.

나는 5살배기 리디아에게 새 학교가 마음에 들 것이고 조만간 프랑스어도 유창하게 하게 될 것이라고 말했다. 결과는 정반대였다. 알프스 산맥처럼 엄격한 체제를 갖추었다는 것 말고도 리디아에게 새 학교는 끔찍한 곳이었다. 리디아는 다른 사람들이 하는 말을 전혀 알아듣지 못했다. 매일 아침 경사가 심한 길을 비틀비틀 올라 학교로 갈 때마다 나는 길가에 난 튤립이며 호수 너머로 보이는 눈 덮인 알프스에 리디아의 관심을 돌리려고 애썼다.

하지만 학교 정문에 다다를 때면 아이는 항상 '배가 아프다'고 했다. 얼굴이 빨갛게 달아올라 눈물을 글썽이는 아이를 선생님 손에 맡기고 갈 때마다 마음이 찢어졌다. 줄리아드 선생님이 리디아에게 보여주었던 친절함이 의도와는 다르게 안 좋은 결과를 낳았다. 선생님은 다른 아이들에게 프랑스어로 말하고 나서 리디아를 위해 다시 영어로 설명해주었는데 그 결과, 리디아는 계속 반 친구들과 의사소통을 할 수가 없었다.

프랑스어를 배우지 못하는 것만이 문제가 아니었다. 엄격한 스위스 초등 교육 제도를 따라야 했던 리디아는 하교할 때마다 다른 아이들과 함께 줄을 서서 선생님께 내일 뵙겠습니다, 라고 인사를 하며 악수를 해야 했다. 뉴질랜드 학교와 달리 스위스 학교에는 규칙이 많았는데 합당한 이유 없이 행해지는 것도 많은 것 같았다.

스위스 학교에는 아이들이 신는 신발부터 수영이 있는 날 아이들 머리 말려주는 일을 담당하는 학부모의 수에 이르기까지 모든 것에 대한 규정이 정해져 있었다. 그렇다. 학부모들이 돌아가면서 머리 말려주기를 해야 했다. 학부모들 사이에서도 공공연한 규칙이 있었다.

내가 무슨 잘못을 저질렀는지 모르겠지만 학교에 갈 때마다 다른 사람들이 나를 차가운 눈빛으로 빤히 바라보는 것 같은 느낌이 들었다. 그러던 어느 날 오후 아이를 데리러 학교에 갔을 때였다. 영어를 할 줄 아는 어느 엄마가 나를 한 구석으로 데리고 가더니 다른 엄마들이 쳐다보는 게 신경 쓰이지 않느냐고 물었다. 내가 과민 반응을 보인 게 아니라 실제로 다른 엄마들이 나를 쳐다본다는 사실을 알게 되자 의외로 안심이 되었다. 내가 무엇을 잘못했느냐고 묻자 그 엄마가 목소리를 낮추더니 이렇게 말했다. '학교에 트레이닝복을 입고 왔잖아요.'

리디아가 두각을 보인 과목은 수영이었다. 뉴질랜드 바다에서 긴 여름을 나곤 했던 게 도움이 되었나보다. 스위스 체육 선생이 멀리 뉴질랜드에서 온 올챙이를 눈여겨보았다. 수영하기 전 샤워를 해야 하고 수영모자를 써야 하는 불편함에도 불구하고 리디아는 깊은 바다를 휘젓던 손으로 실내 수영장을 철썩철썩 내리쳤다. 자연 속에서 자유롭게 헤엄치던 덕분에 수영을 잘 하게 되었다는 생각을 하지 못했던 체육 선생님은 리디아가 싱크로나이즈 수영선수가 될 재목이라고까지 했다.

스위스 주부로서 기준 미달이었던 내가 허둥대는 동안 필립은 힘든 경영대학원 과정을 묵묵히 밟아나갔다. 몇 안 되는 쉬는 날 중 비타민 알약보다 그리 크지 않은 곤돌라를 타고 산을 올라갈 때였다. 필립이 내 손을 잡더니 약혼반지가 끼워진 곳의 피부색이 조금씩 변하고 있다고 말했다. 내 손을 살펴보니 그의 말이 맞았다. 우리의 약혼기간이 서서히 만료되고 있었다. 그는 결혼을 한다면 스위스가 결혼하기에 좋은 장소 아니겠느냐고 말했다. 게다가 우리 두 사람 모두 평범하지 않은 우리 결혼을 가십과 놀림의 대상으로 삼을 만한 사람들과 가능한 멀리 떨어진 곳에서 결혼하고 싶어 했다.

스위스에는 알프스 산맥도 있었고, 초콜릿과 은행, 시계, 치즈, 그리고 뻐꾸기시계도 있었다. 스위스가 거대한 산맥과 집집마다 있는 핵 대피소 등 많은 것으로 유명하긴 했지만 결혼식 장소로는 널리 인정받지 못했다. 머지않아 그 이유가 밝혀졌다.

※

세상에서 가장 결혼하기 힘든 나라를 겨루는 대회가 있다면 스위스가 일등을 할 것이다. 그러나 필립과 나 역시도 똑같은 일을 어렵게 해내는 데는 선수였다. 우리는 시계와 초콜릿의 나라가 결혼식을 올리기에 이상적인 곳이라고 생각했다. 그런 우리에게 누군가 미리 경고를 해주었다면 좋았을 것이다. 평소와 마찬가지로 우리는 제정신이 아니었다.

필립은 국제 비즈니스의 권모술수를 공부하지 않을 때는 출생증명서에서부터 이혼 증명, 심지어 걸스카우트에서 받은 양말 꿰매기 상에 이르기까지 우리 이름이 적힌 모든 문서를 검토해야 한다고 요구하는 공무원들과 실랑이를 벌여야 했다.

여러 주 동안 지구 반대편에 있는 변호사들에게 전화를 걸고 팩스를 보내고 난 후에야 마침내 스위스 공무원들을 만족시킬 수가 있었다. 세부로 만들어진 모든 서류에 서명이 이루어졌다. 하지만 그게 전부가 아니었다. 그들은 우리 부모님 얼굴과 조부모 얼굴에 난 점이 몇 개인지, 몇 살에 처음으로 성관계를 가졌는지, 침대 어느 쪽에서 잤는지까지 알려고 했다. 사실 스위스 공무원들은 사람들이 자기네 땅에서 결혼하지 않기를 바라는지라 어떻게든 그걸 막으려고 들었다. 그들은 신성한 결혼을 인정하지 않는다. 작성할 서류만도 한 더미이다. 차라리 사람들이 죄를 저지르고 살기를 바라는 사람들 같았다.

내가 해야 할 일은 우리를 결혼시켜줄 영어가 가능한 목사님을 찾는 것이었다. 차라리 타히티에서 북극곰을 찾는 게 더 쉬웠을 것이다. 성공회 교회에 메시지를 남겨놓았지만 아무런 답이 없었다. 프랑스어라고는 고등학교 때 배웠던 게 전부였던 내 말을 그들이 이해하지 못했나 보다. 어쩌면 탁한 내 목소리를 통해 내가 이혼했다는 사실을 알아낸 그들이 관심을 가지지 않았을지도 모른다.

몇 주 동안 아무런 성과도 없다가 드디어 탐탁지 않게 여기는 한 장로교 목사님을 찾아낼 수가 있었다. 만든 지 3일 지난 빵처럼 메마르고 딱딱한 스코틀랜드 목사는 나의 실패한 결혼생활을 의심스러워했다. 그럼에도 불구하고 몇 번의 이야기 끝에 그는 제네바 호숫가에 있는 매우 아름다운 교회에서 우리의 결혼식을 올려주기로 약속했다.

외국에서 결혼식을 올릴 때 가장 좋은 점은 결혼식에 참석하기가 용이하지 않기 때문에 정말 원하는 사람이 아니고는 참석하지 않는다는 점이었다. 우리는 롭과 다른 가족들이 참석할 수 있도록 9월 방학 기간 동안 결혼식을 올리기로 했다. 나는 크림색 드레스와 크림색 모자를 샀다. 그리고 호수 건너편에 있는 에비앙에 가서 사운드 오브 뮤직에 나오는 것 같은 라일락 장식이 달리고 뻣뻣한 페티코트가 있는 프랑스 파티복을 사서 리디아에게 입혔다.

결혼식에는 40명 정도가 참석했는데 대부분이 조그만 우리 아파트에 머물려고 했기 때문에 옷장 속에까지 사람들을 재워야 할 정도였다. 거실에는 뜨내기 루마니아인들을 자게 했다. 엄마와 롭은 리디아의 방에서 잤다. 엄마는 '우호적인' 스위스인들과도 마주쳤다.

어느 날 저녁 터질 듯한 쓰레기통을 길 가장자리에 내놓자 한 이웃사람이 다가와 '경찰을 불러서' 잡아가게 하겠다고 위협했다. 쓰레기통을 내놓는 날이 아닌데 내놨다는 이유에서였다.

캐임브리지에서 만난 뉴질랜드 경제학자인 브로닌이 들러리를 서주겠다며 영국에서 날아왔다. 뉴질랜드에서 온 텔레비전 국장인 피터가 자동차에 핑크 리본 다는 것을 도와주면서 교회까지 우리를 데려다주겠다고 했다.

피터가 말 두 마리가 겨우 지나갈 정도로 좁은 자갈길을 운전하는데 스위스 운전사들이 계속해서 경적을 울려댔다. 너무 긴장한 피터는 거의 죽을 지경이었다. '왜 그러는 거야? 내가 뭘 잘못한 거지? 내가 잘못된 방향으로 운전하는 건가?' 나중에야 그게 친절한 경적이라는 것을 알 수 있었다. 결혼식 차를 보면 경적을 울리는 것이 스위스 전통이었던 것이다.

내 결혼식이 아니었더라도 그건 내가 본 중에 가장 멋진 결혼식이었다.

주말 동안 보냈던 신혼여행도 즐겁긴 마찬가지였다. 신부의 엄마와 아이들을 비롯한 다섯 명의 손님들이 이탈리아 북부에 있는 환상적인 마조레 호숫가까지 함께했다. 그 자리에 빠진 것은 조그만 검은 고양이뿐이었다.

손님들이 돌아가고 난 후 필립은 다시 경영대학원 공부에 파묻혔다. 금빛 가을날이 지나고 진눈깨비 날리는 겨울로 접어들었다. 여름에는 멋진 사진처럼 진기해 보이던 자갈길이 목탄 스케치처럼 바랬다.

'꽃이 내려!' 난생처음 눈을 본 리디아가 소리쳤다. 나는 그것이 봄꽃이 아니라 눈이라고 설명해주었다. 우리는 한 번도 혹독한 유럽의 겨울 날씨에 제대로 적응한 적이 없었다. 양말을 아무리 많이 겹쳐 신어도 우리 발가락은 항상 얼음장처럼 차가왔다.

스위스에서의 한 해가 지나고 뉴질랜드로 돌아갈 때가 되자 나는 조금도 섭섭하지 않았다. 그저 담담한 기분이 들었을 뿐이었다. 우리 세 사람을 가족으로 보기에 힘들다고 여겼던 제네바 공항 관리들이 우리를 테러리스트라고 생각했던 모양이었다. 그들은 우리를 한쪽으로 데리고 가더니 추궁하기 시작했다. 어떻게 우리 두 사람이 결혼을 할 수 있었는가? 이 아이는 누구의 아이인가? 내가 총 같은 건 없다고 말하자 드디어 꼬투리를 잡은 모양이었다. 그들은 우리를 어느 방으로 데리고 가더니 짐을 열어 보라고 했다. 그 안에는 아주 미미한 파괴력을 가진 무기 하나가 들어 있었다. 우산 하나.

집으로 돌아오는 길에 뉴욕에 들러 며칠 간 머물면서 오랜 친구인 로이드를 만났다. 그는 여자아이들이 좋아할 만한 장소를 제대로 알고 있었다. 게이치고 그걸 모르는 사람이 누가 있을까? 다른 사람들이 구경을 하는 동안 나는 힘들어서 쉬겠다는 핑계를 대고는 몰래 마트에 가서 임신테스트기를 샀다. 그리고 로이드의 집에 도착하자마자 아프리카 탈들을 수집해 놓은 곳을 지나 서둘러 이층으로 올라간 후 화장실에 들어가 문을 걸어 잠갔다. 임신테스트기를 불빛에 갖다 대었을 때는 손이 너무 떨리는 바람에 결과를 제대로 볼 수 없을 정도였다. 조그만 더하기 표시가 나타났다. 하느님 감사합니다!

28. 인내

고양이의 기다림이란
한동안 구름을 생각하는 것.

'클레오가 몇 살이라고?' 전화기 너머로 로지가 물었다.

'열 살.'

'놀랍네! 클레오가 그렇게 오래 살 줄은 몰랐어.'

'우리랑 그렇게 오래 살 줄 몰랐다는 거지?'

'뭐, 솔직히 그렇지. 제대로 키웠나 보네.'

고양이가 인간보다 많은 월등한 점들 가운데 하나는 시간을 지배하는 능력을 가지고 있다는 점이다. 일 년을 달과 일, 다시 시간과 분, 초로 나누려 들지 않는 고양이들은 대부분 고통을 피할 수가 있다. 모든 순간을 측정하는 노예가 되어 늦는지 빠른지, 젊은지 늙었는지, 크리스마스가 몇 주 남았는지 걱정하지 않는 고양이들은 순간이 가진 여러 가지 아름다움을 있는 그대로 만끽한다. 고양이들은 끝이나 시작을 두려워하지 않는다. 모순적인 고양이들의 관점에서 보면 끝은 대개 시작이기도 하다. 사람이 보기에는 불과 18분밖에 안 되는데도 창가에 앉아 햇볕을 쪼일 때마다 고양이들은 그 즐거움이 영원한 것처럼 느낀다.

사람도 시간을 잊을 수 있다면 즐거움과 가능성을 음미할 수 있을 것이다. 과거에 대한 후회는 사라지고 미래에 대한 불안감도 없어질 것이다. 하늘을 바라보며 그 순간 살아 있음을 경이로워할 것이다. 우리가 고양이처럼 될 수 있다면 우리도 영원히 살 수 있을 것처럼 느낄 것이다.

클레오가 우리를 어떻게 반길지 궁금했다. 사랑하는 사람과 떨어져 지내기에 일 년은 긴 시간이다. 클레오가 우리를 못 알아볼지도 모른다. 분명 안드레아를 더 따를 것이다. 어쩌면 당연한 일인지도 모른다. 안드레아가 밥을 주는 동안 우리는 다른 나라에 있었으니까.

오클랜드의 우리 집 대문 앞에 택시가 섰다. 울타리 뒤로 익숙한 미소를 지으며 서 있는 우리 집을 보자 안심이 됐다. 앞마당에 심어놓은 나무들이 조금 자란 것 같았다. 등나무는 베란다 기둥을 한층 더 옭죄고 있었다. 나는 조그만 검은 고양이를 찾으려 창문과 지붕 위를 살펴보았다. 아무것도 보이지 않았다. 우리가 도착하기 하루 전에 집을 비운 안드레아가 분명 우리 고양이가 살아 있다고 했었다. 어쩌면 안드레아는 클레오가 밖을 나돌아다니며 지낸다는 말을 일부러 하지 않았는지도 모른다.

답답한 마음을 안고 나는 필립과 롭이 택시에서 짐을 내리는 것을 도왔다. 예전과 마찬가지로 대문이 끽끽 소리를 내며 열렸다. 쇠뜨기 꽃들이 향기를 내뿜었다.

'클레오!' 쉰 목소리처럼 격격대는 성인 남자의 목소리로 롭이 외쳤다.

집 옆에서 검은 물체가 우리를 향해 터덜터덜 다가왔다. 클레오가 저렇게 작았구나, 새삼 느껴졌다. 처음에는 우체통에 거미가 있는지 확인해 보러 가는 듯 클레오의 걸음걸이가 사무적이었다. 그러다 발걸음을 멈추고 귀를 쫑긋 세우더니 우리를 노려보았다. 그 모습을 본 순간, 나는 클레오가 꼬리를 내리고 지하실 속으로 들어가버릴 줄 알았다.

'우리가 왔어, 클레오!' 리디아가 소리쳤다.

고양이는 기쁜 듯 야옹거리며 우리를 향해 내달렸다. 우리는 가방을 땅에 놓고 클레오에게 달려가 서로 안고 뽀뽀를 하겠다고 난리를 부렸다. 일 년 동안 롭과 리디아가 많이 자랐는데도 클레오는 우리 네 사람을 모두 기억하고 있었다.

하지만 집 안에 들어서자 따뜻하게 우리를 맞이하던 클레오가 갑자기 냉담해졌다. 클레오는 그동안 집을 비운 우리가 벌을 받아 마땅하다고 생각했던 것 같다. 밖으로 나가겠다는 클레오를 내보내니 지붕 위로 올라가 몇 시간 동안이나 내려오지 않는 것이었다.

나는 짐을 풀고 나서 클레오가 가장 좋아하는 바비큐 치킨을 한가득 담아 내려오라고 꼬드겼다. 먹을 것을 향해 반쯤 다가오던 클레오가 나를 올려다보면서 '또 임신했다고? 도대체 사람들은 참을성이 그렇게 없는 거야? 아 뭐, 또 몇 년 동안 아기 옷을 입고 인형 유모차를 타고 돌아다니게 생겼네.'라고 말하듯 윙크를 했다.

나는 집에서 아이를 낳게 되리라고는 생각지도 못했다. 임신 초기에 산부인과를 찾아간 나는 넷째 아이를 낳을 때가 되면 목에서부터 그 아래로 쭉 마취를 해달라고 졸랐다. 의사는 그렇게 하겠다고 했다. 38세 임산부인 나 같은 사람을 가리키는 의학 용어도 있었다. 고령 다임산부 (아직 이름을 정하지 못한 락밴드가 있다면 얼마든지 이 용어를 사용해도 된다). 내가 두려워하는 게 당연하다는 점을 강조하기 위해 의사는 산모가 40대에 가까울수록 선천적인 기형아를 낳을 가능성이 높다는 그래프를 보여줬다. 산부인과를 나오자 내가 무슨 할머니라도 된 듯한 기분이 들었다. 나이 들고 아픈 할머니. 의사의 조언대로 여러 가지 검사를 받는 통에 진통이 느껴져 걱정이 되기도 했다. 테스트 결과 아기가 건강한 것으로 나타났다. 그리고 딸이었다.

어느 오후 클레오를 무릎 위에 앉힌 채 웰링턴에 사는 지니에게 전화를 걸었다. 불빛과 메스가 번쩍이는 최첨단 분만에 대한 내 생각을 웃어넘기는 대신 지니는 질리언이라는 훌륭한 조산원을 소개해 주었다.

질리언에게 문을 열어주는 순간 뱃속의 아기가 요동을 쳤다. 질리언은 세상에서 가장 친절해 보이는 갈색 눈을 가졌다. 그녀가 조그만 손을 몸 앞에 가지런히 모은 그 순간 이 여자가 우리 아기를 받을 여자라는 것을 한 눈에 알 수 있었다.

🐾

달 위로 구름이 번졌다. 슈베르트의 음악이 부드럽게 방안을 감쌌다. 벽난로 불빛으로 필립과 클레오, 질리언의 얼굴이 아른거렸다. 때가 되었다. 우리는 파도를 반기는 서퍼처럼 근육의 수축에 집중하고 경의를 표했다. 진통이 최고조에 이르자 질리언은 필립에게 내 배를 원을 그리며 부드럽게 마사지해서 고통이 가시게 하라고 가르쳐주었다. 새벽 두 시, 빨간 얼굴로 울음을 터뜨리며 캐서린이 오빠인 롭의 방에서 태어났다. 앤 메리와 산부인과 의사를 비롯해 옆에서 도와주던 사람들의 얼굴에는 발목에 고무 밴드를 묶고 번지점프를 한 사람들의 얼굴과 같은 표정이 서려 있었다. 다행히 롭은 그날 밤 아빠 집에서 머물고 있었다. 16 살배기 우리 아들이 다시는 자기 방에서 자지 않겠다고 할까 봐 우리는 롭에게 아기가 어디서 태어났는지 말하지 않을 생각이었다. 하지만 자기 침대에서 침을 발견한 롭이 어떻게 된 일인지 영문을 알려달라고 조르는 바람에 우리의 계획은 무산되고 말았다. 놀랍게도 아이는 자기 방이 분만실로 이용되었다는 사실에 대해 오히려 자랑스럽게 생각하는 것 같았다.

시간이 모든 상처를 치료해준다고 한다. 분명 겉으로 보기에 우리의 삶은 문제가 없어 보였다. 더 이상 롭의 학교에 가서 선생님들과 끔찍한 면담을 하지 않아도 됐다. 롭이 열심히 공부했던 것이다. 선생님들의 말투가 달라졌다. 학습 장애를 얘기하는 대신 이제는 의대나 공대를 가는 것이 어떻겠느냐고 제안했다. 눈부신 고3 성적 덕분에 롭은 장학금을 받고 공대에 입학할 수가 있었다.

나 역시도 행복했고 필립이 가져다준 사랑과 안정을 감사하게 여겼다. 그렇지만 롭과 내가 한쪽으로 치워두고 거의 입밖에 꺼내지 않는 부분은 분명 존재하고 있었다. 특히 다른 사람들과 함께 있을 때는 절대 꺼내지 않았다.

'가끔은 우리 인생이 두 개로 나눠진 것 같은 느낌이 들어.' 냉장고 앞을 어슬렁거리는 클레오의 야옹거리는 소리만 들리던 조용한 어느 날, 롭이 말했다. '형이 살았던 때하고 형이 죽고 난 뒤의 인생이 전혀 다른 것 같아. 마치 두 번 사는 것 같아.'

나도 롭의 생각과 같았다. 친구와 친척, 그리고 그 옛날 샘이 고른 조그만 검은 고양이를 빼면 그 두 세상을 이어주는 것은 거의 없었다. 우리가 웃고 일하고 놀아도 여러 방면에서 해소되지 않은 슬픔이 그대로 마음 속 깊숙이 파묻혀 있었다. 우리 두 사람 모두 슬픔에 대해 전문가의 상담을 받은 적이 없다는 생각이 들 때마다 나는, '기억나니, 샘이…'로 시작하는 이야기를 하며 우리가 살았던 또 다른 삶을 롭에게 일깨워주곤 했다. 우리는 옛날 사진을 보고 이야기를 나누며 미소를 지었다. 그래도 시간이 해결해준다는 말은 거짓이었다. 비록 샘을 잃은 엄청난 상실감은 어느 정도 가라앉았지만 마음 한 구석은 여전히 잘려져 있었다. 샘이 죽었을 때 우리는 사지 가운데 하나를 잃은 것이나 마찬가지였다. 여러 해가 지나 롭과 나를 제외한 다른 사람들에게 슬픔의 뿌리가 보이지 않는 것일 뿐이다.

키가 크고 잘생긴 젊은이로 성장한 롭은 수영을 잘 했고 필립의 말을 듣고 트라이애슬론과 요트 조종까지 했다. 롭의 감정 상태가 걱정된 적은 있어도 건강 상태를 걱정한 적은 한 번도 없었다. 롭은 감기에 걸려도 하루면 떨쳐낼 정도로 건강했다.

파도를 향해 달려드는 롭을 보면서 가끔은 그의 형이 함께 뛰어드는 모습을 상상하기도 했다. 살아 있었다면 샘은 지금쯤 어떤 모습이었을까? 롭보다 키가 작을지도 모르지만 다부지고 분명 잘생겼을 거야. 샘이 옆길로 샜을지도 모른다는 생각도 들었다. 어쩌면 마약을 하고 돈도 안 되는 영화를 만듭네 하며 내 골치를 썩였을지도 몰라. 아니면 내가 바라던 대로 법대에 진학해 교외에 집을 살 정도로 돈을 모았을지도 모르지. 시간 낭비에 불과한 공상은 쓸데없는 짓거리일 뿐이었다.

대학교 1학년을 마치고 처음 방학을 맞은 롭이 우리와 함께 쇼핑센터를 걸어가고 있을 때였다. 갑자기 얼굴이 창백해지더니 몸이 안 좋다는 것이었다. '아프다고? 넌 아픈 적이 없잖아.' 난 당황했다. 롭도 당황하기는 마찬가지였다. 한 번도 아파 본 적이 없는 롭은 사람들 있는 데서 토할 때 어떻게 해야 하는지 알지 못했다. 예의 바르게 배수구에 대고 토하는 대신 롭은 아침에 먹은 걸 우리에게 쏟아 부었다. 나는 아마 상한 햄버거를 먹고 배탈이 난 것일 거라며 며칠 지나면 괜찮아지겠지, 생각했다. 하지만 나의 예상은 빗나갔다.

자리에 누운 롭은 며칠 동안 먹지도 마시지도 못했다. 가정의는 별 거 아니니 며칠 지나면 괜찮을 것이라고 했다. 하지만 일주일이 지나면서 심각한 탈수 증상을 보인 아이는 결국 병원에 입원했고 궤양성 대장염에 걸렸다는 진단을 받았다. 염증성 장질환인 궤양성 대장염은 원인을 알 수 없는 병이었다. 아이의 상태는 매우 심각한 것으로 진단되었다.

나는 롭의 침대 옆에 무력하게 앉아 하루하루 아이가 약해져가는 모습을 지켜볼 수밖에 없었다. 다시 한 번 나는 생명을 불어넣는 엄마의 힘을 모아 아이가 나아지기를 빌었다. 하지만 이번에도 역시 소용이 없는 것 같았다. 구석진 곳을 찾아 눈물을 흘린 적이 한두 번이 아니었다. 또 다시 아들을 잃을지도 모른다는 생각에 가슴이 무너져내렸다.

수술실에서 막 나온 녹색 가운을 입은 젊은 외과의사가 롭의 침대 옆에 서 있었다. 그는 이미 창자의 부은 부분이 1센티미터나 늘어난 마당에 롭이 약에 반응하지 않으면(2미터나 되는) 아래쪽 창자 전체를 잘라내야 한다고, 큰 수술이 될 것이라고 설명했다.

롭의 병실 창문 밖으로 타워를 짓는 공사가 진행 중이었다. 나는 시간이 지나 다시 행복한 때를 맞이할 수 있기를 바랐다. 타워가 다 지어지면 (이 세상에 존재하는 모든 신들이여 제발) 롭도 다 낫기를 바라면서. 빨리 지나가라고 시간을 재촉하면 할수록 시간은 일부러 더 꾸물거리는 것 같았다. 어떤 때는 산길을 올라가는 호전적인 당나귀처럼 아예 멈춰버린 것 같을 때도 있었다.

롭과 나는 다시 롭의 어린 시절로 되돌아간 것 같았다. 나는 아이의 머리를 쓰다듬었고 필수영양소가 든 맛없는 음료를 마시게 도와주었다. 나는 아이의 기분이 좋아지게 만들 만한 방법을 찾으려 했다. 내가 그렇게 두려워하는데 아이에게 무서워하지 말라고 달래는 것은 불가능한 일이었다. 아이의 배에 장밋빛 수정을 올려놓으면 갑작스런 통증을 달래는데 효과가 있는 것 같았다. 다른 사람이 자신을 위해서 기도하고 있다거나 치유 에너지를 보내고 있다는 말을 들으면 아이의 표정이 밝아졌다. 롭은 심령 치유자인 패트릭이 찾아오는 걸 반겼다. 패트릭이 한 손을 잡았을 때 롭은 보이지 않는 힘이 다른 손을 잡고 있는 느낌이 들었다고 말했다.

나는 아이의 침대 맡에 핑크빛 석양이 든 산의 사진을 붙여놓았다. 그걸 바라보면서 롭은 언젠가 저 산에 갈 것이라고 말했다. 롭은 언제나 스키장에서 일해보고 싶다는 생각을 가지고 있었다.

아침이 되자 한 떼의 의사와 외과의사들이 롭의 방으로 들어왔다. 그들은 롭에게 수술을 해야 할지 피검사와 엑스레이를 해보겠다고 말하긴 했지만 롭의 상태가 어떤지, 어떻게 반응하는지를 더 주의 깊게 살피는 듯했다.

안 좋은 결정을 내릴 때가 가까워지자 나는 롭에게 침대에서 일어나 의사들이 모여 있는 복도를 걸어가자고 재촉했다. 샤워실까지 50미터를 가는 것은 무척 힘든 일이었다. 제대로 걷지도 못하는 롭이 링거걸이를 밀기까지 했으니 얼마나 힘들었을까. 우리가 힘겹게 의사들 앞을 지나가자 그들의 얼굴이 얼어붙었다. 그 순간 롭이 이룬 승리는 올림픽에서 마라톤 금메달을 딴 것과 같았다.

수술이 연기됐다. 롭의 상태가 조금씩 나아지고 있었다. 밤에 병원 텔레비전실에 앉아 있는 롭을 발견했을 때 우리는 아이가 낫고 있다는 것을 알 수 있었다.

'나 어때 보여요?' 롭이 필립에게 물었다.

솔직히 말해서 괜찮아 보이지 않았다. 아파서 힘겨워하는 롭의 몸무게가 10킬로나 줄어 있었다. 빨간 목욕 가운을 입은 아이의 피부는 더욱 하얘 보였고 여전히 링거를 맞아야 했다. 그렇지만 남자의 자부심을 다시 되찾은 것은 좋은 신호라 할 수 있었다.

아이는 당분간 엄청난 양의 스테로이드를 맞아야 했고 결국에는 창자를 제거해야 할지도 모른다는 말을 들었다. 퇴원해도 된다는 말을 들었을 때 롭은 뼈만 앙상한 상태였다. 몇 주 전만 해도 수상스키를 즐기며 젊은 포세이돈처럼 호수에서 나오곤 했던 아이의 그 모든 근육과 햇볕에 그을린 피부가 그렇게 빨리 없어져버렸다는 것이 믿기지가 않았다. 아이는 주차장에 걸어갈 힘도 없었다. 내가 차를 가지러 가는 동안 아이는 병원 문밖 벤치에 앉아 있었다.

우리는 롭의 방을 새롭게 단장해 꾸며놓았지만 아이는 무엇보다 밖에 나가고 싶어 했다. 나는 롭이 앉을 수 있게 마당에 의자와 담요를 내다 놓았다. 클레오가 잽싸게 롭에게로 달려왔다.

'하늘이 이렇게 파란 줄 몰랐어.' 이제는 몇 치수나 더 커져버린 바지의 접힌 단에 고양이가 웅크리고 앉자 아이가 말했다.

아이는 죽을 뻔한 경험을 한 사람처럼 잔디와 나무, 꽃들을 찬찬히 훑어보았다.

'색들이 너무 예뻐. 새며 곤충까지도. 전에는 이 모든 것을 당연하게 생각했는데. 기적이야. 항상 세상을 이렇게 뚜렷하게 볼 수 있었으면 좋겠어.'

어느 정도 체력이 회복되자마자 롭은 낡은 차 지붕 위에 짐을 챙겨 남쪽으로 떠났다. 그렇게 낡은 차였는데도 롭이 남섬 끝에 도달할 때까지 아무런 문제도 일으키지 않았다고 했다.

아이는 퀸스타운 근처에 있는 스키장 카페에서 커피를 만들고 스키를 타며 시간을 보냈다. 그리고 다시 학교에서 공부를 끝내기 위해 집으로 돌아왔다.

하지만 아이의 건강이 완벽해지기에는 아직도 먼 상태였다. 가끔씩 통증이 재발하긴 했지만 스테로이드 덕분에 처음만큼 심하지는 않았다. 그러나 아이의 통증을 가라앉히기 위해 몇 달마다 스테로이드 용량이 늘고 있다는 사실을 알게 되자 섬뜩한 생각이 들었다.

삶이 지루하다는 생각에 빠져들까 봐 우려했던 덕분인지 어느 날 저녁 퇴근 후 집에 돌아온 필립이 승진을 했다고 알려주었다. 문제는 호주 멜버른 사무실에서 일해야 한다는 것이었다.

29. 실종

고양이에게는

아무런 설명 없이 사라질 권리가 있다.

평소에 느끼던 고소공포증은 이제 다른 종류의 신경과민으로 변했다. 화물칸에 태운 고양이 염려증으로. 거기서 클레오가 얼어 죽기라고 하면 어떡하지? 클레오의 케이지가 성질이 고약한 핏불테리어 케이지 옆에 놓이면 어떡하지? 혹시나 비행기 뒤편에서 야옹거리는 소리가 들려오지 않을까, 나는 귀를 쫑긋 세웠다. 승무원 두 명이 뮤지컬 배우처럼 과장된 몸짓으로 기내 안전 수칙을 보여주고 있었다. 마치 '산소마스크가 떨어지면 속눈썹을 잡고 플라스틱 관을 잽싸게 움직인 후 엉덩이를 흔드세요!' 라고 말하는 것처럼 보였다. 기내 카트가 덜거덕거리는 소리, 시끄러운 아이들 소리, 조종사의 방송 소리 때문에 클레오가 야옹거리는 소리를 들을 수 있을까 했던 나의 기대는 모두 사라졌다.

나는 걱정하지 않으려고 했다. 클레오가 이 비행기를 타지 않았을지도 모른다. 고양이가 우리보다 24시간이나 늦게 도착할 수도 있다는 말을 들었으니까.

메마른 땅이 거대한 빵처럼 비행기 아래에 펼쳐졌다. 멜버른을 향해 비행기가 하강하자 엔진 소리가 요란하게 울렸다. 두려움이 흥분으로 바뀌었다가 다시 두려움으로 변했다.

택시에 오르면서 나는 건조한 공기와 거대한 파란 하늘을 만끽했다. 호주는 모든 것이 거대했고 자신감이 넘쳤으며 사교적이었다. 나는 햇볕에 그을린 이 넓은 공간에서 우리의 삶을 잘 펼쳐나갈 수 있길 바랐다.

딸들은 150년 전에 이 나라로 보내진 범죄자들처럼 호주로 이사 가는 것을 달갑지 않게 생각했다. 그래서 우리는 영국인들이 탔던 화물차 대신 우리만의 방식으로 호주에 오는 걸 반기게 만들었다. 즉, 뇌물을 주고 딸아이들을 꼬였던 것이다. 처음에 캥거루 농장을 사달라고 조르던 캐서린은 움직이는 엘리베이터가 달린 바비 인형 집을 받는 것으로 합의를 해준 걸 조금도 수치스러워 하지 않았다. 리디아는 여전히 시내 중심가에서 보았던 말이 끄는 마차를 타고 학교에 가겠다며 조르고 있었다(말 머리에 빨간 깃털이 달린 그런 마차 말이다).

나무가 많은 맬번 지역에 빌려 놓은 빌라 앞에 택시가 멈춰 설 때도 나는 고양이 걱정뿐이었다. 불쌍한 클레오. 아마 지금쯤 클레오는 끔찍한 동물 통관이라는 감옥 속에 갇혀 있을지도 몰라. 어쩌면 로지가 데리고 가겠다고 했을 때 보냈어야 했을지도 몰라. 로지 말에 따르면 고양이에게 15년은 사람으로 치면 75살에 해당하는 것이라고 했다. 그리고는 우리처럼 안정되지 않은 집 안에서 그렇게 오래 살았다는 것은 기적에 가까운 일이라고도 말했다. 그녀는 또한 클레오의 심장이 고된 비행시간을 견디지 못할지도 모른다는 말도 했었다. 로지의 고양이 동물원으로 클레오를 보내는 것이 좀 더 인간다운 행동이었을지도 모른다. 하지만 클레오는 내가 가장 아끼는 담요에 붙어 떨어지지 않는 고양이털만큼이나 우리 가족에게는 떼려야 뗄 수 없는 존재였다. 우리가 고양이 부모로 완벽한 사람들은 아니었지만 그렇다고 클레오를 두고 온다는 것은 생각도 할 수 없는 일이었다.

5년 전 스위스에서 돌아온 이후로 많은 것이 바뀌었다. 장학금을 받고 대학에 진학한 롭은 대학교를 졸업하고 멜버른에서 엔지니어링 일을 시작하기로 결심했다. 리디아는 이제 청소년이 되어가고 있었다. 캐서린도 학교에 입학할 때가 되었다. 스티브는 아만다와 결혼을 해서 딸을 낳았다. 안 좋은 소식은 엄마가 방광암에 걸려 몇 주 동안 앓다가 돌아가셨다는 것이다.

돌아가시기 전 며칠 동안은 엄마가 너무나 아파하셔서 바라보기도 힘들었지만 엄마는 용감하게 죽음을 받아들이셨다. 태어나기 전의 모습으로 시들어가는 동안 엄마의 몸 구석구석에서 엄마의 영혼이 눈부시게 순수한 빛으로 빛나는 것 같았다. 두렵긴 했지만 엄마가 마지막 숨을 내쉴 때 엄마와 단둘이만 있을 수 있었던 것이 영광스럽게 느껴졌다. 나는 엄마와 전화 통화를 하던 일, 끊임없이 나에게 용기를 불어넣으시던 모습,

인생을 절대 어둡게 생각하려 들지 않던 엄마의 의지가 모두 그리웠다.

그러나 변하지 않은 것도 있었다. 우리 왕국의 여왕이 여전히 클레오라는 사실 말이다.

'문 앞에 뭐가 있어.' 롭이 말했다.

현관문 앞 그늘 밑에 커다란 상자가 놓여 있었다. 아마도 전에 세 들어 살던 사람이 치우지 않은 것인가 보다, 생각했다. 상자의 한쪽은 그물망으로 되어 있었다. 우리는 상자가 있는 곳으로 조심스럽게 다가갔다. 망 뒤에서 많이 본 적이 있는 초록색 눈이 빛났다.

'여기 누가 있는지 봐!' 필립이 소리쳤다.

시간이 오래 걸렸네! 라고 말하는 듯 두 눈이 우리를 뚫어져라 쳐다봤다.

'클레오! 벌써 와 있었구나!' 딸아이들이 입을 맞춰 소리쳤다.

늘 그랬듯이 클레오가 우리보다 먼저 새로운 나라에 도착해 있었다. 통관 중에 클레어가 검역 직원과 눈을 마주쳤나 보다. 클레오를 본 검역 직원은 이집트 여신이라는 것을 알아보고 최고 대우를 해주었을 것이다.

클레오는 호주에서 먹는 첫 식사를 순식간에 해치웠다. 클레오는 우리 식구들보다 빨리 적응해나갔다. 내가 맨 처음 한 일은 뉴질랜드에 사는 친구들에게 전화를 걸어 우리가 잘 도착했다는 것을 알리는 것이었다. 내 전화를 받고 기뻐하는 것 같긴 했지만 조만간 우리가 잊혀져 버릴 것 같은 느낌이 들었다.

가족들에게 전화를 하는 것은 쉬운 일이었다. 이제는 모든 것을 새로 찾아야 한다는 것이 어려운 일이었다. 가정의며, 미용사, 쇼핑센터, 그리고 놀이터까지. 그중에서도 가장 어려웠던 것은 새 친구들을 사귀는 일이었다.

나는 재택근무를 하며 뉴질랜드의 '넥스트' 잡지사와 신문사에 칼럼을 써서 보내기로 했다. 충실한 독자들과 계속 함께할 수 있는 것은 좋았지만 홀로 외롭게 일해야 한다는 단점이 있었다. 교외에 위치한 집에 앉아 컴퓨터 화면을 보며 머리를 쥐어짜는 일을 하면서 친구들을 사귈 만한 기회를 갖기는 힘들었다. 학교 서류를 작성할 때 정감 있는 친구들의 필요성을 새삼 느끼게 되었다. 나는 '긴급 연락처: 친구, 이웃 등' 란을 비워둘 수밖에 없었다. 우리는 익명의 섬에 표류하고 있었다. 조만간 새 친구들을 사귀지 못하면 만들어내야 할 판이었다.

클레오를 이틀 동안 집에 가둬둔 다음 처음으로 뒷문을 열어주었다. 클레오는 조심스럽게 밖으로 코를 내밀었다. 수염이 삐죽거렸다. 클레오가 가만히 한 발을 들었다. 주머니쥐 털과 유칼리나무, 앵무새 깃털 냄새가 혼합된 호주의 정원은 뉴질랜드와는 전혀 달랐다. 내가 말릴 틈도 없이 클레오는 송어처럼 내 다리 사이를 빠져나가 새들이 지저귀는 덤불 속으로 사라졌다.

'괜찮아. 클레오는 탐험을 하는 것뿐이야. 저녁때가 되면 돌아올 거야.' 캐서린이 말했다.

저녁 시간이 지나갔다. 클레오는 코빼기도 보이지 않았다. 15년 동안 클레오가 이런 식으로 말없이 사라진 적은 한 번도 없었다. 땅거미가 졌다. 하늘이 얻어맞은 듯 멍든 자국 색깔로 변하더니 비가 내리기 시작했다. 클레오는 비를 싫어한다. 우리는 클레오를 불러댔다. 아무런 답이 없었다.

'지하실 어딘가에서 비를 피하고 있을 거야. 아침이 되면 들어오겠지.'라고 말하면서 나는 내 생각이 맞길 바랐다.

밤새도록 빗방울이 지붕을 때렸다. 이건 말이 안 된다. 호주는 가뭄과 사막으로 유명한 곳이지 폭우로 유명한 곳이 아니다.

새벽이 오자마자 서둘러 자리에서 일어나 고양이가 문을 열어주길 기다리는 건 아닐지 창문과 문을 확인했다. 아무것도 없었다. 사랑하는 클레오를 잃어버리는 것은 이제 막 호주로 이주해온 우리에게는 섬뜩한 조짐이 아닐 수 없었다.

두 눈에 불안감을 잔뜩 머금은 채 필립이 새로운 사무실로 첫 출근을 하기 위해 집을 나섰다. 아침 식사를 한 후 딸들과 나는 비옷을 입고 클레오의 이름을 부르며 주변을 샅샅이 살피기 시작했다. 길 건너편에서 개 짖는 소리가 들렸다. 클레오가 예전만큼 원기왕성하지는 않았지만 그래도 여전히 터프하긴 했다. 그런데 호주 동물들이 더 터프하면 어떡하지? 공격적인 로트와일러 개와 마주쳐서 눈싸움만으로 이기지 못하면 어떡하지? 지금도 빠르긴 하지만 예전만큼 잘 도망가진 못할 텐데.

그날 밤 딸들을 자리에 눕히면서 나는 아이들의 마음이 상할 만한 일이 생길 것에 대비해 이렇게 얘기해주었다. '클레오는 이미 오랫동안 우리하고 잘 살았잖아.'

'클레오가 죽었을까?' 리디아가 물었다.

'아니, 죽은 것 같은 느낌은 들지 않잖아, 그렇지? 아직 우리에게 자기가 필요하다는 것을 알고 있을 거야.'

하지만 나는 클레오가 살아 있을 가능성이 적다는 생각을 떨쳐버릴 수가 없었다. 새로운 나라에서 도망친 나이 든 고양이가 살아남을 가능성은 천분의 일도 되지 않았다. 한 시간, 두 시간, 시간이 지날 때마다 클레오가 살아 있을 가능성은 점점 희박해졌다.

다음날 비가 잦아들기 시작했다. 우리는 다시 집 주변을 살펴보았다. 하도 클레오를 불러대는 통에 목이 아플 정도였다. 우리는 길이며 공사장을 헤매면서 클레어를 찾으려고 애썼다. 막다른 길에 있는 놀이터도 철저히 수색했다. 우리 집에서 불과 몇 집만 지나면 있는 대로를 살펴보는 건 의미가 없는 것 같았다. 클레오가 그쪽으로 갔다면 다시 볼 수 없을 테니 말이다.

무거워진 마음을 안고 대문을 향해 돌아섰다. 이제야 로지의 제안을 받아들여 클레오의 여생을 고양이 애호가로 증명된 사람과 함께 보내게 할 걸 하는 후회가 밀려왔다. 이 나라 저 나라로 옮겨다니다니 우리가 제정신이 아닌 게 분명했다. 아직도 새로운 친구를 사귈 수 있을 만큼 우리가 매력적이고 에너지가 넘친다는 착각에 빠져 있었던 것이다. 눈물을 삼키면서 나는 딸들의 어깨 위에 팔을 축 늘어뜨렸다. 그리고 절망적인 심정에 마지막으로 한 번 더 '클레오오오오!'라고 쉰 목소리를 내뱉었다. 주변의 집들과 나무들은 침묵으로 일관했다.

그때였다. 개 짖는 소리가 들렸던 길 건너편 집 지하에서 어떤 그림자가 아른거렸다. 그 그림자가 앞으로 나오더니 치자나무 덤불 사이로 헤집고 들어갔다. 처음에는 도시 웜뱃 같은 이상한 호주 동물이겠거니 생각했다. 그런데 귀와 콧수염이 보였다… 다행스럽게도 길을 건너와 우리 품에 안긴 것은 바로 클레오였다. 그동안 어디에 있었는지 다른 사람들이 냉장고 문을 열고 클레오를 꼬이려고 했던 건 아닌지 우리는 알 수가 없었지만 어디에 있었든 클레오는 우리 품으로 다시 돌아와주었다.

🐾

호주에서는 모든 것이 대담했고 강렬한 색을 띄었다. 그건 새들도 마찬가지였다. 나는 클레오가 주변을 파악하고 나면 깃털 달린 무리들에게 공포의 시대가 왔음을 알릴 것이라고 생각했다. 하지만 호주 새들은 그렇게 만만한 상대가 아니었다. 자기주장이 강한 호주 새들은 절대 고양이의 아침 식사 따위는 되지 않겠다는 심산이었다.

클레오는 뒷마당 배나무 위에 앉은 무지개 잉꼬의 화려한 깃털에 매료되었다. 초록색에 빨간색 깃털이 예쁜 이쑤시개가 돼 줄 것이라고 상상하면서 클레오는 입맛을 다셨다. 하지만 잉꼬들은 나이 든 검은 고양이를 보고 꽥꽥거리며 조롱했다. 새들은 클레오가 조금이라도 가까이 다가가면 발톱으로 갈기갈기 찢어버리고 부리로 살을 발라버릴 것 같은 기세였다.

까치 한 쌍이 새들 전체를 대신해 앙갚음을 하겠다고 선언했다. 어느 날 오후 부엌 창문으로 내다보니 클레오가 머리를 숙이고 꼬리를 내려뜨리고는 집으로 있는 힘껏 내달리고 있었다. 그 뒤에는 까치 한 쌍이 대포처럼 뒤쫓으며 즐거운 듯 꺽꺽거리며 클레오를 덮치려 들었다. 나는 얼른 달려가 클레오가 안전하게 뛰어들어올 수 있도록 때맞춰 문을 열어주었다.

아무리 벽으로 둘러싸여 있어도 우리 집이 모든 것에서부터 우리를 보호해주진 못했다. 새로운 생활에 익숙해져가고 있다는 생각이 들던 어느 날 처음으로 41도의 폭염을 맞이하게 되었다. 나는 항상 따뜻한 날씨에 익숙한 사람이라고 생각했었다. 기온이 몇 도 더 올라가도 전혀 상관없을 것이라고 생각했다. 따뜻한 햇살을 반기는 나라에서 자란 나는 창문과 커튼을 활짝 열어놓았다. 이렇게 좋은 햇볕이 없을 거라면서. 하지만 이 햇볕은 타는 듯한 붉은 사막에서 곧바로 우리 거실로 들어온 것 같았다. 괴물처럼 무시무시한 열기가 집안에 가득 했다. 슬며시 느껴지는 그런 열기가 아니었다.

열기는 이 방 저 방 구석구석을 채우고 천장에 닿을 때까지 유령처럼 점점 더 부풀기 시작했다. 내 팔과 다리는 두 배로 길어질 정도로 축 늘어졌다. 축축한 찜통에 머리를 처박은 것 같았다. 심장이 쿵쾅거리는 소리가 귓속을 때렸다. 소파 위에 힘없이 늘어져 꼼짝도 할 수가 없었다. 빨래가 담긴 바구니를 간신히 끌고 나가 빨랫줄에 걸었다. 바람 속에 걸린 속옷은 불이 붙은 듯 뜨거워졌다.

우리는 모두 폭염에 파김치가 되었다. 그중에서도 가장 심각한 것은 클레오였다. 검은 털이 열기를 흡수해 중앙난방 시스템처럼 온 몸으로 퍼뜨렸던 것이다. 불가에 누워 빵 굽는 것을 그렇게 좋아하던 클레오였지만 혀를 축 늘어뜨린 채 쥐 죽은 듯 꼼짝도 않고 누워만 있었다.

계속되던 더운 여름날이 가고 어느 덧 선선한 바람이 불기 시작하는 계절이 다가오면서 롭의 병은 갈수록 악화되었다. 점점 더 자주 복부 통증이 재발했고 증상은 심각해져만 갔다. 24살의 나이에 이미 유능한 엔지니어가 되어 있었지만 롭은 일상생활을 지속할 수가 없었다.

어느 날 산책을 가려고 롭을 데리고 나왔을 때에야 비로소 롭이 얼마나 위중한지 알 수 있었다. 아이가 이 가로등에서 저 가로등까지도 제대로 걷지 못하는 것이었다. 롭의 위장병 담당의는 지금 롭이 섭취하는 양의 스테로이드를 계속 섭취하는 것은 불가능하다고 했다. 결국 롭은 창자 전문 외과의를 만나 보기로 했다.

나는 사교 생활 등 여러 방면에서 롭이 걱정되었다. 고등학교와 대학교 친구들은 모두 뉴질랜드에 있었기 때문에 호주에는 롭 또래의 친구들이 없었다. 이런 걱정을 캐서린의 학교 친구 엄마인 트루디에게 이야기하자 그녀는 어느 날 조카인 샨텔을 우리 집에 데리고 왔다. 아름다운 아가씨 샨텔은 밝은 성격으로 우리 집 부엌을 환하게 밝혔다. 설명할 순 없지만 나는 필립을 만났을 때 느꼈던 그런 느낌과 비슷한 느낌을 샨텔에게도 느꼈다. 아마도 샨텔의 외향적인 성격 때문일 것이라고 생각했다. 그녀는 누구든 좋아할 만한 그런 사람이었다.

샨텔은 롭을 축구 경기에 데리고 갔고 남동생인 대니엘에게도 소개시켜 주었다. 롭이 샨텔을 좋아하는 것은 알았지만 두 사람이 친구 이상의 관계로 발전할 가능성은 희박했다. 더구나 커다란 수술을 앞두고 있는 상황에서는.

마음속에서 불안감이 꿈틀거렸다. 롭이 그렇게 대단한 수술을 받아야 한다는 사실이 마음에 걸렸다. 아이가 몸을 망치는 것을 원하는 부모는 아무도 없을 것이다. 수술이 잘못되면 어쩌지? 하지만 지금 수술을 받지 않는다면 앞으로는 더 심각해질지도 모르는 상황이었다. 스테로이드 섭취로 창백해진 어두운 얼굴만 봐도 수술을 받게 할 수밖에 없다는 생각이 들었다. 우리 눈앞에서 롭이 죽어가고 있었다.

어느 날 아침 부엌문을 열자 벽돌 길 위에 통통한 개똥지빠귀 새끼가 꼼짝 않고 누워 있는 것이 보였다. 클레오의 사냥 실력이 예전과 같지 않았다. 전 같으면 지금쯤 새를 죽이고도 남았을 것이다. 개똥지빠귀 새끼의 눈은 놀라서 휘둥그레져 있었다. 그 옆 울타리 위에는 어미 새 두 마리가 소란을 피우고 있었다. 내가 부엌문을 연 것은 어미 새들 소리 때문이었다.

클레오가 마지막 돌진을 위해 새끼를 향해 슬금슬금 기어가는 것을 보자 분노가 치밀며 온 몸이 부들부들 떨려왔다. 그렇게 부드럽고 사랑스럽던 것이 어떻게 한순간 저렇게 냉혹한 가정 파괴범이 될 수 있단 말인가? 이번만은 의식적인 살상을 하지 못하도록 클레오의 행동을 저지할 수 있는 기회가 나에게 주어졌다. 나는 클레오를 붙잡아 집 안에 던져 넣고는 문을 쾅하고 닫아버렸다.

그날 오후 내내 클레오와 나는 울타리와 웃자란 동백나무 사이를 왔다 갔다 하는 어미 새들을 바라보았다. 어미 새들은 절망적으로 찍찍거렸다. 새끼가 살아나기를 바라는 부모의 슬픔을 고스란히 느낄 수가 있었다. 적어도 저 어미 새들은 새끼가 불구가 되는 모습은 보지 않겠구나, 하는 생각이 들었다. 하지만 '적어도'라는 한 마디에는 항상 두려움의 그림자가 도사리고 있었다.

감상적인 내 행동에 클레오는 격분했다. 저건 자연스러운 거야, 이 바보야. 너 때문에 상황이 더 나빠지기만 했다고. 내가 가서 처리하게 내버려둬, 라고 말하는 것 같았다.

다음 날 아침에도 나는 클레오를 집안에 가두어두었다. 새끼 개똥지빠귀가 똑같은 자리에 똑같은 모습으로 누워 있었다. 눈은 공허했고 발톱은 놀란 상태 그대로 웅크려져 있었다. 나는 눈물을 삼켰다. 놀랍게도 어미 새들은 그대로 동백나무에 앉아 믿기지 않는다는 듯 새끼를 내려다보고 있었다. 새들도 사람과 마찬가지로 새끼의 죽음을 그렇게 슬퍼한다는 사실을 그때 처음으로 깨달았다. 샘의 말처럼 동물의 세상은 사람들이 생각하는 것보다 훨씬 복잡하고 아름다운 모양이었다.

옆 창가에서 그 모습을 바라보던 클레오는 전혀 아랑곳하지 않고 우아하게 발을 핥았다. 그 순간만큼은 클레오의 꼴조차 보기 싫었다.

30. 가르랑 소리의 힘

고양이는 그 누구보다 더 헌신적으로 사람을 간호한다.

간호하는 방법은 특이하지만.

궤양성 대장염과 끔찍한 사촌격인 크론병의 원인에 대한 연구가 계속되긴 했지만 밝혀진 것은 없었다. 이렇게 잔인한 궤양이 15세에서 35세 사이의 젊은이들에게 생기는 이유는 알 수 없었지만 나에게는 롭이 샘의 죽음에 대한 슬픔을 극복하지 못한 것이 원인이 되지 않았을까 하는 생각이 들었다. 어쨌든 창자의 일부를 제거하는 외과적인 수술 외에 다른 치료법은 없었다.

롭은 수술을 담담하게 받아들였다. 우리는 점심을 먹으러 시내로 나가던 여느 때와 마찬가지로 차를 타고 병원으로 향했다. 구부러진 강가를 따라 차를 몰면서 나는 외과의의 손을 생각해보았다. 오늘만큼은 그의 손이 특히 잘 움직이길 바랐다. 몸 상태가 영원히 바뀌어 어쩌면 불구가 될지도 모르는 엄청난 수술을 받아야 하는 아들에게 내가 무슨 말을 해줄 수 있을까?

'호수에 반짝이는 햇빛이 아름답지 않니?'

아들도 동의하듯 웅얼거렸다. 기적적으로 수술이 성공한다면 롭은 새로운 삶을 살 수 있을지도 모른다. 나는 앞으로 발생할 엄청난 일을 생각하지 않으려고 애썼다. 창자를 2미터나 제거하면 아이는 장루 주머니를 달고 퇴원할 것이다. 롭에게는 이런 일이 생기면 안 되는 것이었다. 롭은 완벽한 아이로 태어났다. 나는 롭이 완벽하게 살도록 내가 가진 모든 힘을 모아 최선을 다했다.

순수한 마음만 가지고 아이를 낫게 하고 싶었지만 생각대로 되지 않았다. 수술이 잘 되면 두 달 후에는 장루 주머니를 제거하게 될 것이고 그러면 적어도 (적어도, 적어도, 이 얼마나 혐오스러운 단어인가) 겉으로 보기에는 아무 문제 없는 것처럼 보일 것이다.

우리는 필요한 말만 했다. 칫솔. 있어. 면도기. 있어. 왜 가장 중요한 것만 빠진 것일까? 건강. 없어. 우리는 엘리베이터를 타고 작은 회색 병실이 기다리고 있는 8층으로 올라갔다. 벽에 달린 십자가가 이 자리에서 감당하기 힘든 고통으로 괴로워하던 젊은이들을 떠올리게 만들었다. 아이는 팔걸이는 있지만 더 이상 안락의자라고 부르기 힘든 의자에 앉았다. 병실 창문으로 시내가 한 눈에 보이는 것이 그나마 위로가 되었다.

'샨텔은 저기 있을 텐데.' 회색 빛 건물을 가리키며 아들이 말했다. '대학교에.'

마음이 저미었다. 제대로 기능하길 거부하는 몸속에 24살 젊은이의 동경을 가둬둔다는 것은 잔인한 일이었다. 이 층에 있는 다른 환자들은 모두 70대 노인들뿐이었다.

우리의 침묵은 특별하지도 않았고 그렇다고 어색하지도 않았다.

'사랑해.' 내가 말했다. 말은 멋지고 예민하며 고양이를 사랑하는 아들을 향한 내 마음의 아주 작은 일부분만을 전달해줄 뿐이었다.

'이제 가.' 창에 시선을 고정한 채로 아들이 말했다.

'수술실에 갈 때까지 엄마가 옆에 있으면 안 될까?'

아들이 고개를 저었다. '클레오에게 내가 금방 갈 거라고 전해줘.' 아들이 말했다.

병실을 나오면서 나는 마지막으로 창문을 향해 놓여 있는 의자에 외롭게 앉아 있는 아들의 모습을 바라보았다.

밖으로 나온 나는 조그만 교회를 찾기 위해 길을 건넜다. 나무로 지어진 식민지 시대의 교회를 보자 어린 시절 하나님의 규칙을 배우려고 애쓰던 때가 생각났다. 나는 다시 기도를 했지만 하나님과의 대화는 언제나 그렇듯 일방적일 뿐이었다.

나를 달래듯 뻗어 있는 커다란 나뭇가지가 드리워진 공원이 오히려 더 편안했다. 삶이 숨 쉬고 있는 나뭇잎과 꽃들이 피어 있는 곳에 가자 하나님을 상상하는 것이 더 쉬웠다. 죽음과 썩은 것이 뒤섞여 아름다움으로 변하는 것이 자연스럽게 느껴졌고 위안이 되었다.

산소를 들이마시면서 병원 근처에 공원을 만들어 놓게 한 호주 빅토리아 주정부에 감사했다. 나무와 풀이 인간의 걱정을 가져가주는 바람에 사람은 현실을 직시할 수가 있다.

여섯 시간 후 핸드백 속을 뒤졌다. 떨리고 땀이 나는 손으로 겨우 핸드폰을 집어 귀에 갖다 댔다. 사무적인 말투로 이야기하는 피곤한 의사의 목소리가 끝에 가서 조금 밝아졌다.

'수술은 성공적으로 끝났습니다.'

❖

클레오와 나는 첫 번째 수술과 몇 달 후 두 번째 수술을 받고 나서 회복할 때까지 롭을 열심히 간호했다. 체력을 되찾기 시작하면서 롭은 클레오를 배 위에 앉히고 수술 자국 위로 고양이의 가르랑 소리가 울리게 했다. 반려동물이 사람들을 오래 살게 도와준다는 것은 과학자들도 이미 증명한 바이지만 고양이의 가르랑 소리에 사람을 치료하는 능력이 들어 있다는 것은 아직 입증되지 않았다. 고양이의 가르랑 소리는 바닷가를 철썩 내리치는 파도 소리와 같은 태고의 리듬이다. 그것은 강력한 치료 효과를 가지고 있다.

고양이들은 즐거움을 표시할 때뿐만 아니라 굉장한 고통을 겪을 때도 가르랑거린다. 고양이의 자장가 소리가 따스한 어미 고양이의 품에 있을 때를 떠올리게 하기 때문에 위안을 준다고 하는 사람들도 있다. 가르랑 소리가 단순한 자장가 소리가 아니라 살아 있는 생명체를 치유하는 진동으로 입증되어도 전혀 놀랍지가 않을 것이다.

'들어 봐. 이건 꾸르륵 하는 소리와 으르렁거리는 소리의 중간이야.

꾸르렁이지.' 어느 날인가 롭이 이렇게 말했다.

'어렸을 때 클레오가 너한테 말을 한다고 했던 거 기억나니? 진짜로 그랬어?'

'그때는 진짜인 것 같았어.'

'클레오가 요즘에도 말을 해?' 더 이상 아들의 정신 상태를 걱정할 필요가 없는 내가 물었다. 롭이 클레오와 특별한 교감을 느낄 때마다 좋은 일이 생긴다는 것을 이미 몇 년 전에 인정했던 터였다.

'꿈에서 가끔.'

'뭐라고 해?'

'요즘에는 말은 별로 안 하고 이것저것 보여줘. 어떤 때는 샘이 살아 있던 때로 돌아갈 때도 있어. 샘하고 같이 지그재그를 올라갔다 내려갔다 했지. 마치 모든 일이 다 잘 될 것이라고 클레오가 말해주는 것 같았어.'

클레오가 앞발을 쭉 뻗고 등을 구부리더니 입을 크게 벌리고 하품을 했다. 클레오에게는 롭의 꿈에 나타나는 것이 한낮 소일거리에 불과했다.

나는 롭을 좀 편하게 해주고자 방을 바꿔주려고 했다. 하지만 롭은 어깨만 으쓱할 뿐이었다. 여러 가지 면에서 볼 때 그런 병을 앓은 것이 자신에게는 도움이 되었다고 롭이 말했다. 롭이 그런 식으로 말할 때마다 소름이 끼쳤다. 꼭 나이 든 할아버지가 하는 말 같았다. 병을 앓고 난 후에 롭이 나이보다 훨씬 성숙해진 것은 사실이었다.

'여태까지 좋을 때도 있었고 나쁠 때도 있었잖아. 근데 나쁠 때보다 좋을 때가 훨씬 좋아. 오래된 빵을 먹으면 오븐에서 막 꺼낸 부드러운

빵이 얼마나 맛있는지 깨닫는 것처럼 말이야.'

롭의 모습은 아직도 포로수용소에서 살아난 사람과 같았지만 몸은 서서히 고형식을 먹고 소화시킬 수 있을 정도로 회복되었다. 어떤 이유에서든 제대로 낫지 않고 합병증이 발병한다면 그때는 롭이 병마와 싸울 힘조차 없을지도 모른다는 생각이 들 때도 있었다. 하지만 다행스럽게도 롭은 아직 젊었고 건강했던 시절에 가졌던 활력을 되찾는 것 같았다.

나보다 더 성실한 간호사인 클레오는 롭을 따라 집안을 걸어다녔고 롭의 담요에 파묻혀 잠을 잤으며 때로는 참수된 도마뱀을 문병 선물로 가져다주기도 했다.

오랫동안 집안에서 함께 지내는 동안 나는 롭을 더 잘 알게 되는 소중한 시간을 가질 수가 있었다. 20대의 젊은 아들이 엄마에게 자신의 생각을 털어놓는 것은 흔치 않은 일이었다. 아들의 병으로 예기치 않게 우리는 더 가까운 사이가 되었다.

'전에는 좀 더 쉽게 살았으면 하고 바라곤 했었어. 다른 가족들을 보면 몇 년씩 별 탈 없이 지내는 사람들도 있잖아. 슬픈 일도 일어나지 않고. 그러면서 자기들은 정말 운이 좋다고 생각하지. 하지만 그런 사람들을 보면 제대로 사는 것 같지가 않아. 모든 사람들은 살면서 한 번쯤은 나쁜 일을 겪게 마련인데 그런 사람들이 그런 일을 겪으면 훨씬 더 힘들어하지. 전에는 그렇게 나쁜 일을 겪은 적이 없으니까 말이야. 그동안은 지갑을 잃어버리거나 하는 작은 문제들이 큰일인 것처럼 호들갑을 떨지. 그런 일로 하루를 망쳤다고 하면서 말이야. 정말로 힘든 하루가

어떤 것인지 그 사람들은 몰라. 아마 정말 어려운 일을 겪으면 힘들어 죽을 것 같을걸.'

아들은 또한 자기만의 방식으로 매 시간 최선을 다하며 살아가게 되었다. '샘을 통해서 모든 것이 얼마나 빨리 변할 수 있는지 알게 되었어. 샘 덕분에 순간순간을 소중하게 여기고 미련을 갖지 않으려고 애쓰게 되었지. 그러니까 사는 게 더 재미있고 강렬하게 느껴져. 3일 지나면 상해버리는 요거트와 마찬가지야. 3주 후에 상해버리는 그런 것보다 인생은 훨씬 더 달콤해.'

실내복 차림의 젊은 나의 철학자는 동양의 신비주의자에 버금가는 철학을 가졌다. 하지만 마음 속 깊은 곳에는 아들 역시도 다른 젊은이들과 같은 꿈을 가지고 있다는 것을 우리 두 사람 다 잘 알고 있었다. 무엇보다 사랑과 행복을 꿈꾸고 있다는 것을.

31. 교감

부엌을 어슬렁거리는 고양이가 진짜인 것처럼
꿈에 나타나는 고양이도 진짜다.

초능력을 가진 고양이는 우리가 상상하는 것보다 더 다양한 방식으로 세상과 소통한다. 그런 고양이는 언제든 부엌에 몰래 기어들어오는 것처럼 꿈에도 슬며시 나타나곤 한다. 집사들이 집에 올 때면 고양이는 가장 좋아하는 창가에 앉아 집사들을 기다리곤 한다. 물욕 없는 권력의 수호자인 고양이는 자신의 존재만으로 축복을 내린 가정을 보호해준다. 때로는 집안사람들도 여러 세상 사이를 오가는 고양이의 능력을 알아보지만 대부분은 알아보지 못하는 경우가 많다.

몇 달이 지난 후에도 롭은 여전히 한겨울의 어린 나무처럼 말라 있었고 걱정 많은 엄마가 보기엔 아직 완전히 낫지 않은 것 같았다. 그런데도 아이는 예전 학교 친구들과 호주 사막 한가운데로 모험을 떠나겠다는 계획을 고수했다. 아이들은 차를 몰고 사막을 가로질러 호주의 빨간 심장부인 울루루로 갈 계획이었는데 무려 3주나 걸리는 여행이었다.

걱정이라는 단어만으로는 내 심정을 표현하기에 턱없이 부족했다. 그래도 롭이 남은 생애 동안 '병약자'라는 꼬리표를 달고 살 생각이 없다는 것을 인정해주지 않을 수는 없었다. 아이는 모험으로 가득 찬 평범한 젊은이와 같은 삶을 열망하고 있었지만 그건 곧 엄마의 속이 타들어가는 위험을 감수하는 것을 의미했다.

나는 오지가 공격적인 동물들이 사는 광활한 동물원이라고 아이들에게 잔소리를 했다. 악어와 뱀은 물론 거미와 개미까지 모두 인간이라는 종에 대해 조금의 연민도 느끼지 못하는 전문 킬러들이라고 말이다. 심지어 캥거루마저도 어둠 속에서 무심히 차로 뛰어들면 킬러가 될 수 있었다.

내 말을 듣던 아이들은 점잖게 고개를 끄덕였다. 그들은 어리석은 행동으로 문제를 일으킬 만한 그런 아이들이 아니었다.

야생 동물들보다 더 걱정이 되었던 것은 자동차 고장이었다. 수술을 받은 후로 롭은 가능한 물을 많이 마셔야 했다. 메마른 사막 한가운데에서 자동차가 서버린다면 물 부족이라는 심각한 문제가 발생할 수 있었다. 아이들은 물을 잔뜩 실었으니 걱정하지 말라고 나를 안심시켰다. 솔직히 그들은 이제는 아이들이 아니라 부모의 허락을 받을 필요가 없는 젊은이들이었다. 나는 그들을 믿는 수밖에 없었다.

'뭐가 그렇게 걱정스러워?' 어느 날 밤 잠들지 못하는 나를 보고 필립이 물었다. '롭의 친구들 모두 대단하던데 뭐. 롭이 입원해 있을 때 매일 병문안 왔던 것만 봐도 그렇잖아. 그 친구들은 롭이 어떤 일을 겪었는지 다 알고 있어. 그러니까 절대 롭을 힘들게 하거나 그러지 않을 거야.'

그렇게 닳아빠진 포드 자동차를 타고 드넓은 호주 중심부를 가로지르겠다는 생각이 나는 어처구니없게 느껴졌다. 아이들은 뱀이 절대 들어오지 못하는 최신 캠핑 장비를 갖추었다고 장담했다. 구름 한 점 없이 햇볕이 무자비하게 내리쬐는 황량한 사막 속을 아이들이 헤매는 모습을 상상하자 그들에게 집에 있으면서 무엇이든 안전하고 합리적인 것을 하라고 애원하고 싶었다. 요리를 배운다든지 춤을 배운다든지, 모험만 아니면 뭐든 상관없었다. 하지만 나는 부모가 입을 다물고 있는 게 더 현명할 때가 많다는 사실을 충분히 깨달은 사람이었다. 이번 역시 그런 경우이기를 간절히 빌었다.

❧

3주 후 아이들이 돌아올 때가 되자 클레오가 복도를 어슬렁거렸다. 클레오는 창가에 뛰어올라 길을 내다보다가 다시 바닥으로 내려와 어슬렁거리기 시작했다. 고양이는 사막 한가운데에 난 고속도로 위를 가로지르는 코브라처럼 초조해 보였다. 클레오를 안아 올리자 정전기가 일었다. 클레오는 귀를 눕히고 버둥거렸다. 클레오를 내려놓자 다시 어슬렁거리기 시작했다.

'걱정하지 마. 롭이 무사히 돌아올 거야.' 이 말은 고양이뿐만 아니라 내 자신에게 하는 말이기도 했다.

먼지투성이의 빨간 차가 우리 집 쪽으로 달려오는 것을 보자 드디어 안도의 한숨을 내쉴 수가 있었다. 나는 클레오를 안고 아이들을 맞이하기 위해 밖으로 달려나갔다. 롭이 그 기다란 몸을 펴고 뒷자리에서 내려 얼굴을 찌푸리며 내 포옹을 받아주었다. 발꿈치를 들어야 겨우 엄마와 뽀뽀할 수 있었던 아이가 이제는 몸을 구부리고 고개를 숙여야 엄마의 뽀뽀를 받을 정도로 컸다는 것이 새삼 신기하게 느껴졌다. 180센티미터가 넘는 아들을 이리저리 살펴보니 아이의 몸이 전보다 나은 것처럼 보였다.

'어땠어?'

'환상적이었어!'

우리는 같이 바비큐를 해 먹고 가라고 아이들을 붙잡았다. 그리고는 석탄불을 쪼이면서 별이 하나둘씩 빛나는 것을 보았다.

'밤하늘만큼 멋진 게 없어. 사는 게 너무 힘들면 하늘에 있는 별을 생각하면 돼. 저 위에 있는 별에게는 이 세상이 어떻게 보일까 상상하면서 말이야. 이 조그만 지구에 살면서도 우리들은 우리 인생이 그렇게 중요하다고 생각하지. 그저 우주 속의 아주 작은 입자에 불과한데도 말이야.' 롭이 말했다. 기회를 엿보고 있던 클레오가 롭의 접시에서 토마토소스를 핥아먹었다.

롭이 계속해서 말을 이었다. '사막에서 놀라운 경험을 했어. 어느 날 밤 캐서린 협곡 근처의 외진 곳에서 캠핑을 하고 있을 때였는데 꿈에 이상하게 생긴 흰 고양이가 나온 거야. 그 고양이는 7개의 심장을 가지

고 있었는데 호수 끝에 앉아 있었어.'

'무섭게 생긴 고양이었니?'

'아니, 마치 선생님처럼 현명한 고양이었는데 말을 걸어왔어.'

'아, 안 돼! 또 고양이가 말을 했다는 거야! 뭐라고 했는데?' 미소를
지으며 물어보았다.

'고양이 말로는 내가 여러 해 동안 고양이의 보호를 받고 있다는 거
야. 내가 올바른 사람들을 만날 수 있게 고양이가 인도해준다면서 말이
야. 고양이는 우리가 가장 중요한 교훈을 깨달을 때까지 우리 세상에 계
속 슬픔과 고통이 이어진다고 했어. 우리가 가진 능력을 최대한 발휘하
기 위해서는 두려움과 욕심을 떨쳐내고 사랑을 해야 한데. 우리 자신은
물론 서로를 사랑하고 이 지구상에 있는 모든 것을 사랑해야 한다고.'

밤하늘에 유성 하나가 쓱 떨어졌다. 나는 무슨 말을 해야 할지
몰랐다.

'재미있는 건, 너무나 기이한 꿈이라 그 다음날 아침에 친구들한테
꿈 얘기를 해주었거든. 호수의 모양이며 호수 주변의 언덕까지 자세하
게 말이야. 그리고 말하는 고양이 얘기를 했더니 아이들이 웃는 거야.
그런데 몇 시간 후에 내가 꿈에서 보았다고 했던 바로 그 장소에 우리
가 가게 된 거야. 호수며 언덕이 꿈에서 본 거랑 똑같았어. 아이들에게
그렇게 자세하게 얘기해주지 않았으면 아마 내 말을 믿지 않았을 거야.
거기에서 어떤 원주민 남자를 만났는데 그 지역에 대한 이야기를 들려
주었어. 그 사람이 호수 끝에 있는 7개의 커다란 언덕을 가리키면서 이

유는 모르겠지만 원주민들이 그걸 고양이라고 부른다는 거야.'

롭의 어깨 위에 앉아 바비큐 불길에 비춘 사람들의 얼굴을 찬찬히 살펴보던 클레오가 윙크를 했다.

32. 용서

고양이는 항상 용서한다.

결국에는.

　이 나라 저 나라로 옮겨다니며 사는 것이 안 좋은 점은 우리가 놀러 갈 때마다 우리를 대신해 흔쾌히 클레오를 돌봐줄 믿을 만한 친구를 찾을 수 없다는 것이었다.

　새로운 이웃들을 알게 되긴 했지만 그렇다고 그들에게 고양이를 돌봐달라고 덥석 맡기기엔 너무 이르다는 생각이 들었다. 우리는 한 번도 클레오를 고양이 맡기는 곳에 맡겨본 적이 없었다. 나는 클레오만큼 자유를 사랑하는 고양이가 일주일 동안 관타나모 수용소 같은 곳에 어떻게 갇혀 지낼까 걱정스러웠다. 하지만 터프하고 다재다능한 고양이었던지라 어떻게든 적응해나갈 것이라고 생각했다.

　그런데 그건 위험한 생각이었다. 고양이 보호소에서 클레오를 데리고 온 후 며칠이 지나자 클레오의 눈에서 끈적끈적한 액체가 흘러내렸다. 그리고는 밥도 잘 먹지 않더니 감기까지 걸려버렸다. 난생처음으로 클레오가 몹시 앓기 시작했다.

근처에 있는 동물병원에 데리고 가니 뚱뚱하고 붉은 얼굴에 머리가 희끗희끗한 의사가 소시지 같은 손가락으로 클레오의 몸을 여기저기 찔러댔다.

'몇 살이죠?' 소중한 우리 고양이를 구두에 묻은 먼지만큼이나 대수롭지 않게 살펴보며 그가 물었다.

'16살이요.'

믿지 못하겠다는 눈빛으로 그가 나를 쳐다봤다.

'확실해요?'

'클레오가 몇 살인지는 내가 정확히 알아요. 큰 애가 죽은 지 얼마 안돼서 우리 집에 왔거든요.'

'뭐, 그렇게 확신하신다면야…' 그가 한숨을 내쉬었다. '저 같으면 별로 많이 기대하지 않겠습니다. 고양이 평균 수명을 생각하면 벌써 6년 전에 죽었어야 하거든요.'

이렇게 모진 의사가 있나. 차가운 그의 말이 너무도 싫었다. 그 사람도 옛날에는 동물들에 대한 연민을 느꼈기 때문에 평생 동물의 병을 고치는 의사가 되기로 결심하지 않았을까. 하지만 더 이상 그런 동정심을 느끼지 않는 것인지, 아니면 어떤 이유로 우리에게만 보이지 않는 것인지 알 수가 없었다. 어쩌면 그도 로지처럼 내가 고양이를 제대로 키울 만한 사람이 아니라고 생각했는지도 모른다. 어쩌면 아내가 집 근처에 사는 치열교정의사와 바람이 나서 집을 나갔는지도 모른다. 그 아내의 심정을 나도 이해할 수 있을 것 같았다.

'병이 나을 수 있을 것이라고 장담은 못하지만 원하신다면 항생제를 처방해 드릴게요.'

원하신다면? 우리가 고양이를 죽게 내버려둘 거라고 생각하는 거야 뭐야?

'그렇게 해주세요. 클레오는 우리 식구거든요.'

그는 클레오가 그렇게 오랫동안 우리 집의 수호자 역할을 했으며 우리가 있는 한 클레오를 절대 죽게 내버려두지 않을 것이라는 사실을 대수롭지 않게 생각하는 것 같았다.

'그렇다면 집에 가서 최악의 상황에 대비하시는 게 좋을 겁니다.'

의사가 한 말을 딸들에게 들려주자 아이들은 눈물을 흘렸다. 두 딸 모두 아기 침대 너머로 클레오가 자신을 바라보던 추억을 가지고 있었다. 클레오는 딸들에게 대리모나 마찬가지였다.

'자연스러운 일이야. 이렇게 오래 살아준 것만 해도 고마운 거지.' 어느새 나도 우리 엄마처럼 말하고 있었다.

다행스럽게도 며칠이 지나자 클레오의 눈이 다시 맑아졌고 더 이상 코도 훌쩍이지 않았다. 일주일도 지나지 않아 클레오는 다시 닥치는 대로 먹어치우기 시작했다. 집파리건 고무줄이건 양말이건 남아나는 것이 없었다. 클레오의 털도 윤기를 되찾기 시작했다. 클레오는 식탁 위를 걸어다녔고 커튼을 타고 올랐다. 예전의 활기찬 모습을 되찾은 것이다. 동물병원 의사는 클레오를 걸어다니는 송장으로 생각했을지 모르지만 클레오의 전성기는 아직 끝나지 않았다고 느꼈다.

하지만 클레오가 우리에게 경고메시지를 보낸 것은 분명했다. 겉으로 드러나진 않아도 클레오의 관절 또한 서서히 나이를 먹고 있었다. 클레오는 전보다 더 많이 잤고 더 많이 추위를 타는 것 같았다.

사실 클레오는 공작부인처럼 나이가 드는 것을 침착하게 받아들이고 있었다. 그렇게 예쁘고 상냥하게 들리던 야옹소리가 점점 권위적인 울음소리로 변했다. 오랫동안 살면서 클레오는 갖가지 인간의 모습을 보아왔다. 언제 당당히 맞서고 언제 사라져야 하는지 클레오는 잘 알고 있었다. 클레오는 항상 퇴로가 어디인지 정확하게 알고 있었다. 어린 시절 리디아가 자신을 거꾸로 안고 집을 돌아다닐 때 클레오는 수염도 씰룩거리지 않았다. 얼마 전만 해도 클레오는 캐서린이 자신에게 모자를 씌우고 멜버른 컵 데이Melbourne Cup Day(호주에서 열리는 가장 큰 경마대회 − 옮긴이) 기념 장갑을 입혀도 가만히 있었다. 그것은 인내와 사랑에서 우러난 행동이었다.

클레오가 노년기를 보내고 있다는 것을 알아차린 우리는 몇 가지를 변화시킬 필요가 있다고 생각했다. 새끼 고양이 티를 벗은 후로 클레오는 항상 밤마다 지붕 위에 올라가 달빛 아래에서 어슬렁거렸다. 추운 겨울날에도 지하실에 있는 중앙난방 시스템 근처에서 웅크리고 있으려고만 했다. 하지만 이제는 고양이를 위해서 딸들과 나는 생활방식을 바꿔

주기로 결심했다. 이제부터 고양이를 내보내지 않기로 한 것이었다. 문제는 고양이가 잘 만한 고양이 침대를 찾는 것이었다.

여러 개의 빈백을 독차지해서 망가뜨린 것을 보면 애완용품 가게에서 구입한 커다란 빈백도 클레오가 분명 좋아할 것이라고 생각했다. 물론 덩치가 큰 애완견용 빈백이었지만 클레오가 그 사실을 알리는 만무했다.

하지만 클레오의 몸속에는 아무리 먼 곳에 있어도 개와 관련된 것을 감지하는 레이더 스크린이 내장된 모양이었다. 새 것이니 빈백에서 개 냄새가 났을 리가 없었다. 하지만 어쩌면 이 빈백을 만들면서 어떤 개가 이 위에서 자게 될까, 달마시안? 셰퍼드? 아니면 그냥 잡종개? 라고 그려보던 만든 사람의 생각이 빈백에 담겨 있었는지도 모르겠다.

우리 식구들이 전부 나서서 빈백이 얼마나 편안한 것인지 그렇게 많이 보여줬는데도 불구하고 클레오는 빈백 근처에도 가지 않았다. 집 안에서 클레오가 좋아하는 장소로 여기저기 빈백을 옮겨 보기도 했다. 벽난로 앞, 부엌 문 앞 햇볕이 잘 드는 곳. 하지만 헛된 노력일 뿐이었다. 클레오가 보기에 개나 사용하는 빈백은 역겨운 것에 불과했다.

결국 패배를 인정한 나는 쥐나 다른 동물들이 물어뜯게 지하실에 내팽개쳐 놓았다. 어쩌면 침대 하나로는 부족한 것인지도 모른다. 클레오가 우리에게 낮잠용 침대와 밤잠용 침대가 별도로 필요하다는 것을 말하려고 드는 것인지도 모른다. 점원이 점점 나를 정신병자로 취급하기 시작하는 애완용품 가게에 돌아가 폭신폭신한 핑크색 쿠션과 푹신한 갈색 침대를 샀다. 둘 다 고양이용이었다.

우리는 핑크색 쿠션을 가족실에 있는 소파 사이에 놓았다. 하지만 여전히 클레오는 거들떠 보지도 않았다. 클레오는 소파 팔걸이나 소파에 기대어 책을 읽으려고 하는 사람의 배 위에 올라앉는 것을 좋아했다. 그러면 따뜻하고 우월감을 느낄 수 있을 뿐만 아니라 책 모서리를 이로 갉을 수도 있었다. 클레오가 싫어하는 티를 내지 않은 유일한 침대는 폭신한 갈색 침대뿐이었다. 우리는 갈색 침대를 세탁실에 두었는데 밤이면 클레오가 마지못해 밥그릇과 (클레오가 수치스럽게 여겼던) 고양이 화장실 옆에서 잠을 잤다.

다음은 놀러갈 때가 문제였다. 다시는 클레오를 고양이 보호소에 맡기지 않기로 했던 우리는 집에 와서 고양이를 돌봐줄 만한 사람을 찾는 것만이 유일한 해결책이라고 생각했다. 처음으로 클레오를 돌봐주기로 한 사람은 친구인 매그놀리아였다.

매그놀리아는 이 세상에서 가장 요리를 잘하는 사람이었다. 기구만큼 툭 튀어나온 배를 아름답게 여기는 몇 안 되는 나라 가운데 하나인 사모아에서 태어난 그녀는 양이 의미하는 바를 아는 사람이었다. 그뿐만이 아니었다. 그녀는 미식가만큼이나 음식의 질을 중요하게 여기기도 했다. 그녀의 코코넛 케이크 레시피는 천사에게 훔친 것이 분명했다. 그녀가 만든 소고기 부르고뉴는 유명한 요리연구가조차 부러워하게 만들 정도였다. 매그놀리아가 별도의 냄비와 비밀 레시피가 담긴 가방을 들고 우리 집에 오자 클레오가 그녀의 턱을 핥으며 반겨주었다.

'걱정 마.' 머리 위로 앞치마를 입으면서 매그놀리아가 말했다. '가서 재미있는 시간 보내. 우리도 여기서 잘 지낼 테니까. 내가 고양이 좋아하는 거 알잖아. 물론 고양이 요리를 좋아한다는 것은 아니지만.'

나는 클레오의 조그만 이마에 입맞춤을 했지만 클레오는 관심도 없는 듯했다. 가스레인지에 커다란 조리용 냄비를 올려놓는 매그놀리아만 눈에 들어오는 모양이었다.

여행 중에도 우리는 클레오가 걱정되었다.

'너무 예민한 고양이라 모르는 사람이 집에 와 있어서 충격을 받지나 않을지 모르겠어요.' 걱정이 된 내가 필립에게 말했다.

전화를 걸 때마다 매그놀리아는 고양이가 잘 있다는 말밖에 하지 않았다. 나는 그녀의 말을 믿어도 좋을지 몰랐다. 잘 있다는 것은 '까치의 공격을 받고 한쪽 눈을 쪼였지만 잘 있어,'나 '잘 있는데 먹지를 않아,'를 의미하는 것일 수도 있었다.

'지금은 통화가 곤란해. 가스레인지에 부아베스(향신료를 많이 넣은 프랑스 남부 생선 요리)를 올려놓았거든. 그렇지 클레오? 그리고 신선한 새우를 사러 시장에도 가야 해.'

'클레오가 정말 괜찮을까?' 딸들이 물었다.

아마 그럴 것이라고 말하긴 했지만 누가 알겠는가?

클레오가 우리를 애타게 그리워할 거라는 딸들의 성화에 우리는 예정보다 하루 일찍 집으로 돌아가기로 했다.

매그놀리아가 문을 열자 집안에서 풍겨오는 최고급 요리 냄새가 우리 코를 찔렀다. 따뜻한 고기 냄새와 함께 와인 향과 초콜릿 냄새까지

났다. 매그놀리아의 품에서 자그맣고 살찐 동물이 하나 보였다. 그 동물은 아카데미 식장에 가는 도중에 팬들과 마주친 영화배우와 같은 표정을 지었다. '당신들이 보이긴 하지만 나는 안 보이는 척할 거야. 내 사인을 받고 싶으면 나중에 우리 홍보팀에 연락해봐.'

'클레오!' 우리는 클레오를 안으려 서로 손을 뻗었다.

클레오는 생각보다 한참 망설이더니 마침내 매그놀리아의 품을 벗어나 캐서린에게 안겼다.

'고양이가 먹는 걸 무척 좋아해.' 매그놀리아가 웃었다.

클레오가 발버둥을 치며 내려놓으라고 하더니 뒤뚱뒤뚱하며 부엌으로 들어가버렸다. 지난 2주 동안 클레오는 살만 찐 것이 아니라 상당히 우쭐거리기까지 했다.

'클레오랑 같이 자던 때가 그리울 거야. 침대 시트를 덮고 내 옆에서 베개를 베고 자는 모습이 얼마나 귀엽던지.' 매그놀리아가 말했다.

아무리 시골에서 자랐다고 해도, 나는 그렇게 소중히 여기는 고양이 여신과 베개를 같이 벨 정도는 아니었다. 그리고 내 요리솜씨도 매그놀리아만큼 훌륭하지 못했다.

그게 그렇게 벌 받을 만한 일인지는 잘 모르겠다. 어쩌면 자기를 두고 우리들끼리만 놀러간 게 짜증났던 것일 수도 있다. 우리가 잘못한 게 한 가지 이상일 가능성이 컸다. 어쨌든 클레오는 우리 침대 한 가운데에 똥을 싸 놓는 것으로 자신의 기분이 어떤지 분명하게 알려주었다.

🐾

그 후로 여행을 떠날 때마다 우리 집에서 고양이를 돌봐줄 만한 사람을 찾아놓는 것이 일상이 되었다. 그 와중에 의자가 클레오의 꼬리 위로 넘어져서 꼬리 끝부분이 움푹 파이게 되는 일도 있었다. 고양이를 돌봐주던 사람은 미안하다며 사과에 사과를 거듭했다. 그녀는 클레오 꼬리에서 피가 났다고 했다. 죽을 때까지 꼬리 끝부분을 조심스럽게 다루면서도 클레오는 동정을 받고 싶어 하지 않았다. 전쟁의 상흔을 입은 기병대 장군처럼 클레오는 움푹 들어간 꼬리를 자랑스럽게 여겼다. 클레오에게는 자신에게 평생 지워지지 않을 상처를 남긴 사람을 용서하는 일이 숨쉬는 것만큼이나 쉬웠다.

나도 클레오처럼 쉽게 용서할 수 있으면 좋겠다는 생각이 들었다. 우리 인간들은 상처를 부여잡고 품으면서 결국은 스스로에게까지 해를 입힌다. 우리는 피해자라는 생각을 너무나도 쉽게 한다. 하지만 고양이들이야말로 인간의 학대를 받아온 동물이다. 중세에는 마녀들이 고양이를 키운다고 이유로 수천 마리의 고양이를 잡아 죽였다. 16세기 파리에서는 수천 명의 사람들이 고양이로 가득 찬 가방 더미를 태우는 모습을 지켜보곤 했다. 요즘에도 새끼 고양이들을 자루에 넣어 물에 빠뜨리는 일이 일어나곤 한다. 전 연령대의 고양이들이 소위 과학의 발전이라는 명목 아래 실험 대상이 되어 고통을 받는다. 아시아 일부에서는 특정한 나이대의 여자들에게 고양이 고기를 먹이는 것이 좋은 것으로 여겨지는 곳도 있다.

인간이 그렇게 고양이들을 많이 괴롭히는데도 고양이들이 여전히 우리를 상대하는 것은 무척이나 놀라운 일이다.

고양이들은 인간의 잔혹행위를 절대 잊지 않을지도 모른다. 그러나 아무리 세대가 바뀌어도 끊임없이 우리를 용서한다. 버려진 힘없는 새끼 고양이의 야옹거림은 사람들에게 이제 장난을 그만두라고 외치는 소리이다. 여태까지 행해진 인간의 행동을 통해 우리가 얼마나 잔인한지 알면서도 고양이들은 계속해서 우리가 나아지기를 바라고 있다. 새끼 고양이의 눈에 가득 찬 신뢰와 기대를 만족시키지 않는 한 우리 인간들은 완전히 진화했는지 생각해볼 필요조차 없다.

❧

오래 전에 샘을 친 여자 운전사를 나는 아직도 생각하고 있었다. 전에는 그 여자 생각을 하면 마음이 괴롭기만 했다. 그 여자를 생각할 때마다 나는 걷잡을 수 없이 화가 나곤 했었다. 그때만 해도 자기 아이를 살해한 살인범을 용서하는 부모에 관한 기사를 읽을 때마다 솔직하지 못한 사람들이라고만 생각했었다.

시간이 모든 상처를 치유해주진 않지만 제대로 생각하게 해주긴 한다. 포드 에스코트는 벌써 몇 년 전에 단종된 제품이었다. 파란색은커녕 포드 에스코트 자체를 보는 일이 별로 없었다. 샘을 친 그 자동차도 아마 고철이 되었을 것이다. 길은 사륜구동 차들로 넘쳐났다.

마침내 나는 샘의 비극이 운전사의 비극이기도 하다는 것을 진심으로 인정할 수 있었다. 1983년 1월의 그날은 내 마음 속에도 그렇지만 그 여자의 마음속에도 뚜렷하게 새겨졌을 것이다. 운전석에 오를 때마다, 금발의 소년이 길을 건너는 것을 볼 때마다 그 여자는 샘의 유령을 보는 것 같은 느낌을 받을 것이다.

가능할지 모르겠지만 이제는 그 여자를 만나도 될 것 같은 생각이 들었다. 나는 그런 생각을 알리고 싶었다. 잡지 인터뷰를 할 때마다 나는 만날 준비가 되었다는 뜻을 내비쳤다. 그녀를 안고 여태까지 그녀가 견뎌온 고통을 이해하고 용서한다고 말해주고 싶었다. 솔직하게.

그런 내 바람에 대한 답장이 도착했다. 하지만 그건 내가 기대하던 것과 전혀 달랐다.

헬렌 씨,

아내가 당신에 관한 기사를 보여주었습니다. 우리 두 사람 모두 샘이 죽은 뒤로 당신이 그렇게 끔찍하고 어려운 시간을 보냈다는 내용을 읽고 무척이나 마음이 아팠습니다. 그래서 아내가 나에게 이렇게 편지를 쓰라고 조르더군요.

이렇게 말하는 것이 당신에게 위로가 될지는 모르겠지만 그날 사고가 난 직후 그곳을 지나가게 되었습니다. 자동차 운전사는 그 자리에 없었는데 아마도 도움을 요청하러 갔을 것이라 생각합니다. 같이 가던 동료가 길 아래로 내려가 차들이 못 올라오게 막는 동안 나는 샘과 함께 있었습니다. 이미 샘은 의식을 잃은 상태였습니다. 샘이 고통스러워하지 않았다는 것은 분명하게 말씀드릴 수가 있습니다. 그리고 제가 곁에 있는 동안 샘이 숨을 거두었다고 생각합니다. 경찰과 구급차가 도착하기 전에 말이지요. 그들은 매우 친절하고 사려 깊은 사람들이었습니다.

결국 경찰관은 나와 동료에게 가도 좋다고 했습니다. 그런 사고가 일어났다는 것이 몹시 괴로웠던 나는 그날 밤 집에 가서 샘에 관한 이야기를 어렵게 아내에게 전해주었습니다. 그렇게 조그만 소년이 그렇게 허무하게 죽었다는 것이 너무나 가슴 아팠지만 그건 누구의 잘못도 아니었습니다.

그 당시에 헬렌 씨에게 전화를 하고 싶었지만 그저 낯선 사람에 불과한 내가 전화를 해봤자 프라이버시만 침해하는 것이 아닐까 하는 생각이 들었습니다. 그게 옳은 결정이었는지는 모르겠지만 샘이 죽을 때 혼자가 아니었다는 사실을 이제는 알려드려도 될 것 같아서 이렇게 편지를 보냅니다. 이 편지가 아주 조그만 위로라도 된다면 더없이 기쁠 것 같습니다.

크라이스트처치에 사는 아서 주드슨 드림

추신: 그동안 당신의 칼럼을 재미있게 읽고 있습니다.

나는 그 편지를 읽고 또 읽었다. 모르는 사람이었지만 훌륭한 마음씨를 지닌 제3자의 관점에서 그날 벌어진 일을 다시 떠올리니 내 몸이 후들거렸다. 답장을 보내긴 했지만 고마워하는 내 마음을 반의 반도 제대로 표현하지 못했다. 죽어가는 아이 곁을 떠나지 않고 지켜주는 것도 대단한 용기가 필요한 일이지만 이렇게 나에게 편지를 보낸 것 역시 대단한 용기가 필요한 일이었다. 그의 편지는 가해 운전자를 만나려고 했던 내 의도보다 더한 안도감을 가져다주었다.

나는 지금까지도 그 편지를 소중하게 간직하고 있다. 샘이 외롭게 혼자 죽지 않았다는 사실이나 고통스러워하지 않았다는 사실을 알게 된 것만으로도 나에게는 상당한 위안이 되었다.

이 세상에는 그와 같이 사고 장면을 보고 쉽게 지나쳐갈 수 있는데도 불구하고 그 자리에 남아주는 조용한 영웅들이 많이 있을 것이다. 마음의 평화가 깨지는 것을 무릅쓰면서도 그들은 다른 사람에게 줄 수 있는 최고의 위안이 되어준다. 홀로 외롭게 죽지 않는다는 위안을. 그리고는 천사처럼 흔적도 없이 사라져버리는 것이다.

33. 전환

고양이와 함께하는 시간은
절대 낭비되는 시간이 아니다.

'아, 저 조그맣고 귀여운 새끼 고양이 좀 봐!' 앞마당에 난 길 위에 스핑크스처럼 포즈를 취하고 앉아 있는 클레오를 보고 왠 낯선 사람이 소리쳤다.

'얘는 새끼 고양이가 아니에요. 사실 나이가 되게 많아요.'

'정말요? 너무… 어려 보이는데.'

나이가 들수록 점점 더 어려 보이는 클레오의 유전자를 담아 팔 수만 있었다면 우리는 지금쯤 별장 몇 채에, 요트에다 우주선 정기 탑승권까지 가졌을 것이다. 클레오가 점점 더 어려 보이는 이유는 태도 때문이 아닐까 싶다. 물론 클레오의 태도를 말하는 것이다. 클레오에게는 나이 드는 것이 비극적인 일이 아니었다. 클레오는 그저 나이 드는 과정 전체를 대수롭지 않게 생각했다.

클레오가 적극적으로 섹시한 젊음을 떨쳐버리고 권위적이고 절대적인 우리 집안의 통치자가 되는 모습을 폐경기 여성들이 본다면 그들은 아무것도 두려워하지 않을 것이다. 우리 가족의 고귀한 여사제인 클레오는 자신이 먹을 생선이 얼마나 잘 으깨져 있는지에서부터 집사들을 얼마나 일찍 깨워야 하는지까지 모든 일에 관해 자신의 생각을 분명하게 밝힌다. 새벽이 될 때까지 자리에서 일어나지 않은 사람은 문 밖에서 깨우는 클레오의 냥냥 소리를 듣게 될 것이다.

나 역시도 전보다 내 목소리를 더 내는 단계에 돌입했다. 세상을 바꾸고 싶다는 희망은 이미 오래 전에 버렸지만 대신 대선에 관한 내용부터 금발에게는 사륜구동 차를 몰게 하지 말아야 한다는 내용에 이르기까지 모든 것에 관한 나의 관점을 세상이 들어야만 한다고 느꼈다. 그나마 자동차 지붕 위에 스피커를 매달고 다른 운전자들과 보행자들을 향해 그들이 얼마나 다른 사람들과 자기 자신, 그리고 이 지구 전체를 위험에 빠뜨리는지 떠들어대지 않은 것이 다행이었다.

자연의 섭리를 따라 우리의 보금자리도 점점 비워지기 시작했다. 리디아는 대학교를 일 년간 휴학하고 코스타리카에 영어를 가르치러 갔다. 롭은 한동안 런던에 머물면서 와인 상점에서 일하고 있었다. 롭과 내가 얼마나 강력한 초자연적 고리로 연결되어 있는지 확인하고 싶을 땐 서로 전화를 하기만 하면 됐다. 지구 정반대에 있는데도 우리는 동시에 서로에게 전화를 거는 경우가 많았다. 요즘도 롭에게 전화를 걸면 롭이 나에게 전화를 걸고 있기 때문에 통화 중일 때가 많다.

'내가 누굴 만났는지 엄마는 상상도 못 할걸.' 어느 날 롭이 이렇게 말하는 것이었다. 목소리만 들어도 롭이 기뻐하는 것을 알 수 있었다. '샨텔을 만났어. 여기에서 그렇게 힘들다는 빈민가 어느 학교에서 아이들을 가르치고 있더라고.'

샨텔에게 남자친구가 있다는 소리를 들었을 때 조금 아쉽다는 생각이 들었다. 좋은 남자야. 롭은 그렇게 말했다. 서핑을 좋아하는 호주 사람이지. 그렇게 파도타기를 좋아하는 사람이 이렇게 추운 영국의 겨울내내 무엇을 하고 지낼지는 잘 모르겠지만 말이야. 그렇다고 해서 롭이 외로운 것은 아니었다. 롭은 호주 퀸즐랜드 출신의 간호사와 동거를 하고 있었다.

두 사람의 사랑이 이루어지려면 타이밍과 우연이 잘 맞아야 하는 경우가 많다. 롭이 항상 샨텔에 대해 특별한 감정을 가지고 있는 것은 알았지만 그들이 함께할 가능성은 점점 더 희박해지는 것 같았다.

몇 달 후 나는 샨텔의 남동생인 대니엘이 뚜렷한 이유 없이 갑자기 죽었다는 끔찍한 소식을 들었다. 어느 집이고 언젠가는 비극을 맞이하게 되지만 샨텔이나 그 가족들이 견디기에는 정말 끔찍한 비극이 아닐 수 없었다. 나는 롭이 엄청난 충격과 슬픔에 싸여 있을 샨텔에게 도움을 줄 수 있기를 바랐다.

❀

유일하게 집에 남아 있는 13살 캐서린은 클레오를 돌보는 조수가 되어 있었다. '내 친구들이 어젯밤에 무슨 짓을 했는지 봐!' 한떼의 친구들이 자고 간 다음날 아침 캐서린이 투덜거리며 말했다. '너무 짓궂어! 클레오의 가슴을 하얗게 칠해 놨잖아!'

하얀 털을 자세히 살펴보니 누가 칠해 놓은 것이 아니라 자연스럽게 변했다는 것을 알 수 있었다.

클레오는 엉덩이 관절부터 뻣뻣하게 움직이면서 노인네와 같은 걸음걸이를 하게 되었다. 나 역시도 조금씩 익숙해져가는 걸음걸이였다. 비록 자기 침대에 롭의 낡은 스포츠 양말 한 짝을 간직하고 있긴 했지만 클레오는 더 이상 양말 채가기 놀이를 하지 않았다. 그리고 부엌 의자에도 뛰어오르지 않았다. 내 관절도 클레오처럼 탄력이 떨어지긴 마찬가지였다. 우두둑거리는 인대는 엘리베이터 문이 열릴 때마다 계단을 버리라고 외쳐댔다.

우리의 털가죽도 바뀌긴 마찬가지였다. 십대 미용사들은 점점 가늘어지는 내 머리카락을 굵고 윤기 나게 만드는 방법을 의무적으로 알려주었다(이 무스를 땅콩만큼 덜어서 두피 마사지를 하세요. 125달러면 비싸다고 생각하실지 모르지만 일 년 동안 효과가 지속돼요). 그들의 언니들은 나에게 피부 관리법을 알려주었다. ('하루에 블루베리 한 컵이면 손님 피부가 죽을 때까지 내 피부처럼 젊어 보일 거예요. 제가 몇 살인지 모르시겠죠? 저 정말 나이 많거든요. 25살이나 먹었어요.')

어린 미용사와 피부관리사의 관심을 받지 않아도 되는 클레오는 침대시트며 속옷, 때로는 먹는 음식 위에도 느낌표 같은 검은 털을 뿌리고 다녔다.

검었던 클레오의 수염도 하얗게 변했다. 내 턱에는 보기 흉한 짧은 털이 났다.

클레오와 나는 벽난로 앞에 앉아 우리들의 몸을 굽는 것을 좋아하곤 했었다. 하지만 요즘은 너무 불 가까이 있으면 다리가 화성의 표면처럼 뜨거워졌다. 클레오는 나보다 더 심했다. 불 앞에 10분 정도 있으면 차가운 벽을 찾아 몸을 기대고 있어야 회복이 될 정도였다.

우리는 과거보다 제품의 질을 상당히 중요하게 여기게 되었다. 그래서 침대시트나 베갯잇의 자수 수를 살펴보는 비이성적인 습관을 갖게 되었다.

우리의 시력도 나빠졌다. 한 안과의사는 돋보기를 쓰라고 했다(내가?). 나는 금속 느낌의 녹색과 파란색으로 된, 안경점에서 가장 파격적인 안경테를 골랐다.

'어때?' 필립과 캐서린에게 안경을 보여주며 물었다.

그들의 대답은 분명했다. 할머니가 멋져 보이려고 고른 그런 돋보기라는 것이었다.

클레오의 눈에는 반점이 생겨서 다른 세상과 연결되어 있는 듯한 인상을 한층 더 강하게 풍겼다. 나는 클레오가 얼마나 소중한 고양이인지 이해해줄 수 있는, 무섭지 않은 수의사를 찾았다. 그 의사는 클레오가 백내장을 앓는 것이 아니라 그저 자연스런 노화 과정 중에 생기는 것이라고 설명했다. 순한 수의사는 그러나 클레오의 신장이 걱정된다고 했다. 그는 퀸즐랜드에 가면 신장 이식 수술을 받을 수 있긴 하지만 성공률이 높지 않다고 했다(실패할 가능성이 큰 신장 이식 수술을 받기 위해 비행기를 타고 수천 킬로미터나 가라고! 세상이 미쳤구나! 뉴플리머스 묘지에 누운 엄마가 벌떡 일어나 이렇게 말하는 소리가 들리는 것 같았다).

나이가 들면서 볼품 없어지는 모습을 받아들이기 싫었던 나는 그나마 예뻐 보이게 만들 수 있는 부분으로 관심을 돌렸다. 나는 베트남 가족이 운영하는 네일숍을 찾아냈는데 그 사람들이 영어를 거의 할 줄 모른다는 사실을 알고 나니 더욱 마음에 들었다. 그건 곧 그들이 나에게 쓸데없는 잡담을 하거나 손과 발을 젊게 유지하기 위해 어떻게 해야 한다고 지시하지 못한다는 것을 뜻했다. 서로를 더 잘 알게 되면서 그들은 나를 볼 때마다 목례를 하면서 미소를 지었다. 그들은 나를 헤런이라고 불렀는데 개명을 해버릴까 하는 생각까지 들 정도로 멋진 이름 같았다.

그때쯤 클레오의 발톱은 바닥을 걸을 때마다 탭댄스 신발처럼 찰칵 찰칵 소리를 내기 시작했다. 암살자 시절만큼 발톱이 많이 이용되지 않는다는 뜻이었다. 클레오의 발톱은 얇아졌고 미니 크루아상처럼 얇게 벗겨졌다. 내가 깎았기 때문에 무릎 위에 눕히고 필립의 손톱깎이로 클레오의 발톱을 깎으려고 할 때 움직이지 않고 가만히 있는 클레오가 고마웠다. 코끝에 돋보기를 걸친 채로 깎았기에 클레오를 다치게 할까 봐 조마조마했다. 가지치기용 가위를 사용할 때도 내 자신을 믿지 못하는데 클레오의 조그만 발을 손톱깎이로 깎으려 했으니 얼마나 불안했으랴. 서투른 실수를 할 때마다 클레오는 재빨리 나를 살짝 물었다. 몇 번의 시도 끝에 클레오는 발톱을 깎는 내내 가르랑거릴 정도로 나를 믿게 되었다. 나는 클레오의 공식적인 손톱 관리사이자(드라이 고양이 샴푸로 털을 빗겨내는) 미용 치료사라는 직책을 얻는 영광을 누리게 되었다. 다시 말해서 나는 클레오의 심복이 된 것이었다.

우리는 너무 오랫동안 같이 지냈던지라 클레오의 관심사가 무엇인지 내가 다 알고 있다는 사실을 클레오 또한 인정해주었다. 많은 일을 함께 겪었던 우리는 서로 간의 사이도 좋았고 마음의 안정도 찾게 되었다. 우리 둘은 몇 가지 불편한 점만 제외하면 나이 든 고양이가 더 재미있다는 알려지지 않은 비밀을 발견하기도 했다.

클레오와 나는 별난 먹는 습관을 갖게 되었다. 나는 초콜릿에 중독되었는데 정확하게 말하면 산이 그려진 반짝이는 포장지에 쌓인 코코아 70퍼센트의 스위스 다크 초콜릿에 중독되었다. 이탈리아산 편지지나 수천 수의 침대시트에 중독된 내 마음을 돌리려고 애쓸 때마다 나는 초콜릿만큼 매력적인 것이 없다는 생각이 들었다. 클레오는 나보다 더 음식에 강한 집착을 보였다. 우리 고양이에게 '안 돼'라는 말이 한 번도 먹힌 적이 없었지만 이제는 인간의 언어 중에 그런 단어가 있지도 않은 것처럼 행동했다. 그러나 그렇게 나이가 들었어도 클레오는 '치킨 맨'이라는 단어가 무엇을 의미하는지는 정확하게 파악했다.

누구든(길모퉁이에서 쾌활한 아시아 남자가 운영하는 상점에서 통닭구이를 사기 위해) 치킨 맨에 간다고 할 때마다 클레오는 현관까지 따라 나가 군침 도는 꾸러미를 안고 돌아올 때까지 열심히 기다렸다.

클레오는 대체로 죽이거나 훔친 음식을 좋아하긴 했지만 대부분의 음식에 신중을 기했다. 하지만 치킨 맨은 달랐다. 갓 구워진 닭 냄새가 풍기면 클레오는 미친 듯이 군침을 흘렸다. 닭이 놓인 자기 접시를 제대로 막지 않는 사람은 위험에 처했다. 클레오가 통닭 전투를 벌일 때면 그때까지 보이던 충성심과 애정은 어디다 내다 버렸는지 전혀 찾아볼 수가 없었다.

닭을 먹을 때마다 우리가 먼저 먹고 싶은 부위를 고르기 위해 클레오를 밖에다 가두는 일이 다반사가 되었다.

'불쌍한 클레오!' 문 밑으로 우아한 검은 발이 보이자 캐서린이 말했다.

하지만 나는 전혀 '불쌍할' 게 없다고 생각했다. 문이 제대로 닫혀 있지 않으면 클레오는 발을 옆으로 집어넣고 문을 밀어버렸다. 그러면 닭 뼈와 냅킨들이 이리저리 날아다니고 접시는 바닥에 쨍그랑 떨어진다. 남녀노소 모두 닭을 좋아하던 때였다.

다른 사람들이 보기에 음식에 대한 우리의 집착은 둘 다 꼴불견이긴 마찬가지였다. 한 가지 다른 점은 클레오는 살이 찌지 않았다는 것이다. 오히려 클레오는 몸집이 점점 작아지는 것 같았다. 클레오의 가슴뼈는 툭 튀어나오고 두개골도 점점 각이 지고 뚜렷해졌다. 뼈대 모양을 따라 덮힌 털 때문에 클레오는 마치 아마추어가 해놓은 박제처럼 보였다.

그렇다고 우리가 장난치는 것을 즐기지 않았다는 것은 아니다. 반경 500미터 안에 사람이 없을 때면 꼭 가려진 커튼 틈 사이로 마빈 게이의 선율을 따라 격렬하게 춤추는 내 모습을 볼 수 있을지도 모른다.

마찬가지로 클레오도 비가 온 후에는 새끼 고양이처럼 몸을 한껏 움직이며 나무를 타고 올랐다. 중간쯤까지 올라가다가 나이 든 사실을 깨닫고 예의고 뭐고 없이 다시 미끄러져 내려오긴 했지만 말이다.

한때 가늘고 유선형이었던 클레오의 다리는 사람으로 치면 무릎과 발목에 해당되는 곳에 혹이 생기면서 조금 뭉툭해졌다. 하지만 클레오는 한 번도 불평하는 법이 없었다. 나는 터덜터덜 헬스장으로 걸어가 클레오처럼 네 발로 살았다면 절대 생기지 않았을 등과 목의 통증을 물리치기 위해 웨이트를 들어올렸다. 사람이 네 발로 걸어다녔다면 나이가 들어서 넘어질까 봐 걱정하는 일은 없을 것이다. 이번에도 역시 우리 고양이는 자신이 더 수준 높은 존재라는 것을 보여주었다.

우리의 몸이 나이 드는 모습을 보여주는 동안 클레오와 나의 내면은 점점 더 자라 까다로워졌다. 예전에는 슈퍼마켓에서 줄을 서면 조그만 아이에서 나이 든 노인까지 모두들 내 앞으로 새치기해도 괜찮다고 여겼었다. 하지만 까다로워진 새로운 나는 새치기하는 사람이 내 앞에 몰래 끼어들 때마다 '이것 보세요!'라며 화를 내고 소리치기까지 했다. 나는 조금도 주저하지 않고 불만 신고를 했고 뭄바이에서 전화하는 텔레마케터들의 전화를 끊기 전에 다시 한 번 생각하는 일은 더 이상 하지 않았다.

클레오는 건방진 태도를 예술로 승화시키면서 나보다 한층 더 까탈을 부렸다. 시각 장애우인 페니가 안내견 미시카를 데리고 우리 집에 왔을 때 나는 문 앞에 물그릇을 두 개 가져다 놓았다. 클레오용 작은 그릇과 미시카용 큰 그릇을 말이다. 클레오는 누런 래브라도 개를 뚫어져라 쳐다보더니 큰 그릇을 차지해버렸다. 기가 죽은 미시카는 작은 그릇의

물을 먹을 수밖에 없었다.

페니는 웃음을 터뜨리며 클레오의 불손한 행동을 미안해하는 내 사과를 받아주었다. 나는 클레오가 새끼였을 때 라타에게도 그렇게 했다고 말했다. 상냥하게 웃으면서 페니는 바닥에 앉았다. 미시카가 주인의 무릎 위에 엉덩이를 대고 앉았다. 그 모습은 주인과 헌신적인 개를 그린 한 폭의 그림처럼 아름다웠다. 그러나 클레오는 그 모습을 견디지 못했다. 클레오가 미시카를 무섭게 노려보는 바람에 불쌍한 미시카는 한 구석으로 살금살금 도망쳤고 클레오가 페니의 무릎 위를 차지하고 앉았다.

'불쌍한 클레오는 어떻게 되었어?' 어느 날 갑자기 뜬금없이 전화를 걸어온 로지가 물었다.

'아, 잘 지내.'

'더 좋은 곳에서 그렇다는 말이지.' 그녀가 한숨을 쉬었다. '나는 늘 고양이 천국에 가면 매일같이 정어리를 먹을 수 있다고 우리 고양이들에게 말해줬지.'

'아니, 로지, 정말 잘 지낸다고.'

'클레오가 아직도 살아 있단 말이야!? 농담이지! 지금 몇 살이야?'

나는 나이를 물어대는 사람들의 무례함에 점점 혐오감을 느끼고 있었다. '23살.'

'하지만, 그건… 사람으로 치면 161살 정도 되는 건데. 이게 그 클레오가 맞아?'

'당연하지.'

'아니 어떻게 그렇게 키웠어? 뭘 먹였어? 약은 뭘 먹어?'

'특별히 먹이는 건 없어. 스쿠루피, 러피, 베토벤, 시벨리우스는 어떻게 지내?'

어색한 침묵이 감돌았다. '뭐, 스크러피는 어디로 도망쳐버렸고, 베토벤은 신장에 병이 생겼고, 시벨리우스하고 러피는 벌써 10년 전에 고양이 하늘나라로 올라갔어. 나는 항상 우리 고양이들에게 가장 좋은 것만 주었거든. 클레오처럼 아무 거나 주지 않고. 그런데 그 고양이 이름들을 다 기억하다니 놀랍네. 원래 고양이를 제대로 키울 만한 사람이 아니었잖아? 그렇지 않나?'

'하지만 그런 게 아닌 것 같네. 고양이를 키울 만한 사람이 아닐 수가 없잖아. 안 그랬으면 클레오가 우리랑 그렇게 오래 살겠어? 게다가 이제는 우리 둘 다 늙어서 클레오하고 나는 한 사람이나 마찬가지라고. 이봐, 로지. 당신 말이 틀렸어. 나는 고양이를 제대로 키우는 사람이라고!'

그 일이 있은 지 얼마 후 필립과 내가 14번째 결혼기념일을 축하하기 위해 레스토랑에서 식사를 하고 있을 때였다.

'우리를 피자 레스토랑에 데리고 갔던 그날을 난 잊을 수가 없어요. 당신이 네모 채우기 게임에서 롭을 이겨버렸잖아.'

'뱀과 사다리 게임 아니었어?' 샴페인을 마시면서 필립이 물었다.

'네모 채우기 게임이었어요. 당신이 그날 밤을 망칠 뻔했죠. 애한테 이기다니. 짐 싸서 보내버리려고 했어요.'

'그랬어? 나는 클레오가 마치 주인처럼 집 안을 이리저리 뛰어다니던 모습을 못 잊을 거야.' 필립이 눈을 반짝이며 말했다.

'클레오가 주인 맞아요. 당신처럼 우리 식구를 받아주는 사람은 별로 없을 거예요. 애가 둘이나 딸린 8살이 더 많은 싱글맘이었는데.' 화재를 바꾸며 내가 말했다.

언젠가 롭은 필립이 우리 삶에 들어온 것이 로또 1등에 당첨된 것과 같다는 말을 한 적이 있었다. 나는 필립의 딸인 캐서린과 다른 두 아이를 한 번도 차별하지 않고 세 아이 모두 애정과 헌신으로 대해준 필립을 존경해 마지않았다. 필립에 대한 아이들의 사랑도 똑같이 깊었다. 그렇게 마음을 열어준 보기 드문 남자와 이렇게 오랫동안 함께 살 수 있다는 것이 나로서는 정말 행운이었다.

'또 회사예요?' 주머니에서 핸드폰을 꺼내드는 필립을 향해 내가 물었다.

'캐서린인데.' 정신없이 떠들어대는 딸아이의 목소리를 듣는 필립의 표정이 어두워졌다. '가야겠어. 클레오가 무슨 발작을 일으키고 있다나 봐.'

34. 무서운 수의사, 착한 수의사

고양이는 우리에게 세상의 모든 일에
목적이 있는 건 아니라는 것을 가르쳐주고 싶어 한다.

우리가 집에 도착했을 때 클레오는 원래의 모습을 되찾은 상태였다. '너무 무서웠어!' 아직도 충격으로 벌게진 얼굴을 한 채 캐서린이 말했다. '괴상한 으르렁 소리를 내더니 바닥에 주저앉아서 경련을 일으키는 거야. 온 몸이 발작했어. 무척 고통스러웠을 거야.'

캐서린의 말을 가만히 들으면서 클레오는 얌전히 발을 핥았다. 왜 그렇게 호들갑을 떠는 거야. 그냥 조금 딸꾹질을 했을 뿐인데, 라고 말하는 것 같았다.

그날 다음 아침 식사를 한 클레오가 또 다시 무서운 발작을 일으켰다. 나는 전화기로 달려가 착한 수의사에게 전화를 걸었다. 부드러운 목소리의 리셉셔니스트가 늦게까지 수의사가 돌아오지 않을 것이라고 말했다.

'하지만 우리는 지금 당장 수의사를 봐야 한다고요!' 나의 말에 '그렇다면 다른 수의사를 찾아보세요.' 앙칼진 목소리로 그녀가 대답했다.

착한 수의사의 리셉셔니스트치고는 꽤나 무정한 사람이었다. 클레오에 관한 모든 내용을 아는 또 다른 수의사는 전에 찾아갔던 무서운 수의사밖에 없었다.

'담요에 싸서 데리고 오시면 봐주실 거예요.' 무서운 수의사의 간호사가 말했다.

동물병원으로 데리고 가는 동안 상태가 호전된 클레오는 다른 차들이며 하늘을 호기심 있게 쳐다보았다. 내가 꼭 안자 클레오가 작게 가르랑거렸다. 어쩌면 약만 먹이면 나을지도 몰라. 하지만 나는 그렇게 바보가 아니었다. 클레오가 23살 반이나 되었으니 말이다.

우리는 무서운 수의사가 있는 병원이라면 모든 게 싫었다. 대기실에 풍기는 마취제 냄새도 싫었고 한 구석에 비석처럼 쌓여 있는 애완동물 사료도 싫었다. 클레오는 특히 커다란 검은색 래브라도와 그 개의 핑크색 혀를 몹시 싫어했다. 개의 목에 걸린 파란색 플라스틱 보호대를 나는 보지 않으려야 보지 않을 수가 없었다. 클레오가 무슨 생각을 하는지 정확하게 알 수 있었다. 저렇게 품위를 떨어뜨리는 패션 액세서리를 아무렇게나 걸치게 내버려두다니, 정말 전형적인 개다운 행동이군.

무서운 수의사가 수술실에서 나오더니 우리에게 오라고 손짓을 했다. 고상한 여자라면 낯선 사람에게 보이고 싶지 않을 만한 부분을 수의사가 손으로 누르고 만져보는 동안 클레오는 스테인리스 스틸 테이블 위에 저돌적인 자세로 서 있었다. 신장병과 갑상선 기능 저하라고 그는 진단했다.

'얼마나 더 이런 식으로 지내게 하실 생각인가요?' 아무런 감정도 없는 말투로 그가 물었다.

그가 하는 말이 무슨 뜻인지 잘 알면서도 어떤 대답도 할 수가 없었다.

'원하시면 지금이라도 안락사를 시킬 수가 있습니다.'

지금이라고? 지금 당장? 내 표정을 본 수의사가 충격을 감지했던 모양이다.

'좋아요. 그럼 몇 시간 동안 제가 여기에서 고양이 상태를 살펴볼게요. 그동안 고양이가 없이 지내는 게 어떤 것인지 식구들이 다 같이 생각해보세요. 다섯 시에 다시 전화주세요.' 그가 말했다.

나는 클레오를 낚아채 집으로 도망갈 심산이었다. 하지만 클레오가 발작할 때마다 무력하게 바라보기만 해야 한다는 생각에 마음이 무너져내렸다. 병원 문을 나서면서 무서운 수의사를 온 마음을 다해 끔찍하게 저주했다. 그가 나를 불러 세울 때까지는.

'고양이 담요는 여기 두셔도 돼요.'

우리 고양이가 집에서 가져 온 물건에 쌓여 있으면 좀 더 편안해하리라는 것을 그 수의사가 이해했던 것이었다. 어쩌면 무서운 수의사가 그렇게 끔찍한 괴물이 아닐지도 모른다는 생각이 들었다.

다시 집으로 돌아온 나는 가구 위에 놓여 있던 오래된 수건과 깔개를 치우고는 침을 흘리고 털을 여기저기 떨어뜨리는 나이 든 고양이가 없다면 삶이 얼마나 더 아름답고 깨끗해 보일까 생각해 보았다. 세탁실에 놓인 클레오의 침대를 바라보면서 밖에 있는 쓰레기통에 내다버릴까 생각해보기도 했지만 그럴 수가 없었다.

클레오가 무서운 수의사의 굴뚝 속으로 사라지게 내버려둘 수는 없었다. 클레오를 저 세상으로 보내야 한다면 대문 옆에 있는 나무를 클레오의 묘비로 삼을 것이다.

다섯 시에 수의사에게 전화를 걸기 위해 필립이 회사에서 일찍 퇴근했다. 무서운 수의사는 우리더러 동물병원으로 오라고 했다. 좋은 신호가 아니었다. 우리가 임무를 다하기 위해 집을 나설 때 캐서린은 집에서 텔레비전을 보겠다고 우겼다.

이번에는 무서운 수의사의 태도가 전보다 훨씬 친절했다. 어쩌면 그게 그가 '동물을 안락사 시킬 때 보이는 태도'인지도 모른다는 생각이 들었다.

'하루 종일 발작을 일으키지 않았어요. 아무것도 먹진 않았지만 중요한 신체 기능도 정상이고 심장도 튼튼하네요. 이 나이 치고는 놀라울 정도로 상태가 좋아요.' 그가 말했다.

그의 눈빛이 모든 것을 말해주고 있었다. 나이가 들었어도 벽에 붙여놓은 고양이의 평균 수명을 무시할 의지를 내보인 클레오가 수의사의 마음을 빼앗았던 것이 분명했다.

수의사는 파란 담요로 클레오를 싸고 난 후 우리에게 안겨주면서 클레오의 식욕을 돋울 만한 약을 챙겨주었다. '아, 고양이의 식욕을 되찾아주고 싶다면 길 건너편에 아주 맛있는 닭집이 있어요. 안에 뭐를 넣는지는 모르겠지만 그 집 닭 냄새만 나면 고양이들이 환장을 하죠.' 나는 매일 치킨 맨을 찾아가면 수의사를 멀리 할 수 있을지도 모른다는 생각이 들었다.

집에 오는 내내 클레오가 가르랑거렸다.

나는 다시 가구 위에 오래된 수건과 깔개를 깔고 냄새 나는 고양이의 침대를 털었다. 우리는 모두 시간을 빌려 쓴다. 샘의 죽음을 통해 깨달은 한 가지는 우리가 영원히 빌려 쓸 수 있는 게 시간밖에 없다는 점이었다. 언제든 우리 누구에게나 삶은 돌이킬 수 없는 변화를 맞이한다. 그 사실을 인식하고부터 외출을 할 때마다 혹시 내가 어떤 이유에서든 돌아오지 않을 경우에 대비해 화장대를 한 번 더 살펴보게 되었다. 내가 그렇게 깨끗한 사람은 아니지만 그렇다고 굉장히 지저분한 사람이라는 인상을 남기고 싶지도 않기 때문이다.

나는 클레오에게 있었던 일을 들려주기 위해 영국에 있는 롭에게 전화를 걸었다.

'나도 방금 전에 전화하려고 했었는데 통화 중이던데?' 롭이 말했다.

'엄마가 너한테 전화하고 있었으니까 그렇지. 무슨 말을 하려고 했는데?' 클레오의 소식을 가능한 천천히 전하고 싶었다.

'또 다시 영국에서 겨울을 나기 싫어. 여기 사람들은 두더지처럼 살아. 주로 어둠 속이나 땅 밑에서 시간을 보내면서 말이야. 멜버른에 엔

지니어링 일자리가 생겼어. 조건이 아주 좋은 것 같아. 이번 크리스마스
는 집에서 보낼 수 있을 거야.'

　　　　　　　　　　　❀

　롭이 돌아온지 얼마 지나지 않아 깜짝 놀랄 만한 손님이 우리 집을
찾아왔다. 키가 크고 검은 머리에, 브래드 피트와 조니 뎁을 섞어 놓은
것처럼 잘생긴 젊은이였다. 나는 영화배우 같은 그의 턱선과 짙은 눈썹을
바라보았다. 그러다 그의 눈을 보니 그제야 누구인지 알아볼 수가 있었다.

　지그재그에서 보냈던 롭의 어린 시절 함께 어울렸던 앳된 제이슨이
멋진 남자로 탈바꿈했던 것이었다. 지니의 아들이 우리 집을 찾아오다
니 기대하지 않았던 선물을 받은 기분이었다. 제이슨이 내 양쪽 뺨에 입
을 맞추자 순간 나는 정신을 차릴 수 없을 정도였다. 이제 남자가 된 제
이슨은 아몬드 눈에 장난꾸러기 미소를 짓던 갈색 머리의 소년과는 전
혀 딴판이었다. 마지막으로 제이슨을 보았을 때는 키가 내 허리춤 정도
였다. 이렇게 오랜 세월이 지난 후에도 찾아올 정도로 우리를 따뜻한 추
억으로 간직해준 그의 마음에 감동을 받았다.

　'설마 아직도 클레오가 살아 있는 건 아니죠!' 그가 말했다.

　'이제 간당간당해.' 내가 대답했다. 나는 롭에게 전화를 걸어 사무실
근처에 있는 한 카페에서 깜짝 손님과 만나게 해주었다. 롭은 한 눈에
오랜 친구를 알아보았다. 영화배우처럼 잘생긴 두 청년과 함께 식사를
할 수 있는 영광을 누리니 기쁘기 그지없었다. 다 큰 두 아들을 데리고
외출하는 기분이 이렇겠구나, 하는 생각이 들었다. 샘이 살아 있었다면

우리가 얼마나 자주 이런 식으로 외출을 했을까 생각해보았다. 참을 수 없는 슬픔을 느끼면서 동시에 이렇게 따스함도 느꼈을까? 어쩌면 슬픔은 전혀 느끼지 않고 그저 가족들이 서로를 괴롭히는 막연한 짜증을 느끼며 쓸데없는 억측만 할지도 모른다.

'가장 많이 기억나는 게 뭔지 알아?' 와인 메뉴를 살펴보면서 제이슨이 물었다.

'구멍 파기!' 아이들이 동시에 외쳤다.

무슨 말인지 모르겠다는 내 표정을 보자 제이슨이 설명을 해주었다.

'대문 아래에 있던 공터 생각 안 나세요? 롭하고 내가 거기에 구멍을 팠잖아요. 몇 년이나 팠는데도 구멍이 깊어지는 거 같지가 않더라고.'

그러자 두 꼬마 녀석들이 나무 덤불 아래를 파던 모습이 생생하게 떠올랐다.

'맞아. 삽이랑 곡괭이를 가져다 팠지. 그 곡괭이는 만지지 못하게 했어야 하는데. 요즘 같으면 엄마가 잡혀갔을 거야.'

'그게 제일 중요했던 건데요. 남자답고 위험해 보였잖아요. 우리가 녹슨 낡은 와이어 매트리스 찾았던 거 생각나? 그걸 구멍 위에 놓고 한동안 트램펄린처럼 그 위에서 뛰었잖아, 나중에는 싫증이 나서 갖다 버리고 다시 구멍을 파기 시작했지만 말이야.'

롭은 지금도 가끔 생각해보지만 왜 구멍이 더 이상 깊어지지 않았는지 모르겠다고 말했다. 다 자란 지금 그곳에 가면 반나절 만에 다 파버릴 수 있을 텐데.

'너무 넓게 판 거 아니야? 근데 얼마나 깊이 파고 싶었던 거야?' 내가 물었다.

'어느 정도 큰 구멍만큼요.' 제이슨이 대답했다.

아이들의 기억 속 내 모습이 중국어나 그레고리오 성가를 가르치던 엄마가 아니라는 것이 나는 미안했다. 제이슨이 지니의 머리를 반만 물려받았어도 훨씬 더 뛰어난 능력을 가졌을 것이다. 지니는 얼마 전 산과학 박사 학위를 취득했다. 하지만 한편으로는 땅을 파게 내버려두었기 때문에 지금과 같은 철학자가 될 수 있었던 것 아닐까 싶은 생각도 들었다.

저렇게 자연스럽게 붉은 포도주를 마시는 젊은이들이 지그재그에 살았던 조그만 아이들이었다는 사실이 믿기지 않았다. 그들을 바라보고 있자니 산불이 난 후에 기적적으로 소생하는 호주의 숲이 떠올랐다. 불에 타버린 커다란 나무들 사이로 뱅크셔와 아카시아 같은 나무들이 덤불 속에서 새롭게 소생하는 모습이. 그와 마찬가지로 아이들도 튼튼하고 잘생긴 젊은이로 성장했다. 지그재그에서 황폐한 삶을 사는 동안 나는 자연의 복원력을 과소평가했던 것이다.

35. 부활

사랑과 다른 시간을 사는 고양이에게
끝은 시작이기도 하다.

새끼 고양이와 사랑에 빠지기는 쉽다. 볼 때마다 그 부드러운 털이 안 아줘요, 쓰다듬어 줘요, 라고 말하는 소리를 들을 수가 있다. 새끼 고양이 티를 벗으면서 윤기 나는 털과 날렵한 움직임을 보이는 고양이는 감탄의 대상이 된다. 하지만 나이 든 고양이를 좋아하려면 어느 정도 시간이 필요하다. 나이 든 고양이는 쿠션에 침을 흘리고 평화적인 시위를 한답시고 구토를 해댄다. 나이 든 고양이와 함께 사는 사람들은 그런 점을 고려하지 않을 수가 없다. 단 한 순간도 집안을 멋지게 꾸며놓은 적이 없던 사람들까지도 오래 된 수건과 담요를 가져다 가구를 덮어야 한다는 생각이 든다.

클레오의 털은 가늘어졌고 이집트의 무덤 냄새가 났다. 관절염에 걸려 소파에 뛰어오르기 전에는 몇 번이고 다시 생각하지 않으면 안 됐다.

나는 가끔씩 우리 집에 찾아온 낯선 사람이 비틀거리며 다가오는 클레오를 보고 불쾌한 표정을 짓는 상상을 하기도 한다. 연로한 우리의 고양이는 더 이상 아름답고 멋지지 않았지만 클레오가 살 날이 얼마 남지 않았다는 것을 아는 우리는 그 어느 때보다 더욱 클레오를 사랑했다.

오른쪽 눈을 뜨지 못할 정도로 클레오의 오른쪽 얼굴이 심하게 부어올랐다. 나는 클레오를 담요에 싸서 다시 무서운 수의사에게 데리고 갔다. 지난 번 클레오를 데리고 간 이후로 우리는 무서운 수의사를 달리 생각하게 되었다.

'흐음. 이에 종기가 생겼네요. 수술을 해서 이를 뽑아버릴 수도 있지만 고양이가 너무 약해서 수술을 견딜 수 있을지 모르겠어요.' 어두운 표정으로 수의사가 말하며 뻔한 해결책을 제시했다. 이번에는 클레오를 쓰다듬으면서 친절하게.

'그렇게 오랫동안 애완동물을 가족처럼 키우면 어떤 기분이 드는지 저도 잘 압니다.'

그는 우리에게 집으로 돌아가서 곰곰이 생각해보라고 했다. 클레오가 사람이었다면 엄마가 그랬던 것처럼 '자연스런' 죽음을 맞이하지 않으면 안 되었을 것이다. 병이 점점 악화되면서 환자는 엄청난 고통을 느끼게 되고 결국에는 어서 죽었으면 하고 바라게 된다. 어쩌면 그것이 죽음에 이르는 과정을 순순히 받아들이게 만들려는 자연의 법칙인지도 모른다. 하지만 선택을 할 수 있다면 나는 엄마가 겪었던 고통을 겪고 싶지 않다. 다행히도 클레오는 동물이기 때문에 그럴 필요가 없었다. 죽음은 동물들이 사람보다 우선권을 갖는 몇 안 되는 분야 중에 하나이다.

하염없이 눈물을 흘리면서도 캐서린은 이것이 옳은 일이라는 데 동의했다. 마지막으로 클레오를 담요에 싸서 이제는 전혀 무섭다는 생각이 안 드는 무서운 수의사에게 데리고 가는 걸 필립이 도와주었다.

'이제 갈 시간이야.' 조그만 주사바늘을 클레오의 발 뒷부분에다 찌르며 수의사가 말했다. 조심스럽게 찌르는 바람에 클레오는 움찔하지도 않았다. 우리가 작별 인사를 하는 동안 클레오는 초승달처럼 몸을 움츠렸다. 클레오의 머리가 축 늘어졌다. 숨을 거둔 것이었다.

수의사는 클레오를 불투명한 비닐봉지에 넣어주었고 우리는 그것을 담요에 싸서 집으로 가지고 왔다.

필립이 앞마당에 있는 서향나무 아래에 구멍을 파기 시작했다. 삽이 땅을 내리찍을 때마다 규칙적으로 쿵하는 작은 소리가 났다. 필립은 말할 기분이 아니었다. 삽질을 하는 그의 뒷모습을 보니 그이가 슬퍼하고 있다는 것을 알 수 있었다. 그렇다고 요즘 들어 남녀 모두에게 유행처럼 번지고 있는, 텔레비전에 나오는 그런 눈물을 흘리는 모습은 아니었다. 그의 슬픔은 절제되고 위엄 있는 그런 슬픔, 건강에 안 좋다는 사실이 알려지기 전까지 남자들이 느끼던 그런 식의 슬픔이었다.

나는 그에게 삽을 내려놓으라고 하고 잠깐 동안만이라도 그를 안아주고 싶었다. 하지만 그래 봤자 시간만 끌 뿐이었다. 남자들은 차라리 일을 하게 내버려두는 것이 좋다. 게다가 나 역시도 끊임없이 흘러내리는 내 눈물부터 감당해야 했다.

한참의 시간이 흐른 것 같았다. 그이가 땅을 파던 손을 멈추고 삽에 기대어 쉬었다. 우리 두 사람은 구멍을 내려다보았다. 필요 이상으로 깊어 보이긴 했지만 이이는 언제나 가족을 위해서라면 한층 더 노력하는 사람이었다. 그리고 클레오는 우리 가족의 일부였다.

'담요에 싼 채로 클레오를 묻진 않을 생각이지?' 그이가 물었다.

그이는 담요를 풀고 동물병원 비닐봉지에서 클레오의 차가운 시신을 꺼내어 땅 위에 올려놓았다. 그리고는 고개를 숙여 클레오의 머리에 키스를 하고 구멍 속에 내려놓았다.

'나보다 클레오가 이 집 식구들하고 더 오래 살았군.' 그이가 한숨을 내쉬었다.

한 삽 한 삽 클레오의 몸 위로 흙이 덮이는 동안 새들이 진혼곡을 불렀다.

어떤 나라에서는 친척들의 시신을 마당에 묻는 풍습이 있다고 한다. 그 이유를 이해할 수 있을 것 같았다. 매일 아침 우편함을 확인하러 가는 길에 클레오에게 인사를 한다. 내가 서향나무 근처를 너무 깊이 파지 말라고 하자 원예사는 어리둥절해했다. 소중한 우리 고양이를 괴롭히면 안 되기 때문이었다.

클레오는 거의 24년 동안이나 우리 식구들을 통솔했다. 클레오는 내가 절대 극복하지 못할 것이라고 생각했던 상처를 치유하게 도와주었다. 어쩌면 고양이의 임무도 끝나고 상처도 치유되었으니 이제는 고양이 없이도 우리끼리 잘 살 수 있을지도 모른다. 클레오가 우리에게 남겨준 다른 종류의 슬픔만 이겨낼 수 있다면. 어느 순간 나는 고대 이집트 인들이 가족처럼 키우던 고양이가 죽었을 때 눈썹을 밀어버리는 행동 이 합리적이라고 생각하게 되었다.

사람들은 우리에게 언제 새로운 고양이를 키울 것이냐고 물었다. 마 치 고양이 한 마리가 죽으면 또 다른 고양이를 키우는 것이 당연하다는 듯이. 한 친구는 나를 데리고 애완동물 가게를 가기도 했다. 우리는 울 타리 안에서 새끼 고양이 여러 마리가 뛰어노는 모습을 지켜보았다. 대 부분이 얼룩고양이었다. 사랑스러웠다. 어떤 고양이들은 털 뭉치처럼 뭉쳐 서로 장난을 쳤다. 낮잠을 자는 고양이도 있었다. 귀여웠다. 너무 나 귀여웠다. 조그만 회색 새끼 고양이가 그물망을 타고 올라가 우리 머 리 위에서 쿵쿵 부딪쳤다. 쇼핑객들 한떼가 우리 주변에 몰려들었다. 모 두들 다빈치 초상화에 나오는 것 같은 표정이다. 그중에는 아까 길에서 보았던 지저분한 차림의 남자도 있었다. 화난 표정에 어딘지 이상해 보 이는 그를 사람들은 피해다녔다.

그가 새끼 고양이들을 보자 그의 온몸에 보였던 공격성이 사라졌다. 수염이 덥수룩한 그의 턱에 부드러운 미소가 번졌다. 그물망에 기댄 채 그는 순수한 자비심을 느끼며 고양이들을 바라보았다. 그는 회색 새끼 고양이를 바라보고 있었다. 새끼 고양이는 올라왔던 것만큼 내려가는 것이 쉽지 않다는 것을 이제야 깨달은 모양이었다. 새끼 고양이는 걱정 스러운 눈빛으로 바닥을 내려다보다가 다시 그물망을 올려다보았다. 더 이상 오를 곳이 없었다. 선택의 여지가 없었다. 새끼 고양이는 멋지게 뒤로 한 바퀴 휙 돌더니 안전하게 바닥에 착지했다. 남자가 웃음을 터뜨렸다. 어쩌면 저 새끼 고양이가 자기와 같다고 생각했는지도 모른다. 하늘을 향해 오르다가 다시 땅으로 쿵 떨어지는 자기 자신과.

'한 마리 데려가면 안 돼요?' 중고등학생쯤 돼 보이는 한 아이가 엄마에게 물었다. 그 아이도 마음을 빼앗긴 모양이었다. 만약 엄마를 설득해 새끼 고양이 한 마리를 데려간다면 앞으로 엄청난 일이 기다리고 있을 것이다. 그 아이는 정신지체아였다.

슬픈 얼굴의 여성이 예쁜 얼룩고양이를 가리키고 있었다. 어쩌면 그녀의 집은 텅 비어 있는지도 모른다. 벨벳 발자국이 남겨지길 기다리면서.

울타리 안에 있는 새끼 고양이들은 저마다 해야 할 임무를 가지고 있었다. 사람들의 마음을 치유하고, 사랑의 진정한 본질도 가르쳐야 한다. 고양이마다 품안에 꼭 안아보고 따스함과 부드러움을 느껴보고 싶었다. 하지만 나는 어떤 고양이도 집으로 데리고 가지 않을 것이다.

고양이들은 '얻는' 것이 아니다. 그들은 필요할 때에 사람들의 삶에 나타난다. 처음에는 사람들이 알아차리지 못하는 어떤 목적을 가지고 말이다. 나는 샘이 죽고 난 후 그렇게 빨리 새끼 고양이를 키우고 싶지 않았다. 적어도 의식적으로는 말이다. 삶은 모순적이다. 때로는 원치 않는다고 생각하는 것과 필요한 것이 같은 것일 때가 있다. 엄청난 슬픔을 잊게 하고 살아가고 숨 쉬는 게 얼마나 큰 즐거움을 안겨주는지 깨닫기까지 클레오를 껴안는 일, 클레오의 장난기, 클레오의 건방진 행동이 우리에게 절실하게 필요했다. 클레오는 우리에게 필요할 때마다 긴장을 풀고, 웃고, 강해지라고 가르쳤다.

우리 집의 수호자였던 클레오는 우리 삶의 모든 여정을 지켜보았다. 클레오는 우리가 필요로 하는 만큼 우리와 함께하면서 더 살았던 것이다. 샘이 클레오를 보낸 것인지 아니면 신의 자비가 필요한 우리에게 너그러운 신이 보낸 것인지 모르겠지만 클레오는 어떤 생명체에게도 받을 수 없는 무한한 너그러움을 가지고 우리에게 치유의 힘을 불어넣었다.

다시 한 번 삶을 신뢰하기 시작하자 마법과 같은 일들이 펼쳐졌다. 지니, 제이슨, 앤 메리, 필립과 같은 멋진 사람들이 우리가 필요로 하는 바로 그 순간에 나타났다. 그들과의 만남을 클레오가 감독했는데 어떤 때는 클레오가 우리를 만나게 해준 것이 아닐까 하는 생각이 들기까지 했다. 나는 샘을 잃은 슬픔을 극복하게 도와준 그들을 비롯한 많은 사람들에게 언제나 감사함을 느낀다. 그렇다고 해서 우리가 슬픔을 극복했다고 자신하는 것은 아니다. 우리는 변하고 성숙해졌다. 샘과, 그의 삶과 죽음은 항상 우리의 일부로 남아 있을 것이다.

분노는 결국 용서로 변했고 수년 후 샘이 혼자 죽지 않았으며 고통스러워하지 않았다는 사실을 알게 되자 엄청난 위안을 느낄 수가 있었다. 결국 슈퍼맨이 실제로 있다는 사실을 나는 알게 되었다. 슈퍼맨은 사고 현장에 남아 피해자를 위해 자신이 할 수 있는 일을 해주었던 바로 그 사람이었다. 우리의 슈퍼맨은 아더 주드슨이라는 이름을 가진 남자였다.

☙

한참 동안 나는 웰링턴에 있는 지그재그를 다시 찾아가 보려고 하지 않았다. 배려심 많은 지니는 그런 내 마음을 이해해주었고 한 번도 자기 집에 놀러오라고 강요하지 않았다. 우리는 좋은 붉은 포도주를 마실 수 있는 곳이면 호주든 뉴질랜드든 상관하지 않고 만났다. 하지만 결국 호기심이 내 의지를 눌러버렸다.

렌터카가 웨즈타운을 향해 언덕을 오르기 시작하자 나는 속이 뒤집히는 장면이 떠오를 것에 대비했다. 첫 번째 갈고리 모양으로 굽어지는 길을 돌아 두 번째에 다다르자 조그만 미니 공원이 여전히 항구를 굽어보고 있는 것이 보였다. 한 번은 그곳에 샘을 기념하기 위해 조각상을 세울까 생각한 적도 있었지만 콘크리트와 스테인리스 스틸은 따스함이 느껴지지 않기 때문에 그만두었다. 그런 것 말고도 죽은 아이를 기념할 만한 좋은 방법은 많다.

똑바로 난 길이 펼쳐지면서 길이 좁아지더니 여전히 교수대처럼 길을 가로질러 매달려 있는 육교 가까이 다가가자 경사가 급해졌다. 자동차의 속도가 빨라지면서 여러 가지 감정이 북받쳐 올랐다. 육교에서 내려오는 계단, 그 오래 전에 샘이 고개를 돌려 동생에게 '조용히 해'라고 말했던 인도의 끝부분. 샘의 피가 흘렀던 보기 싫은 아스팔트 표면. 마음이 저미어왔다. 무엇 때문에 나는 이 모든 것을 다시 겪고 있는 것일까?

우리가 떠난 이후로 전에 살던 집들이 더 밝은 색으로 칠해졌고 정원이 더 잘 가꾸어지고 있는 것 같았다. 길 끝에 다다랐을 때 나는 지그재그가 없어진 것을 보고 깜짝 놀랐다. 이웃사람들이 돈을 모아 모든 집에 차가 들어갈 수 있는 진입로를 만든다는 말을 지니에게 들은 적은 있었지만 이렇게 극적으로 변해 있으리라고는 상상도 하지 못했다. 이리 저리 꺾이고 구부러졌던 예전의 지그재그는 사라지고 그 자리에는 언덕에서 바로 내려갈 수 있는 온전한 차 진입로가 만들어져 있었다. 나는 이제 길로 변한 지그재그 꼭대기에 서서 시내를 내려다보았다. 이제는 시내가 언덕 위까지 넓혀져 있었다. 그리고 높은 사무실 건물들이 새롭게 세워져 있었다. 남쪽에서 세찬 바람이 불어왔다.

'샴페인 마실래, 달링?' 익숙한 목소리가 들렸다. 지니와 나는 서로를 껴안았다. 잔주름과 희끗희끗한 머리가 그녀의 아름다움을 한층 더 빛내주었다. 호피무늬 레깅스와 대담한 귀걸이를 하던 지니는 풍성한 치마와 실크 셔츠를 입고 있었는데 이탈리아 밀라노에 가도 뒤처지지 않을 만큼 멋진 옷차림이었다.

우리는 한때 이리 꺾이고 저리 꺾이던 길이었던 자동차 진입로를 걸어 지니의 집으로 들어갔다. 나는 일부러 우리가 살던 집을 쳐다보지 않으려고 했다. 힐끗 보기만 해도 괴로운 생각이 밀려들 것 같아서였다. 데실바 가족이 살던 집을 둘러싸고 있던 정글은 이제 사라졌지만 그들이 살던 집은 여전히 고요했다. 샴페인을 따면서 지니는 릭과 함께 시내에 아파트를 구하러 다닌 적도 있었지만 이 집만큼 편리하고 경치가 좋은 곳을 찾을 수가 없었다고 말했다.

나는 고개를 끄덕이면서 집안을 둘러보았다. 지니의 인테리어 감각은 세련된 80년대 풍에서 절제된 유럽풍으로 바뀌어 있었다. 그곳에 거의 30년을 살아온 지니는 자신과 릭이 이제는 그 동네 터줏대감이나 마찬가지라고 털어놓았다. 버틀러 식구들은 이미 십 년 전에 다른 곳으로 이사를 갔고 소머빌 할머니도 저 세상으로 가셨다고 했다.

'우리가 살던 집은?' 내가 망설이면서 물었다.

'어떤 축구 선수가 여자 친구와 한동안 거기서 살았었어. 누가 그 집을 리모델링하고 싶어 했는데 포기했다나 봐. 그 후로는 계속 세만 주더라고. 우리 집 2층에서 보면 전망이 좋잖아. 생각나?' 지니가 물었다.

나는 그녀를 따라 2층으로 올라갔다. 만약 내가 울음을 터뜨리더라도 지니가 알아서 달래줄 것이라고 믿으면서.

그녀는 커튼을 젖히더니 나에게 창가로 오라고 손짓했다. 우리가 살던 집은 거의 알아볼 수 없을 정도였다. 물망초가 나란히 심어져 있던 앞마당은 아이들이 땅을 파던 곳과 더불어 흔적도 없이 사라지고 차 두 대는 세울 수 있을 정도로 넓게 콘크리트 포장이 되어 있었다. 현명하네. 더 이상 비를 쫄딱 맞고 식료품을 들고 들어가는 일도 없겠네. 어두운 벽판과 한때 그 집을 '특징 있게' 만들어주던 튜더 양식을 흉내 낸 대들보는 하얀색으로 칠해져 있었다. 누군가 그 집에 하얀 페인트를 쏟아 부어 그 집 안에 있던 유령들을 몰아내려고 했던가 보다.

그 집은 전보다 더 좁고 평범해 보였다. 클레오가 앉아 있곤 했던 롭의 방 창문은 전과 같았고 지붕도 똑같은 각도로 올라가 있었지만 이제 그 집은 우리 집이 아니었다. 지그재그를 비롯한 이 주변의 모든 것과 마찬가지로 그 집도 바뀌어버렸다.

이번에 여기를 찾아오면서 나는 옛날 생각이 날까 봐 마음을 굳게 먹었었다. 하지만 지니와 함께 전에 살던 집을 내려다보니 생각지도 않았던 가벼운 마음과 평화로움을 느낄 수가 있었다. 한 번의 주기가 완전히 끝난 것이었다. 지그재그에서 살던 우리의 삶은 오래 된 사진처럼 바래 있었다. 이제는 그저 추억일 뿐 아무것도 아니었다. 중요한 것은 지금 살아가고 있는 우리의 인생밖에 없었다.

클레오가 죽고 난 후에도 클레오는 여전히 자신의 존재를 일깨워주고 있었다. 침대 시트며 옷에는 아직도 클레오의 검은 털이 여기 저기 붙어 있었고 냉동실 뒤편에는 얼린 고양이 음식이 남아 있었다. 클레오가 거부했던 애완견용 침대를 지하실에서 끄집어낼 때 롭에게 전화를 걸어야겠다는 생각이 들었다. 역시나 롭의 전화는 통화 중이었다.

'나한테 전화하고 있었니?' 마침내 통화가 되었을 때 롭에게 물었다.

'아니, 다른 사람하고 통화 중이었어.'

'누구?'

'샨텔. 호주에 돌아왔거든.'

'아, 잘됐네. 남자친구랑?'

'남자친구랑 헤어졌어.'

롭과 샨텔의 우정은 샨텔의 남동생이 죽으면서 점점 더 깊어졌다. 샘의 죽음으로 큰 영향을 받았던 롭이 샨텔의 고통을 이해할 수 있었던 것이다. 이제 두 사람 모두 형제를 잃은 사람들의 이름 없는 모임에 끼게 되었다. 일 년도 지나지 않아 둘은 함께 살기 시작했고 약혼을 했으며 어떤 새끼 고양이를 키울 것인지 의논하게 되었다. 인터넷에서 고양이에 대한 대대적인 검색이 이루어졌다. 브리티시 쇼트헤어를 키울까, 아니면, 샴 고양이를 키울까?

거의 10년 전 그 둘을 소개해주었던 샨텔의 이모 트루디 집에서 그들이 하룻밤을 보내게 되었을 때 그 집에 사는 버마고양이가 그들이 자는 침대에서 잤다고 한다.

'혈통 있는 고양이는 절대 안 키울 거야.' 그 다음날 롭이 말했다. '밤새도록 그 고양이가 나더러 자기 침대에서 나가라고 하는 바람에 한숨도 못 잤어.'

'대체 너랑 고양이랑은 무슨 관계니?' 내가 물었다.

'몰라. 클레오랑 관련된 것인가 봐.'

여섯 살짜리 롭이 새로 온 새끼 고양이를 보듬어 안던 모습, 처음으로 샘 없는 방에서 롭이 혼자서 잘 수 있게 도와주던 클레오, 클레오가 롭의 꿈에 나타나 '말을 걸며' 친구들을 만나게 도와주었던 일들이 떠오르자 미소가 지어졌다. 우리의 고양이 여신인 클레오는 무수히 많은 생일 파티를 주재했고 롭이 아플 때는 극진히 간호를 해주기도 했다. 사향나무 아래 잠들어 있으면서도 클레오는 여전히 영향력을 행사하고 있었다.

샨텔과 함께 고양이를 키운다면 평범한 고양이를 키울 것이라고 롭이 말했다. 그들이 아비시니안 고양이의 피가 흐르는 잡종 고양이를 키운다고 해도 나는 전혀 놀라지 않을 것이다.

새로운 시작이 열리고 있었다.

(끝)

추천사

'재미있고 감동적인 에세이… 이 이야기는 《말리와 나》, 《듀이, 세상을 감동시킨 도서관 고양이Dewey》와 같은 동물 관련 에세이를 즐겨 읽는 사람들뿐만 아니라 일반적인 에세이 독자들까지 매료시킬 것이다.'

-북셀러 앤 퍼블리셔Bookseller and Publisher

'순수한 즐거움을 누리는 고양이 특유의 개성과 고양이가 가져다주는 즐거움과 치유에 관한 따뜻하고 감동적인 이야기.'

-오스트레일리안 우먼스 위클리Australian Women's Weekly

'고양이를 사랑하는 사람만이 특별한 동물과 함께하는 생활을 이 정도로 정확하게 묘사할 수 있을 것이다. 《클레오》는 너무나 아름답고 따스한 책이다. 저자나 독자나 이 책을 처음 펼쳐든 순간부터 감동적인 여행이 시작된다. 사랑과 이별, 믿음에 대한 진심어린 실화.'

-헤럴드 선Herald Sun

'고양이를 사랑하는 사람이라면 콧대 높은 클레오가 깊은 슬픔에 빠진 가족을 다시 희망을 갖게 만든 헬렌 브라운의 생생한 묘사에 흠뻑 빠져들 것이다. 클레오의 오랜 삶에 관한 너그러우면서도… 감상에 젖지 않은 진솔한 이야기는 우리 인간들이 반려 동물에게 감사해야 한다는 사실을 일깨워준다.'

-데일리 메일 UKDaily Mail UK

'여태까지 읽었던 책 중 가장 감동적인 이야기.'

-북스 디렉트Books Direct (영국 최대 북클럽) 편집자

'고양이를 사랑하는 사람이라면 반드시 읽어야 할 책. 이 책이 정말 마음에 든다. 자기 자신이나 고양이를 사랑하는 친구에게 선물로 강력히 추천하는 책.'

-캣 월드Cat World